名家谈诗词

叶嘉莹
主编
陈斐
执行主编

一代宗师、方家泰斗
讲给大家的诗词课

唐诗的历程

程千帆 著
张伯伟 编选 导读

生活·讀書·新知 三联书店 生活書店出版有限公司

图书在版编目（CIP）数据

唐诗的历程 / 程千帆著；张伯伟编选、导读 . --
北京：生活书店出版有限公司，2021.9
（名家谈诗词 . 程千帆卷）
ISBN 978-7-80768-341-4

Ⅰ . ①唐… Ⅱ . ①程… ②张… Ⅲ . ①唐诗—诗歌研究 Ⅳ . ① I207.227.42

中国版本图书馆 CIP 数据核字 (2021) 第 013833 号

责任编辑 苏 毅
装帧设计 罗 洪
责任印制 常宁强
出版发行 生活書店出版有限公司
（北京市东城区美术馆东街 22 号）
邮 编 100010
印 刷 北京顶佳世纪印刷有限公司
版 次 2021 年 8 月北京第 1 版
2021 年 8 月北京第 1 次印刷
开 本 880 毫米 ×1230 毫米 1/32 印张 13.5
字 数 277 千字 图 3 幅
印 数 0,001–5,000 册
定 价 68.00 元
（印装查询：010–64052612； 邮购查询：010–84010542）

谨以此书纪念先师程千帆教授逝世二十周年

总序

叶嘉莹

我从小喜欢读诗、背诗，1945年大学毕业后就开始登上讲台教授古典诗词。我所以一生以诗词为伴，不是出于对学问的追求，而是古典诗词生发的精神力量对我的感动和召唤，这一生命感发蓄积着古代伟大诗人的心灵、智慧、品格、襟抱和修养。我一生经历很多苦难和挫折，在外人看来，我一直保持乐观、平静的态度，这与我热爱古典诗词实在有很大关系。

诗歌价值在于滋养精神和文化。中国古代伟大诗人往往是用生命谱写诗篇、用生活实践诗篇，他们把自己内心的感动写了出来，千百年后的我们依然能够体会到同样的感动，这就是中国古典诗词的生命力。古典诗词凝聚了中华文化的理念、志趣、气度、神韵，是我们民族的血脉、中华儿女的精神家园。

读诗、讲诗有三个层次。第一个层次是直觉的、感性的。比如李商隐“无题诗”到底说些什么，你可能不懂，可是你一读，觉得它意象很美，声音也很美，这就是你对一首诗的直觉感受。第二个层次是知性的、理性的，即考察一首诗的历史、背景、思想。第三个层次则完全从读者接受角度来读，我们对一首诗的诠释不一定是作者原来的意思。意大利学者墨尔加利就曾经提出来一个术语“创造性背离”，即我们对一个作品的阐释有自己的创造，这个创造很可能不同于作者原意。像王国维在《人间词话》中以古人写爱情的小词说明“成大事业大学问”三种境界，就是这样一个例子。也就是说，当你在读诗或词时，不仅探讨作者原意，更读出一种真正属于你自己的、从你内心兴发出来的东西。

其实这就是中国古老的、孔子说诗的方法。孔子说诗可以“兴”，是说诗可以给读者兴发感动，引起读者更多感发和联想——这样的感发正是诗歌强大的生命力所在，这样讲诗词才是真正的诗教传承。

我一向认为，“兴”是中国诗歌精华所在，使你内心涌动生生不已的活泼的生命。几千年来，中国有这么多伟大诗人留下这么多诗篇，让千古之下的我们读过之后内心震动，从而霍然兴起，这是一件多么美好的事情！

今天我们诵读诗词，如果只为能背会写，无异于买椟还珠。诵诗读诗，重要的是体会一颗颗诗心，与古人生命情感发生碰撞，进而提升自己当下修为。我的老师顾随先生也曾经讲过“中国说‘诗教’，不是教作诗，是使做好人”。今天我们提倡中华诗教，就是要透过诗词，用今人的生命体悟和古人交流，用诗人的生命品格滋养今人的生命质地，这个过程本身将产生强大的感发作用，使作者、讲者与听者都得到生生不已的力量。在这种以生命相融会、相感发的活动中，自有极大的乐趣。

这些年有关部门和机构推进《中国诗词大会》、“中华经典诵读工程”，2019年开始举办“迦陵杯·诗教中国”诗词讲解大赛。比赛以我的别号命名，专门面向全国中小学语文教师，鼓励古典诗词的读诵与讲解。去年暑期，虽然我还在病中，但仍然和决赛选手们在南开大学见面，与大家一同齐声高诵我的小诗：“中华诗教播瀛寰，李杜高峰许再攀。喜见旧邦新气象，要挥彩笔写江山。”我衷心希望这个大赛能选拔出一批优秀语文教师，大家一起把古典诗词薪火传续下去。如闻一多先生指出的“诗人对诗的贡献是次要问题，重要的是使人精神有所寄托”，我们这些诗教传薪者的使命，就在于发掘古典诗词中的感发力量，让中国古典诗词成为更多人生命中的指路明灯。每一代人有每一代人的责任，学人文科学的人更应该担当起传承民族精神命脉的责任。

此时此刻全球抗疫，不知道有多少人可以从中华诗词中获得慰藉和勇气。作为一位96岁的老人，我一生经历过很多苦难。记得2007年冬季我因肺炎住院，病愈后曾写过一首和友人的小诗：“雪冷不妨春意到，病痊欣见好诗来。但使生机斫未尽，红蕖还向月中开。”数千年来，中华优秀传统文化代有承传，千百年来传诵的古典诗词也必将滋养一代代中华儿女的精神世界。

（本文由南开大学文学院教授张静整理，原题为《红蕖还向月中开》，初刊2020年3月21日《人民日报》。经叶老授意，作为本丛书总序。）

附记：

余初学诗，读叶嘉莹先生以兴发感动解说诗词的论著，甚为心契。后来读顾随、俞陛云等先生的说诗文字，读《唐诗解》《山满楼笺注唐诗七言律》等明清诗解、诗说，才慢慢明白由叶嘉莹先生发扬光大并注入新质的说诗理路，在我国由来已久。当我自己也走上诗词研究之路、对学界状况有所了解后，又恍然觉得：这种真正能够接续中华诗词命脉的说诗理路，在当下面临着严峻的传承危机。盖说诗和引诗不同，引诗可以断章取义、各取所求，说诗则必须符合诗词自身的表意规则及互文语境。诗词表意具有含蓄性、暗示性和跳跃性，“语码”系统更为独特，不像散文语言那样直白、连贯、易解，更与日常生活中使用的社会话语相去甚远。《文心雕龙·知音》云：“夫缀文者情动而辞发，观文者披文以入情。”作诗是抒志摛文、将情志外化为文字的“编码”过程，而说诗则是沿波讨源、通过文字探求情志的“解码”过程。现代学术将“研究”与“创作”断为二事，部分学者的国学功底相对比较浅狭，且缺乏创作体验，对诗词这套独特的“语码”系统不甚了解，难以还原互文语境，故其说诗，难免隔靴搔痒、支离破碎。而一切研究，不管选题、理论、方法如何，都应该奠基于对文本的准确解读之上，否则无异于空中楼阁。欲提高对诗词文本的感悟力和解读力，除了学习写诗丰富创作体验外，揣摩擅于说诗的名家的理路、方法，亦必不可少。

我把自己的这个“杞忧”说给叶嘉莹先生和三联书店的郑勇先生，并提议编选一套“名家谈诗词”丛书，对近代以来国学功底深厚且研究与创作兼擅的名家的诗词研究成果进行梳理、总结，得到了他们的鼎力支持。具体来说，“名家谈诗词”丛书拟分辑陆续推出，每辑十家，每家一本。每一名家，均邀请对其治学比较熟悉的门生弟子或与其研究领域相近的领军学者进行编选：从该名家的所有说诗文字中撷取精华篇章都为一集，以普及性为主，兼顾学术性和代表性。每本卷首，由编选者撰写一篇“导读”，介绍该名家的生平和说诗理念、方法、特点、成就、影响等。整体而言，“名家谈诗词”丛书既由点成线，串联起了近代以来诗词研究的学术史，同时也撷英采华，凝聚了近代以来诗词研究的成果精华，非但普通读者可借此走近、了解中华诗词的“正脉”，专家学者也能由此揣摩路数，提高感悟力和解读力。

“名家谈诗词”丛书自始至终都受到叶嘉莹先生的关心、指导。刘跃进、蒋寅、王兆鹏、陈水云四位先生欣然出任丛书编委并进行把关。葛晓音、罗时进、张伯伟、彭玉平、戴伟华、曹辛华、缪元朗等先生愉快地接受编选邀请，他们不仅在选目上精心斟酌，而且撰写了精彩的“导读”。这些“导读”，既通俗扼要，亦不乏学术洞见，有些已先期在《文学遗产》《清华大学学报》等重要学术期刊上发表，颇受好评。丛书策划动议与三联·生活书店一拍即合，郑勇、廉勇等先生为丛书的出版费心费力，他们不放过任何细节、精益求精的精神令人感动。对于以上诸位先生的支持与付出，谨致以诚挚的谢意！

好诗凝聚了人生最美好的心志和情感，读诗可以变化气质、涵养灵魂。中华诗教也就在这“好峰随处改”的快意阅读中传承、光大，社会风气也就在这“润物细无声”的陶冶煦育中好转、净化。希望大家喜欢这套多方殊胜因缘共同襄赞而成的“名家谈诗词”丛书，一起欣赏好诗，共同创造美好的人生和世界！

陈　斐

2020年8月

1996年10月12日，程千帆先生在南京大学中文系“素心会”活动上

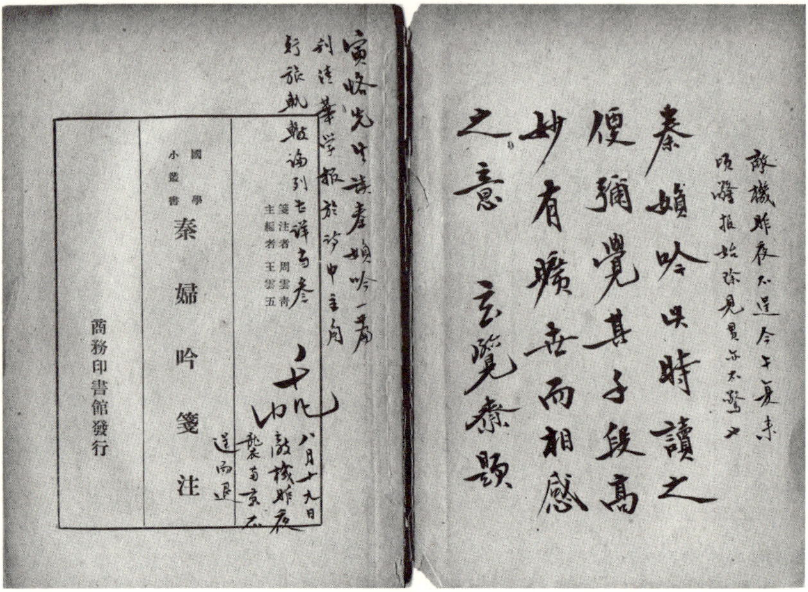

1938年8月19日，程先生在周云青《秦妇吟笺注》一书扉页题写："寅恪先生《读秦妇吟》一篇，刊《清华学报》，于诗中主角行旅轨辙论列甚详，当参。"

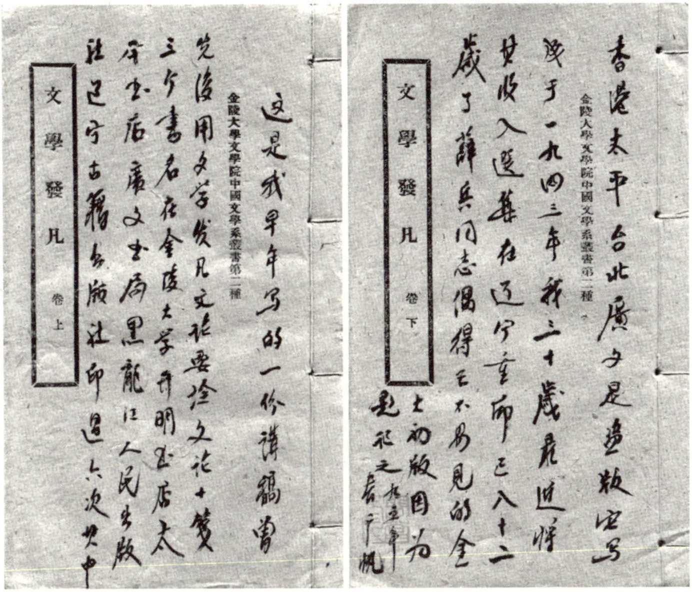

1941年到1943年，程先生任教武汉大学和金陵大学，讲授古代文论，

选前人论文之作十篇，为之注释诠解，编为《文学发凡》二卷

目　录

研究方法

古诗探研

新旧诗说

导读

张伯伟

本书收录了程千帆先生的若干诗论，全书分三辑：一是体现其诗学研究方法的代表作，二是有关古典诗歌的历史和诗人、诗作的解析，三是对20世纪文学史上新诗旧诗的评论。

程千帆，原名逢会，改名会昌，字伯昊，四十以后，别号闲堂（取意于陶诗“虚室有馀闲”）。千帆本为其笔名之一，后通用此名。祖籍湖南宁乡，1913年9月21日（农历癸丑年八月二十一日）出生于长沙清福巷本宅。

程先生生长在具有深厚文学传统的家族，高祖父惠吉，字炳堂，有《迪贻堂文集》；曾祖父霖寿，字雨苍（一作“雨沧”），有《湖天晓角词》；伯祖父颂藩，字伯翰，有《程伯翰先生遗集》；叔祖父颂万，字子大，有《十发居士全集》；父亲名康，字穆庵，曾有“无诗死后耻”之言，著《顾庐诗钞》；伯父士经，字君硕，有《曼殊沙馆初集》。程颂万曾编辑《宁乡程氏丛书》和《十发庵丛书》，辑录宁乡程氏作品。九江吕传元编《三程词钞》，抄录程霖寿、程颂芳、程颂万的词作。汪辟疆《光宣诗坛点将录》中，也录有“天暴星两头蛇解珍”程颂藩、“天哭星双尾蝎解宝”程颂万以及“地辟星摩云金翅欧鹏”程康。母亲姓车，名诗，字慕蕴，江西南昌人。外祖名赓，字伯夔，侨居湖南，以书法知名当时。程先生幼承庭训，自云“我生十岁即学诗”，其作品呈请大叔祖子大和伯夔外祖批改，曾得到诸如“诗笔清丽，自由天授”“有芊绵之思，可与学诗”等批语。这些对他后来致力于诗学研究，是有很大影响的。

在初中三年级以前，程先生接受的主要是私塾教育，授课老师是其伯父君硕先生。因为军阀混战，在长沙谋生不易，十岁时全家迁往湖北武昌。其时君硕先生流寓汉口，在家里办了一个名为“有恒斋”的私塾，其地先在汉口模范区蔼吉里，后在特二区三教街。湘乡曾氏教人读书，无非一“耐”和一“恒”字。君硕先生以“有恒”名斋，或有得于其乡先辈的启示。根据程先生的晚年回忆，有恒斋教学的主要特点，一是起点很高。在君硕先生看来，蒙学流行读物如《三字经》《百家姓》《龙文鞭影》《幼学琼林》，甚至《古文观止》《唐诗三百首》等都是不知义法的俗学，所以从来不用为教材。在不到五年的时间里，程先生学习了《论语》《孟子》《诗经》《左传》《礼记》《文选》《古文辞类纂》《经史百家杂钞》《资治通鉴》等，除《礼记》《文选》外，都是通读的。有恒斋教学的另一特点是注重写作训练（都是文言文），比如每天要写日记（这也从另一个方面锻炼了“恒心”），记录日常生活和读书心得。又每周作文一篇，君硕先生都详加批改，奠定了其文言文写作的坚实基础。如“隔江灯火，下垅牛羊”“烟波荡我心胸，晨昏异其观感”等句，皆颇受君硕先生的赞赏。君硕先生的讲授是文辞、义理并重，所以讲《礼记》时，对《曲礼》《少仪》《内则》等篇讲得很详细，对《礼运》《大学》《中庸》等篇尤为重视，这些对程先生一辈子为人做事，都起到一定的作用。在正常课程之外，君硕先生还鼓励学生多读课外书，所以，程先生从《日知录》初知考据门径，从《近思录》《呻吟语》《松阳讲义》初识理学面目，从《小仓山房尺牍》略知应酬文字写法。除此之外，写字也是每天的必修功课。一是写正确，二是写漂亮，必须做到一笔不苟，由此而培养起面对学问世界的“敬”的态度。宋儒程明道有言：“某写字时甚敬。非是要字好，即此是学。”总之，有恒斋的教学是要求做到能知能行，写、作俱佳。程先生中年在成都，已是副教授了，为了锻炼自己的恒心，还用打好格子的纸抄写文章，曾有过抄写七千而无一错字的纪录。而写字端正，也成为程先生指导研究生时的基本要求之一。

1928年秋天，程先生从汉口来到南京，成为金陵大学附属中学初中三年级的插班生，从此开始接受现代教育。1932年8月升入金陵大学中文系。当时的南京高等学府，云集了众多名师，让程先生获得了亲承音旨、转益多师的机会。他从黄季刚（侃）先生学经学通论、《诗经》《说文》《文心雕龙》；从胡小石（光炜）先生学文学史、文学批评史、甲骨文、《楚辞》；从刘衡如（国钧）先生学目录学、《汉书·艺文志》；从刘确杲（继宣）先生学古文；从胡翔冬（俊）先生学诗；从吴瞿安（梅）先生学词曲；从汪辟疆（国垣）先生学唐人小说；从商锡永（承祚）先生学古文字学。他也选修历史系的课，在博览群书方面，受到陈登原先生的影响。同时，还向中央大学的老师林公铎（损）先生学诸子学，向汪旭初（东）、王晓湘（易）先生学诗词。金大是教会学校，管理有秩序条理，形成了严谨的校风和学风，使程先生终生受益。除了传统学问之外，程先生还与友朋一起，努力学习外国文学，并从事创作实践，学写小说和新诗。1934年9月，他与汪铭竹、孙望、常任侠、艾珂、滕刚、章铁昭、绛燕（沈祖棻）等人组织了"土星笔会"，创办新诗期刊《诗帆》。被称为法国象征派诗人的魏尔伦（Paul-Marie Verlaine，1844–1896），其第一本诗集就是《土星之诗》，其中引及古代智者的说法，与土星相应而出生的人注定要经受不幸和苦恼，《诗帆》曾刊登滕刚翻译的魏尔伦诗作《忧心篇》，所以，"土星笔会"之名当取义于魏氏。程先生在《诗帆》上刊登的作品，多达45首。同时，他也撰写新诗评论，在在表现了他总是追求知能合一的境界。在"土星笔会丛书"十五种之中，就包括了程先生的诗集《三问》和诗论集《无是集》。

转益多师的精神，在其后的工作环境中也一直保持在程先生的身上。在四川和武汉，如赵少咸（世忠）、庞石帚

（俊）、刘弘度（永济）等，都是他所“极为尊敬而事以师礼的”。在影响千帆先生的众多学者中，有一位虽然没有直接的师承关系，却因家族世交而终生追慕向往的，那就是陈寅恪。在为纪念陈寅恪百年诞辰而写的论文附记中，程先生写道：“鲰生与丈三世通家，尝陪杖屦，山木之哀，久而弥笃。”所谓“尝陪杖屦”，其实只有1944年春秋数月中的短暂时日，燕京大学内迁成都，陈寅恪借华西大学之地讲授唐史、元白诗等课，程先生和孙望先生曾去旁听并坚持到最后。但程先生对陈寅恪学术方法、宗旨、趣味、表达的理解，远胜一般，即便与陈氏及门弟子相较，也毫不逊色，如果不说超出的话。我们先从有迹可寻处说起，陈寅恪有一篇《韩愈与唐代小说》，原以中文撰成，后由魏楷（J. R.Ware）译成英文，1936年4月发表在《哈佛亚细亚学报》（*Harvard Journal of Asiatic Studies*）第1卷第1期，中文原稿从未刊布。程先生在1947年春将此逐译为中文，发表在《国文月刊》第57期（1947年7月10日），而格式“皆准寅丈平日行文之例”，突出表现了其心摹手追的用意。1945年12月，程先生撰写《〈长恨歌〉与〈圆圆曲〉》，开篇即提及1944年春陈寅恪讲课论及白居易《长恨歌》与陈鸿《长恨传》，且评论云：“其极深研幾，发千古文心之覆，非洞悉文章体制之老宿，殆不能为是言。”有关《长恨歌》《长恨传》之关系及性质，程先生在1949年春也曾与孙望先生有所讨论，程先生颇韪陈言，而孙先生不取陈说。再如1948年所写《郭景纯、曹尧宾〈游仙诗〉辨异》，讨论唐人言“仙”和“游仙”的特殊含义，以及“会真”二字作何解释，也特别表彰“近日陈寅恪丈始发其覆”，并以其说为全文讨论的基础。1938年8月19日，在周云青《秦妇吟笺注》一书的扉页上曾题写数行云：“寅恪先生《读秦妇吟》一篇，刊《清华学报》，于诗中主角行旅轨辙论列甚详，当参。”晚年提及《唐代进士行卷与文学》一书，也说受到“寅恪先生谈唐朝行卷的文章”的影响。但陈寅恪对他影响之最深刻处，并不在这些形迹上。在现代中国学术史上，陈寅恪是非常强调学术研究方法的，这当然不止他一人，同时代的新派人物大都强调用“科学方法”，也就是西洋人做学问的方法来整理国故。与之相对的旧派人物，则往往固守传统。在陈寅恪看来，这两派可谓“田巴鲁仲两无成”：旧派“有学无术”，新派“有术无学”。而他要努力追求和实践的，用其自我评价的话来说，就是“寅恪平生为不古不今之学”。对于这句话的理解，众说纷纭，但解释得最为贴切的，是程先生的意见。程先生认为，陈寅恪的学问“既不完全符合中国的传统，也不是完全跟着现代学术走，而是斟酌古今，自成一家。表面上是自嘲，其实是自负。……即不古不今，亦古亦今，贯通中西，继往开来”。如果不是对陈寅恪学术有真切的理解，是无法作出上述精辟阐释的。而事实上，陈寅恪学术特色的形成，就是中国传统与西洋学术嫁接后的成果。在20世纪古代文学研究的学者中，程先生是一个方法论意识极为自觉而强烈的人。从早年的“将批评建立在考据基础上”的方法，到晚年强调的“两点论”——文艺学和文献学的精密结合，这种学术特色是始终一贯的。在具体的研究实践中，程先生也有运用陈寅恪方法的例证，比如《王摩诘〈送綦毋潜落第还乡〉诗跋》《唐代进士行卷与文学》，就是陈寅恪“以诗证史”法的实践。但在实践中又有所转换，将重心由“史”转移到“诗”。陈寅恪的方法主要还是史学研究法，他把“元白诗证史”直接看成是“利用中国诗之特点来研究历史的方法”，而程先生所努力探索和实践的则是诗学研究法。在这一研究法中，“诗”不仅是研究的出发点，也是归结点。各种史料的运用不一定是用来“证诗”，更多是提供读诗的参证和联想的凭藉。因此，在具体问题的结论上，有时也就必然会对陈寅恪的断语有所补充或修正。

三十年前，我为先师编纂《程千帆诗论选集》一书，在“编后记”中曾经对程先生的研究方法有所提炼，概括为“以作品为中心的文学研究方法”，并围绕这一方法作了较多的阐释。当时先师尚未提出“文艺学和文献学精密结合”的“两点论”，这一观点的明确提出是在1996年10月12日，他为南京大学中文系“素心会”第二次活动时的讲演即以此为题。二十多年来，这句话在许多人已是耳熟能详，但即便是一句真理，若缺乏进一步阐释，很可能渐渐流为一句“口头禅”，最后也可能失去其应有的意义。既然称作“两点论”，看起来自然是两者并重，但研究的起点在哪里，终点在哪里，重点在哪里，如果把文献学和文艺学的结合比作一杯鸡尾酒，那么，两者的剂量是否有固定的比重，“两点论”的精髓是什么，可否简单地理解为“考证”加“评论”，怎样的研究才堪称“两点论”的典范。这些问题，都还值得我们继续思考和探索。

简单地说，“两点论”是程先生在探索研究方法过程中的最后结果，它不是突如其来的灵光一闪，而是与以往的研究和探索有着一脉相承的关系的，只有结合其一贯的研究特征，才能把握“两点论”的精髓。程先生自己说，他是“通过创作、阅读、欣赏、批评、考证等一系列方法，进行探索”的。我还是认为，在这一系列方法中，中心环节是文学作品。创作的成果固然是作品，阅读、欣赏、批评、考证的对象也是作品（主要是诗），这就意味着，要学会并坚持始终对诗说话、与诗对话、说诗的话。阅读的对象是诗，在这一过程中，就会发生欣赏、批评和考证的活动，其中前二者属文艺学，后者属文献学，经过这样一番活动，最终导致的是对作品更新、更深的理解和认识。所以，文艺学和文献学相结合所指向的起点是作品，终点是作品，重点也还是作品。程先生曾说：“方法本身不是目的，目的是要认识作品真正的美。……我们无论用哪种方法从事研究，都必须归结到理解作品这一点上。”无论是文艺学还是文献学，在以作品为中心的研究方法范围内，都必须坚持把诗当作诗来欣赏、批评和考证。尤其是考证，不要企图用一般历史文献学的方法来解决属于文学自身的问题。

陈寅恪曾经在课堂上指出：“中国诗与外国诗不同之

点——与历史之关系；中国诗虽短，却包括时间、人事、地理三点。……外国诗则不然，空洞不著人、地、时，为宗教或自然而作。中国诗既有此三特点，故与历史发生关系。”因为中西诗的不同特点，也导致研究文学的方法有异。比如韦勒克就说：“文学研究区别于历史研究之处在于，它需要处理的不是文献，而是不朽的作品。”但在中国文学中，由于时时关涉时间、人事、地理，就与历史密切相关。研究这样的作品，当然就要处理文献问题，就要使用文艺学和文献学相结合的方法。当陈寅恪用“以诗证史”的方法去研究历史的时候，其意义在于“可以补充和纠正历史记载之不足。最重要是在于纠正”；而当程先生用“两点论”来研究文学作品时，就会反对过多重视“对客观事物的估量和研究，而忽略了文学本身是一种情感作用”，或者更直接地说：“企图用考证学或历史学的方法去解决属于文艺学的问题，……议论虽多，不免牛头不对马嘴。”《两点论》是一篇演讲词，在概念的运用上并不十分严格，所以有时会以形象思维和逻辑思维代替文艺学和文献学，程先生想要提醒大家的是：“形象思维和逻辑思维并重，对古代文学作品的理解要用心灵的火花去撞击古人，而不是纯粹地运用逻辑思维。”

古代诗歌往往涉及时间、人事、地理，所谓“人事”，不仅有时事，也有故事。诗歌在表现上述三点的时候，常常会出现“不实之辞”。程先生说，采用“两点论”，需要文艺学和文献学的“精密”结合。什么叫作“精密”结合？用文献学的方法考证出正确的史实，包括时间、人事、地理，若是历史研究，就会判断某一记载是“错误的”“不实的”。但在与文艺学“精密”结合的文献学中，史实的考证仅仅是提供理解诗意的背景，而非判断诗人是否实事求是的律条。例如，在唐代的边塞诗中，往往存在地名的方位、距离与实际情况不相符合的问题，以往的研究者遇到此类问题，不外乎用两种方法来处理：或通过文献考证指责作者的率意，致使作品中的世界与现实世界矛盾；或旁搜远绍迂曲论证，以说明作品中的世界与现实世界并不矛盾。两种结论貌似对立，但使用的方法却一致，都是用文献学的方法代替了文学研究的方法。将文艺学与文献学作精密结合，从作品出发，又归结到作品，就是要尊重诗的特性，学会并坚持对诗说话，说属于诗的话。程先生指出：“唐人边塞诗中之所以出现这种情况，乃是为了唤起人们对于历史的复杂的记忆，激发人们对于地理上的辽阔的想象，让读者更其深入地领略边塞将士的生活和他们的思想感情。……因而当我们欣赏这些作品的时候，对于这些‘错误’，如果算它是一种‘错误’的话，也就无妨加以忽略了。”所以，“两点论”不是简单的文艺欣赏加文献考证，而是通过考证，帮助读者将想象的翅膀张得更宽，对作者感情的体验领略得更深。程先生早年有一篇文章《王摩诘〈送綦毋潜落第还乡〉诗跋》，从题目来看，应该是以对王维诗的欣赏、评论为主，但实际上，全文占五分之四的篇幅都是在讨论唐代的进士试以及由此形成的社会习俗，文章结尾处说："世之诵此诗者，设于李唐一代之贡举制度与其习俗，所知甚悉，则吟讽之际，联想必多，感兴亦自然深厚。反之，设于此事茫无所知，则亦必以常语视之，漠然无动于中。此余所以不惮词费而详说之也。"尽管从篇幅上来说，此文在文献学方面占了绝对的比重，但归根结底还是为了帮助读者在诵诗之际，引发更多的联想和感兴，从而加深对作品的理解。所以，"两点论"并非机械地按照某个固定的比重来划分，也不是由篇幅的广狭来决定意义的小大。

不仅如此，"两点论"还蕴含着更大的学术抱负，就是在文献考证无能为力的时候，尝试以文艺学的方法解决文献考证的问题。在《两点论》的演讲中，程先生以《古诗十九首》的产生年代为例，一说较早，一说较迟，其中之一是围绕《明月皎夜光》中"玉衡指孟冬"的解释，这里就涉及考据问题。"玉衡"是北斗七星中的第五颗星，从第五颗到第七颗星习称"斗柄"，当斗柄指向十二宫中的亥宫时，就意味着季节到了孟冬。李善注《文选》就是这样解释，而且用的是汉武帝太初改历之前的历法，十月相当于夏历七月，所以诗中写的是秋景。这样一来，这首诗的产生时间也就成为西汉初年。后来金克木写了《古诗"玉衡指孟冬"试解》，认为这句诗写的不是季节，而是秋季下弦月夜半至天明之间的一段时间，所以，不能证明这首诗创作于西汉初。讲考据，"就要有不断的规范它的定位的一些词句"，可是这里没有，所以不妨"利用形象思维来判断这诗的年代，……我们看得出诗人有着极大的忧患意识，简直是惶惶不可终日，非常忧伤。……我们把东汉的历史一段一段看，只有在黄巾大起义前，桓、灵之时，整个东汉帝国马上就要消亡，农民起义迫在眉睫，敏感的诗人感到一片黑暗。……这样来判断，我们就可以用形象思维来理解来支撑这个逻辑思维，因为这不是用考据能够解决的，这种情况很多。”就此具体结论而言，学术界容或意见不一，但是将文艺学与文献学作精密结合，并尝试用文艺学的方法解决文献学的问题，是应该也是可以继续探索的。

其实，这一类型的方法，在古人是常用的。比如严羽《沧浪诗话》中有一篇《考证》，他解决文学考据问题的方法就是文艺学的。他说晁迥家藏的陶诗有《问来使》一篇，虽然写得好，“然其体制、气象与渊明不类”；又说《文苑英华》所收李白的几首七律和五律，“其家数在大历、贞元间，亦非太白之作”；又说世传杜甫“迎旦东风骑蹇驴”绝句，“绝非盛唐人气象，只似白乐天言语”，等等，都是用文学鉴赏的判断作诗歌真伪的考据。多年前曾听北京大学葛晓音教授说，林庚先生读诗，往往首先从整体上“望气”。我想，在这一“望”之中，也包含了对诗的体制、气象、家数等判断在内，是“目击道存”“目机铢两”的。尽管这种方法是传统的经验型的，里面却有很多值得挖掘和汲取的思想资源。但传统观念的自身局限，窄化了通向传统文学批评的道路。从曹植开始，就明确说“盖有南威之容，乃可以论于淑媛；有龙渊之利，乃可以议于断割”，只有诗人（甚至是优秀的诗人）才是唯一合格的批评家。从孙过庭的《书谱》到方东树的《昭昧詹言》，都引用过曹植的这段话。所以初唐的卢照邻就嘲笑钟嵘之论诗，是“人惭西氏，空论拾翠之容；质谢南金，徒辩荆蓬之妙”；直到晚清的陈衍，也还在批评钟嵘“以一不能诗之人，信口雌黄，岂足信哉”。按此标准，一般人就没有对诗的发言权，在今日世界也几乎无人具备评论中国古诗的资格。所以传统的道路就会越来越狭隘，最终窒碍难行。为了走出这一封闭圈，从经验型的风格研究走向历史和理论，实际上就是向西方学习，并冠以“科学”的美名，这成为20世纪以来最流行的“知识时尚”。于是理论压倒了经验，逻辑抹煞了形象，历史取代了文学。这就渐渐导致了一个令程先生痛心疾首的现象：“写论文好像一个严格的法官，把杜甫往这里一摆：根据历史条件，根据哲学，根据人生观，根据开元天宝年间的时代背景，现在宣判杜甫符合现实主义的三条，违背浪漫主义的七条。杜甫要哭的呀！我们不能如此冷酷地对待我们的艺术大师，因为文学艺术是个感情的东西。”把这番话里的因素分析一下，历史、哲学、人生、背景等等，可以归为文学以外的文献，现实主义、浪漫主义是文学本身的术语，这样的研究能不能说是“文艺学和文献学结合”，当然不可以。所以，“两点论”不是简单的考证加评论。中国古代有一个词叫“目想”，后来也用在了文艺批评上，萧统用以选文，“历观文囿，泛览辞林，未尝不心游目想，移晷忘倦”；姚最用以评画，说谢赫的作品“点刷研精，意在切似，目想毫发，皆无遗失”；张怀瓘用以论书，“虽彼迹已缄，而遗情未尽，心存目想，欲罢不能”。这是典型的将形象思维（目之所见）与逻辑思维（想之所及）相结合的表述。所以，“两点论”也是中国传统文学批评方法的现代表现之一。

在我看来，程先生在他同时代的古代文学研究学者中，是最具有方法的自觉和不懈的努力的，这可以作为他区别于其他学者的重要标志。1954年4月，沈祖棻先生在她和程先生合著的《古典诗歌论丛》“后记”中说：“特别是千帆，在这些论文中，他尝试着从各种不同的方面提出问题，并且企图用各种不同的方法加以解决，是因为在过去的古代文学史研究工作当中，我们感到，有一种比较普遍的和比较重要的缺点。那就是，没有将考证和批评密切地结合起来。……这样，就不免使考据陷入烦琐，批评流为空洞。……基于这样的理解，我们就尝试着一种将批评建立在考据基础上的方法。”只有将理论和经验相结合，才能使批评有内容（空洞即无内容），考据有方向（烦琐即无方向）。程先生在晚年还批评说：“今人之为考据，其弊大要有二：一则考其所不必考，则陷于支离破碎；二则据其所不能据，则流于牵强附会。”不难看出，从“考证与批评密切地结合”，到“文艺学和文献学精密结合”，其学术思路是一贯的。他付出的种种努力，意在探索文学研究的方法（当然不是排他性的），为中国文学研究找回属于自己的尊严。

19世纪末20世纪初，整个东亚学术先后不等地开始从传统向现代转型。在这一转型过程中，人们十分注重研究方法的探寻。但总体看来有一个共同的观念，就是方法不属于东亚学术传统所固有，要顺利完成这一转型，只有学习西洋的科学方法。在当时的东亚，日本学者处于领先地位，他们的意见也影响到中国。桑原隲藏在《中国学研究者之任务》一文中，强调西洋的科学方法“不仅可应用于西洋学问，中国及日本之学问亦非藉此不可”，推而广之，印度学、阿拉伯学和整个东方学，也无一而不是如此。胡适在1917年7月5日的日记中，写了他对该文的读后感，高度认同曰“其言极是”。为什么非用西洋人作学问的方法，为什么不用中国传统的方法，那是因为在当时人看来，中国学术传统中缺乏学术研究的理论和方法。以文学研究而言，虽然有丰富的批评文献，但当时的主流意见认为，这些材料零碎散漫，不成系统，即便如《文心雕龙》，也还有人以“杂乱破碎”视之。程先生对此甚为不满，而要为中国文学研究找回尊严，就需要证明：1.文学研究是有理论、有方法的，决非随心所欲便能信口雌黄；2.文学研究的理论和方法在中国传统中是可以找到其资源的，无须一味向西洋乞灵。1941年到1943年之间，程先生任教武汉大学和金陵大学，讲授古代文论，选前人论文之作十篇，为之注释诠解，编为《文学发凡》二卷。他在《自序》中说：“通论文学之作，坊间所行，厥类郅夥。然或稗贩西说，罔知本柢；或出辞鄙倍，难为讽诵。”明显有针对“稗贩西说”

的弊病。书名《文学发凡》，也有建立一个基本系统的目的在。十篇文字，卷上为“概说”，分别为文学之界义、文学与时代、文学与地域、文学与道德、文学与性情；卷下为“制作”，分别为制作与体式、内容与外形、模拟与创造、修辞示例、文病示例，显示了以中国文论资料建立文学理论系统的用心。可惜在1948年由上海开明书店印行时，叶圣陶先生将书名易为《文论要诠》，1983年黑龙江人民出版社再印此书，又改题为《文论十笺》，愈来愈淡化了其建立系统、颉颃西洋的色彩。尽管程先生晚年谦虚地说，“这部书不是很完整的体系”，但也说“十篇文章，有注解，有按语，还成个体系”。在研究方法上，程先生同样立足本土资源。沈祖棻先生说，“将批评建立在考据基础上”的方法并非自创，“伟大的古典文学批评专著《文心雕龙》论述文学原理和文学历史，基本上就是用的这种方法”，这也是该书之所以伟大的原因之一。但我们不要误解，以为程先生就是一个学术上的“民族主义”者。他在当时之所以反对“稗贩西说”，刻意从本土文献挖掘理论和方法的资源，说到底，是出于对时风之弊的针砭。用禅宗语录的话说，就是“应病施药”。我们只要看到，程先生在大学时代就接受欧美现代诗风的影响，第一篇学术论文《杜诗伪书考》发表后，他也将抽印本寄呈日本京都大学铃木虎雄请益，就可以看出他对于“新知”的渴求。他在晚年给门人的信中还说：“劳动有个效果问题，知识有个更新问题。……知识不更新，劳动也就往往无效了。”就自身的专业而言，20世纪以来的“新知”，就是世界范围内的人文学术研究，至少也是国际汉学研究。20世纪70年代末，中国在政治、经济上开始“改革开放”，这也在文化上促进了中国学界与国外的交流。程先生在1979年10月12日致叶嘉莹、周策纵的邮件中列出三项“所欲知晓各事”，分别为：“一、欧美著名汉学中心（包括图书馆、研究所及大学亚洲学系）之名称、地址及主持人。二、欧美著名东方学（汉学）学术刊物之名称、出版社地址及主持人（此项旧有者多知之，乞详示近二十年新出者）。三、研究汉语古典诗歌及中国古代文艺理论之学人（特别是华族学者）及其主要著作（专书或论文、发表刊物及出版书店）。”在1980年6月30日给叶嘉莹的信中，也还希望她能代选若干英美汉学刊物上的文章，“择其研究方法不同于国内传统而见解精辟者，复制若干篇赐寄”，这是颇领风气之先的。在1986年冬全国社会科学“七五”规划会议上，程先生接受记者采访时，也批评了当时的研究界所存在的“轻视国外中国学的倾向”，以及自认为“中国人研究中国文学理所当然是最高水平”的糊涂认识，强调学习国外中国学的成果，强调一个民族文化的发展“应该具有一种以世界总体文化为背景的特色”。这样，才能够与国外汉学开展有深度的和有建设性的对话。同时，在他的学术实践中，也在尝试如何将传统与西方的文学理论批评作有机结合。比如《张若虚〈春江花月夜〉的被理解和被误解》一文，程先生自云是一项“方法论的探索”，“对作品的理解与整个文学的历史潮流有关。对一个作品，不同时代的人往往有不同的理解和不同的评价，这实际上涉及到接受美学的问题”。所以我曾用“开放的文化保守观”来概括程先生的学术，这当然也与他受到陈寅恪的影响有密切关系。

关于程先生诗学研究的具体成就和影响，学术界讨论已多，在巩本栋教授编的《程千帆沈祖棻学记》（贵州人民出版社1997年版）和我编的《桑榆忆往》（北京大学出版社2015年版）中已辑录了一些，读者可以参看。本文着重在研究方法上阐发其诗学研究的意义，是因为正如阮元所云：“学术盛衰，当于百年前后论升降焉。”而若以百年升降衡论中国现代学术，今日遇到的最大问题，就是如何反省欧美学术对东亚学术的影响和改造，这突出地体现在研究方法的问题上。陈寅恪当年批评的“有学无术”或“有术无学”的问题，在今日依然存在；他期待的“要待诸君洗斯耻”，在今日仍未实现。程先生的学术理念深受陈寅恪影响，同时也努力探索一种既是传统的，又是现代的文学研究方法。只是限于其个人和时代的命运，这一探索还仅仅处于起步阶段。对于更多的后来者而言，正可以用“任重而道远”来形容。本文的这一番用意，特别希望能够得到广大读者的理解和重视。

二〇一八年立春日于百一砚斋

研究方法

古代诗歌研究绪论

一

远古以来，中华民族的勤劳、勇敢、智慧的祖先们就在祖国美丽的土地上经营着自己的生活。他们不仅以严肃的态度对待现实，而且以美妙的梦想瞻望将来。在漫长的岁月里，曲折的道途中，他们创造了伟大的古代文化。这是一种和全世界任何其他优秀民族所创造的古代文化比较起来丝毫都无逊色的光辉灿烂的文化。

作为祖国古代文化的重要组成部分的古典文学，远在纪元以前的若干世纪，就已经放射着永远不灭的光芒。丰富的生活、复杂的形式，使得古代作家们有最大的可能来驰骋自己的才能，也就给我们积累了巨大的文学遗产。

诗歌是古典文学中一个很重要的部门。就历史的概念说，它指的仅仅是四言诗、五言诗、七言诗和为数不多的六言诗及杂言诗，或者仅仅是古诗、律诗和绝句诗。而就我们今天的概念说，则过去许多另有名目，并不叫作诗，但事实上却相当于现代所谓诗的作品，也应当把它们称为诗歌，例如屈原、宋玉以下所写的楚辞，汉以来的赋，唐以来的词，元以来的散曲，明以来的时调小曲，历朝的民歌都是。甚至于鼓书和弹词之类，也是可以理解为叙事诗，而将它们包括到诗歌中去的。这两个概念——狭义的和广义的——都是需要的，前者可以使我们区别样式，后者可以使我们扩大研究范围，加深对于这些作品相互间许多复杂关系的认识。

局限于狭义的诗歌来说，古代作家遗留给我们的财产也够丰富的。单是唐朝，就有两千多位诗人，流传到现在的诗约五万首。单是宋朝著名的爱国诗人陆游，一个人就创作了一万首以上的诗。当然，在古代诗歌里，也和在其他古代文学部门中一样，由于历史条件的限制，并不是每一位作家，更不是每一篇作品在今天看来都是有价值的。它们中间有许多是为封建统治阶级服务的，也就是属于封建性的糟粕的东西，可是，这并不是祖国诗歌史中或文学史中的主流。反之，却是那些坚持着《诗经》《楚辞》以来的传统，并以自己的战斗丰富了、发展了这一传统的作家，高举着火炬，一个接着一个，一群随着一群，开辟了祖国文学的道路。在这道路上，树立了无数真实地反映着历代人民的欢笑与悲愤的丰碑。在这些碑石上，刻镂着人民的感情，也刻镂着作家们自己的功绩，显示了他们作品的古典的价值。

在自己的眼光抚摸着这些碑石时，常常想起俄罗斯强力集团大音乐家莫索尔斯基的话：“艺术家都是相信将来的。他们活着，就是为了将来。”祖国的古典作家正是这样的艺术家，他们这种坚强的信念激励着自己，就使我遇到困难时，能够硬着头皮读下去，而且也还有勇气将自己对于如何钻研古代诗歌的一些不成熟的意见记录下来。

二

任何文学作品都是一定的社会生活在人类头脑中反映的产物。生活构成了作品的内容，而借以表现这些内容的则是形式。因此，任何文学作品也就都是内容与形式的有机统一体。作为一个作家，总是根据自己在生活中的感受和自己的阶级立场来裁判生活、形成作品的，因而就创作过程来说，内容是先于形式的。但当作品完成以后，内容就被形式固定下来。一个读者如果要欣赏和理解作者所反映的生活，从而进一步明确他的创作意图、作品的主题思想，估定其思想价值和艺术价值，则首先遇到的倒是形式，而不是内容。只有通过形式才能理解内容。基于这种认识，我们就应当把对文学形式的研究放在一个适当的地位上，更具体地说，应当明了，对于作品形式的研究的重要性是仅次于对于作品的内容的研究的；而且，在实际工作中，这两者也是密切地结合着的。不研究形式，我们无从明白作品的内容，脱离了研究形式只是为了更好地研究内容这一概念，为研究形式而研究形式，则这种研究即使不能说毫无意义，它的意义也决不可能很大。

在古代诗歌以及古典文学其他部门的研究上，这一点尤其重要。由于社会生活的变革，形式也就有了变革。不适应新的生活、新的风尚的旧形式僵化了，适应新的生活、新的风尚的新形式产生了，发展了。古典诗歌拥有极为丰富复杂的形式。这些形式，由于它们是在几百年前，甚至是在几千年前适应当时的生活的风尚所形成的，那些生活和风尚早已在现代社会中消逝，其所用以表现那些生活和风尚的形式就无可避免地和我们之间存在着或近或远的距离。不论远近，总之是有距离。这些距离的存在，阻碍了我们对于古典作家们的思想感情的理解。自然，古典作家们的思想感情和今天的我们也同样是有距离的。但形式的距离的存在，却更加长了内容的距离。我们读古代作品的时候，常常容易有这样一种意见："看不懂。"这往往是指两方面而言，形式不懂，内容也不懂。要研究我们伟大的文学遗产，就必须缩短和消灭这两方面的距离。在两者之中，理解内容是更其基本的要求，而理解形式则是它的先决条件。跳跃过一个作品的形式而直接理解它的内容，那完全是不能想象的。

世界上没有一种不具备民族形式而配称为伟大作品的文学。文学是语言的艺术，语言是文学的根本材料，而千百万人民千百年来共同使用着的语言则正是民族形式中最显著和最本质的特征。所以，要研究祖国古代诗歌的形式，也要从研究它所使用的语言开始。有许多人企图将祖国古典文学中多数作品所使用的语言——“文言”看成是历代统治阶级的阶级性同行语，而将它一概加以抹杀。这种有害的看法，必然会引导出另一种不正确的判断，即从古代一直到20世纪初叶，汉语古典文学大部分是用阶级性同行语记录的。这就直接贬抑了古典作品的价值，也影响了我们接受优秀遗产的热情。事实上，“文言”也是由古代的人民语言中产生的，而当它发展成为书面的文学语言以后，也是具有全民性的。正因为“文言”并不是封建统治阶级的阶级性同行语，并且他们也没有力量占有和把持这种语言，因此，古典文学中存在着大量的具有人民性的作品才是可能的。同时，随着社会生活的变化，生产、文化的发展，“文言”在作家们的实践中，在几千年的漫长岁月里，也根据语言本身的规律，起了许多变化，适应了祖国古代文学发展的需要。大致上，“文言”的发展也是走的“之”字路，从先秦到南北朝，它一步一步走向脱离口语，而从唐以来，又逐渐地走向靠拢口语。这是只要我们拿历朝的作品作一比较，就可以看出来的。

在“文言”已经在我们的日常生活中被排斥的今天，我们要研究古代文学就要以“不入虎穴，焉得虎子”的精神，首先将这道难关突破。

这道难关是完全可以突破的。这，主要的是因为“文言”的基本词汇和语法，同口语基本上也还是一致的。由于社会制度的改变，生产、文化、科学各方面的发展而产生的新词汇，以及逐渐变化改进的语法，如果已经在口语中出现，它们就不可避免地要或多或少地加进“文言”当中。而且，由于语言有巨大的稳固性，虽然“文言”当中有一部分已经死亡的东西，也还有许多和今天我们所使用的语言相同的东西。所以，理解“文言”的问题，实质上只是限于理解那些在今天我们语言中已经废弃了因而很不相同的一部分。这些部分，如果借助于前人的注解、字典和语法书籍，是可以逐步了解的。如像张相的《诗词曲语辞汇释》，就是研究古代诗歌一部很好的参考书。

当然，在作品中，偶然也会遇到一些比较特殊的问题，例如旧题李陵《与苏武诗》三首之一就有一句“执手野踟蹰”。按照古汉语的习惯语法，只能说“踟蹰于野”（《玉篇》：“踟蹰，行不进貌。”），但这里却因为：第一，“蹰”字是个韵脚；第二，五言诗一句只能有也必须有五个字，因而诗人就使用了这样一种不合常规的语法，造了这么一个句子。又如陶渊明《归园田居》第一首有“少无适俗韵”一句。这个“韵”字该怎么讲，各家注解都没有说明。当我们将晋、宋时代的语言加以研究之后，才知道这个字在当时包含的意思很多，而在这篇诗里，却应当作性情讲。但是这种语法有特殊的变化、词汇有特殊的意义的地方，在比例上是很少的。遇到这类问题，自己也可以提出来研究，借以加深对于古代文学的理解。

在语言问题中，和语法、词汇同样应当注意的还有修辞问题。我们的古典作家，为了更完美地表现自己所反映的生活，创造了非常丰富的修辞方法。例如“代语”的应用，从《诗经》以来就有了，一直到现代的民歌中，都还普遍地存在着。无论就其彼此相代的方式说，或者就其彼此相代的原因说，都呈现着极为复杂的内容。“代语”是如此，其他修辞方法也是如此。在这一方面，陈望道先生的《修辞学发凡》，虽然不是一部专讲古代修辞的书，也不是一部专讲诗歌修辞的书，但却提供了一些明确的条例，对于我们研究古代诗歌的修辞是有帮助的。

在作品中引用成语和故事，在古代诗歌的修辞方法中，也是非常普遍的现象。这两者，我们常常合在一处，称为用典故，这也是应当加以研究的。关于这一点，朱自清先生说：“有些人反对典故，认为诗贵自然，辛辛苦苦注出诗里的典故，只表明诗句是有‘来历’的，作者是渊博的，并不能增加诗的价值。另外有些人也反对典故，却认为太麻烦，太琐碎，反足为欣赏之累。可是，诗是精粹的语言，暗示是它的生命。暗示得从比喻和组织上作工夫，利用读者联想的力量。组织得简约紧凑，似乎断了，实在连着。比喻或用古事成辞，或用眼前景物；典故其实是比喻的一类。这首诗那首诗可以不用典故，但是整个儿的诗是离不开典故的……要透彻地了解诗，在许多时候，非先弄明白诗里的典故不可。陶渊明的诗，总该算‘自然’了，但他用的典故并不少。从前人只囫囵读过，直到近人古直先生的《陶靖节诗笺定本》，才细细地注明。我们因此增加了对陶诗的了解。”（《古诗十九首释》，《国文月刊》第六期）这些意见是切实的。尽管我们反对在今天的创作中用成语和故事——这也不是绝对的——但对于已经这么做了的古代作家，倒还是有责任将他们作品中这类的东西弄清楚的。从汉以来，学者们已经给《诗经》《楚辞》作注，以后历代都有给诗歌作注的人。大诗人杜甫的诗集，从宋到清，有几百种注解。这些，也正是我们遗产的一部分，应当予以重视的。但这些注解，比起古代诗人丰富的创作来，还是嫌少。像白居易和陆游这样重要作家的全集，就至今还没有注解，因此他们作品中所反映的社会生活，所用来表现那些生活的许多典故，还不曾完全弄明白，妨碍了对于他们作品的欣赏和研究。有时，一篇作品中一个典故没有考出，甚至影响到对于它的主题的认识，如像姜夔的《暗香》《疏影》两首词，许多批评家都猜测它表面上虽然描写的是梅花，实际上却寄托了对于国家衰败，徽宗、钦宗被金人掳去的哀感，但一直到刘弘度（永济）先生找出了姜夔所用的宋徽宗的《眼儿媚》词这个典故以后，才得到了确证。

研究古代诗歌的语言，还有一个附带的校勘问题。因为这些作品经过千百年的辗转流传，或钞或刻，就保不定没有错字。我们要正确地认识诗的含义，就必须先将一些错字改正过来。其中还有一些原来不错，由于读者不懂反而把它改错了的，就更要注意。例如郭璞的《游仙诗》，主题思想就是想做隐士，所以他说："朱门何足荣，未若托蓬藜。"但后人不懂，想到诗题既是《游仙》，那么"蓬藜"一定是"蓬莱"之误，这样一改，反而使主题模糊了。再如陶渊明《饮酒》二十首之五，其中"悠然见南山"句，

“见”，有的本子作“望”；“此中有真意”句，“中”，有的本子作“还”。这两处异文，在宋本中就并存了，我们找不出更古的本子来证明谁是谁非，但将整个诗篇加以详细分析以后，就仍然可以得出结论，“见”和“中”用在全诗里，是更好的语言。像这一类的问题，如果研究起来，都是应当注意的。古代诗集一些较好的注本，都附带地根据各种本子，做过这种校勘工作，我们读诗，可以利用。

总之，在古代诗歌语言的研究中，词汇、语法、修辞是必须加以注意的几个方面，只有首先弄明白了这些，才体会得到它们的形象性、它们的艺术价值和借这些来表达的思想价值。

古代诗歌的研究，从语言开始，是合适的。

三

在文学的发展过程中，人民为了适应表现生活的需要，创造了多种多样的作品。这些作品，逐渐被统一在有着共同特征的诸种类中，于是就有了诗歌、小说、戏剧这些样式。这些样式，还可以作更细致的区分。像中国古代诗歌，就有如我们在前面所已经指出的那些种类，而仅就狭义的诗歌来说，又有各种不同的体裁。

这些样式，由于它们最初都是广大人民所创造出来的而不是少数作家所凭空想出来的，因此就具备着为广大人民所喜闻乐见的鲜明的民族特点。如我们所理解，民族形式的意义是多方面的。它首先是个语言问题，而样式则是个仅次于语言的问题，并且，它们之间又保持着密切而不可分割的关系。这样，研究古代诗歌，就不能不熟悉这种和那种样式的特征。

光从外形上区别什么是诗，什么是词、曲，或者什么是古体诗、律绝诗，是容易的，因为只要多看它们几眼就记住了。可是，问题在于每一种样式，对于作品的题材及主题，往往有一定程度的适应性；同时，“对于描写具有特征的现象，都有自己的一些特别的手法”（奥泽罗夫：《苏联文学中的典型性问题》，《译文》1953年10月号）。这些方面的关系如果不加注意，对于某些古典作品的思想性与艺术性的高度结合，就很难真正懂得。《红楼梦》第七十八回，《老学士闲征姽婳词》，贾兰做了一首七言绝句，贾环做了一首五言律诗，“贾政……因问宝玉。众人道：‘二爷细心镂刻，定又是风流悲感，不同此等的了。’宝玉笑道：‘这个题目，似不称近体，须得古体，或歌或行，长篇一首，方能恳切。’众人听了，都立起身来，点头拍手道：‘我说他立意不同。每一题到手，必先度其体格宜与不宜，这便是老手妙法。这题目名曰《姽婳词》，且既有了序，此必是长篇歌行，方合体式……半叙半咏，流利飘逸，始能尽妙。’贾政听说，也合了主意”。这便是伟大的古典小说家曹雪芹对于这个问题的宝贵指示。

诗歌是有韵律的文学。中国古代的作家们为了要用语言的音响传达生活的音响，逐渐以语言中的平仄声或平上去入四声为基础，建立了有规则的韵律。从晋朝的陆机的

《文赋》起，批评家就开始注重了这个问题。历朝关于这一类书是很多的。清代语言学家周春专门研究杜甫诗中的“双声叠韵”，就写了一部名叫《杜诗双声叠韵谱括略》的书。近人刘大白先生的《中诗外形律详说》，更是一部结总账的巨著。现代学者在这方面的研究，已经开始从仅就韵律本身来研究韵律的规律，迈进到从韵律与感情的关系来研究诗人应用韵律的规律，例如唐钺先生写的《音韵之隐微的文学功用》（《国故新探》卷一），郭绍虞先生写的《中国语词的声音美》（《语文通论续编》），就是很有益的工作。

一篇诗或一组诗，为了体现它所描写的生活，生活中矛盾与斗争的内在规律，在一篇诗中，以及一组诗中每篇诗与每篇诗之间，就必须具备一定的结构。杜甫的《北征》，一篇诗是一个整体，而他的《秋兴》八首既然每篇是一个整体，同时八篇诗合起来又是一个更大的整体。要充分了解一篇诗或一组诗，不研究它们的结构是不行的。——那就会降低到停滞在个别字句的欣赏上面，而这种情况是很多的。如左思的《咏史》八首，以“铅刀贵一割，梦想骋良图”开始，以“巢林栖一枝，可为达士模”结束，表现了诗人在政治活动上由积极而消极、由希望而失望的全部过程。其中各篇都举出了一些古人来作为“咏”的对象，初看上去好像没有什么系统，但弄清楚了这些诗的结构以后，就知道原来有的是引来比喻自己的，有的是引来安慰自己的，有的是引来警戒自己的……这才使我们对于这组诗有了更多的了解。

每一个作家在自己作品中显示的精神面貌，也就是他的世界观、他的个性、他的社会地位和他对现实生活的态度的表现。这，我们通常称之为风格。语言是风格的表现手段。语言表现风格，风格又反过来规定语言。风格和语言的关系，“就像身体行动时的步调，写字的笔迹，面部的表情”（苏联格罗特院士语，引见斯大林《论语言学的著作与苏联文艺问题》第一篇，维诺格拉陀夫：《苏联文艺学的当前任务》）。在祖国古典文学批评和创作中，对于作家作品的风格向来是非常注意的。例如《文心雕龙·体性》篇：“贾生俊发，故文洁而体清；长卿傲诞，故理侈而辞溢。”这是从作家的行为个性来解释他们风格产生的原因。《典论·论文》篇：“铭诔尚实，诗赋欲丽。”这是从作品的样式来说明它们适宜何种风格。杜甫《春日忆李白》：“清新庾开府，俊逸鲍参军。”这是用前辈作家美好的风格来称赞自己的好朋友。由于古典文学批评有着直感的、结论式的特点，所以风格的批评是很重要的部分。这对于我们研究古代诗歌的风格，提供了有利的条件。杜甫诗中屡次用“神”“秀”“清”“新”这类字样赞美别人的作品，因而我们就可以知道他自己看重的风格正是这些，就是一个例子。

和语言问题联系着，样式、韵律、结构、风格等问题，在我们研究古代诗歌的时候，是都应当给以足够的注意的。

这一些都是形式方面的问题。形式，无论它怎样复杂，它产生这些形式的原因却非常单纯，那就是为了表现内容。如我们所周知，作品的内容和形式，在一定的条件下，它们可以是统一的，但就整个文学历史的发展情况来说，则两者经常是处在矛盾与冲突中的。由于新的社会生活构成了文学作品的新的内容，也就迫使它对于旧的形式不断地突破，迫使它要求新的形式不断地产生和发展，这就成为文学发展的历史轨迹。

但，必须明确的是，新内容对于旧形式的突破，在一定的时期内，并不是全部的、平衡的，而是局部的、不平衡的。在诗歌史上，我们看到各种样式错综并存的情况。词出现以后，诗仍然有它的生命，散曲出现以后，诗词也仍然有它的生命，虽然在某一特定时代，某种新兴样式是更流行一些，成就也更高一些。这正是由于这些样式虽然是旧的，而在与它相关联的其他方面，例如语言、风格等等，已经有了变化，因而就整个形式来说，也就还能够适应新的内容。在这种“推陈出新”的情况中，我们就看到了祖国封建社会文学传统与革新的整个情况，即古代文学史发展的整个情况，和古代文学丰富多彩的面貌。

只有在一个极大的变革的时代，即整个旧的经济基础和上层建筑都由动摇而到消灭如“五四”以来的新民主主义革命时代，我们才迅速地有了以全新的形式来表现全新的内容的文学。新的人民生活要求着新的语言、样式、韵律、结构、风格，因而产生了新的民族形式的诗歌。这种诗歌，自然也还是继承着和发展着古典诗歌的优秀传统的，但这是经过有意识的批评地吸收，和古代诗歌发展的情况是有所区别的。

四

如上所述，研究诗歌形式，主要的也就是为了更好地研究它的内容。作家学习生活，于是有了创作的题材；裁判生活，于是有了创作的主题。题材与主题，就是内容的实质。每一篇诗歌都可以有它特殊的题材和主题，即有它特殊的内容，但一个作家全部的作品，既然是那个作家学习生活和裁判生活的结果，那就必然也是那个作家自己的生活的呈现。这些生活，无论是他直接体验的或间接体验的，总之是他所关心和注意的，是他愿意对它们表示歌颂或暴露的态度的。因此，研究作品的内容问题，总的来说，也就是研究作家的生活，研究他所生活的时代，研究他对待这种生活或那种生活、这个环境或那个环境的态度诸问题。

一个中国古代的诗人，在作品中反映了自己的封建思想，那是毫不足怪的。如果一点封建思想都没有，那才真是奇怪的、不可理解的。他们在今天之所以被肯定，乃是在于他们虽具有封建思想，但由于人民在一定的条件之下，用现实生活给予了他们以教育，他们接受了这种教育，因而在思想感情上，对于自己所出身阶级和原有的阶级思想表示了一定程度的分裂性和叛逆性，这样就在客观情况下代表了人民的愿望，符合了人民的利益。例如杜甫，他是祖国最伟大的诗人之一。我们知道，他出身于一个没落的小官僚家庭。在统治阶级中，他是属于中间阶层的。而同时，他又是“进士词科”集团中的人物。“进士词科”集团，是李唐皇室为了对抗从北朝以来就在政治上拥有巨大势力的山东旧族而提拔起来的新兴力量。特别看重“进士词科”的风气，盛于唐高宗和武则天时代，而凝固于开元、天宝以来。利禄的道路使知识分子特别看重文学的钻研，而这些应进士科举的知识分子，最初又多半出身于中小地主。一方面他们固然和大官僚地主在土地占有的关系上共同剥削着农民；而另一方面，又在政治、经济各方面在某种程度上和广大的人民一同受着大官僚地主的压迫和剥削。这样，就使他们容易关心和注意人民的疾苦。因而当他们作为一个政治上的新兴力量在社会中上升的时候，其主张就更是比较接近人民的愿望。这些人，在“安史之乱”以前，朝野沉酣的状况中，已经朦胧地感到当时的危机，而残酷的战争所引起的巨大社会变革，更使他们进一步受到了通过广大人民生活形象所给予的教育，也就使他们敢于正视惨淡的人生，一步一步地走向人民，站立起来为人民的痛苦而歌唱，因此形成了8世纪中叶以后，祖国诗坛上现实主义的诗风。当时社会制度的巨大变革即均田制的彻底破坏，“进士词科”集团的上升，“安史之乱”所给予人民的灾害以及出身中小地主的作家们从人民生活中所获得的思想教育，决定了天宝乱后唐诗的创作内容和创作方法，而杜甫，就是在这一特定历史情况下产生的典型人物。正因为这样，所以杜甫的诗歌，内容是富于人民性的，而其诗歌的主要部分的形式也是容易为人民所了解和喜爱的。

生产关系的总和所形成的经济基础树立了为自己服务的各种上层建筑。这些上层建筑彼此之间也不是孤立的而是互相联系和制约的。因而我们在研究作家与作品的具体内容时，就不能不将许多因素联系起来看。因为经济的因素仅仅是最后的、决定性的因素，而不是唯一的因素。也只有将各种因素从多方面加以研究，才能作出正确的阶级分析。例如，三国时代的大诗人阮籍，是当时哲学派别中所谓自然派的重要人物。和自然派对立的是名教派。这两派哲学在政治上的实际意义，就在于前者反对司马氏的新政权而后者却拥护它。这是当时统治阶级内部矛盾的反映。但自然派从反对司马氏这个政权出发，更进一步地反对了一切统治阶级。他们认为政治的出现，就是祸患的根苗；秩序的安排，就是争夺的开始：因而产生了一种无政府主义的思想。这也就间接反映了当时政治的黑暗、人民的不满。阮籍以极其苦闷的心情写下的八十二首《咏怀诗》，就是他的哲学的形象表现，而这种哲学，又是有其具体的政治内容的。如果我们不知道这些，就很难了解《咏怀诗》。他如左思的《咏史诗》、郭璞的《游仙诗》，牵涉到晋朝的门阀制度；王维的《送綦毋潜落第还乡诗》，牵涉到唐朝的进士科举制度；曹唐的《游仙诗》，牵涉到唐朝的女道士具有娼妓性质这一种特殊的社会风尚。如果不引用史料将它们一一加以解释，是无法了解，或至少是不能够较深切地了解的。

研究古代诗歌的作家作品，不仅不能够将他所生活着的时代的经济、政治、哲学、社会风尚等放在观察以外，而且也不能够将他个人的生活、个性、文学思想和所承受的文学传统放在观察以外。

中华民族是一个非常尊重自己历史的民族，在纪元前，我们已经有了像《尚书》《春秋》《左传》那样的史籍，也产生了一些为《史记》所凭借的传记。《史记》的《屈贾传》和《司马相如传》等则是中国古代诗人最早的传记。到了宋朝，为诗人作年谱的风气展开了。年谱按年记事，使人对谱主的经历、交游可以一目了然，对于读者是非常方便的。现代学者在这方面做的一些工作，比以前更加精密。例如闻一多先生编的《少陵先生年谱会笺》，比从宋到清的所有二十多个杜甫年谱都要详细。夏瞿禅先生给重要词人，从南唐二主到周密，写了十个极为细致的年谱。冯至先生的《杜甫传》也是一本好书，他在传记文学的写作方面提供了一个良好的开端。通过这些著作，我们才能比较系统地认识许多作家的生活，从而可以进一步了解作品的内容。研究作家的生活，为他们作年谱和写传记，是很切实的方法。

通过对于作家生活的认识，我们才可以认识作家借以体现其阶级性的个性，这对于我们的研究工作也是很需要的。例如韩愈的个性倔强好奇，写的诗歌因而也具有奇特的风格。在作品中，他常常观察和描写一些别人不加注意的地方。这是只有从他的个性来加以说明的。

一个作家的文学思想，对于我们理解他的作品，有很大的帮助。这常常是他个人的修养和所承受的文学传统所决定的。杜甫是一个“读书破万卷”的饱学之士，他对先秦以来的文学一直到唐初作家，都有很深刻的研究，在遗产的承受中，他悟出了“前辈飞腾入，余波绮丽为，后贤兼旧制，历代各清规”的规律，因而作出了“不薄今人爱古人”的公正结论。基于这种健全的富于历史观点的文学观念，他吸收了前代诗人的长处，创作了自己更优秀的诗篇。再如白居易，用创作实践了自己的“文章合为时而著，歌诗合为事而作”(《与元九书》) 的宣言，这更是我们所熟悉的。在这些地方，可以看到古典作家理论结合实际的情况。

只有弄明白了作家所生活的时代，他自己的生活、思想、性格，他所承受的传统这些基本方面，才可以理解每一篇作品的内容，以及他何以要用某种形式来表现这些内容，因而达到对于一篇作品从内容到形式的比较完整的认识。

五

我们今天研究古代诗歌，是学习和接受古代文化遗产的工作的一部分。在研究古代诗歌或古代文学时，我们应当将哪些东西作为民主性的精华，将它们肯定下来，以供新诗歌或新文学借鉴呢？概括地说：应当是人民性的内容和现实主义的创作方法。

文学的“人民性”这一概念涵有丰富和广阔的内容。它并不如某些人所想的那么狭隘。而这样一些作品，又必然是具有民族形式的。这些概念，在我们应用来研究古典作品的时候，各依其特定的历史条件而具有特定的具体内容；而且，在历史的发展中，由于人民生活的不断变化，其具体的内容也愈来愈丰富，这就形成了祖国文学中人民性与民族形式的多样性。

简单地说，构成人民性的基本条件，第一就是要在作品中提出和广大人民的命运有关连的问题，或者说有广大的普遍的人民意义的问题，而第二，还要从人民的立场来说明所提出的问题。例如杜甫的《丽人行》写的虽然只是贵族统治阶级的危机和溃败的必然性，而这对于当时人民是重要的，因为政治的腐败和经济的衰竭都直接影响到人民的生活。诗人反映了当时政治上的重大事件，也就是提出了和人民命运有关的问题，并且对它表示了态度，这就显示了强烈的人民性，虽然在这作品中，并没有出现人民的形象，也并没有以人民生活为主题。

当然，如果在作品中以具体的形象表现了广大人民的要求和愿望，或者站在更高的水平，预见地反映了人民中间还没有普遍形成的要求和愿望，那就具有高度的人民性，是不成问题的。《水浒传》第十六回《吴用智取生辰纲》中，白胜唱道：“赤日炎炎似火烧，野田禾稻半枯焦。农夫内心如汤煮，公子王孙把扇摇！”这支歌通过农民阶级和地主阶级的形象性的对比，不仅说明了两个阶级的斗争的不可调和性，掀起了更多的人的反抗意图，而且，也暗示了“智取生辰纲”这一事件本身的正义性。

作品中的人民性必然是通过描写生活中具有社会意义的矛盾而体现的。但所谓“社会意义”，是指一切有助于社会发展的有价值的东西，它是相当广泛的。有些古典抒情诗歌，并不曾提出较为重大的社会问题，“但却展开了人的内心世界，对自然的感觉和爱情经验的最细致的情绪。这一切都会使读者的精神世界更为丰富，更为提高，并且对他指示了新的审美价值，就是对社会有意义的价值”（季摩菲耶夫：《文学概论》，166页），因而也就是具有人民性的作品。例如元代散曲家贯云石的《双调 · 清江引》：“若还与他相见时，道个真传示：不是不修书，不是无才思，绕清江买不得天样纸。”清代诗人王士禛的《真州绝句》：“江干多是钓人居，柳陌菱塘一带疏。好是日斜风定后，半江红树卖鲈鱼。”前者是很漂亮的情诗，深刻而又风趣。后者则是祖国江淮平原一幅非常美丽的水彩画。应当承认，它们是丰富了我们的精神世界的，为我们所需要的。

在祖国古代文学史上，我们看到了，古典诗人，由于他们在生活中辛勤学习，才成为了在作品中充满了人民性的现实主义作家。屈原的成就，是和他的政治生活分不开的。杜甫颠沛流离，岳飞、辛弃疾坚持反抗侵略，文天祥以身殉国，关汉卿沉沦下僚，他们在自己生活中接近了人民，学习了人民，所以写得出那些永远照耀史册的作品，显示了其作品的人民性的内容与现实主义的创作方法的完整的统一。

历史证明，我们的人民从来就是热爱生活，富于理想，尊重自由，爱好和平，不愿意受任何压迫和侵略，也从来不以自己已经取得的成绩为满足。这些优秀的品质，表现在一些杰出的人物身上，就如鲁迅先生所说："我们从古以来，就有埋头苦干的人，有拼命硬干的人，有为民请命的人，有舍生求法的人，……虽是等于为帝王将相作家谱的所谓正史也往往掩不住他们的光耀，这就是中国的脊梁。"（《中国人失掉自信力了吗》，《且介亭杂文》）而表现在古典作家们的创作方法上，则是与积极的浪漫主义相结合的现实主义——他们正是用这种方法表现了祖国的脊梁的。在诗歌方面，不但屈原、杜甫是具备着这种创作方法的典型人物，就是其余许多作家的诗篇，也是或多或少地带有这种特征的。

人民性的内容和现实主义的创作方法，是古典诗歌和古典文学中应当加以接受的精华，已如上述。但就每一个作家乃至每一篇作品来说，又各有其具体的问题，必须加以具体的历史唯物主义的分析，才能分别什么是精华，什么是糟粕，或者，它们是怎样反映了人民性的，怎样运用了现实主义的创作方法的。这，就有赖于自己坚强持久的劳动。

伊·爱伦堡曾经说过："只有希望，强烈的希望，那时候一切才能实现。"前面曾经提到，我们的古典作家，都是相信将来的人，因此，才在他们的作品中发射着强烈的希望的光辉，而现在，已经出现比他们所希望的理想社会不知美妙多少倍的社会，而且不久就要走进更美妙的社会了。那么，让我们也来希望，强烈地希望吧！

（1954年3月　武昌）

诗辞代语缘起说

一

代语者，修辞之一术也。修辞之业，大要在求表现之精审，使人获得正确之观念；求表现之新奇，使人发生警策之感觉；求表现之委宛，使人明晰涵蕴之意义。《文心雕龙·物色》篇所谓“因方以借巧，即势以会奇”是也。代语之用，亦不外斯。至其根株，则基联想。盖代语云者，简而言之，即行文之时，以此名此义当彼名彼义之用，而得具同一效果之谓。然彼此之间，名或初非从同，义或初不相类，徒以所关密迩，涉想易臻耳。（案《方言》卷十：“慽、鳃、乾、都、耇、革，老也，皆南楚、江、湘之间代语也。”郭璞注：“凡以异语相易，谓之代也。”此典籍称代语名、释代语义之最早者。然其根株，则基于声音之流变，故世之学者，皆依戴震《转语》同位位同之条以说之。盖《方言》之代语，与《转语》实理同而辞异也。今兹所论，虽亦如郭注所谓“以异语相易”，而其理全别，故不复推本之。）原夫宇宙事物，纷纭相属。情知通感，非可绝缘。物有自异而见同，事或推此以及彼。是以举一隅则三隅可反，推己心而他心得通。文辞者，固假表象以神其用者也，遂亦因之有引申之义，有贸代之方。察其所由，岂不以此故邪?

文学之始，盖权舆于语言。代语之施，于斯二者，皆属习见。其用之今日恒言者，更仆难数，固无论矣。以著之版业者言，《诗三百篇》为吾华成熟最早之文学，而代语之用，亦已数见不鲜。如《卫风·氓》:“乘彼诡垣，以望复关。”传曰:“复关，君子所近也。”笺曰:“犹有廉耻之心，故因复关以托号民云。”疏曰:“复关者，非人之名号，而妇人望之，故知君子所近之地。笺又申之犹有廉耻之心，故因其近复关以托号此民。故下云‘不见复关’‘既见复关’，皆号此民为复关。”此以“复关”代“人之名号”，则《风》诗用代语之例也。《小雅·大田》:“田祖有神，秉畀炎火。”传曰:“炎火，盛阳也。”笺曰:“螟螣之属，盛阳气嬴则生之。今明君为政，田祖之神不受此害，持之付与炎火，使自消亡。”疏曰:“以言炎火恐其是火之实，故云盛阳也。阳而称火者，以南方为火，炎为甚之，故云盛阳也。知非实火者，以四者所谓昆虫，（案经上文云:‘去其螟、螣，及其蟊、贼。’四虫指此。）得阴而藏，得阳而生。故笺云:‘盛阳气嬴则生之。’义无取于火之实，故为盛阳也。”《大雅·公刘》:“度其夕阳，豳居允荒。”传曰:“山西曰夕阳。”疏曰：“‘山西曰夕阳’,《释山》文。孙炎曰：‘夕乃见日。’然则阳即日也。夕始得阳，故名夕阳。”(胡仔《苕溪渔隐丛话》前集卷一引《宋子京笔记》云：“山东曰朝阳，山西曰夕阳。故《诗》曰：‘度其夕阳。’又曰：‘梧桐生矣，于彼朝阳。’指山之处耳。后人便用‘夕阳忽西流’。然古人亦误用久矣。”案“梧桐”二句,《诗·大雅·卷阿》文。传以山东释之，亦《雅》诂也。“夕阳”句，刘琨《重赠卢谌》诗语。子京盖未审文辞之用，有本义、借义之别。《雅》作乃用代语，刘诗固非其类。遽斥为误，殆非知言也。)此以“炎火”代“盛阳”，以“夕阳”代“山西”，则《雅》诗用代语之例也。《周颂·小毖》:“未堪家多难，予又集于蓼。”传曰：“我又集于蓼，言辛苦也。”疏曰：“蓼，辛苦之菜。故云：‘又集于蓼，言辛苦也。”此以“蓼”代“辛苦”，则《颂》诗用代语之例也。若斯之流，胥周先民之所咏歌，汉、唐老师之所说释，明见经传，无可致疑。固知其事从来实远。汉、魏以降，迄于近古，兹术施用，蕃变尤多，盖有非偶然者焉。王夫之《夕堂永日绪论》乃云：“有代字法，诗赋用之，如月曰望舒、星曰玉绳之类。或以点染生色，其佳者正尔含情。然汉人及李、杜、高、岑犹不屑也。”(外编,《船山遗书》本。凡文中征引篇籍，若丛书本、传钞本及诸本有完缺异同者，悉标出之。习见者则不更言何本。后仿此。)是则率尔之言，未尝夷考情实，弗可信也。

在昔学人著书，于此事盖亦间有论列，然括囊未尽，友纪不张。自西方修辞之学流入吾华，邦人君子或有假厥科条，以理故籍，其凡例亦粲然明著。顾加之细绎，则皆仅列举资代之方式，罕有明示方式之缘起者。夫缘起不明，则效用不显，方式虽详，因果则昧，其亦未为备也。余顷治诗，籀讽之余，颇事搜讨，因就此体，斟酌事辞，明征缘起，以补前此之所不及。其所举例，时不限于一代，人不限于一家，诗不限于一体，庶足以证成其为一普遍之现象。扩而充之，至于众体，固无弗从同，是则赖善读书者之隅反矣。

二

贾谊《陈政事疏》有云："古者，大臣有坐不廉而废者，不谓不廉，曰'簠簋不饰'；坐污秽淫乱、男女无别者，不曰污秽，曰'帷薄不修'；坐罢软不胜任者，不谓罢软，曰'下官不职'。故贵大臣定有其罪矣，犹未斥然正以呼之也，尚迁就而为之讳也。"（《汉书》本传引。）此实故书雅记明言代语缘起之朔。贾生长于文学，故其一言精覈如此。然详审之，固非兹一端而已也。夫代语之理，则原于人类联想之本能；代语之兴，则基于辞义修饰之需要。是必博综内外，乃能洞悉由来。今本愚见，条列九科，各申梗概，附以证释。岂曰能尽，亦庶几焉。

一曰，所以除复重也。《文心雕龙·练字》篇论文家缀字，当守四条。其三曰权重出，谓："《诗》《骚》适会，而近世忌同。若两字俱要，则宁在相犯。故善为文者，富于万篇，贫于一字。一字非少，相避为难也。”盖吾国语文，单音颇众。形式之美，古今共谈。故用字复重，必资贸代。其涉训诂者，旧谓变文，非此所论。今但就代语明之：如《古诗十九首》之十七：“三五明月满，四五詹兔缺。”（詹，五臣本《文选》作蟾。）案《楚辞·天问》曰：“夜光何德，死则又育？厥利维何，而顾菟在腹？”（菟，一作兔。洪兴祖补注曰：“菟与兔同。”）张衡《灵宪》曰：“月者，阴精之宗，积而成兽，象兔。……羿请无死之药于西王母。姮娥窃之以奔月，……是为蟾蜍。”（《续汉书·天文志》上注引。）此缘上既有“明月”，故下以“詹兔”代之。黄庭坚《乞猫》：“秋来鼠辈欺猫死，窥瓮翻盆搅夜眠。闻道狸奴将数子，买鱼穿柳聘衔蝉。”案史容《山谷外集诗注》曰：“衔蝉，用俗语也。《后山诗话》云：‘《乞猫》诗虽滑稽而可喜。千岁之下，读者如新。’”（卷七）此缘上既有“猫”与“狸奴”，故下以“衔蝉”代之。曹植《箜篌引》：“生存华屋处，零落归山丘。先民谁不死，知命复何忧。”案《楚辞·离骚》曰：“惟草木之零落兮。”王逸《章句》曰：“零落，皆堕也，草曰零，木曰落。”此缘下既有“死”字，故上以“零落”代之。陆机《拟涉江采芙蓉》：“上山采琼蕊，穹谷饶芳兰。”案《文选》张衡《西京赋》曰：“屑琼蕊以朝飧。”李善注引《三辅故事》曰：“武帝作铜露盘，承天露和玉屑饮之，欲以求仙。”（卷二）是琼蕊即《楚辞·九章·涉江》“登昆仑兮食玉英”之玉英，此则借为兰之代语。缘下既有“芳兰”，故上以“琼蕊”代之。（案陆氏所拟古诗原文为："涉江采芙蓉，兰泽多芳草。"说者多谓此二句各指一事，是也。然拟作则连贯而下，所谓琼蕊，即是芳兰。其通变无方，固不必全与原制相合。览者无庸置疑可也。）以上皆句中字避复之例也。又六代而下，为诗颇重制题。题中字与句中字如重，间亦相避。如张祜《爱妾换马》："忍将行雨换追风。"案宋玉《高唐赋》曰："昔者，先王尝游高唐，怠而昼寝，梦见一妇人，曰：'妾，巫山之女也，为高唐之客；闻君游高唐，愿荐枕席。'王因幸之。去而辞曰：'妾在巫山之阳，高丘之阻。旦为朝云，暮为行雨。朝朝暮暮，阳台之下。'"（《文选》卷十九）崔豹《古今注》曰："秦始皇有七名马：追风、白兔、蹑景、奔电、飞翮、铜爵、神凫。"（《鸟兽》第四，《汉魏丛书》本）此缘题有"妾"字，故以"行雨"代之；题有"马"字，故以"追风"代之。钱惟演《对竹思鹤》："瘦玉萧萧伊水头，风宜清夜露宜秋。更教仙骥旁边立，尽是人间第一流。"案诗人以玉代竹，唐时已然。如李贺《昌谷北园新笋》四首之一："箨落长竿削玉开。"（《全唐诗》卷十四，页七十二。同文石印本。凡文中引用《全唐诗》，均此本。）又《有所思》曰："风过池塘响丛玉。"（同上，页八十一。）皆是其例。鹤者，《相鹤经》曰："盖羽族之宗长，而仙人之骐骥也。"（《文选》卷十四鲍照《舞鹤赋》李善注引。）此缘题有"竹"字，故以"瘦玉"代之；题有"鹤"字，故以"仙骥"代之。此则题与句字避复之例也。

二曰，所以矫熟俗也。韩子苍云："作诗不可太熟，亦须令生。”（魏庆之《诗人玉屑》卷六“语不可熟”条引。）崔德符云：“凡作诗工拙所未论，大要忌俗而已。”（同上卷五“忌俗”条引。）盖文辞施用，最忌因袭。要必去陈言而后成惠巧，启夕秀乃可致英奇。不尔，则一落熟套，便为俗笔也。兹事经涉广漠，利钝之数，固非片言可明；而代语之兴，此亦一故，试略证之：如旧题苏武《古诗》四首之三：“结发为夫妻。”案李善《〈文选〉注》曰：“结发，始成人也。谓男年二十、女年十五时，取笄冠为义也。”（卷二十九）《春秋》襄公九年《左传》曰：“冠而生子。”《国语·郑语》曰：“既笄而孕。”是结发以表成人。此缘“成人”习用，故以“结发”代之也。刘琨《扶风歌》：“发鞍高岳头。”案何焯评曰：“发鞍之义未详。”（海绿轩本《文选》引。汪辟疆丈云：“何焯评今不见于何评《文选》，《读书记》亦无此条，当系叶氏所加。盖以海绿轩本所引何评多任意增损故也。”）先师蕲春黄君曰：“发鞍，犹言发轫耳。”（手批李注《文选》，传钞本）《离骚》曰：“朝发轫于苍梧兮。”王逸《章句》曰：“轫，支轮木也。”《说文》曰：“鞍，马鞍具也。”盖车行则去轫，马行则加鞍，其事略同。此缘“发轫”习用，故以“发鞍”代之也。谢朓《奉和随王殿下》十六首之四：“顾己非丽则。”案扬雄《法言·吾子》篇曰：“或问：‘景差、唐勒、宋玉、枚乘之赋也，益乎？’曰：‘淫，必也则。’（上四字今本讹作‘必也淫’。兹依汪衮父先生《法言义疏》改。）‘淫，则奈何？’曰：‘诗人之赋丽以则，辞人之赋丽以淫。’”《汉书·艺文志·诗赋略序》引后二语。颜师古注曰："辞人，言后代之为文辞。"则诗人，所以称《三百篇》之作者。朓以鸣谦，乃自言不敢比于诗人。此缘"诗人"习用，故以"丽则"代之也。韩愈《送进士刘师服东归》："由来骨鲠材。"案鲠与骾同。《〈说文〉系传》曰："骾，食骨留咽中也。……古有骨骾之臣，遇事敢刺硬，不从俗也。"是骨骾有忠直之意。此缘"忠直"习用，故以"骨骾"代之也。苏轼《送张嘉州》："浮云轩冕何足言。"案《论语·述而》篇曰："不义而富且贵，于我如浮云。"《春秋》哀公十五年《左传》曰："服冕乘轩。"杜预注曰："冕，大夫服。轩，大夫车。"诗意自本《论语》，而辞则根《左氏》。此缘"富贵"习用，故以"轩冕"代之也。黄庭坚《送顾子敦赴河东》三首之二："遥知更解青牛句。"案任渊《山谷内集诗注》引《关令内传》曰："尹喜尝登楼，望东极有紫气，曰：'应有圣人过京邑。'果见老君乘青牛车来过。"（卷五）曾国藩《十八家诗钞》亦曰："青牛，谓老子乘青牛车也。"（卷二十三）此缘"老君"习用，故以"青牛"代之也。

三曰，所以资偶丽也。文章偶丽之理法，《文心雕龙·丽辞》一篇言之详矣。而黄君所撰《书〈后汉书〉论赞》一文，持论尤推微至。其略曰："尚考文章之多偶语，固由便于讽诵；亦缘心灵感物，每有联想之能；庶事浩穰，常得齐同之致。或比方而愈憭，或反覆以相明。兼以诸夏语文，单觭成义。斯所以句能成式，语可同均。是则联类之思，人类所同有；排比之文，吾族所独擅。论文体者，宜于此察也。”（骆鸿凯《文选学·评骘第八》引。）然言对、事对之殊，反正、虚实之别，出于自然者少，出于人力者多。求其精工，必加组织，由是代语亦得施焉。如谢灵运《述祖德诗》二首之一：“弦高犒晋师，仲连却秦军。”案《春秋》僖公三十三年《左传》曰：“秦师……及滑。郑商人弦高将市于周，遇之，以乘韦先，牛十二犒师。……孟明曰：‘郑有备矣，……吾其还也。’灭滑而还。”顾炎武《日知录》曰：“弦高所犒者秦师，而改为晋，以避下秦字，则陋而舛矣。”（卷二十一，“诗人改古事”条。黄节《谢康乐诗注》卷二云：“秦未灭滑时，滑当附庸于晋。秦灭之而不能有其地，故滑仍属晋。成十七年：‘郑子驷侵晋虚、滑。’杜预注：‘晋二邑。滑，故滑国，为秦所灭，时属晋。’则知前此滑固附庸于晋也。康乐以当时之滑附庸于晋。秦师入滑，即是晋所属之地，故曰晋师，谓在晋地之师也。康乐此句用晋字，确有避下秦字之意。但不用其他国名，而用晋字，案之春秋都邑大势，实极有理。顾氏以舛陋加之，未当也。”案黄氏为谢诗辩护，用心良苦。然晋师解为在晋地之师，实极牵强，以自来诗句鲜有此种用法也。至用晋代秦，而不用其他国名，亦非春秋都邑大势使然，而系由于康乐之联想。盖二国地丑德齐，自来相提并论，故易思及。黄氏之说，不免求深反晦矣。若王简辑王闿运《湘绮楼说诗》卷六云：“‘弦高犒晋师’，自是误用，不须曲说。”则似易秦为晋，乃一偶然之错误，论断殊嫌轻率。今亦不取。）杜甫《诸将》五首之一：“昨日玉鱼蒙葬地，早时金碗出人间。”案《汉武帝故事》曰：“郧县有一人于市货玉杯。吏疑其御物，欲捕之，因忽不见。县送其器，推问，乃茂陵中物也。霍光自呼吏问之，说市人形貌如先帝。”（仇兆鳌《杜少陵集详注》卷十六引。）蔡梦弼《草堂诗笺》曰：“金碗当作玉碗。但避玉鱼字，故改作金碗。《南史·沈炯传》：炯字初明，（字，本讹自，今据史改。）为魏所虏，尝独行，经汉武帝通天台，为表奏之，陈己思乡之意，其略曰：‘甲帐珠帘，一朝零落，茂陵玉碗，遂出人间。’或引孔氏《志怪》：卢充家西有崔少府墓。卢充因猎逐獐，忽见朱门官舍，有人迎充。崔乃命小女妆饰于东厢，与充相见，成婚，留三日，临别，谓充曰：‘君妇有娠，生男则当留之。’赠充衣衾，送充至家。经三年，三月三日，临水戏，忽见水上犊车，乍浮乍沉。既达于岸，充视其车中，见崔氏与三岁小儿共载。其别车即崔少府也。抱儿还充，及金碗一枚，俄而不见。充诣市卖碗。崔女姨曰：‘我妹之女，未嫁而亡，赠以金碗著棺中。’余谓汉朝陵墓盖用茂陵故事也。但金玉字不同，以卢充故事复有金碗，或者疑之故也。”（卷二十七，《古逸丛书》本。案胡仔《苕溪渔隐丛话》后集卷七引严有翼《艺苑雌黄》，胡震亨《唐音癸签》卷二十三“诂笺八”附“订讹”，及宋长白《柳亭诗话》卷十八“玉鱼”条均以诗乃用茂陵事，与蔡笺同。独胡仔引《雌黄》加以非议，谓：“二说当以卢充幽婚事为是。”然卢事与汉朝陵墓无涉，殆不足辩。杨伦《杜诗镜铨》卷十引胡应麟云：“此盖以金碗字入玉碗语，一句中事词串用，两无痕迹。……正此老炉锤妙处，非独以上有玉鱼事故避重也。”杨氏以胡言为然，故云：“按杜诗用事处多仿此。”考杜诗一句用数事，或一句中事词串用者，诚有其例，而此处则以金、玉同属贵重之物，因玉碗而思及金碗，遂以代之，未必先有一卢充事盘据胸中，乃成此句，无庸穿凿以为说也。）若斯之流，以求措辞之精巧，不顾代语之未安，正不必曲为之讳。而以“晋”代“秦”，以“金”代“玉”，虽若避复，实在求对。此其情又视前述之例微有不同者也。陶潜《岁暮和张常侍》：“市朝凄旧人，骤骥感悲泉。”案《庄子·知北游》篇曰：“人生天地间，若白驹过隙，忽然而已。”《释文》曰：“或云：白驹，日也。”汤汉《陶诗注》曰：“骤骥，言白驹之过隙。”（陶澍《陶靖节集注》卷二引）《淮南子·天文》篇曰：“日出于旸谷，……至于悲泉，爰止其女，爰息其马，是谓悬车。”是“骤骥感悲泉”者，不过谓“时日易逝”耳。不谓时日易逝，而代以“骤骥”五字，则以二句对起，不如是则不能与上句相对。此以求对之故，而两句之中，以一句全体用代语者也。沈佺期《早发平昌岛》：“阳乌出海树，云雁下江烟。”案《文选》左思《蜀都赋》曰：“阳乌回翼乎高标。”李善注引《春秋元命包》曰：“阳成于三，故日中有三足乌。乌者，阳精。”（卷四）是所谓“阳乌”，即指“日”也。不云日而代以阳乌，则以二句于律当偶，不用阳乌则不能对云雁。此以求对，而两句之中，以一句部分用代语者也。唐彦谦《题汉高庙》：“耳闻明主提三尺，眼见愚民盗一抔。”案《汉书·高帝纪》曰：“吾以布衣提三尺取天下。”颜师古注曰：“三尺，剑也。下《韩安国传》所云‘三尺’亦同。”（案《韩传》云：“高帝曰：‘提三尺取天下者，朕也。’”）又《张释之传》曰：“今盗宗庙器而族之，有如万分一，假令愚民取长陵一抔土，陛下且何以加其法乎？”张晏注曰：“不欲指言，故以取土喻也。”师古注曰：“不忍言毁彻，故止云取土耳。”（案《〈史记·张传〉索隐》亦云：“盖不欲言盗陵。”）此以“三尺”代“剑”，以“一抔”代“陵”。（叶梦得《石林诗话》卷中云：“‘一抔’事无两出，或可略‘土’字。如三尺律、三尺喙皆可，何独剑乎？”叶氏盖未细审“三尺”即是《汉书》本语，故发此议。陈岩肖《庚溪诗话》卷上、赵翼《陔余丛考》卷二十四均尝驳之，不具引。）王安石《南浦》：“含风鸭绿粼粼起，弄日鹅黄袅袅垂。”释惠洪《冷斋夜话》曰：“用事琢句，妙在言其用，而不言其名。……荆公‘鸭绿’‘鹅黄’之句，此不（不，本讹本，据《夜话》改。）言水、柳之名。”（李璧《王荆文公诗注》卷四十一引。）则以“鸭绿”代“水”，以“鹅黄”代“柳”。斯又对句以上下联悉用代语而益臻工妙之例也。

四曰，所以调声律也。陆机《文赋》曰：“暨音声之迭代，若五色之相宣。虽逝止之无常，固崎锜而难便。苟达变而识次，犹开流以纳泉。如失机而后会，恒操末以续颠。谬玄黄之秩序，故淟涊而不鲜。”此论声律于文事之要也。加之剖析，则兹事实有两端：其一，句尾之字，依一韵以相从；其二，句中之字，递四声而互见。前者，古之所谓“韵”；后者，古之所谓“和”也。用韵之法，起自皇古。其事易识，无俟甄明。选和之说，兴于六朝，时人以为难瞭。（沈约《宋书·谢灵运传论》既云：“欲使宫、羽相变，低昂舛节，若前有浮声，则后须切响。一简之内，音韵尽殊；两句之中，轻重悉异。妙达此旨，始可言文。”而《南史·陆厥传》载其答厥书复曰：“韵与不韵，复有精粗，轮扁不能言，老夫亦不尽辨此。”则亦不能详审其由。《文心雕龙·声律》篇亦云：“韵气一定，故余声易遣；和体抑扬，故遗响难契。属笔易巧，选和至难；缀文难精，而作韵甚易。”）然自齐、梁新体，进为三唐律诗，遂亦户晓家喻。下逮清人图谱之学，而古诗平仄且有轨辙可寻矣。由夫声律之通行，遂及代语之应用，征之前作，有可言焉。其系于韵者，如高适《李云南征蛮诗》：“圣人赫斯怒，诏伐西南戎。”案其序曰：“天宝十一载，有诏伐西南夷。”《周礼·职方氏》司农注曰：“东方曰夷。西方曰戎。”《春秋》文公十六年《左传》杜注曰：“夷为四方总号。”（《穀梁传序疏》同）《史》《汉》皆有《西南夷传》。序称西南夷，于文为顺。而诗曰“西南戎”者，缘诗用东韵，故用“戎”代“夷”以就之。梅尧臣《书哀》：“雨落入地中，珠沉入海底。赴海可见珠，掘地可见水。”案四句以复调见工，则末句当作“掘地可见雨”乃合。然雨在麌韵，诗则用纸韵，故用“水”代“雨”以就之。此避出韵而用代语者也。（汪辟疆丈云：“《礼记·月令》：‘仲春之月，始雨水。孟春行夏令，则雨水不时。’是‘雨水’古已连用。梅诗下句用‘水’字，当本古义，似不为避出韵也。上句用‘雨’字与次句双起，自无疑义。若第四句牵于‘珠’字，必用‘雨’字以求合，则不成词矣。”案：丈说极谛。此处存谬论而不删，所以志余过也。）又古来诗篇，不忌重韵，严有翼《艺苑雌黄》（蔡梦弼《草堂诗话》卷二引，《古逸丛书》本）、魏庆之《诗人玉屑》（卷七“重押韵”条）、顾炎武《日知录》（卷二十一“古人不忌重韵”条）皆举证甚详。然《王直方诗话》曰：“东坡《送江公著》云：‘忽忆钓台归洗耳。’又云：‘亦念人生行乐耳。’注云：‘二耳义不同，故得重用。’”（阮阅《诗话总龟》前集卷九引，《四部丛刊》本。）是用韵究以不重为佳。即惊才风逸、卓然大家如坡公者，亦未尝不措意于此。其他作如《聚星堂雪》，禁体物语，诗律最严。起云：“窗前暗响鸣枯叶，龙公试手初行雪。”一点本题，以后即用虚写。其言风狂雪乱，则曰：“幸有回飙惊落屑。”不独模状之工，亦以用“落屑”代雪，则不致与前雪韵犯复。此避重韵而用代语者也。王维《老将行》：“昔时飞箭无全目，（赵殿成《王右丞集笺注》卷六校云：“箭，当作雀。”）今日垂杨生左肘。路旁时卖故侯瓜，门前学种先生柳。”案《庄子·至乐》篇曰：“支离叔与滑介叔观于冥伯之丘，……俄而柳生其左肘。”林希逸注曰：“柳，疡也。”盖即今“瘤”字。而摩诘以“垂杨”代之者，不独避下柳韵，揆诸选和之理，亦有二故焉。柳之与肘，同在有韵，二字用之一句之中，则六朝所谓大韵之病，（遍照金刚《文镜秘府论》解大韵云："五言诗若以'新'为韵，上九字中更不得安'人''津''邻''身''陈'等字。"而不及七言，盖先唐兹体尚未大行于世也。）一也。此句第四字作平始谐，作仄则拗，二也。不加改易，实损声情。王集别有《胡居士卧病遗米因赠》一篇，其"岂恶杨枝肘"之句，亦以"杨枝"代"柳"，斯其回忌声病之精可见矣。（沈德潜《说诗晬语》卷下云："《庄子》：柳生左肘。柳，疡类也。王右丞《老将行》云：'今日垂杨生左肘。'是以疡为树矣。"宋长白《柳亭诗话》卷十四"全目左肘"条云："《老将行》以'垂杨'代'柳'字，窃恐猿臂将军未堪著此大树也。"又云："《赠胡居士》诗：'徒言莲花目，岂恶杨枝肘。'何异读《劝学》篇而食蜂蟆邪？"案二家论王诗施用代语之未安，亦是；然于其何以必用代语之故，仍不了然也。又孙志祖《读书脞录》卷四"柳生肘"条云："汤大奎《炙砚琐谈》云：'《庄子·至乐》篇："柳生其左肘。"柳，疡也，非杨柳之谓。王右丞《老将行》："昔时飞箭无全目，今日垂杨生左肘。"昔人已讥其误矣。嗣见元微之诗："乞我杯中松叶酒，遮渠肘上柳枝生。"当时谬误相承，皆读书不求甚解之失也。'志祖案：柳之训疡，《释文》无此说，且他书亦无以柳为疡者。《南华》本寓言，即谓垂柳生肘，何害乎？王、元两诗引用皆同，未可以为非也。"原注："《抱朴子·论仙》篇：'支离为柳，秦女为石。'亦以柳为杨柳。"案孙氏说甚辩给。然《释文》所载义训，未必无遗；即令先唐无以柳训疡者，而柳之与杨，亦本二物，散文或通，对文则异。摩诘二诗皆用杨，不用柳，自有其调谐声律之由，《脞录》之论，亦尚未见及也。）更以选和之涉及代语者征之律诗，则如陆游《睡起至园中》：“野人易与输肝肺，俗语谁能挂齿牙。”案“肝肺”以代“心”，“齿牙”以代“口”。此不特巧于作对，亦以上句末二字于律当为平仄，下句末二字于律当为仄平也。王安石《岭云》：“寒荚著天榆历历，净华浮海桂团团。”案古乐府《陇西行》曰：“天上何所有，历历种白榆。”（《玉台新咏》卷一）白榆，星名。《春秋运斗枢》所谓“玉衡星散为榆”者是也。段成式《酉阳杂俎·天咫》篇曰：“异书言：月桂高五百丈，下有一人常斫之，树创随合。人姓吴名刚，学仙有过，谪令伐树。”（《四部丛刊》本）是诗上句乃言“星光在天”，下句乃言“月色映海”耳。然由天上有榆，推及榆荚；由月中有桂，推及桂华。化全句为代语，而悉与律合，则弥见致密矣。凡上二端，固不能谓作者皆以求声偶之调适，始用代语；然代语之用，有时实以利声偶之调适，则可断言者也。

五曰，所以齐句度也。余杭章公《正名杂义》曰：“《史通·杂说》篇云：‘积字成文，由趋声对。’然则有韵之文，或以数字成句度，不可增省；或取协音律，不能曲随己意。强相支配，疣赘实多。故又有训故常法所不能限者。如古辞《鸡鸣高树颠》云：‘黄金络马头，颎颎何煌煌。’晋成帝末童谣曰：‘磕磕何隆隆，驾车入紫宫。’颎颎、煌煌，义无大异；磕磕、隆隆，亦并像车轮殷地声。

而中间以‘何’字，直以取足五言耳。……必求其义，则窒阂难通，诚以韵语异于他文耳。”(《检论》卷五《订文》篇附录,《章氏丛书》本）案此论灼然有见于古人辞言之情。清儒王、俞以下，虑不能说也。夫句司数字，相接为用。其本体既有定限；则作者必于摛辞之顷，加之缪巧。或增字以足规式，或损字以就范围，斯固势所必至者。而代语与其所代之语，字数每不相同。有以少而代多，有以多而代少，斯于句度之齐一，遂亦颇有裨补。而诗辞代语之缘起，是又其一端焉。如左思《咏史》八首之一：“畴昔览穰苴。”案《史记·司马穰苴列传》曰：“司马穰苴者，田完之苗裔也。……‘文能附众，武能威敌’，……（齐）景公……以为将军。……其后，……齐威王用兵行威，大放穰苴之法，而诸侯朝齐。……王使大夫追论古者《司马兵法》，而附穰苴于其中，因号曰《司马穰苴兵法》。”《隋书·经籍志》子部兵家载：“《司马兵法》三卷，齐将司马穰苴撰。”是所谓“览穰苴”者，乃“览《司马穰苴兵法》”耳。全称其名，则字数多于五，故以穰苴代之。(《传》称“而附穰苴于其中”，亦谓附穰苴所撰兵法于古《司马兵法》中耳。此正太冲所本。）白居易《新乐府·西凉伎》：“见弄凉州低面泣。”案洪迈《容斋随笔》曰：“今乐府所传大曲，皆出于唐，而以州名者五：伊、凉、熙、石、渭也。凉州今转为梁州，唐人已多误用，其实从西凉府来也。凡此诸曲，唯伊、凉最著。”（卷十四“大曲伊凉”条）是所谓“弄凉州”者，乃“奏凉州传入之大曲”耳。全称其名，则字数多于七，故以凉州代之。贾岛《题长江厅》：“行蛇入古桐。”案集中《赠僧》一首有曰：“乱山秋木穴，里有灵蛇藏。”(《全唐诗》卷二十一，页八十）其意正同，特境有动静之别，语有繁简之殊。以此证之，则所谓“入古桐”者，乃“入古桐之穴”耳。全称其名，则字数多于五，故以古桐代之。斯皆假代语损字以齐句度者也。李白《赠宣城赵太守悦》：“愿借羲和景。”案《离骚》曰：“吾令羲和弭节兮。”王逸《章句》曰：“羲和，日御也。”是所谓“羲和景”，即“日景”耳。循其本称，则字数不足五，故以羲和代之。苏轼《次韵王定国会饮清虚堂》：“与子不妨中圣贤。”案《三国志·魏志·徐邈传》曰：“时科禁酒，而邈私饮至于沉醉。校事赵达问以曹事。邈曰：‘中圣人。’达白之太祖。太祖甚怒。度辽将军鲜于辅进曰：‘平日醉客谓酒清者为圣人，浊者为贤人。邈性修慎，偶醉言耳。’竟坐得免刑。”是所谓“中圣贤”，即“中酒”耳。循其本称，则字数不足七，故以圣贤代之。陈师道《九日无酒，书呈漕使韩伯修大夫》：“惭无白水真人分，难置青州从事来。”案《后汉书·光武纪论》曰：“及王莽篡位，忌恶刘氏，以钱文有金刀，故改为货泉。或以货泉字文为白水真人。”《世说新语·术解》篇曰：“桓公有主簿善别酒，有酒辄令先尝。好者谓青州从事，恶者谓平原督邮。青州有齐郡，平原有鬲县。从事言到脐，督邮言在鬲上住。”是所谓“白水真人”，即“钱币”；所谓“青州从事”，即“佳酿”耳。循其本称，则二句字数均不足七，故以白水真人、青州从事代之。斯皆假代语增字以齐句度者也。

六曰，所以别善恶也。王逸《〈楚辞·离骚经〉章句序》曰："《离骚》之文，依《诗》取兴，引类譬谕。故善鸟、香草，以配忠贞；恶禽、臭物，以比谗佞；灵修、美人，以媲于君；宓妃、佚女，以譬贤臣；虬、龙、鸾、凤，以托君子；飘风、云霓，以为小人。其词温而雅，其义皎而朗。"寻叔师所谓"引类譬谕"，征之《骚经》，实兼赅修辞学中之喻与代两事；而云其义皎朗者，则大要在能以善恶之别异示人。盖文辞之发，所以抒作者之情志，亦即表见其对事物之观感：善则善之，恶则恶之，故足以使人共晓。比喻之术，兹不遑及。而代语所由，有涉此者，则睹下所举列可概见焉。如王僧达《答颜延年》："珪璋既文府。"案《〈礼记·礼器〉疏》曰："圭璋，玉中之贵也。"《文选》曹丕《与钟大理书》曰："良玉比德君子，珪璋见美诗人。"李善注曰："《礼记》：'孔子曰："君子比德于玉。"'《毛诗》曰：'颙颙卬卬，如珪如璋。'"（卷四十二）是王诗"珪璋"云者，以代"延年"，而称誉之情可见矣。高适《送李少府贬峡中、王少府贬长沙》："圣代即今多雨露。"案草木必待雨露之润泽始能生长，故文辞多以草木比臣下，以雨露比君恩。白居易《初到江州寄翰林张、李、杜三学士》曰："雨露施恩无厚薄，蓬蒿随分有荣枯。"（《全唐诗》卷十六，页三十七）语尤分明。特前者为代，而后者为喻耳。是高诗"雨露"云者，以代"恩惠"，而颂扬之情可见矣。苏轼《送子由使契丹》："要使天骄识凤麟。”案《说文》曰：“凤，神鸟也。”《论衡·讲瑞》篇曰：“凤皇，鸟之圣者也。”《春秋》哀公十四年《公羊传》何休《解诂》曰：“麟者，太平之符，圣人之类。”孙炎《〈尔雅〉注》曰：“麟，灵兽也。”（《〈释兽〉疏》引）是苏诗“凤麟”云者，以代“子由”，而赞美之情可见矣。此皆所谓其善者善之之类也。谢瞻《张子房诗》：“鸿门消薄蚀，垓下殒欃枪。”案李善《〈文选〉注》曰：“薄蚀、欃枪，皆喻（项）羽也。京房《易飞候》曰：‘凡日蚀皆于晦、朔。不于晦、朔蚀者，名曰薄。’《尔雅》曰：‘彗星为欃枪。’”（卷二十一）《汉书·天文志》曰：“彗孛飞流，日月薄食，……此皆阴阳之精，其本在地，而上发于天者也。政失于此，则变见于彼。”盖“薄蚀”“欃枪”，古均视为灾异，谢诗用之以代“项羽”，则指斥之情可见矣。李白《古风》五十九首之一：“王风委蔓草，战国多荆榛。”案《〈诗〉序》曰：“关雎、麟趾之化，王者之风。”《孟子·离娄》篇曰：“王者之迹息而诗亡。”《后汉书·冯异传》李贤注曰：“荆棘，榛梗之谓，以喻纷乱。”是诗意即《文心雕龙·时序》篇所谓：“春秋以后，角战英雄。六经泥蟠，百家飚骇。”太白盖推本战国无文，实缘王纲解纽。故以“蔓草”“荆榛”，代其时之“纷乱”，则菲薄之情可见矣。杜甫《避地》：“神尧旧天下，会见出腥臊。”案此东胡安禄山反后，希冀光复之作也。《国语·周语》曰：“其政腥臊。”韦昭注曰：“腥臊，臭恶也。”胡人腋气特强，故有胡臭之称。何光远《鉴戒录》载尹鹗嘲李珣诗曰：“异域从来不乱常，李波斯强学文章。（案《录》云：李‘本蜀中土波斯也。’）假饶折得东堂桂，胡臭熏来也不香。”（卷四“斥乱常”条，《知不足斋丛书》本。）即其明证。杜诗以“腥臊”代“胡人”，则嫌厌之情可见矣。此皆所谓其恶者恶之之类也。

七曰，所以避忌讳也。《楚辞·七谏·谬谏》篇曰：“恐犯忌而干讳。”王逸《章句》曰：“所畏为忌，所隐为讳。”盖生老病死者，民之恒情；饮食男女者，人之大欲。然以忌痛苦，则讳言死亡；忌污秽，则讳言溲遗；忌猥媟，则讳言交媾。诸如此类，其类孔多。伊古已然，于今犹尔。而为文辞者，每遇此等，必施代语以资文饰焉。如潘岳《悼亡诗》三首之三：“仪容永潜翳。”案《说文》曰：“潜，藏也。”《广雅·释诂》曰：“潜，隐也。”王逸《〈离骚〉章句》曰：“翳，蔽也。”《方言》曰：“翳，掩也。”人死则隐藏掩蔽，不可复见。此缘不欲斥言其“死”，故以“潜翳”代之。黄庭坚《哭邢惇夫》：“眼看白璧埋黄壤。”案《世说新语·伤逝》篇曰：“庾文康亡，何扬州临葬，云：‘埋玉树于土中，使人情何能已。’”此亦不欲斥言其“死”与“葬”，故以“白璧埋黄壤”代之。此痛苦之忌也。王建《宫词》百首之四十六：“密奏君王知入月，唤人相伴洗裙裾。”案《说文》曰：“姅，女污也。”《汉律》曰：“见姅变不得侍祠。”（《史记》卷五十九《〈五宗世家〉集解》引）《释名·释首饰》曰：“以丹注面曰的。的，灼也。此本天子诸侯群妾当以次进御。其有月事者，止而不御。重以口说，故注此丹于面，灼然为识。女史见之，则不书其名于第录也。”(《唐音癸签》卷十九“诂笺四”举此，谓宫词“语虽情致，但天家何至自洗裙裾。密奏云云，更不谙丹的故事矣。”案密奏者，谓女史之为。《释名》说本明白，胡氏未细审耳。)此缘不欲斥言“姅变”，故以“入月”代之，此污秽之忌也。张衡《同声歌》:“衣解巾粉御，列图衾枕张。素女为我师，仪态盈万方。众夫所希见，天老教轩皇。”案此数语，旧日说者若吴兆宜《〈玉台新咏〉注》、闻人倓《古诗笺》，皆未能通解，惟黄节《汉魏乐府风笺》所释为当。其言曰:“张衡《七辩》曰:‘假明兰灯，指图观列，蝉绵宜愧，夭绍纡折，此女色之丽也。’盖即所言列图陈枕，仪态万方也。方，法也。《汉书·艺文志》房中八家有《天老杂子阴道》二十五卷、《黄帝三王养阳方》二十卷。列图以下，盖即《汉志》所言房中也。《玉房秘诀》:黄帝问素女、玄女、采女阴阳之事，皆《黄帝养阳方》遗说也。”(卷十四)汤显祖《紫钗记》写霍小玉离情，有句曰:“被叠慵窥素女图。”(第二十五出《折柳阳关》,《六十种曲》本。)即本平子，可为佐证。此缘不欲斥言“淫画”，故但称“图”以代之；不欲斥言“交媾之状”，故但称“仪态万方”以代之。(今人动称女子风度服饰之美曰“仪态万方”，此不学之过，诚可笑也。)此猥媟之忌也。李商隐《药转》:“郁金堂北画楼东，换骨神方上药通。露气暗连青桂苑，风声偏猎紫兰丛。长筹未必输孙皓，香枣何劳问石崇？忆事怀人兼得句，翠衾归卧绣帘中。”案此诗说者纷如。其谓:“此篇淫媟之辞。朱竹坨以为‘药转’字出道书，如厕之义。”则程梦星《李义山诗集笺注》之说也。其谓：“颇似咏闺人之私产者。次句特用换骨，谓饮药堕之。三、四谓弃之后苑。五、六借以对衬。结则指其人归卧养疴。”则冯浩《玉溪生诗笺注》之说也。其谓：“题与诗均难解。说者托之朱竹垞，谓如厕之义。冯氏又以私产解之，皆非也。余细审之：此盖咏人之以药堕胎者耳。当时或有此事，为朋辈所述。义山偶尔弄笔，以博笑谑。观结语‘忆事怀人兼得句’，可以见矣。”则张采田《玉溪生年谱会笺》之说也。考题曰《药转》，朱氏谓义为如厕，今无所征，或是据腹联推测，而托之道书耳。冯注以葛洪《神仙传》“上药有九转还丹”说之，证以本诗次句，差为可信。五六两句，正由讳言如厕，故用典实作代。冯氏疏之曰：“道源曰：长筹，厕筹也。《法苑珠林》：吴时于建业后园平地获金像一躯。孙皓素有未信，置于厕处，令执屏筹，至四月八日浴佛时，遂尿头上，寻即通肿，阴处尤剧，痛楚号叫，忍不可禁。太史占曰：“犯大神圣所致。”宫内伎女有信佛者曰：“佛为大神，陛下前秽之，今急，可请邪？”皓信之，伏枕归依，忏谢尤恳，以香汤洗象，惭悔殷重，隐痛渐愈。《白帖》：大将军王敦至石家厕，取箱食枣。群婢笑之。道源曰：《世说》：石崇厕常有十余婢侍列，皆丽服藻饰，置甲煎粉、沉香汁之属，又与新衣著令出。客多羞，不能如厕。王大将军往，脱故衣，著新衣，神色傲然。群婢相谓曰：“此客必能作贼。”又曰：王敦初尚主，如厕，见漆箱盛干枣，本以塞鼻。王谓厕上亦下果实，遂至尽。《白帖》合之为一。义山诗亦如此用。岂别有据邪？”（卷五）盖诗意若谓：事涉污秽，乃无异孙皓之长筹；本非溲遗，故不劳石崇之香枣也。至冯以此联为借以对衬，则非。中四句实当作一气读，谓弃婴后苑厕中也。（唐长孺先生云：“此疑指女道士私婴弃厕中。唐释法琳《辨正论》讥道士有云：‘魏、晋以来，馆中生子；梁、陈之日，圊内养儿。’如药转、换骨，并用道书语。孙皓事亦借佛以喻耳。”案此说尤确，谨附录于此。）余则冯、张所解，大略从同，可勿深论。此亦不欲斥言“如厕”，故以“长筹”“香枣”代之；不欲斥言“堕胎”，故以“换骨”代之；不欲斥言“堕胎方药”，故以“神方上药”代之。此污秽而兼猥媟之忌也。

八曰，所以远嫌疑也。夫物有节文，事有宜适。若吟咏之际，或语涉放肆，或意及感情，或时讳攸关，或厉禁所限，既难居之不疑，又恐览者不察，则每廋辞以托意，代语以达旨，比类合谊，用求曲喻，俾不失其本真，复免于嫌疑焉。如谢灵运《登池上楼》：“潜虬媚幽姿。”案《说文》曰：“虬，龙子有角者。”《易·乾》初九曰：“潜龙勿用。”《文言》说之曰：“龙，德而隐者也。不易乎世，不成乎名，遁世无闷，不见是而无闷。乐而行之，忧则违之。确乎其不可拔，潜龙也。”谢公此诗末句云：“无闷征在今。”是其用《易》义显然。顾不径曰“潜龙”，而代之以“潜虬”者，则以自汉以来，世皆以龙为帝王之象征。《贾子·容经》篇所谓：“龙也者，人主之譬。”《史通·叙事》篇所谓："帝王兆迹，必号龙飞。"（案《易·乾》九五曰："飞龙在天。"）不可妄用也。若潘尼《赠卢景宣诗》，而有"九五思飞龙"之句，《颜氏家训·文章》篇曰："今为此言，则朝廷之罪人。"衡以尔时情理，岂不然哉？又其《过始宁墅》："还得静者便。"案《论语·雍也》篇，孔子曰："知者乐水，仁者乐山；知者动，仁者静。"此诗既系过墅之作，而下又有"枉帆过旧山""山行穷登顿"诸句，则取义《论语》，而自居仁者可见。顾不径曰"仁者"，而代之以"静者"者，则以《论语·述而》篇载孔子之言，谓："若圣与仁，则吾岂敢？"至圣且不敢承，则康乐亦安能辄认？故不得不出以㧑谦也。（黄节《谢康乐诗注》卷二云："《老子》：'归根曰静。'此诗静者，疑用老义。"案此说非是。殷石臞先生云："《文选》殷仲文《南州桓公九井作》：'伊余乐好仁，惑袪吝亦泯。'李善注引《左氏传》：'与田苏游而好仁。'杜预曰：'苏，晋贤人也。苏言韩起好仁也。'五臣注良曰：'言乐桓玄好仁之怀。'按此诗前既以哲匠尊桓玄，此不必更以好仁指之。乐好仁实即言乐游山，亦用《论语》'仁者乐山'语，以好仁代乐山游耳。谢客此篇，有脱胎仲文诗意处，细玩谢清旷、惭贞坚之语可见。'还得静者便'，则直包孕仲文'伊余'二句，以静代仁，亦本仲文之法，而更精练。此诗家秘密藏也。"）试更征以后来之作，若杜甫《送孔巢父谢病归游江东，兼呈李白》有曰："蔡侯静者意有余。"（《全唐诗》卷八，页三）《贻阮隐居昉》有曰："贫知静者性。"（同上，页十一）皆本谢公。而称人亦曰“静者”，不曰“仁者”者，则以孔子论人，于“仁”之一字，最不轻许，如《论语·公冶长》篇载孟武伯问子路、冉有、公西赤，皆答以“不知其仁”。子张问令尹子文、陈文子，皆答以“未知焉得仁”。礼不妄说人，则杜亦惟循谢之轨辙。斯又少陵熟精《选》理之一证。此以嫌于语涉放肆而用代语者也。李商隐《无题》：“闻道阊门萼绿华，昔年相望抵天涯。岂知一夜秦楼客，偷看吴王苑内花。”案《文选》陆机《吴趋行》李善注引《吴越春秋》曰：“大城立昌门者，象天，通阊阖风。”又引《吴地记》曰：“昌门者，吴王阖闾所作也，名为阊阖门。”（卷二十八）《太平广记》引《真诰》曰：“萼绿华者，女仙也。年可二十许，……以晋穆帝昇平三年己未十一月十日夜，降于羊权家。……自此一月辄六过其家，……授权尸解药，亦隐景化形而去。”（卷五十七）赵臣瑗《山满楼唐诗七律笺注》曰：“此义山在王茂元家窃窥其闺人而为之。”（冯浩《玉溪生诗集笺注》卷一引）冯注亦曰：“定属艳情，因窥见后房姬妾而作，得毋其中有吴人邪？”（案冯氏说“阊门”云：“取与下‘吴王苑’相应。”又说“吴王苑内花”云：“暗用西施。”精审可信也。）李为王婿，而窃窥其后房，此真干犯名教之事，乌可显言？故于所见之人，始以有世缘之女仙“萼绿华”代之，继以居深宫之丽质“吴王苑内花”代之，以见其可望而不可即之意。犹恐人之弗审，则前举阊门，后言吴苑，以相关合焉。（《玉溪生年谱会笺》卷二解此诗云：“此初官正字，歆羡内省之寓言。……

萼绿华以比（李）卫公。”案其说附会，兹所不取。）此以嫌于意及感情而用代语者也。杜甫《奉同郭给事汤东灵湫作》：“坡陀金虾蟆，出见盖有由。至尊顾之笑，王母不肯收。复归虚无底，化作长黄虬。”案蔡梦弼《草堂诗笺》曰：“盖伤杨贵妃养禄山为义子，私通之。每年幸汤泉，为禄山作生日，以金盆盛汤，禄山裸浴其中。贵妃佯为庆诞之辰，百端取乐。明皇全不悟。案唐史：禄山为范阳府节度，与杨国忠争权。国忠表禄山必叛，玄宗不信。国忠谓帝：“幸温泉，遣人召禄山，禄山必不来，以此验之。”帝如其言。……后禄山至温泉。玄宗视禄山面，大喜。国忠谏帝：“命壮士缚之，不然必反。”帝既不疑禄山，贵妃复宠爱之，岂肯从其言而收缚之。谒帝罢，辞归范阳，……遂反。（案钱谦益《杜工部集笺注》卷一引《安禄山事迹》，与此互有详略，可参。）‘坡陀’，高大之貌，禄山腹大而涨。……金乃西方，禄山胡人，故云‘金虾蟆’。（案金虾蟆事，诸家所说各异。钱注云：“《酉阳杂俎》：‘有人夜见月光属于林中，如匹布。寻视之，见一金背虾蟆，疑是月中者。’月者，阴精，后妃之象。禄山谄约杨妃，誓为子母，通宵禁掖，暱狎嫔嫱。和士开之出入卧内，方此为疏；蓟城侯之获厕刑余，又奚足尚？方诸虾蟆之入月，诗人之托喻，不亦婉而章乎！”此一说也。赵翼《陔余丛考》卷二十四则驳之云：“案《潇湘录》：‘唐高宗患头风。宫人穿地置药炉，忽有虾蟆跃出，色如黄金，背有朱书‘武’字。宫人奏之。帝惊异，命放苑池。’则杜诗所咏，正指此事，而非如注家所云也。”杨伦《杜诗镜铨》卷三引钮琇说，又宋长白《柳亭诗话》卷六“金虾蟆”条皆与赵同。宋氏并云：“虞山以《酉阳杂俎》……注之，乃长庆年间事，老杜作古久已。”此又一说也。仇兆鳌《杜少陵集详注》卷四引潘鸿云：“案《五行志》：‘神龙中，渭水有虾蟆，大如鼎。里人聚观，数日而失。’此韦后时事。‘坡陀金虾蟆’，盖其类也。禄山浊乱宫闱，故有此应。可与翟泉鹅出，同类并观，故曰‘出见盖有由’。又载：虾蟆色如金。或云：骊山上有古碑载之。”此又一说也。审此诸事，钱氏所举，后于杜公，其误不待论。赵、钮、宋三氏所举，则金虾蟆乃指武后，设杜公用之，亦当以指杨妃，而诗中明指禄山，是亦不合。潘氏所举，更无由与诗关连。蔡笺但据诗辞为说。似反较胜也。）‘至尊’，指玄宗也。‘王母’，指贵妃也。明皇为贵妃制羽衣霓裳以像西王母之会。‘虚无底’，谓范阳也。（唐长孺先生云：“案‘虚无底’，即无穷也。《赵策》：‘武灵王出无穷之门。’无穷，亦即无终。其地在燕，故云尔。”）……帝验国忠之言，以卜其来与不来，故曰：‘出见盖有由。’及禄山至，玄宗乃欢喜而大笑。虽国忠谏，命壮士收缚之，贵妃决不肯也。续遣归范阳，禄山遂反。岂非‘复归虚无底’，而‘化作长黄虬’乎？”（卷十三）沈德潜《杜诗偶评》论此数句曰：“难显言者，以隐语出之，诗人之体。”（卷一）此以“金虾蟆”与“长黄虬”代“禄山”，以“虚无底”代“范阳”，盖惧触时讳而用代语者也。唐珏《梦中作》四首之一：“亲拾寒琼出幽草，四山风雨鬼神惊。”案陶宗仪《南村辍耕录》曰：“岁戊寅，有总江南浮屠者杨琏真珈，……帅徒役顿萧山，发赵氏诸陵寝，至断残支体，攫珠襦玉柙，焚其胔，弃骨草莽间。珏时年三十二岁，闻之，痛愤，亟……邀里中少年若干辈……收遗骨共瘗之。……四郊多暴骨，取以窜易。……乃斫文木为匮，复黄绢为囊，各署其表曰某陵、某陵，分委而散遣之，蕝地以藏，为文而告，诘旦事讫。……越七日，总浮屠下令，裒陵骨，杂置牛马枯骼中，筑一塔压之，名曰‘镇南’。杭民悲戚，不忍仰视，了不知陵骨之犹存也。”（卷四“发宋陵寝”条。案此事隐秘，传闻多异辞。国立中山大学《语言文学专刊》第二卷第一期载詹安泰《杨髡发陵考辨》，论之甚详，可参阅。又郑元祐《遂昌山樵杂录》谓收骨者为林景熙，《梦中作》诗亦林作。兹从厉鹗说定归唐氏。其辨证见《宋诗纪事》卷七十五，不具详。）诗即咏其事，题曰“梦中作”，特故为缪悠之辞以免祸耳。此以“寒琼”代“白骨”，（《唐音癸签》卷十九“诂笺四”云：“谢惠连《雪赋》：‘庭列瑶阶，林挺琼树。’善注：‘琼，赤玉也。琼树恐误。’案琼之为赤玉，见《说文》。但毛《〈诗〉传》言琼非一，惟云：‘玉之美者。’非以为玉色名。《〈诗〉传》在《说文》前，尤可据。谢盖用《〈诗〉传》，不用《说文》耳。陈张正见：‘睢阳生玉树，云梦起琼田。’隋王衡：‘璧台如始构，琼树似新栽。’以及李贺：‘白天碎碎堕琼芳。’李义山：‘已随江令夸琼树，又入卢家妒玉堂。’并从谢作白用，似为不误。”案唐用寒琼，亦同此例。）盖恐干厉禁而用代语者也。

九曰，所以明分际也。夫人之相与，莫不有尊、卑、长、幼之殊，贵、贱、亲、疏之别。表之文字，差别较然。或缘相对以鸣谦，或缘特见以示异者，代语之中，所在多有。观之若不经意，寻之即审其由焉。如杜甫《奉赠韦左丞丈二十二韵》："丈人试静听，贱子请具陈。"案《易·师》曰："丈人，吉。"王弼《注》曰："丈人，严庄之称也。"《论语·微子》篇曰："遇丈人。"包咸注曰："丈人，老人也。"（何晏集解引）《汉书·游侠传》曰："称贱子。"颜师古注曰："言以父礼事。"此以"丈人"代"韦"，而以"贱子"代"己"，出以相对之辞，而二人之关系可见。此所以表尊、卑、长、幼者也。唐文宗《宫中题》："上林花发时。"案司马相如有《上林赋》，以谓天子之苑囿也。称"上林"以代"游赏之地"，则知其非臣民矣。秦韬玉咏《贫女》："蓬门未识绮罗香。"案蓬门犹言柴门，以谓贫者之室屋也。称"蓬门"以代"居处所在"，则知其非贵家矣。此所以表贵、贱、富、贫者也。贾岛《送无可上人》："蛩鸣暂别亲。"案李怀民《重订中晚唐诗主客图》曰："无可在俗为浪仙从弟，故诗中用'亲'字，非泛下也。"（卷下，嘉庆乙丑刘大观刊本）此以"亲"代"无可"。又前举李商隐《无题》第三句："岂知一夜秦楼客。"案《太平广记》引《〈神仙传〉拾遗》曰："萧史，不知得道年代，貌如二十许人，善吹箫，作鸾凤之响。……秦穆公有女弄玉善吹箫。公以弄玉妻之，遂教弄玉作凤鸣。居十数年，吹箫似凤声。凤皇来止其屋。……一旦，弄玉乘凤，萧史乘龙，升天而去。"（卷四）此以"秦楼客"代"己"，实所以表其与王茂元之婚媾关系。一诗之中，既用"萼绿华"与"吴王苑内花"以远嫌疑，复用"秦楼客"以明分际，斯可谓极微显、志晦之能事。此则所以表亲、疏者也。

如上所疏，代语缘起，虽有九端，然大别之，则惟两类。前五事，缘起之系乎辞者也；后四事，缘起之系乎义者也。前者或偏于韵文，后者则无间散录。盖以韵文格律较严，而散录规式无定；其体性既别，故张弛亦殊耳。次则前举诸例，其所归纳，每为臆测，非尽真诠。盖作者神思之运，非有成心；而述者科条所关，必加分析。故如"忍将行雨换追风"之句，兹以为除复重；然谓为矫熟俗，亦可也。"遥知更解青牛句"之句，兹以为矫熟俗；然谓为调声律，亦可也。用知凡上所述，其大要在示人以代语缘起，有此诸端。非谓入于甲者必出乎乙，系之丙者不得归丁。斯二者，一以见文章之体性有异，则审察代语所施，不得从同。一以见作、述之情况不侔，则推度代语所由，虑难尽合。亦论其缘起既竟，所当申述者也。

三

兹事缘起，已如上说。缘起既明，效用自显。效用既显，则其价值乃可见焉。然古今学人所见，于此或不尽同，犹有当讨论者。闲者历览故书，如魏际瑞《伯子论文》

（“人以文字就质于人”条）、顾炎武《日知录》（卷十九“文人求古之病”条），颇有非之之议；而沈义父《乐府指迷》论词，则以为必用代语，“方见妙处”。顾皆未深言其故。《四库提要》评沈说云：“其意欲避鄙俗而不知转成涂饰，亦非确论。”（卷一百九十九“乐府指迷”条）王国维《人间词话》更申之曰：“沈氏云云，若惟恐人不用代字者。果以是为工，则古今类书具在，又安用词为邪？宜其为《提要》所讥也。”又曰：“其所以然者，非意不足，则语不妙也。盖意足则不暇代，语妙则不必代。”（卷上，《王静安先生遗书》本）章公《辨诗》则曰：“唐人多憙造辞，近人或以为戒。余以为造辞非始唐人。自屈原以逮南朝，谁则不造辞者？古者多见子夏、李斯之篇，故其文章都雅。造之自我，皆合典言。后世字书既已乖离，而好破碎妄作，其名不经。雅俗之士，所由以造辞为戒也。若其明达雅故，善赴曲期，虽造辞则何害？不然，因缘绪言，巧作刻削，呼仲尼以龙蹲，斥高祖以隆准，指兄弟以孔怀，称在位以曾是，（案后二者于修辞学为藏辞，与代语少异，此统举之。）此虽原本经纬，非言而有物者也。”（《国故论衡》卷中，《章氏丛书》本）是数说者，意各有重，而皆持之有故，言之成理。括其涵蕴，可得四科：代语之存废，一也；代语之资料，二也；代语之方术，三也；代语之传导，四也。请依次加之平议，庶可明其是非。

夷考代语之由来，本有客观之需要，如前所述。故上起姬周，下逮今日，典重若经传，通俗若说部，代语猥多，久成事实，则其存废，似可不论。顾修辞之业，各有杼机。历祀不同，众体有别，斯固然矣。即人各具其匠心，篇各申其惠巧，则施用之程度，亦有差焉。此事实上之确定存在，与理论上之倡言废除，固并行而不悖，所以有明辨之必要也。王氏之斥非兹事，自意之足不足、语之工不工立言，以为意足则不暇代、语工则不必代。其辞极辩，乍聆殊无以相解。顾慎思之，亦不尽然。何则？文心善变，善变则靡穷。文事求达，求达则多术。“其限于书语，有不得尽言者，则必藉表象以出之。《〈易〉传》所谓‘曲中肆隐’者是也。其揆之事理，有不欲尽言者，则必赖曲指以明之。庄生所谓‘缪悠荒唐’者是也。”（拙撰《文论要诠》卷下）杨慎《谭苑醍醐》云：“夫意有浅言之而不达，深言之乃达者；详言之而不达，略言之乃达者；正言之而不达，旁言之乃达者；俚言之而不达，雅言之乃达者。”（卷七“辞达”条）斯可谓妙解情理之言。准此所说，则知所谓意足则不暇代，有之矣，然亦有以用代语而意转足者；语工则不必代，有之矣，然亦有以用代语而语转工者。此谛审旧文，有时而可覆按者也。王氏《〈宋元戏曲史〉自序》云：“凡一代有一代之文学：楚之骚，汉之赋，六代之骈语，唐之诗，宋之词，元之曲，皆所谓一代之文学，而后世莫能继焉者也。”然自屈、宋下逮关、马、白、郑之徒，用代语者何限，岂皆意不足而语不工乎？若然，而犹称一代之文学，何吾国文学之贫乏若是邪？又览其自定《观堂长短句》，存词仅二十余阕，可谓至精之择矣；而其间代语，已不一而足，则又何说？盖王氏持论，实远绍钟嵘《〈诗品〉序》“古今胜语，多非补假，皆由直寻”之说；而不知仲伟生际六叔，其时文章匿采，故有激云然，斯固不得为定程耳。由是言之，代语之施用与否，虽属作者之自由；而自其本身观之，则事实上无废除之可能，理论上无废除之必要也。

次则王氏又以为若如沈义父之意，殆惟恐人不用代语，诚如是，则类书具在，安用词为？案此亦似是而非之论也。寻代语资料，包罗甚广。有以事物与事物之特征或标记相代者，有以事物与事物之所在或所属相代者，有以事物与事物之作者或产地相代者，有以事物与事物之资料或工具相代者，皆所谓旁借也。有以部分与全体相代者，有以特定与普通相代者，有以具体与抽象相代者，有以原因与结果相代者，皆所谓对代也。（详陈望道《修辞学发凡》第五篇第四节）而其有取于类书者，独成语、故事而已。此宁可尽代语所资邪？且即局就二端言之，固亦裨于文事，发于本然。黄君《文心雕龙札记》曰：“夫以言传意，自古始已有不能吻合之患，是故譬喻众而假借繁。……言期于达，而不期于与本义合，则故训之用，由此滋多。若夫累字成句，累句成文，而意仍有时而蹇碍，则兴道之用，由此兴焉。道古语以剀今，道之属也；取古事以托喻，兴之属也。意皆相类，不必语出于我；事苟可信，不必义起乎今。引事、引言，凡以达吾之思而已。……逮及汉、魏以下，文士撰述，必本旧言。始则资于训诂，继而引录成言，（原

注："汉代之文，几无一篇不采录成语者，观二《汉书》可见。"）终则综辑故事。爰至齐、梁，而后声律、对偶之文大兴，用事采言，尤关能事。……文胜而质渐以漓，学富而才为之累，此则末流之弊，故宜去甚、去奢，以节止之者也。然质、文之变，华、实之殊，事有相因，非由人力。故前人之引言、用事，以达意、切情为宗；后有继作，则转以去故、就新为主。……然浅见者临文而踌躇，博闻者裕之于平素。天资不充，益以强记；强记不足，助以钞撮。自《吕览》《淮南》之书，《虞初》、百家之说，要皆探取往书，以资博识。后世《类苑》《书钞》，则输资于文士，效用于谀闻。以我搜辑之勤，祛人翻检之剧。此类书所以日众也。"此论类书之出，由于成语、故事之多；成语、故事之多，由于兴、道之用；兴、道之用，由于辞、义之不尽吻合，可谓精卓矣。如是，则代语之取资成语、故事，岂非事有必至乎？且也，文辞固需资料，而资料非即文辞。王氏并代语、类书为一谈，殊嫌疏阔。至沈氏惟恐人不用代语，王氏惟恐人用代语，各执一偏，初不计其宜称，是则所谓楚既失之，而齐亦未为得者，殆亡是公之所笑也。

若夫代语本造辞之一端，章公以为造辞者，初无碍于文事，而要当明达雅故，善赴曲期；不宜因缘绪言，巧作刻削。其论诚善。然造铸辞语，亦复多门，隐括代语，即以十数。善赴曲期者，岂尽明达雅故？巧作刻削者，未必因缘绪言。随时应心，以成变化，盖有之矣。《札记》事类第三十八又云："文之为用，自喻、喻人而已。自喻奚贵？

贵乎达。喻人奚贵？贵乎信。”若代语之施，自喻而达，喻人而信，则善赴曲期与巧作刻削者，其间或不能以寸也。《文心雕龙·定势》篇曰：“近代辞人，率好诡巧，……厌黩旧式，故穿凿取新。”又曰：“密会者以意新得巧，苟异者以失体成怪。”是则代语日繁，亦属新变代雄之理。其能达、信，是谓密会；翩其反而，是谓苟异。其胜劣宁尽系于明达雅故与因缘绪言哉？盖文辞构造，各有本原。代语以引申事物间之联想为法式，则与因仍典言、雅故者，根株自异，又不能一概齐也。

《提要》以《指迷》所论，其意欲避鄙俗，而不知转成涂饰，此则属于文辞传导。夫欲避鄙俗，作者之意旨也；转成涂饰，读者之感觉也。读者之感觉既不能同符作者之意旨，是即未尝相喻之征。作者之与读者，其于文辞，本各有其职责。“作者之职责，在求表见之充分与完整。其方术时直时曲，或显或隐，固非读者所能干预。读者之职责，在求欣赏之正确与精密。其程度有深、有浅，见知、见仁，亦非作者所能指点。”（拙撰《文论要诠》卷下）然以避鄙俗之意旨，而获得转成涂饰之感觉，则其过自应由作者任之。顾作者万千，岂皆如是？其施用代语而自喻能达、喻人能信者，数亦至众。若以此而罪及代语之本体，又岂非因噎废食之见乎？

与代语缘起相关诸问题，为前人所论及者，已依愚见，平议如上。要之，人类之语言、文字，根本不能与事物绝对密合，故不得不有所表象。其在文字，则有象形以表象具体之事物，有假借、引申以表象抽象之思想。其在修辞之术，则譬喻之语，犹之乎象形也；贸代之语，犹之乎假借、引申也。文明日进，则庶事日滋。修辞之术益精，则代语之用益广。此亦理之固然，非一二人之力所可进退者也。用是辑比诗辞，略明因果。世之论家，傥有取焉。

（1945年4月 成都）

古典诗歌描写与结构中的一与多

一

对立统一规律是人类在反复探索自然界和社会生活的发展规律中所逐步发现和总结出来的。可说是诸规律之中最基本的和最重要的。

我国古代哲人对于对立统一规律的发现、认识和阐述，最初见于《周易》经、传和《老子》。在这两部书中，先民们从复杂的自然现象和社会现象中抽象出阴阳这一对基本范畴，来概括地说明：整个宇宙就是在这两种对立物的运动中，孳生着，发展着，变化着，从而表达了他们对于对立统一规律的理解。[1] 阴阳观念不仅代表着比较明确具体的自然现象如天地、男女、寒暑、水火等，而且也显示了

[1] 请参看任继愈主编《中国哲学史》第1册中有关《周易》经、传和《老子》的章节。

非常复杂的人类的物质生活和精神生活的多方面。两书中提出的，由阴阳派生出来的吉凶、祸福、刚柔、静躁、损益、智愚、高下、大小、往来、难易等范畴，都反映了生活中互相依存、对立和转化的两种力量或倾向。

一与多也是在《周易》经、传及《老子》中被总结出来的对立范畴之一。《老子》第四十二章说："道生一,一生二,二生三,三生万物。万物负阴而抱阳，冲气以为和。"奚侗《〈老子〉集解》释之云："《淮南子·天文训》[1]：'道者，规始于一,一而不生，故分而为阴阳，阴阳合和而万物生。故曰：'一生二,二生三,三生万物。'《易·系辞》：'是故《易》有太极，是生两仪。'道与易异名同体。此云一，即太极；二，即两仪，谓天地也。天地气合而生和，二生三也。和气合而生物，三生万物也。"这位学者敏感地察觉到，在一多对立的理解上,《易》《老》相通。二、三、万，对一来说，都是多，故《老子》所论，实质上就是一与多的关系。

一与多被先民们抽象出来，成为一对哲学范畴的同时，也就被他们认识到，这也是一对美学范畴和一种艺术手段。作为对自然的虔诚的摹仿，人类所创造的文学艺术，一方面，本来就应当而且自然会去如实地反映存在于客观世界和主观世界中的一多现象，而另一方面，文艺要求有平衡、

[1] 训当作篇，训乃高诱自称其注，非《淮南》诸篇本有训名。也如《逸周书》诸篇称解，乃指孔晁注，非此书诸篇本有解名。

对称、整齐一律之美。汉语古典诗歌，由于其所使用的基本手段本来就具有倾向于声和偶的特色，因而也几乎是一开始就极其自然地朝着平衡、对称、整齐的方向发展。这就是为什么在古典诗歌诸样式中，五七言古今体诗，特别是今体律绝诗特别流行的根本原因。可是，只有平衡对称、整齐一律，而没有参差错落、变化多端，也必然会显得单调、呆板，反而损害甚至破坏了平衡、对称、整齐所构成的美。这是不能忽视的。

有才能的、善于向生活学习的文学艺术家们有鉴于此，就不能不在其创作中注意并追求整齐中的变化、平衡、对称与不平衡、不对称之间的矛盾统一，并努力使这种表现为数量及质量的差异并存于一个和谐的整体中，从而更真实、更完美地反映出生活的多样性和复杂性。这也就是一与多的对立（对比、并举）作为表现方式之一在古典诗歌的描写与结构中广泛存在的原因。

本文只想探索一下这种广泛存在方式的诸形态，而没有从历史发展过程的角度来讨论这个问题，因为它的发展过程是复杂的，需要另做专门研究。

二

先谈描写。

在古典诗歌中，一与多的对立统一通常是以人与人、物与物以及人与物、物与人的组合方式出现的，而且一通常是主要矛盾面，由于多的陪衬，一就更其突出，从而取得较好的艺术效果。

汉乐府《陌上桑》：

东方千余骑，夫婿居上头。何用识夫婿？白马从骊驹，青丝系马尾，黄金络马头。

这里先以居上头之夫婿与其他千余骑士相比，又以黄金络头、青丝系尾之白马与其他马匹相比，都是一与多的关系，前者是人比人，后者是物比物。

白居易《长恨歌》：

后宫佳丽三千人，三千宠爱在一身。

以及陈师道据此而加以浓缩的《妾薄命》中的名句：

主家十二楼，一身当三千。

也是如此，不过后宫和十二楼两词中所暗含的"一身"所居之处（比如说昭阳殿）与其他"三千"所居之处（可能包括长信宫）相去悬绝之意，却不及"白马"三句之明显，使人一览可知。然而若证以王昌龄的《春宫曲》中"平阳歌舞新承宠，帘外春寒赐锦袍"和《长信秋词》中"火照西宫知夜饮，分明复道奉恩时"等语，则"一身"所居之热闹繁华，"三千"所居之凄凉冷落，也就跃然纸上了。

杜甫《丹青引》在人与人、物与物同时进行的一多对比上显示出更广阔的图景：

先帝天马玉花骢，画工如山貌不同。是日牵来赤墀下，迥立阊阖生长风。诏谓将军拂绢素，意匠惨澹经营中。须臾九重真龙出，一洗万古凡马空。玉花却在御榻上，榻上庭前屹相向。至尊含笑催赐金，圉人太仆皆惆怅。

这一段描写是两组多层次结构：人的方面，曹霸是一，其他众多的画工、圉人和太仆寺的官员是多；[1]物的方面，曹霸所画的玉花骢是一，其他画师所画的是多，玉花骢是一，御苑的其他良马是多。杜甫在这里强调了，只有曹霸笔下的玉花骢才是形神兼备的，与真的玉花骢完全一致的，画既逼真，真亦如画。而其余的人、物都被比下去了。

从上面的讨论可以看出，对立的一与多在这些例子中，虽然从逻辑范畴上看只是一种数量上的区别，但是诗人们在创作中运用这种对比的手段，与其说他们着重的是一与多的本身，毋宁说是意在表现同时蕴藏并且展示在这一对矛盾当中的另外一对或几对在生活、思想、感情上的矛盾。如前所举，就有贵贱、宠辱、优劣、欢戚等几对矛盾包含在一多这对矛盾之内。

现在我们不妨来看一下，诗人们在描写景物的时候是怎样运用这种方式的。李白《梦游天姥吟留别》云：

天姥连天向天横，势拔五岳掩赤城。天台四万八千丈，对此欲倒东南倾。

又杜甫《青阳峡》云：

昨忆逾陇坂，高秋视吴岳。东笑莲花卑，北知崆峒薄。超然侔壮观，已谓殷寥廓。突兀犹趁人，及兹叹冥漠。

---

[1] 诗中太仆，系指太仆寺的官员们，不仅指太仆寺正卿。关于太仆寺的官员职掌详见《旧唐书》卷四十四《职官志》三、《新唐书》卷四十八《百官志》三。

这两篇诗里，都是以一连串的高山和比它们更高的另一座山来对比，从而突出了后者崇高的形象。

诗人们还注意到了色彩在自然景物描写中的对比关系。如王安石的失题断句：[1]

浓绿万枝红一点，动人春色不须多。

这一精彩的意象，后来转变为更流行的成语“万绿丛中一点红”。近代著名诗人陈三立则在其《散原精舍诗》续集卷下《沪上偕仁先晚入哈同园》中，将其化为“绿树成围红树独”之句，而将春天的红花变成了秋天的红叶。

在有些作品中，色彩的一多对比并不像王安石这两句那样强烈，因而容易被人们忽略过去。如韦应物《滁州西涧》：

独怜幽草涧边行，上有黄鹂深树鸣。

幽草、深树，也就是浓绿，但黄鹂藏于深树，非同红一点之独占枝头，就需要读者用想像去弥补视觉之不及了。又如苏舜钦的《淮中晚泊犊头》：

春阴垂野草青青，时有幽花一树明。

在古汉语中，明主要是指光，而非指色。但由于这树幽花是和阴沉的高天、青碧的平野对衬，则此花可能是白的，

---

［1］ 胡仔《苕溪渔隐丛话》前集卷三十四引《遁斋闲览》云：“唐人诗：‘浓绿万枝红一点，动人春色不须多。’不记作者名氏。邓元孚曾亲见介甫亲书此两句于所持扇上。或以为介甫自作，非也。”又周紫芝《竹坡诗话》云：“仪真沈彦述为余言，荆公诗如‘浓绿万枝红一点，动人春色不须多’‘春色恼人眠不得，月移花影上栏干’等篇，皆平甫诗，非荆公诗也。”但叶梦得《石林诗话》卷中则认为这两句是王安石的诗，《王荆文公诗集》卷四十七《龙泉寺石井》李壁注也引据叶说，所以我们还是以此诗归之王安石，虽然今本王集中已佚去。

也可能是具有较强光感的色如粉红之类。我们从这篇诗中获得的启示是：在诗人透过视觉从事一多对比时，不但运用了色觉，也注意同时运用光觉。

当然，就光觉而论，人们很容易想到黑白分明这个基本事实，所以在杜甫笔下，就出现了《春夜喜雨》中的这两句：

野径云俱黑，江船火独明。

应当注意到，云是俱黑，火是独明，黑多而白一，所以显得特别分明。

张继《枫桥夜泊》是唐绝名篇，古代诗话、当代论文都对它进行过不少的探索，指出过它许多艺术上的特色。但似乎还可以加上一点，即诗人采用了一多对比的手法。

月落乌啼霜满天，江枫渔火对愁眠。

这两句以茫茫长夜与一灯渔火对比。

姑苏城外寒山寺，夜半钟声到客船。

这两句以万籁俱寂中的数声乌啼与一杵钟声对比。前两句是写光觉，与《春夜喜雨》中那两句正好可以互证；后两句则是写听觉。无论是目之所及、耳之所闻，这冷荧荧的渔火、慢悠悠的钟声，对于客途中的典型环境，都具有深化的作用，从而使诗人所要在作品中表达的旅愁更为突出。

诗人们在描写声音时，还有许多运用这种方法而极为成功的例子，如韩愈的《听颖师弹琴》：

喧啾百鸟群，忽见孤凤凰。

这里形容琴调突然拔高，而且利用人类的通感，以鸟声为喻，使人若闻琴声之高低，兼见凤凰及百鸟形状大小、品格圣凡之别。

上面的例句说明，诗人在描写景物的大小、高低、明暗、强弱时，常常利用一与多的对立统一这个规律，来展示其所突出的方面。

以上我们讨论的是人与人、物与物之间的关系。现在再简略地来看一下他们的交叉关系，即人与物、物与人的一多对立在诗中的情况。

诗人有以人为一面、物为另一面而加以对衬的写法。但如庾信《枯树赋》所云“树犹如此，人何以堪”之类，虽然人和树衬，却并不具体涉及一与多的问题。而苏轼《八月七日初入赣，过惶恐滩》所写，则是另一种情况：

> 七千里外二毛人，十八滩头一叶身。山忆喜欢劳远梦，地名惶恐泣孤臣。

这位二毛人（即一叶身，也就是作者）显然是一面，而与许多他所经过的地方如错喜欢铺、十八滩（其中包括惶恐滩）对立。人是一，物是多。反过来，如李益《从军北征》：

> 碛里征人三十万，一时回首月中看。

则以三十万征人为一面，一轮明月为另一面，人是多而物是一了。苏轼的《次韵穆父尚书侍祠郊丘，瞻望天光，退而相庆，引满醉吟》“令严钟鼓三更月，野宿貔貅万灶烟”，也和李益两句完全一样。

但要注意的是，这些诗中所涉及的人（征夫、迁客）

和物（险境、月光），都并不属于一对矛盾的两个方面。他们之间的关系，是诗人在观察生活以后，加以主观安排的结果，这也是我们研究这个问题时所必须加以考虑的。不仅人与物之间的对立不一定存在互相依存的关系，即人与人、物与物之间也有这种情形，例如王之涣的《登鹳雀楼》：

欲穷千里目，更上一层楼。

或张炎的词《清平乐》：

只有一枝梧叶，不知多少秋声。

都是运用了一多对比手法的传诵千古的名句，但无论是千里目与一层楼，或一枝梧叶与多少秋声，都只有因果关系，而没有对立统一的即互相依存、互相转化的不可分割的关系。

由此可见，讨论到作品中所具有的一多对比手法时，无论就人与人、物与物，或人与物哪方面说，必须区分两种情况：一种是除了一与多这对矛盾外，还有与这对矛盾同时存在并通过它来显示的其他一对或数对矛盾。当一与多这种数量上的对立出现时，同时也就出现了其他质量上的对立。然而还有另外一种，即一与多这两个数量所表示的内容，双方并没有互相依存、转化而成为不可分割的矛盾，因此其一与多所表现的对立，只限于显示两种或多种事物在数量上的差异。

前者，如我们所指陈的，其一与多的对立由于包含了其他的矛盾，所以能够具有较为丰富的内涵；但后者也并非可以轻视的。许多诗人都用这种方法写出了不朽的名句，随便举例来说，如王湾《次北固山下》：“潮平两岸阔，风正一帆悬。”李白《听蜀僧濬弹琴》：“为我一挥手，如听万壑松。”韦应物《淮上喜会梁州故人》：“浮云一别后，流水十年间。”就都属此类。

近代文学史的揭幕人龚自珍也以此见长，即以见于他的著名组诗《己亥杂诗》中者为例，如第二一一首“万绿无人嘒一蝉，三层阁子俯秋烟。安排写集三千卷，料理看山五十年”，第二二九首“从今誓学六朝书，不肄山阴肄隐居。万古焦山一痕石，飞升有术此权舆”，第三一五首“吟罢江山气不灵，万千种话一灯青。忽然搁笔无言说，重礼天台七卷经”，都是有意识地以一件单数事物和若干件多数事物互相联系、形容、衬托，来展示他丰富的联想，从而发展了这一手法。

三

人类生活在无始无终的时间与无边无际的空间之中，不能脱离时间和空间而生存、生活着。因此，人们对于生活的观察体验也必然在某个有限的即特定的时间和空间之中进行。至于对于生活中的事物加以反映，或写景，或抒情，更不能脱离具体的人和物、时间和地点。诗人们、作家们在表现作品中的时间与地点时，也广泛地利用了对立统一这个法则，显示了它们之间相对和交叉的一多关系，从而展现多彩多姿的生活画面。

以时间对于某一事物说来是凝固的、永恒的，而对于许多其他事物说来是流逝的、短暂的，来对比而产生的人事无常之感，来源于古人对宇宙认识的科学局限和阶级局限。但这种感慨却震撼着、燃烧着诗人们的心灵，使他们唱出了激动人心的歌。在人所熟知的《春江花月夜》中，张若虚写下了如下的句子：

江天一色无纤尘，皎皎空中孤月轮。江畔何人初见月？江月何年初照人？人生代代无穷已，江月年年只相似。不知江月待何人，但见长江送流水。

闻一多先生早在40年代就对这篇杰作做过精辟的分析和高度的评价。[1]近来李泽厚先生又就闻先生的意见加以发挥。[2]闻先生认为上引的这几句诗是诗人的一种“更夐绝的宇宙意识”，他所表现的是“有限与无限，有情与无情——诗人与永恒猝然相遇，一见如故”，反映了诗人对待宇宙的“不亢不卑，冲融和易”的态度。李先生更引申说，这是诗人显示“面对无穷宇宙，深切感受到的是自己青春的短促和生命的有限。它是走向成熟期的青少年时代对人生、宇宙的初醒觉的‘自我意识’：对广大世界、自然美景和自身存在的深切感受和珍视，对自身存在的有限性的无可奈何的感伤、惆怅和留恋”。这都是一些微至之谈，但从我们所研究的角度来说，诗人之所以能够把自己的思想感情表现得如此地完美，正因为他以似乎是凝固的、永恒的、超时间

[1] 见《宫体诗的自赎》，载《闻一多全集·唐诗杂论》。

[2] 见所著《美的历程》第七章《盛唐之音》第一节《青春·李白》。

的月和不断在时间中变化的自然界的新陈代谢、人事上的离合悲欢进行了对比；用闻先生的话来说，就是月的无限、无情、永恒与其他种种的有限、有情、短暂对比，月代表永恒，是一，其他均属短暂，是多。一始终是控制着、笼罩着多，这就使诗人不能不产生所谓“无可奈何”之感了。

《春江花月夜》中的月代表着凝固的时间，而李白《峨眉山月歌》中的月则代表着具体的空间。

峨眉山月半轮秋，影入平羌江水流，夜发清溪向三峡，思君不见下渝州。

王世贞在《艺苑卮言》卷四中说：“此是太白佳境，然二十八字中有峨眉山、平羌江、清溪、三峡、渝州，使后人为之，不胜痕迹矣。益见此老炉锤之妙。”而沈德潜在《唐诗别裁》卷二十中则认为：“月在清溪、三峡之间，半轮亦不复见矣。‘君’字即指月。”沈德潜这个解释，乍看似乎有清代常州派说词的所谓“作者之用心未必然，而读者之用心何必不然”[1]之嫌，但我们熟玩全诗，这个“君”字如果不照沈德潜的解释，实在也没有着落，因此我们还是同意沈的见解。李白的构思是在以孤悬空中的月与自己所要随着江水东下而经过的许多地方对比，来展现自己乘流而下的轻快心情。正因为他所经过的地方有的可以看到月光，有的则看不到，或现或隐，并不单调，所以才不显痕迹。这也许是王世贞所没有察觉的另外一种“炉锤之

[1] 谭献《复堂词话》语。

妙”，即将一多对比中的天上地下融于一炉之妙。

以上我们讨论的是时间与时间、空间与空间之间的关系，而时空之间，在古典诗歌的表现方法中，也同样存在着交叉的一多对立或并举的情况。王维的《九月九日忆山东兄弟》是我们所熟悉的：

> 独在异乡为异客，每逢佳节倍思亲。遥知兄弟登高处，遍插茱萸少一人。

再如白居易的《邯郸至除夜思家》：

> 邯郸驿里逢冬至，抱膝灯前影伴身。想得家中夜深坐，还应说着远行人。

都是写在同一时间却在不同空间中的自己和他人的思想感情和行动。虽然一个是现实，一个是想象。杜甫著名的《月夜》“今夜鄜州月，闺中只独看，遥怜小儿女，未解忆长安”也是如此。白居易的“共看明月应垂泪，一夜乡心五处同”（《自河南经乱，关内阻饥，兄弟离散，各在一处。因望月有感，聊书所怀，寄上浮梁大兄、於潜七兄、乌江十五兄，兼示符离及下邽弟妹》）则是以同一时间和多数空间并举，其范围更为广阔。

反过来，也有以同一空间和多数不同时间并举的。如刘禹锡的《杨柳枝》：

> 春江一曲柳千条，二十年前旧板桥，曾与美人桥上别，恨无消息到今朝。

还有李益的《上汝州郡楼》：

> 黄昏鼓角似边州，三十年前上此楼。今日山川对

垂泪，伤心不独为悲秋。

这两首诗都是从不同的年月来描述同一地点的，即空间是一，时间是多。但不同之点是：前者和崔护的《题都城南庄》“去年今日此门中，人面桃花相映红。人面只今何处去，桃花依旧笑春风”一样，都是写物是人非，今与昔异；而后者则是在同一空间与前后相距三十年的不同时间中，看出政治局势并无改善，一切如旧，发人哀感，所强调的是今与昔同。[1]

四

次谈结构。

每一篇好诗，无论大小，都是一个完整的有机体，其艺术结构是相当复杂的。一与多的对立统一关系也曾被诗人们在布局、用韵等方面加以应用。

杜甫《北征》的主题和基调是明显的，它写了国家的丧乱和家庭的艰难，自己的忠愤、忧郁、伤感和希望，整个的气氛是严肃的、沉重的。但诗中却有一小段描写了旅途中的景色和自己观赏这些景色的愉悦心情。

菊垂今秋花，石戴古车辙。青云动高兴，幽事亦可悦：山果多琐细，罗生杂橡栗；或红如丹砂，或黑如点漆；雨露之所濡，甘苦齐结实。

杨伦《杜诗镜铨》卷四引张溍《读书堂杜工部诗集注解》

[1] 关于李益这首诗的背景和解释，请参看沈祖棻《唐人七绝诗浅释》。

云："凡作极要紧极忙文字，偏向极不要紧极闲处传神，乃夕阳反照之法，惟老杜能之。如篇中'青云''幽事'一段，他人于正事、实事尚铺写不了，何暇及此？此仙凡之别也。"在旧注中，这个说法算得上是有见解的，但是他只注意到了极忙文字中用极闲之笔传神这一点，还没有体会到杜甫的这种写法乃是我国古典美学中一张一弛原则的应用。《礼记·杂记下》说："张而不弛，文、武弗能也；弛而不张，文、武弗为也；一张一弛，文、武之道也。"张与弛事实上也属于对立统一的范畴。杜甫正是由于生活上、精神上所承受的压迫，使他透不过气来，才在旅途中强自排遣，从而感到幽事之可悦的。在紧张的神经松弛了一阵之后，诗人不可避免地仍然要回到严酷的现实中来，而"缅思桃源内，益叹身世拙"二句则是弛而复张的过脉。中间这一轻松、愉快的场面和前后许多严肃、痛苦的场面对比，不但显示了诗篇在艺术上的节奏，更重要的还在于表现了诗人感情上的起伏及其自我调节作用。

具有对称、平衡之美，是古典诗歌重要的艺术特征，今体律绝诗尤其突出。但是有才能的诗人在经过长期的实践使之达到对称、平衡之后，又企图突破它们而达到新的对立统一。这也正如当律绝诗的声律已经严密地完成以后，却又有人喜欢写拗体一样，其美学上的依据已如前述。在律绝诗中，人与我、情与景、时与地等等，对等地或者交替地来写，是常见的，因而双方所占有的篇幅悬殊不会太大。但是，如杜甫的《天末怀李白》：

凉风起天末，君子意如何。鸿雁几时到，江湖秋水多。文章憎命达，魑魅喜人过。应共冤魂语，投诗赠汨罗。

以及他的《秦州杂诗》二十首之四：

鼓角缘边郡，川原欲夜时。秋听殷地发，风散入云悲。抱叶寒蝉静，归山独鸟迟。万方声一概，吾道欲何之！

前者，首句属自己，后七句属李白；后者，末句属诗人之思想，前七句属诗人之环境。虽然这两首诗都严格遵守了律体的规律，但在内容的分配上却突破了律诗结构的一般程式。

绝句中也有这种情形。李白《越中览古》云：

越王勾践破吴归，义士还家尽锦衣。宫女如花满春殿，只今惟有鹧鸪飞。

又郑文宝《阙题》云：

亭亭画舸系寒潭，直到行人酒半酣。不管烟波与风雨，载将离恨过江南。

石遗老人（陈衍）《宋诗精华录》卷一选有郑诗，评云："按此诗首句一顿，下三句连作一气说，体格独别。唐人中惟太白'越王勾践破吴归'一首，前三句一气连说，末句一扫而空之。[1] 此诗异曲同工，善于变化。”

照我们看来，李白的一首是前三句写过去之盛，后一句写今日之衰；郑文宝的一首则是前一句写现在离别的场面，后三句预示离别的情怀，其中第二句是眼下的必然，第三、四句则是随着这个必然而出现的或然。这两首诗的特色正在于利用篇幅分合的一多悬殊使古代和当代越王台之盛衰以及现在和将来离愁之浅深做出了强烈的对比。

也许还有一种结构应当附带在这里谈一下，就是诗人在自己的创作中，引用了古人或今人（包括自己）的少数成句，使之成为自己这篇作品中的有机组成部分，因而也出现了一多并举。引彼诗入此诗，最早的而且为人所共知的例子是曹操的《短歌行》。在这篇诗中，他用了《诗经·郑风·子衿》中的两句“青青子衿，悠悠我心”，又用了《小雅·鹿鸣》中的四句“呦呦鹿鸣，食野之苹。我有嘉宾，鼓瑟吹笙”，使这些古句加入了自己创作的行列。但这不过是兴之所至、信手拈来的。很显然，它们在全诗当中并不占有主要的位置，也不具有核心的意义。但这种方式到了后人手里却有用自己的或他人的成句作为主意或重点写进一篇诗里的，这就和曹操的运用成语并不一样了。

欧阳修《余昔留守南都，得与杜祁公唱和，诗有答公

[1] 此诗，沈德潜《唐诗别裁》卷二十评《越中览古》云：“三句说盛，一句说衰，其格独创。”查慎行《初白庵诗评》卷上亦云：“用一句结上三句，章法独创。”均陈说所本。今按在唐人诗中，韩愈的《同水部张员外籍曲江春游，寄白二十二舍人》及元稹的《刘阮妻》，也与李白此诗同格，敖子发已指出，见王琦《李太白文集注》卷三十四，附录四，“丛说”引敖说。故陈云“唐人中惟太白……一首”，不确。

见赠二十韵之卒章云："报国如乖愿，归耕宁买田。期无辱知己，肯逐利名迁？"逮今二十有二年，祁公捐馆，亦十有五年矣。而余始蒙恩，得遂退休之请。追怀平昔，不胜感涕，辄为短句，置公祠堂》：

> 掩涕发陈编，追思二十年。门生今白首，墓木已苍烟。"报国如乖愿，归耕宁买田。"此言今知践，如不愧黄泉。

这是以己作旧句一联纳入新作之例。又元好问《淮右》：

> 淮右城池几处存，宋州新事不堪论。辅车谩欲通吴会，突骑谁当捣蓟门。"细水浮花归别涧，断云含雨入孤村。"空余韩偓伤时语，留与累臣一断魂。

施国祁《元遗山诗集笺注》卷八引顾氏云："五、六全用韩致光语，即以结联标出，自成一体。遗山诗用前人成语极多，陶、杜句尤甚，又未可以此例概之也。"这是以古人成句一联纳入己作之例。又王士禛《渔洋诗话》卷上云："余在广陵，偶见成都费密（字此度）诗，极击节。赋诗云：

> 成都跛道士，万里下峨岷。虎口身曾拔，蚕丛句有神。"大江流汉水，孤艇接残春。"（二句即密诗）十字须千古，胡为失此人？

密遂来定交，如平生欢。"这是以今人成句一联纳入己作之例。[1]

从上面三个例子可以看出：第一，无论是将自己的旧句移植到新作里，或者是将他人的成句移植到自己的诗里，其所移植的都已成为本诗的有机组成部分，与本诗不可分割；而第二，其所表现的正是本诗所需要突出的内容，如果离开了这引用的一联，则其他三联就都失去了存在的意义。显然，这也是诗人使用一多并举的手法之一，虽然它们并不常见。

我国古典诗歌的格律，是由声和偶构成的。在声方面，既注意每一个句子以及句子与句子之间的平仄谐调，也注意句尾的押韵。句句押韵、隔句押韵、数句转韵而平仄交替，是尾韵通常使用的几种方式。历代诗人，通过长期创作的实践，取得了以语言的音响传达生活的音响的成功经验。他们利用节奏上的一与多的对立和变化，来显示思想感情上和描写进程上的起伏、疾徐、动定，从而更好地表达了作品的内容。杜甫在用韵方面的创造是值得注意的。著名的《同谷七歌》的韵式如下（汉语拼音字母代表平韵或仄韵诸不同韵部在组诗中出现的先后，〇代表不押韵的

[1]《带经堂诗话》卷十“指数类”上所附张宗柟识语曾引诸家说以明此三诗之递嬗关系。本文此点受到张氏启发。又王士禛也曾于七言绝句中采用成句借以标榜其他诗人。如其《论诗绝句》有云：“‘溪水碧于前度日，桃花红似去年时。’江南肠断何人会，只有崔郎七字诗。”此诗属崔华，前二句即崔诗。又云：“‘淡云微雨小姑祠，菊秀兰衰八月时。’记得朝鲜使臣语，果然东国解声诗。”此诗赞美朝鲜使节金尚宪之精于汉诗，颇多佳句，前二句即其《登州次吴秀才韵》诗中句。详见《带经堂诗话》卷十二“佳句类”及卷二十一“采风类”。

句子）：

一、上A上A（平）〇上A（入）〇上A——平A平A

二、去A去A去A去A（平）〇去A——去B去B

三、平B平B（去）〇平B平B平B——入A入A

四、平C平C（去）〇平C（上）〇平C——去C去C

五、入B入B（平）〇入B（入）〇入B——平D平D

六、平E平E（入）〇平E（入）〇平E——平F平F

七、上B上B（平）〇上B（入）〇上B——入C入C

这组诗每首八句，都是前六句一韵，后二句转另一韵。其中一、三、四、五四首是前六仄则后二平，前六平则后二仄。第二首通篇去声韵，第六首通篇平声韵，但前六后二并不在一部。第七首通篇仄声，但前六上声，后二入声。这种有意识的安排，显然是为了操纵自己的心潮思绪的，在主题的一个侧面描绘完成之后，停顿一下，咏叹一番，然后再从事另一个侧面，这在文字上表现为“呜呼□歌兮……”，而在音节上则表现为平仄声及韵部的改变。苏轼的《於潜僧绿筠轩》对于转韵方式，也作了与《同谷七歌》相同的处理，虽然两诗在其他方面绝不相同。

可使食无肉，不可使居无竹。无肉令人瘦，无竹令人俗。人瘦尚可肥，俗士不可医。旁人笑此言，似高还似痴。若对此君仍大嚼，世间那有扬州鹤！

这末二句的一转，非常成功地表达了诗人“嘻笑怒骂皆成文章”的创作特色以及他写此诗时神采飞扬的精神状态。

《同谷七歌》前六句即三联为一韵，后两句一联为一韵，体现了情绪的顿挫转折，而《曲江三章章五句》如下的韵式则体现了情绪的间歇：

一、平A平A平A（去）○平A

二、上上上（平）○上

三、平B平B平B（上）○平B

杜甫这一独创的诗体，题目取法《诗经》，句式则来自七言古绝句而加以变化，他在句句押韵的古绝句的第三句与第四句之间，或第三句不押韵的古绝句第二句与第三句之间，增加了不押韵而且末字平仄与其余的韵脚正相反的一句，这就使前面句句押韵的三句所给予人的迫促之感缓和了下来，然后又用同一韵脚的第五句来保持其音节上的连续性。在湖北东部蕲春一带的山歌基本上是这样的七言五句，第一、二、三、五句押韵，第四句不押韵的形式。1958年夏天，我在蕲春城关镇住医院时，隔壁病房里住着一位农村猎手，他不时地唱起了这样的山歌。他那种或慷慨或悲凉的情绪，往往由于这在音节上具有间歇性的第四句而摇曳生姿，使得整曲歌声更为出色。可惜当时我因为心绪不好，没有把那些纯朴、粗犷而又深沉的词曲记录下来，但却从此对于杜甫所创造的这三篇诗的音节之美，有了更多的体会。这些声情相应的作品，其中也含有一多对比的原则，值得我们注意。

五

古典诗歌的篇幅多数是不大的。但组诗这种形式却使得篇幅短小的缺陷得到适当的弥补。诗人们精心构思的组诗，少则三五篇，多到百篇以上，事实上都是一个有机体。一多对立这个艺术原则，在组诗的结构中也曾被诗人们所成功地运用过。这可以从题材、手法和声律三个方面来考察。

师法《诗经》和《楚辞·九辩》而形成的一题数首的组诗，在建安时代即已出现，刘桢的《赠五官中郎将》四首和《赠从弟》三首即是。到了太康时代，左思的《咏史》八首才把组诗提高到一个更成熟的阶段，八首诗杂引历史上的著名人物，通过他们的贵贱、穷通、仕隐、祸福，来反复表达自己在门阀制度压制之下的委屈情绪和自我慰安，把历史人物的形象和诗人自己的形象巧妙地交织在一起，错落有致，摇曳生姿，而且全诗又有首有尾，构成了一个严密的整体。但在他所举的历史人物中，第六首对荆轲的赞美，乍看起来，却是令人难以理解的。

荆轲饮燕市，酒酣气益振。哀歌和渐离，谓若傍无人。虽无壮士节，与世亦殊伦。高眄邈四海，豪右何足陈。贵者虽自贵，视之若埃尘。贱者虽自贱，重之若千钧。

大家知道，荆轲是一个以“士为知己者死”为生活信条的侠客，他平生最大的事业就是那次对秦王政的不成功的行刺。这既非诗人所仰慕的、所鉴戒的，也不是他认为与自己境界相似或可能相似而用来自比的。这个历史人物的出现显然和组诗主题有些游离。这只是诗人在寂寞当中的一种奇想：即使去当刺客，也比默默无闻的庸人要强些。（这使我联想起茅盾笔下的一个人物。在《追求》第六章中，章秋柳因为找不到正确的人生道路，决心要过享乐刺激的生活，竟然想去当淌白。）这种奇想充满了浪漫主义的色彩，和诗中对于其他历史人物的咏叹和譬况全不一样，但也正是荆轲这一形象的独特性才使诗人愤激的情感达到高潮。这一首诗的最后四句说明了这一点。[1] 以对荆轲的赞美与对其他许多历史人物的评价对立，体现了这一现实主义组诗中的浪漫主义因素，而这是通过一与多对比的手法来完成的。

杜甫早期组诗的名篇《陪郑广文游何将军山林》十首也曾运用一多对比的手法而获得成功，旧日有些注家已经注意到了这一点。这一组诗九首都是咏山林景物，独第三首专咏异花：

[1] 关于左思《咏史》的一些问题，请参看拙著《左太冲〈咏史〉诗三论》。

> 万里戎王子，何年别月支。异花开绝域，[1]滋蔓匝清池。汉使徒空到，神农竟不知。露翻兼雨打，开坼日离披。

王嗣奭《杜臆》卷二云："止赋一花，便是变调。"浦起龙《读杜心解》卷三之一云："此以其名奇种远，故专咏之。"杨伦《杜诗镜铨》云："十首全写山林，便觉呆板，忽咏一物，忽忆旧游，[2]自是连章错落法。"三家所论均是，而《镜铨》之说尤为明白。苏轼的《中隐堂诗》五首，其中一、二、三、五四首都是写王绅在长安的居第园亭，而第四首却专咏翠石：

> 翠石如鹦鹉，何年别海堧？贡随南使远，载压渭舟偏。已伴乔松老，那知故国迁。金人解辞汉，汝独不潸然？

纪昀在其所批《苏文忠公诗集》卷四中一针见血地指出"分明是'万里戎王子'一首"。可见杜、苏于写园林景物的组诗中特别用一篇来对其中某物加以特写，使咏物写景一多对衬，以见错落之致，具有同心。

---

[1] 此句，仇兆鳌《杜诗详注》卷二作"异花来绝域"，云："旧作开，犯重。《杜臆》作'来'，盖音近而讹耳。"《杜诗镜铨》卷二及《读杜心解》卷三之一皆从改。但今印全本《杜臆》卷一云："'异花开绝域'，已别月支，又开绝域，况下又重一'开'字，故余疑必为'来'字之误，又细思之，非误也。谓如此异花，本开绝域，而蔓匝清池，是汉使、神农所不及见者，而今忽有之，非幽兴中所亟赏者乎？"顾廷龙在《影印本〈杜臆〉前言》中曾讨论到仇《注》所采《杜臆》与今全本文字颇有异同的问题，做了合理的推测。但从这一条材料看来，则仇《注》所引《杜臆》稿本在先而今印本在后。后者当系定稿。

[2] "忽忆旧游"，指第八首。但这首乃以因今日游何将军山林而联想到过去游定昆池，因觉两地情景有相类之处，与专咏戎王子者仍有区别，不能相提并论。

王建的《宫词》一百首是古典诗歌中反映宫廷生活比较突出的作品。今本已有残缺，后人曾以他人诗补入，[1]但在北宋时代，王安石所见应当还是全本。郭辑本《陈辅之诗话》第四条“王建宫词”云：“王建《宫词》，荆公独爱其‘树头树底觅残红，一片西飞一片东。自是桃花贪结子，错教人恨五更风’。谓其意味深婉而悠长也。”我们都知道，王安石对于诗歌往往有独特而精辟的见解，他为什么在一百首诗中单独看中了这第九十一首？陈辅之说是因为它“意味深婉而悠长”，这符合王安石的原意吗？如果符合，这个所谓“深婉而悠长”，又何所指？经过反复通读，我才发现被王安石看中的这一首诗和其余的现存九十多首写法完全不同：即那许多诗都是描写宫廷生活，直叙其事，是赋体；而这一首却是以桃花的命运比喻那些深宫怨女的命运，而非直接描写，是比兴之体。这首诗通过对于残花的凭吊，来显示诗人对于那些贪图富贵却误入贾元春所说的“那不得见人的去处”（《红楼梦》第十八回）的广大宫女们的同情。这些零落的桃花事实上也就是白居易的《新乐府·上阳白发人》中那位女尚书或曹禺的剧本《王昭君》中的孙美人。所以陈辅之的意见是符合王安石的原意的。所谓“深婉而悠长”，是指比兴之体所达到的艺术效果而言，而有了这样一首，就打破了其余几十首都是赋体的统一局面，耳目一新，显示了“万绿丛中一点红”之美和手

[1] 见胡仔《苕溪渔隐丛话》后集卷十四及朱承爵《存余堂诗话》。

法上一多对立之妙。

诗人们也注意到了在组诗的声律方面运用这一方式来显示其在统一中的变化。例如杜甫的《将赴成都草堂，途中有作，先寄严郑公》五首，前四首都是律诗正格，而第五首却是拗体：

锦官城西生事微，乌皮几在还思归。昔去为忧乱兵入，今来已恐邻人非。侧身天地更怀古，回首风尘甘息机。共说总戎云鸟阵，不妨游子芰荷衣。

刘禹锡的《金陵五题》前四首用的是律化绝句的正格，而第五首《江令宅》则是仄韵的古绝句：

南朝词臣北朝客，归来唯见秦淮碧。池台竹树三亩余，至今人道江家宅。

这都是显而易见并为人们所熟悉的例子，无须详加说明。

六

根据以上的探索，可以初步得出下列几点结论。

第一，作为对立统一规律的诸表现形态之一，一多对立（对比、并举）不仅作为哲学范畴而被古典诗人所认识，并且也作为美学范畴、艺术手段而被他们所认识、所采用。

第二，一与多的多种形态在作品中的出现，是为了如实反映本来就存在于自然及社会中的这一现象，也是为了打破已经形成的平衡、对称、整齐之美。在平衡与不平衡、对称与不对称、整齐与不整齐之间达成一种更巧妙的更新的结合，从而更好地反映生活。

第三，在一与多这对矛盾中，一往往是主要矛盾面，诗人们往往借以表达其所要突出的事物。

第四，一与多虽然仅是数量上的对立，但也每在其中同时包含着其他一对或数对矛盾，因而能够表现更为丰富的内容。

第五，也有的一多对比或并举只限于显示不同事物在数量上的差异，双方并不存在互相依存的关系，但运用得合适，也能使不相干的事物发生联系，表达了诗人丰富的联想，也同样能给人以艺术上的满足。

这种表现方式，在空间艺术中是常见的。南宋马远的山水构图，将所画景物压缩在整个空间的某一角落里，而使其余部分形成大片空白，因此被称为马一角。清初的八大山人以及当代白石老人所画花卉中，也都出现过类似的布局。这是世人所共知共见的。但由于诗歌是时间艺术，它不用色彩、线条去直接塑造形象，而用语言这种符号来间接描绘形象，所以这种手段虽然也被广泛使用，但又容易被人忽略。这也许就是自来的理论批评家没有就这一现象加以深入探讨的原因。[1]

---

[1] 杜甫对广阔的天空飘着一片孤云，似乎特别感兴趣，所以在诗中一再加以描绘。如《秦州杂诗》二十首之十六中说“晴天卷片云”，《江汉》中说“片云天共远”，《陪诸贵公子丈八沟携妓纳凉，晚际遇雨》中说“片云头上黑”，《野老》中说“片云何意傍琴台”。而王辟之《渑水燕谈录》卷七“书画门”云：“翟院深，营丘伶人，师李成山水，颇得其体。一日，府院张乐，院深击鼓为节，忽停挝仰望，鼓声不续。左右惊愕，太守召问之，对曰：‘适乐作次，有孤云横飞，淡伫可爱。意欲图写，凝思久之，不知鼓声之失节也。’太守笑而释之。”这两位异代不同行的人所具有的共同爱好，虽不无巧合，但恰好证明艺术中的一多对比之美，诗画一致。

我们认为：从理论角度去研究古代文学，应当用两条腿走路。一是研究“古代的文学理论”，二是研究“古代文学的理论”。前者是今人所着重从事的，其研究对象主要是古代理论家的研究成果；后者则是古人所着重从事的，主要是研究作品，从作品中抽象出文学规律和艺术方法来。这两种方法都是需要的。但在今天，古代理论家从过去的及同时代的作家作品中抽象出理论以丰富理论宝库并指导当时及后来创作的传统做法，似乎被忽略了。于是，尽管蕴藏在古代作品中的理论原则和艺术方法是无比地丰富，可是我们却并没有想到在古代理论家已经发掘出来的材料以外，再开采新矿。这就使我们对古代文学理论的研究，不免局限于对它们的再认识，即从理论到理论，既不能在古人已有的理论之外从古代作品中有新的发现，也就不能使今天的文学创作从古代理论、方法中获得更多的借鉴和营养。这种用一条腿走路的办法，似乎应当改变；直接从古代文学作品中抽象出理论的传统方法，也似乎应当重新使用，并根据今天的条件和要求，加以发展。基于这种想法，我做了这样一次尝试。对一与多在古典诗歌中存在诸形态的探索，可能是失败的；但我写此文的动机却希望得到理解，我的看法也希望引起讨论。

（1981年10月　南京）

读诗举例
——在中国文学批评史师训班上的讲话

我们研究文学批评史的目的，是总结前人对文学理论批评的研究，找出规律，以期有益于今天的文学理论批评和创作。总结前人的研究，又不外两个方面，一是某些理论原则，例如“形神兼备”；二是某些具体问题，例如“永明声律”。但不论是总结前者或后者的研究，都得有一个共同的基础，或者说出发点，那就是文学现实，也就是文学作品本身。如果作家不写出作品来，那么，理论家也就失去了研究对象，既不会产生理论原则，也无从评价具体问题了。

由此可以知道，对于从事文学批评史研究的人来说，研究作品是非常重要的。作品是理论批评的土壤。不研究、理解作品，就难于研究和理解理论批评，更无从体会理论与理论之间的内部联系，无从察觉批评与批评之间相承或相对的情形了。因为这些联系和对立，往往是起源于对作家作品以及由之而出现的文学风格的具体评价的。

离开了作品而从事理论的研究，就不免陷于空洞，难以理解问题的实质。例如，研究《文心雕龙》，将主要力量放在《神思》以下二十四篇，或者再加上《原道》以下五篇，这是可以的。因为前者是刘勰当时总结出来的若干理论，而后者则是其所据以立论的纲领。但是，在研究这些篇章的时候，能否将《明诗》以下二十篇排除在考虑之外呢？我看不能，不仅《明诗》以下二十篇应当和其他诸篇合起来研究，而且严可均辑《全上古三代秦汉三国六朝文》、丁福保辑《全汉三国晋南北朝诗》，还有萧统《文选》等也应当时时加以印证。只有这样，才能对某些问题辨析得较为清楚。再如，南宋诗论史上的江西派与反江西派之争，是大家所熟知的。吕本中作了《江西宗派图》，树立旗帜，严羽的《沧浪诗话》以宗盛唐来反对江西诸公，但和严羽同时而略后的方回却在《瀛奎律髓》中进一步提出了“一祖三宗”之说，[1]完善了江西派的理论。我们若不细读黄庭坚、陈师道、吕本中、杨万里、严羽、“四灵”、刘克庄、方回等许多诗人的创作，细辨其风格的异同，以联系批评家们从他们风格中抽象出来的理论，就实在很难将江西派与反江西派闹的是一些什么纠纷弄清楚。所以，我们研究文学理论批评史，要想深入一些，细致一些，就决

[1]《瀛奎律髓》卷二十六陈与义《清明》评云：“古今诗人当以老杜、山谷、后山、简斋四家为一祖三宗。余可预配飨者，有数焉。”

不可脱离当时理论批评家所据以抽象的文学现实，即作品本身。

如何理解作品，是继之而来的另一个问题。研究文学理论批评史，评判古代理论著作的是非高下，这纯粹属于逻辑思维的范畴。但是，阅读作品却不能完全这样。对于我们来说，阅读作品的最终目的是要分析它们，发现其与当时理论批评的关系，使自己的工作能够如实地反映出理论批评发展的历史进程，因此，理智的思辨是完全必要的。但不能忽视，任何文学作品主要是形象思维的产物。它首先是使人发生美感的艺术品。读者总是先被它所感动，然后才进一步理解它的。最后，也许你肯定它，爱好它，或者，反过来。但在最初，你总是从欣赏出发。欣赏是一种感情活动。通过欣赏，你才会产生某种感情，再追究为什么会产生这种感情。通过这样的分析、抽象，才上升到理论。所以，对于从事文学理论工作的人来说，如何读作品，比较深入地理解作品，是一个不能且无法回避的问题。

丹麦作家安徒生在其童话《冰姑娘》中说过一句话："上帝赐给我们硬壳果，但是他却不替我们将它砸开。"我国古诗说："鸳鸯绣取从教看，莫把金针度与人。"[1]这些话的意思是一致的。一件已经完成的作品，就是一个富有生命力与魅力的客体，是一件使人无法知道怎样裁制出来的

---

[1] 元好问《论诗》三首之三，见施国祁《元遗山诗集笺注》卷十四。元诗盖本佛教禅宗语录：《五灯会元》卷十四载宝峰惟照禅师云："鸳鸯绣出从君看，不把金针度与人。"

无缝天衣。如何比较准确地理解作家艺术构思，他所要显示的美、情、理，并不是件轻而易举的事情。因此，读者们（其中当然包括研究文学批评史的同志们）必须长期地、艰苦地锻炼自己的感受能力和判断能力，要使自己的眼睛成为审美的眼睛，耳朵成为知音的耳朵，而心灵呢，则成为善于捕捉艺术构思和艺术形象的心灵。砸开硬壳果，揭示出作家心灵上的秘密，并且占有它们，对于研究从作品中抽象出来的理论批评，将起着何等不可缺少的作用，这是不须多做解释的。

以下，想就几个侧面具体谈谈如何欣赏诗，理解诗。但“仁者见之谓之仁，智者见之谓之智”，[1]“诗无达诂”，[2]古有明训。西方文论也常常提到形象大于思想的问题。所以我的意见，很难一定说是能够与诗人的心灵活动吻合。这里只是贡其一得之愚而已。

形与神

任何文学作品都是写人类的生活的，它们通过生动的形象，展示人物的内心活动，即以形传神，所以我国古代文艺理论一贯地要求形神兼备，而反对徒具形似。进一步，则要以貌取神，即承认作家、艺术家，为了更本质地表现生活的真实，使其所塑造的形象更典型化，他们有夸张的

[1]《易·系辞上》。
[2] 董仲舒：《春秋繁露·精华》。

权利，有改变日常生活中某些既成秩序的权利。这种对于形的改变，其终极目的也无非是为了更好地传神。

白居易的《长恨歌》是唐诗中一篇人们对其主题有争议的杰作。但在艺术上，它却获得了异口同声的赞扬。其中理由之一就是善于以形传神。诗中写唐玄宗作为一个失势的太上皇，在西宫、南内如何靠悔恨、忧伤、寂寞、凄凉来打发那些难以消磨的日子时，用了下列的句子：

夕殿萤飞思悄然，孤灯挑尽未成眠。

为了给这位老皇帝的感情上涂抹一层浓重的暗灰色，诗人挑选萤飞的夕殿这个时间和地点，而以“未成眠”来证实“思悄然”，又以“孤灯挑尽”来见出他内心痛苦之深，以致终夜不能入睡，由“迟迟钟鼓初长夜”到“耿耿星河欲曙天”。我们知道，唐代宫中是用烛而不是用灯来照明的。即使用灯，何至于在太上皇的寝宫中只有一盏孤灯，又何至于竟无内侍、宫女侍奉，而使他终夜挑灯，终于挑尽。这里显然都不符事实。[1]但是，我们设想，如果作者如实地反映了当太上皇不眠之夜，生活在一个红烛高烧、珠围翠绕的环境里，还能够像《长恨歌》这里所描写的那样成功地展示他的精神状态吗？文学欣赏不能排斥考据，不能脱离事实，可也不能刻舟求剑，以表面的形似去顶替内在

[1] 邵博《闻见后录》卷十九就对这两句诗做了如下的评论：“宁有兴庆宫中，夜不烧蜡油，明皇帝自挑灯者乎？书生之见可笑耳。”陈寅恪《元白诗笺证稿》第一章《长恨歌》则云：“至上皇夜起，独自挑灯，则玄宗虽幽禁极凄凉之景境，谅或不至于是。文人描写，每易过情，斯固无足怪也。”陈先生的意见当然远胜邵博，但也没有能提到理论高度来加以阐明。

的神似。

当临邛道士来到仙山求见时，久已脱离人间爱欲的杨太真是丝毫没有思想准备的，所以“闻道汉家天子使”，就自然不禁“九华帐里梦魂惊”了。（玄宗终宵失眠，太真恬然入梦，这也是一个对照。）接着，诗人以下列四句描写了她强烈的内心冲突由发生到解决的过程：

揽衣推枕起徘徊，珠箔银屏逦迤开。云髻半偏新睡觉，花冠不整下堂来。

由梦魂惊而揽衣推枕，徘徊不定，由徘徊不定而决心出见，这个内心斗争胜利的取得无疑地是相当艰苦的。而当胜利以后，便不顾云髻半偏、花冠不整，迫不及待地走下堂来。从这些细节描写中，我们可以看到诗人是多么成功地通过杨太真的动作刻画了她的精神状态，以语言的音响传达了生活的音响。

以形传神，并不限制在人物的动态方面，诗人笔下出现的人物的静止状态，也和绘画与雕塑中成功的人物一样，是能够使人窥见其丰富的内心世界的。例如张仲素这首有名的《春闺怨》：

袅袅城边柳，青青陌上桑。提笼忘采叶，昨夜梦渔阳。

古乐府《陌上桑》中那位坚贞而机智的采桑女，在张的这篇诗中，被赋予了思妇的身份。她依然是一位忠诚的妻子，但诗人所描绘的，却侧重在她提笼而忘采叶这一点，而其所以如此，则是由于她沉浸在昨夜的梦境中了。是怎样的梦境呢？诗中有意给读者留下了非常广阔的想象余地，这座女体塑像是静态的，她只是提着笼子，不声不响地站在城边陌上柳条桑树之间罢了。然而，我们难道不能窥见她心中混合着甜蜜与感伤的情绪和分明而又模糊的梦境吗？

这篇诗，和曹植的《美女篇》可以比观。它们都是继承了同时又发展了传统的形象；又可以和刘禹锡的《春词》比观，它们都以静态传神，刘诗中的“行到中庭数花朵，蜻蜓飞上玉搔头”，与张诗中的“提笼忘采叶”所采取的艺术手段与所获得的艺术效果是一致的。

曲与直

写诗应当注意含蓄，不能像散文那样直说，这是传统的说法，也就是贵曲忌直。这话对不对呢？在一定的条件之下和范围之内，是可以这样说的，但如果将它绝对化，就会走向反面了。事实是，诗每以含蓄、曲折取胜，而有些直抒胸臆、一空依傍的作品，也同样富于诗意，具有极大的艺术魅力，能够表达人类生活中最美好的感情，列入诗林杰作之中而毫无愧色。总之，是不能一概而论的，否则，蒙受损失的将不是诗人而是读者。

岁岁金河复玉关，朝朝马策与刀环。三春白雪归青冢，万里黄河绕黑山。

柳中庸这首《征人怨》，以精工富丽的语言和雄浑壮阔的风格写边防战士不安定而又艰苦的生活。前两句说调动频繁，行踪不定，时在金河，时在玉关，而和他作伴的，只有马鞭和战刀而已。后两句写以时间言，在三春仍有白雪的时候，又回到了青冢；以空间言，随万里黄河之奔泻，又绕到了黑山。通篇无一“怨”字，但却非常深刻地将这位征人藏在心底的“频年不解兵”[1]的怨透露出来了。这就比“君不见沙场征战苦”[2]之类的写法，更为有力。

王昌龄《长信秋词》之“玉颜不及寒鸦色，犹带昭阳日影来”，以及韩翃《寒食》之“日暮汉宫传蜡烛，轻烟散入五侯家”，这些被人称赏的名句，其成功之处，也正由于曲。

与此相反，也有的诗人以很坦率的语言，发抒最诚挚的感情。这些作品，也同样深刻动人，不过，其所以深刻动人，却并非由于曲，而是由于直。

梅尧臣在悼念他死去的小女儿的一首短诗（《戊子三月二十一日，殇小女称称》）中，是用这样两句作结的：

慈母眼中血，未干同两乳。

诗人将分娩不久就失去了婴儿的母亲在生理上和心理上的本来并不相关，而在这一特定情况之下，却必然相关的两种现象结合起来，从而极为成功地表达了海一样深的母子之爱。

另一首类似的成功之作是陈师道的《示三子》：

去远即相忘，归近不可忍。儿女已在眼，眉目略不省。喜极不得语，泪尽方一哂。了知不是梦，忽忽

[1] 沈佺期《杂诗》句。
[2] 高适《燕歌行》句。

心未稳。

这位以穷困和苦吟著名的诗人，因为养不活自己的家口，只好将妻子以及三个儿子、一个女儿都送到在四川做官的岳父处寄食。大概过了三四年，才回到徐州。这首诗写久别乍逢，平铺直叙，至情无文，却感人肺腑。长大了几乎不认识了的儿女们突然出现在眼前，不免感慨万端，喜极而无言，欲笑而先哭。前此屡梦，反以为真，今此相逢，反以为梦。真极！妙绝！谁能说宋人由于直说，就是不懂形象思维呢？谁能说江西派诗人就是反现实主义者、形式主义者呢？

姜夔《鹧鸪天》云“人间别久不成悲”，就是“去远即相忘”。晏幾道同调词云“今宵剩把银缸照，犹恐相逢是梦中”，就是“了知不是梦，忽忽心未稳”。虽男女之情与亲子之爱既不相同，词之与诗语言风格亦异，但其以直致而不以婉曲取胜则没有两样。

在这个问题上，我们很容易想起《国际歌》，想起曾经作为代国歌的《义勇军进行曲》，等等。这些杰作，曾经鼓动了多少好儿好女为人类最壮丽的事业前赴后继、视死如归地去英勇斗争啊！难道能够因为它们写得不含蓄就可以将其排斥在好诗的行列之外吗？

物与我

《诗品序》云：“气之动物，物之感人，故摇荡性情，形诸舞咏。”这几句话非常简明地概括了诗中物与我的关系。物即人类社会生活和自然景物，我即诗人的思想感情。触物不免动情，览物所以抒情，融情于物，即可以将主观的思想感情附托在客观的社会生活以及自然景物上。在诗人笔底下，物、我成为一体，因而物就与我一样，能够有生命，即有思想感情的了。

李白《劳劳亭》云：

天下伤心处，劳劳送客亭。春风知别苦，不遣柳条青。

此诗前半十分平常，后半又异常精警，对照强烈。它“匠”出了在特定的初春时节那种依依不舍之情。其他送别之诗，莫不涉及折柳的风俗——唱与赠，此诗却一反常情，从无柳可折这一现实出发，独标新意，极写伤心。

再如杜牧《赠别》：

多情却似总无情，惟觉樽前笑不成。蜡烛有心还惜别，替人垂泪到天明。

小杜此篇与上篇结构不同。它上半写人，用赋；下半咏物，用比，都极为精彩，势均力敌。虽欲强颜一笑，聊以慰藉对方，但满腹牢愁，终于无话可说，所以只有让蜡泪来代表离衷了。《西厢记》中“长亭送别”一场，亦有此意，但戏剧为样式所限制，非唱不可，不能哑场，并不一定有蜡烛静静地流着泪伴着一对离人这般令人耐想。

这未青的柳条和流泪的蜡烛，亦物，亦人；即物，即我。物之与我，景之与情，在这种安排之下，就融为一体了。

诗人经常是而且永远是抒情诗中的主人公。在有些诗中，只见物，不见人，似乎有物无我了。但略加寻究，则诗人只是将景物推到了前台，而在幕后操纵的，仍然是诗人自己。如杜诗《绝句》四首之三：

两个黄鹂鸣翠柳，一行白鹭上青天。窗含西岭千秋雪，门泊东吴万里船。

这篇诗与上面柳中庸那一篇有同有异。通篇以两联对句组成，是其所同。但柳诗四句是写一位征人的动荡生活，句句中有人在，一望而知。老杜这篇所写则是四种各自独立的景物，犹如四扇互不相干的挂屏。只有细加体会，才能发觉其仍是物中有我。前半以黄鹂、白鹭载鸣载飞之乐来反衬自己客居成都之抑郁无聊，有人不如鸟之意。其后半则与作于同时的另一首律诗《野望》的首联“西山白雪三城戍，南浦清江万里桥”两句略同。不过后者接下去，把“海内风尘诸弟隔，天涯涕泪一身遥”的感慨直接地发抒了出来，而此诗却对于吐蕃内侵的忧虑以及一己怀归的心情，只是略加暗示。虽然景物是“状溢目前”，而怀抱则“情在词外”。[1]这就使物、我之间的联系似乎更在若即若离之间了。而究其终极，还是景中见情，物中有我。

同与异

景与情之间的关系还经常表现为情同景异，或者景同

[1]《文心雕龙·隐秀》篇佚文：“情在词外曰隐，状溢目前曰秀。”张戒《岁寒堂诗话》卷上引。

情异。于以见主观的精神活动与客观的自然界或社会生活之间各种复杂的关系。

自然景物和社会生活都是千变万化的。诗人的心灵也是如此。如果像前些年某些人所提倡的和奉行的主题决定论或主题先行论所规定的那样，从最丰富的现实与心灵中概括、抽象出主题来，然后按照规定公式填充生活材料，那就将文艺本身也取消了。“四人帮”篡党夺权时期充塞文坛的废话与谎言，今天难道不是记忆犹新吗？

古典诗人恪守从生活出发的正确原则，按照所接触所理解的生活及其在特定的时间、空间条件之下对自己心灵的影响，写出作品来，所以决不会陷于“千部一腔，千人一面”。[1]

王维《送沈子福归江东》云：

> 惟有相思似春色，江南江北送君归。

又鱼玄机《江陵愁望有寄》云：

> 忆君心似西江水，日夜东流无歇时。

两诗一写送别，一写怀人，异。而俱属离情别绪，则异中见同。前者以相思比作遍于江南江北之春色，乃自空间极言其广，后者以相忆比作长流不停的江水，乃自空间极言其长，又于同中见异。总之是情同景异。

> 向晚意不适，驱车登古原。夕阳无限好，只是近黄昏。

---

[1]《红楼梦》第一回语。

李商隐是一个很有抱负的人，终身陷入牛李党争，不能自拔，这篇《登乐游原》非常成功地揭示了诗人在登上乐游古原时深沉而又激越、向往而又追悔的无可奈何之感。国忧家恤，尽在其中，勃郁情深，使人读来充满了诗人处无可奈何之境、抒万不得已之情的印象和感受。所以清人管世铭说它篇幅虽小，“消息甚大”。[1]

王安石的《秣陵道中口占》与此篇机杼正同：

> 经世才难就，田园路欲迷。殷勤将白发，下马照青溪。

一个早年以天下为己任，高吟“天下苍生待霖雨，不知龙向此中蟠”之句的政治家，[2]战斗了数十年，终于不能不感到“黄尘投老倦匆匆”之并无效果，而以“江湖秋梦橹声中”的闲适退隐为得计，所以魏阙江湖，交萦怀抱，一往情深，形于赋咏。[3]王之“下马照青溪”与李之“驱车登古原”，难道两者不正也是景异情同吗？“殷勤”两字，说得何等郑重，又包含了多少苦闷、挣扎和酸楚在内！

柳树是祖国诗人对之特别关心的景物之一。但它不但

[1] 管世铭《读雪山房唐诗钞》卷二十七五绝《凡例》：“李义山乐游原诗消息甚大，为绝句中所未有。”

[2]《龙泉寺石井》二首之一：“山腰石有千年润，海眼泉无一日干。天下苍生待霖雨，不知龙向此中蟠。”见《王荆文公诗》卷四十七。李壁笺注引叶梦得《石林诗话》云：“荆公少以意气自许，故诗语惟其所向，不复更为含蓄。如‘天下苍生待霖雨，不知龙向此中蟠。’……皆直道其胸中事。”

[3]《壬子偶题》：“黄尘投老倦匆匆，故绕盆池种水红。落日欹眠何所忆，江湖秋梦橹声中。”自注云：“熙宁五年，东府庭下作盆池，故作。”见《王荆文公诗》卷四十四。熙宁五年（1072），王安石正同中书门下平章事，可以说是“达则兼善天下”的时候，却写出了这种作品，这是非常值得玩味的。

受到许多人的喜爱，也受到一些人的埋怨。同是柳树，在不同作者或同一作者的不同心情之下，遭受了不同待遇。刘禹锡《杨柳枝词》九首之八云：

> 城外春风吹酒旗，行人挥袂日西时。长安陌上无穷树，惟有垂杨管别离。

韦庄《台城》云：

> 江雨霏霏江草齐，六朝如梦鸟空啼。无情最是台城柳，依旧烟笼十里堤。

在刘的笔下，春天的柳树是如此多情，而在韦的笔下，却又以其无情而遭到责怪。柳树有知，真不免有左右为难之感了。而其实，则只是诗人由于当时感受上的差异，托物喻志，与柳无关。

这些事实告诉我们，创作手法虽然可以是多种多样的，但作家认识世界、反映世界的主观能动作用，始终站在主导地位。

小与大

文艺作品总是从个别显示一般，即小见大，这是典型化的基本方式之一。但并不是任何人都认识到，或者说承认这一点的，杜牧《赤壁》云：

> 折戟沉沙铁未销，自将磨洗认前朝。东风不与周郎便，铜雀春深锁二乔。

宋人许彦周认为诗人不考虑孙吴如果在赤壁之战中失败了，其最严重的后果是政权（古所谓宗庙社稷）的消灭，而只担心二乔的命运，乃是“措大不识好恶”。这位书呆子气十足的理论家就没有想到大乔是孙策的遗孀，孙权的嫂嫂，而小乔则是孙刘联军最高指挥官周瑜的夫人。如果她们这两位特级贵妇都成了曹操的战利品，被关进了铜雀台中，那么孙吴的政权还有存在的可能吗？看来，不识好恶，同时也不识即小见大的艺术方法的措大，恐怕还是许颛自己，而不是他所讥讽的小杜。[1]

陆游在梦从大驾亲征，尽复汉、唐故地之后，以轻快的笔调写了一首胜利之歌。[2]它是以如下两句结束全篇的：

凉州女儿满高楼，梳头已学京都样。

从少女们对于梳妆打扮上具有的特殊敏感性显示政治形势的根本改变，诗人也是够敏感的。而当南宋汉族政权被蒙古贵族颠覆以后，汪元量写的组诗《醉歌》中则有如下一篇：

南苑西宫棘露牙，万年枝上乱啼鸦。北人环立阑干曲，手指红梅作杏花。

北方的入侵者在进驻宫苑之后，他们不仅毁坏了那些建筑，

[1] 许颛《彦周诗话》：“杜牧之作《赤壁》诗云，……意谓赤壁不能纵火，为曹公夺二乔置之铜雀台上也。孙氏霸业，系此一战。社稷存亡、生灵涂炭都不问，只恐捉了二乔，可见措大不识好恶。”何文焕《历代诗话考索》驳之云：“夫诗人之词微以婉，不同论言直遂也。牧之之意，正谓幸而成功，几乎家国不保。彦周未免错会。”《四库全书总目》卷一百九十五《〈彦周诗话〉提要》也说：“（颛）讥杜牧《赤壁》诗为不说社稷存亡，惟说二乔，不知大乔孙策妇，小乔周瑜妇，二人入魏，即吴亡可知。此诗人不欲质言，变其词耳。颛遽诋为秀才不知好恶，殊失牧意。”

[2] 此诗题为《五月十一日，夜且半，梦从大驾亲征，尽复汉、唐故地。见城邑人物繁丽，云西凉府也。喜甚，马上作长句，未终篇而觉，乃足成之》。

使之变得十分荒凉，而且连苑中的红梅也不认识，这就不仅暴露了侵略者的残暴，也显示了其落后和无知。而作者的黍离之痛，也就自然充分流露了。

大小相形也是诗中常见的一种表现形式。它通过自然与社会生活中的差异所产生的比例感，来增强作者所要突出的思想感情。

保存在《南行集》中的苏轼青年时期的诗篇，虽然还没有形成自己独特的风格。但这位天才诗人已经在艺术上开始做了许多有益的探索，为后来的成功奠定了基础。例如《荆州》十首之三：

朱槛城东角，高王此望沙。江山非一国，烽火畏三巴。战骨沦秋草，危楼倚断霞。百年豪杰尽，扰扰见鱼虾。

这篇诗通过咏叹南平高氏的遗迹，抒发对五代十国割据的感叹，以见当时许多以豪杰自命之徒，在江山一统后，回顾起来，无非如鱼虾之扰扰而已。鲁迅在《哀范君三章》中形容那傲兀而不容于浊世的畸人，有“华颠委寥落，白眼看鸡虫”之句，而自诧“忽将鸡虫做入”的文心之妙，[1]正可与苏轼此诗尾联合看。至于杜甫的名句“鸡虫得失无了时，注目寒江倚山阁”，[2]以及黄庭坚对它的成功摹仿：

[1] 十六卷本《鲁迅全集》第七册《集外集拾遗》载《哀范君三章》注引作者此诗附记：“我于爱农之死，为之不怡累日，至今未能释然。昨忽成诗三章，随手写之，而忽将鸡虫做入，真是奇绝妙绝，辟历一声，群小之大狼狈。”

[2] 见杜甫《缚鸡行》。

“坐对真成被花恼，出门一笑大江横”，[1]也同属大小相形的有名例句，虽然其艺术上的含义还不止于此。

形神、曲直……等都是我们古代诗论家常常用来评定作品的概念，而这些概念的成立，实由于它们在创作中本来就作为一种客观实际而存在。批评家只是在研究作品之后，将其抽象出来，又回过头再以之去衡量作品而已。个别概念如此，从这些概念中发展出来的历史观点、系统理论何尝不是如此？

人类的认识过程，总是由感性上升到理性阶段，由形象思维而发展为逻辑思维的。所以文学理论批评只能是文学创作经验的总结与抽象，文学批评史只能是文学理论批评的历史发展的如实反映，而决不是某些古人头脑中先验的产物。我们今天研究文学批评史，研究前人文学理论发生发展的情况及其规律，也就不能把他们那些理论批评的依据，即其所阅读的作品置之度外。这也就是我强调在研究工作中，虽然不妨有所偏重，但决不能将理论和作品横加割裂的理由，以及研究理论批评也决不能放弃欣赏和理解作品的理由。

（1980年5月　上海）

[1] 见黄庭坚《王充道送水仙花五十枝，欣然会心，为之作咏》。

两点论[1]

——古代文学研究方法漫谈

素心会是系里的新生事物，它的前途未可限量，它给了我们一个良好的表达学术上的思想、意见的机会。这才是第二次，我们还可以继续下去，更多的教师、更多的同学将参加这个活动，形成一个“苟日新，日日新，又日新”（《礼记·大学》）的生动活泼、不断开拓、不断深入的学风。我已退休好几年了，但当我听到系里老师说有这样一个机会，我非常愿意来参加学习。

今天的题目是两点论，我想以中国古代文学的研究为例，谈谈治学的方法问题。我们先从一个很远的地方讲起。中国古代民间有个流传很广的八仙成道的故事，讲八

[1] 南京大学中文系古代文学学科为了推进读书人之间真诚平等的学术对话，于1996年9月下旬成立了读书会，取陶渊明“闻多素心人，乐与数晨夕”“奇文共欣赏，疑义相与析”句意，定名为“素心会”。10月12日是素心会第二次活动，由程千帆先生演讲，本文由张春晓根据录音整理而成。

仙是如何成为神仙的。中国神话、仙话的系统，它是属于民间创造的，真正人民创造的神仙，多半都很富有人情味。八仙成道的故事中塑造的吕洞宾这个人物，形象就很有趣味，他不仅到处济困扶危，他也恋爱，有个情节是“吕洞宾三戏白牡丹”。这吕洞宾游戏人间，在一个人家里住了很久，临走时，他问主人：“你有什么需要的东西我可以帮助你。”那主人没有回答他，吕洞宾就把手一指，一块石头变成了金子，再问要不要，他不要，吕洞宾就把一块更大的石头点化成金子，诸如此类，主人都说不要。吕洞宾就问他到底要什么，那个人想了半天，说：“我要你点石成金的指头，我要了这块金子就只有这块金子，而有了这个指头，我就什么都可以点。”在这个地方就有一个判断，从一方面讲这个人贪婪，品德不好；另一方面，对做学问的人来说，这又是个非常聪明的想法，他不是要某个学问，而是要得到做学问的方法。就好像你有一个仓库，内有货物二十吨，也就一个仓库而已，如果你有所有仓库的钥匙，能打开所有仓库的门，那所有的货物就都是你的了。所以这个故事给我们的启发就是，我们所需要的不是个别的知识，而是要得到那个研究学问的方法，只有这样，才能取之不尽、用之不竭。

《西游记》上有这么一段，孙悟空见到他的老师以后，祖师问他：“你要学什么仙法？”有流字门，静字门，动字门，孙都不学，最后老师密传了他长生不老七十二变。这就是他后来大闹天宫、除了如来佛祖谁也不怕的本领由来。

那也就是说，学本领要学到最高的东西。那么我讲了吕洞宾的故事，又讲了孙悟空的故事，这两个故事如何结合到一起，我就又要回到那个主人问吕洞宾要指头的问题，人有十个指头，有长有短，那么如果这是个聪明的主人，他会向吕洞宾要哪个指头呢？一定会在十个指头中要右手的大拇指。动物中有手的很多，但是只有人才有大拇指，有位人类学家给人类下了一个极其简单的定义——人是会用大拇指的动物。人类就凭着这个大拇指创造了工具，创造了劳动，创造了世界，创造了人类本身，还有很重要的一点，劳动创造了美感。我们研究历史、文学，就研究这些内容。所以孙悟空向他老师学的就是十个指头中的大拇指。这也就是说，你们要做学问，当然要通过一定的方法，而最重要的就是我今天所要讲的：做学问在任何时间、条件下都需要记住两点论。

我们至少从高中起，就开始接触我们目前认为思想上最正确的辩证唯物主义，辩证唯物主义有个最基本的观点，即整个时间、空间的条件不断地变化。一个很著名的说法，这个茶杯是个茶杯，同时又是个别的什么东西。一切其大无外、其小无内的空间，无始无终的时间和在特定的时间、空间当中形成的条件，使一切万物都在变化，任何东西作为一个客观存在，都有与之相对应的另外一面。在中国的哲学中所谓一阴一阳谓之道，天地、男女、是非、善恶都是相对的。中国古代的哲学名著《易经》中，这个“易”有三个含义：变易，指不断变化；不易，是说在特定的某个时间、空间条件下是不变的；还有一个就是简易，即一切真理都是朴素的。举个例子，我们这里很多人是学语言学的，语言是不是可以不管文学呢？文学是语言的表达成果，语言是文学的根本材料，如果说对文学完全不理解，那你就是站在一个金矿里不动手去挖，看着大量的语言材料在你面前流逝；反之，研究中国古代文学的人也是如此，无论你是搞创作还是研究，首先都要求准确使用语言，语法、修辞各方面都通过语言表现出来。这是就我们中国语言文学系的两个系统随便说说，下面我主要就形象思维与逻辑思维方式、文艺学与文献学两个问题来谈谈研究古代文学的基本方法——两点论。当然，两点论决不只是研究古代文学的方法。

人类通过自己的物质生活使大脑变得发达起来，那么就有两种思维，一种是对客观事物观察以后总结出来的，我们一般称之为形象思维。文学是形象思维的产物，我们看杜甫的“国破山河在，城春草木深”，杜甫在安禄山占领长安以后，关在城内逃不出去，看到唐政权即将崩溃、老百姓四处逃亡的景象，这是形象。另外一种思维，是根据生活经验对客观事物作出判断，一般称为逻辑思维，产生于哲学、历史等需要推理的学问中。二者不是互相排斥，而是相互支撑。根据我国目前的学术风气，有一点没有认真考虑，就是多数时间是对客观事物的估量和研究，而忽略了文学本身是一种情感作用，从感情开始，然后归到感情。形象思维与逻辑思维不同时进行，对你们来说是很吃亏的。我们那时读书，老师要求我们做诗，那个时候认为文学重在“能”而不重在“知”。你能创作，是文学家；你只能讲，不是文学家，而是文学研究家。所以在这种情况下，我对你们的建议是进行研究的同时应注意文学创作，这个道理很简单。比如说这里有两个姑娘，一个是专业学校毕业，分配在幼儿园带小孩，她可以根据老师讲的很好地照顾小孩；另外一个姑娘没有经过专业训练，可她结了婚，有了孩子，对孩子护理得可能比那个专科毕业的姑娘更为仔细，经过不懂到懂，非常有经验，是个好妈妈、好老师。我们研究文学，自己完全没有创作经验，就像那个没有当过母亲的老师一样。我讲的创作经验是非常广泛的，你会弹琵琶，跳迪斯科，也是一种创作经验，只要你有激情，有感发，而不是冷冰冰的。我看到现在很多青年同志写论文，好像一个严格的法官，把杜甫往这里一摆：根据历史条件，根据哲学，根据人生观，根据开元、天宝年间的时代背景，现在宣判杜甫符合现实主义的三条，违背浪漫主义的七条，杜甫要哭的呀！我们不能如此冷酷地对待我们的艺术大师，因为文学艺术是个感情的东西。记得我读书的时候，有一天我到胡小石先生家去，胡先生正在读唐诗，读的是柳宗元《酬曹侍御过象县见寄》：“破额山前碧玉流，骚人遥驻木兰舟。春风无限潇湘意，欲采蘋花不自由。”讲着讲着，拿着书唱起来，唱了一遍又一遍，总有五六遍，把书一摔，说：“你们走吧，我什么都告诉你们了。”我印象非常深。胡小石先生晚年在南大教“唐人七绝诗论”，他为什么讲得那么好，就是用自己的心灵去感触唐人的心，心与心相通，是一种精神上的交流，而不是《通典》多少卷、《资治通鉴》多少卷这样冷冰冰的材料所可能记录的感受。我到现在还记得当时胡先生的那份心情、态度，就是在这样的情况下，我学到了以前学不到的东西。我希望头一点告诉你们的，就是形象思维和逻辑思维并重，对古代文学的作品理解要用心灵的火花去撞击古人，而不是纯粹地运用逻辑思维。

至于逻辑思维和形象思维是如何互相支撑的，我们可以举一个例子。《古诗十九首》产生的时代过去有两个说法，一个说比较早，一个说比较迟。说早的理由是《明月皎夜光》一首诗中，有“玉衡指孟冬”一句。“玉衡”，是指北斗七星中的第五颗星，第五颗星至第七颗星习称斗柄。“孟冬”，古人把北斗绕北极星运转的圈子，分为十二份，配上太阳在周天运行时途径的变化，即黄道十二宫（用地支子、丑、寅、卯等来表示），来测定一年中的四季和昼夜的时间。斗柄所指方位不同，季节或时间也不同。“孟冬”，是指十二宫之一的亥宫。“玉衡指孟冬”，李善注《文选》解释说是指季节，而且用的是汉武帝太初改历以前的历法，孟冬十月，就是夏历的七月，这样此句才能与全诗所写秋景相合。于是，人们由此也认定这首诗产生于西汉初年。但后来金克木教授写了一篇文章，叫《古诗“玉衡指孟冬”试解》，发表在《国文月刊》1948年第63期上，现收入他的《旧学新知集》（三联书店1991年版）。金克木先生根据天象学的知识，认为“孟冬”在这首诗中并不是指季节，而是指孟秋或仲秋下弦月夜半至天明之间的这段时间。金先生的这个说法，很多人认为很合理，所以这首诗出自西汉不太可能。另外，就整个西汉时代来看，没有出现这样成熟的五言诗，不是说没有五言诗，而是没有出现这样成熟的、艺术性高的一个群体。凡是要讲考据，就要有不断地规范它的定位的一些词句。我们利用形象思维来判断这诗的年代，因为这在考据上没有，我们看得出诗人有着极大的忧患意识，简直是惶惶不可终日，非常忧伤，好像黑暗得一点希望都没有。我们把东汉的历史一段段地来看，只有在黄巾大起义前，桓、灵之时，整个东汉帝国马上就要消亡，农民起义迫在眉睫，敏感的诗人感到一片黑暗。说还不到农民起义，是因为它里面没有任何反映农民起义的字眼。这样来判断，我们就可以用形象思维来理解来支撑这个逻辑思维，因为这不是用考据能够解决的，这种情况很多。我有一篇很长的论文谈到唐代诗歌中的地理问题，用纯粹几千里、在什么方位，不能代替诗人的想象，诗人的想象是超越时空的。所以文艺学的方法和文献学的方法，两者是交叉的、互相支撑的。

现在我们南大有一个很好的学风，就是要求一定要同时注意两方面：一方面是文艺学，从美学的观点分析理解诗人的心理；另一方面，要充分运用书面上和考古所得的各种材料，包括国外汉学家的材料。我们工作的目的，研究的最高希望就是文艺学和文献学两者的精密结合。这要求一方面要有比较深刻的美学艺术修养，其中包括创作经验在内；另一方面要有深厚的文献学知识，要懂得版本、目录，要懂得音韵、训诂，还要懂风俗、制度等。如果你没有这些知识，你就会有很多东西不懂。比如唐人的诗“胡麻好种无人种，合是归时底不归”（见唐孟棨《本事诗·情感》）。要是你不懂唐人风俗，种芝麻关我何事？便难以理解诗意。而根据唐代的习俗，胡麻（芝麻）要夫妇同种，这样才会长得茂盛。芝麻是多子的，古人以多子为好，这意思是说，你该回来了，不是要种芝麻，而是该有个孩子。再比如，唐人小说《东城老父传》中，那位身历数朝、目睹唐王朝盛衰的老人贾昌，谈到他过去休假回家，走在街上，看到卖白布的商人很多，邻里百姓想买点祭祷用的黑布都不容易，只好用当兵人系的黑头巾代替。可是安史乱后，在街上连穿白衣服的人都已少见了。于是他感慨地说：“岂天下之人皆执兵乎？”如果你不懂得唐代的制度是平民穿白衣服，而士兵自武则天以后，便穿黑衣，那么你就会不理解小说主人公所发的这番感慨。这种地方太多了。要写出一篇很有见解的论文，一定要文艺学和文献学两方面都注意到。有的同学说这挺难的，做学问就是难，不难怎么叫做学问呢？所以真正要做学问就是要耐得住寂寞，古人讲十载寒窗。我有十几年时间都不能工作，只能放牛，白天劳动或者挨批，晚上我还在看晋隋八史，至今有些章节还能记得。现在你们的条件大不一样，更应好好珍惜。另外，在两方面结合上还有一个实践的问题，首先是要看别人用这种方法写的文章；其次就是实践。做学问要靠材料，要靠理论，还要靠想象。胡适的话还是对的，“大胆假设，小心求证”，常常好像里面有什么好挖掘的，试一试，不行，这也是经常有的。能够自己动笔写，有些想法，大家一起讨论，要有为自己不成熟意见辩护的勇气。当然也要有勇气认输，说我错了。

一方面是形象思维，另一方面又要注意逻辑思维；既注重文艺学基础，又注重文献学的基础，这就是我今天所要讲的两点论中主要的两个点。还有文与史、高与大等方面的关系，我们在这里也可以略略谈一谈。对文来说，史就是历史背景，如果你对于一个作品只知道它写得好，而不知道它是什么历史背景下产生的，什么人写的，那你只知道了一半，知文而不知史；相反，你也不能知史而不知文，把文学作品完全当成一个史料。高与大是有区别又相通的两点，做学问应该积累到很高的程度，但基础要非常好。一方面是广博，一方面是精深。胡适有两句话：“为学要如金字塔，既能广大又能高。”我们现在做学问，存在一个问题，就是对某个具体问题知道得很多，但除了这个之外，就知道得很少了。要既能高，又能大，不要像秋天田里的高粱秆子，高倒是高，一削就倒下来了。同时，对于研究者本人来说，也是既要去潜心读书，又要能善于思考；既要做好学问，更要努力养成高尚的品德和人格。再就具体的研究对象来说，也是应该用辩证的方法来看待的。比如，文学史的研究，不应只是以人为中心的一种模式，还可以以时代和问题为中心来进行研究；中国古典诗歌是以抒情言志为主要传统的，但其中也有叙事和说理的，只要不缺乏形象性，就不应偏废；古典诗歌的描写与结构中，讲究平衡、对称和整齐的艺术美，不过有的时候，我们的诗人又会有意地打破这种规律，在平衡与不平衡、对称与不对称之间，求得一种更新的结合，来巧妙地反映生活；我们研究的古代士人可能是诗人和散文家，然而他们往往也是思想家和政治家，等等。

另外，有一点很重要：就是对很多不同的美学趣味要采取极其宽容的态度。对于嗜好喜欢，可以有独特的见解，并可以坚持；作为一个历史学家或评论家，你要宽容，用行话来说，就是能够欣赏异量之美。赵飞燕很瘦，杨玉环很胖，同时可以欣赏她们的人称为“环肥燕瘦”；兰花和菊花都很好，“兰有秀兮菊有芳”。能够欣赏异量之美，不仅使自己的美学欣赏能力扩大，而且使人的气象扩大。一个真正研究文学的人，在一定程度上可以坚持自己独特的美学趣味，但是一定要有两点论，不要忘了美学更重要的是宽容。清朝有个大学问家毛奇龄，他很爱同人争论，一辈子就不喜欢苏东坡的诗，那么不喜欢就不喜欢，他还到处宣讲批评。有人说苏东坡也有好诗，“竹外桃花三两枝，春江水暖鸭先知”，对初春的景物写得非常好。结果毛说，那为什么是鸭子先知，鹅就不先知了？所以作为两点论，我们一方面学得异量之美的宽容，一方面可以对于某个东西特别欣赏。就如唐朝人的诗，别人说你长得这么美，君王应该很喜欢你，这个诗人写道："承恩不在貌，教妾若为容？"我怎么打扮他也不喜欢，教我有什么办法？还有，任何事情都有一个训练欣赏的过程，有很多东西最初不觉得它好，等过了一段时间，到了深层次才会觉得它好。例如宋诗和唐诗不一样，有许多深刻的东西一时不能够体会。如陈师道《丞相温公挽词三首》"时方随日化，身已要人扶"，一个对国家非常尽忠的老政治家形象就凭着"身已要人扶"全都衬托出来。人家还没觉得政治已有所改变，越来越好，他已是鞠躬尽瘁，走都走不动了，写得多深刻啊！随着时间的推移，这些深刻的地方就会渐渐领悟。所以有好多文学欣赏见解的变化同你自己的生活经历是有着很大关系的。

总而言之，如果我们能在研究中注意坚持和运用方法上的两点论，而不是一点论，那就可以相信，我们是能够在学术上做出更大的成绩来的。

古诗探研

相同题材与不相同的主题、形象、风格

——四篇桃源诗的比较

一

题材的因袭是文学艺术创作中常见的现象。人类生活的继承和发展，以及对于生活中道德伦理观念、审美观念等的继承和发展，使得每一位想有所成就的文学艺术家不能不在前人已经取得的成绩的基础上，有所创造，为人类增加一些新的精神财富。但这并不是一件轻而易举的事情。

1825年12月25日，爱克曼在和歌德谈话时，记录了歌德这样两句话：

> 莎士比亚给我们的是银盘装着金橘。我们通过学习，拿到了他的银盘，但是我们只能拿土豆来装进盘里。

接着，歌德又说：

> 如果你想认识莎士比亚的毫无拘束的自由心灵，

你最好去读《特洛伊勒斯与克丽西达》，莎士比亚在这部剧本里以自己的方式处理了荷马史诗《伊利亚特》中的材料。[1]

很显然，歌德关于银盘、金橘和土豆的比喻所涉及的范围是很广的。但其对以自己的方式处理传统题材的赞赏，应当说，正是使自己在拿到银盘以后，如何才能够不将土豆而仍然将金橘装进去的可贵的启示。我国优秀的古典诗人用创作实践证明了他们很理解这一点。本文就想以四篇著名的桃源诗为例，谈谈这个问题。

二

压迫与反压迫——抵抗或逃避，大概是自有阶级以来，人类社会中最具有普遍性的生活现象之一。早在春秋时代，孔子已经概括出逃避的四种方式："贤者辟世，其次辟地，其次辟色，其次辟言。"[2]当然，这"四避"，是指如何处理统治阶级的内部矛盾，同时主要的也是指如何对待精神压迫。统治阶级成员对待精神压迫犹然如此，那么，被统治阶级对待物质压迫，除了在条件成熟时体现为反抗——以暴力反暴力之外，大量普遍的情况是逃避——掺和着希望的逃避，就更是势所必至了。《诗经·魏风·硕鼠》云：

硕鼠硕鼠，无食我黍。三岁贯女，莫我肯顾。逝

[1] 朱光潜译《歌德谈话录》第93—94页。

[2] 见《论语·宪问》篇。辟，"避"古字。

将去女，适彼乐土。乐土乐土，[1]爰得我所。

但这个乐土，(或如诗第二、三章中所说的乐国、乐郊。)究竟是个什么样子，这位民间诗人并没有描绘出来。战国时代产生的《老子》在第八十章中写道：

甘其食，美其服，安其居，乐其俗。邻国相望，鸡犬之声相闻，民至老死不相往来。

才算是为乐土勾画出了一个简略的轮廓。

汉末以迄魏、晋，漫长而严酷的阶级斗争和民族斗争，使广大人民遭受到史无前例的灾难。在生活实践中，人们更感到有“适彼乐土”之必要，他们有时也的确找到了一些相对来说是乐土的地方，因而在文学作品中，也开始出现了乐土以及生活在这些乐土中的人民的形象，虽然还很模糊。如刘敬叔《异苑》卷一云：

元嘉初，武陵蛮人射鹿，逐入石穴，才容人。蛮人入穴，见其旁有梯，因上梯。豁然开朗，桑果蔚然，行人翱翔，亦不以怪。此蛮于路砍树为记，其后茫然，无复仿佛。

即其一例。它很可能与陶渊明的《桃花源记》及《桃花源诗》同出一源，是晋、宋之间流传荆、湘一带的一种南方

[1] 俞樾《古书疑义举例》卷五，《重文作=画而致误例》云：“古人遇重文，止于字下加=画以识之，传写乃有致误者。如《诗·硕鼠》：‘逝将去女，适彼乐土。乐土乐土，爰得我所。’《韩诗外传》两引此文，并作‘逝将去女，适彼乐土。适彼乐土，爰得我所。’又引次章亦云：‘逝将去汝，适彼乐国。适彼乐国，爰得我直。’此当以韩诗为正。……因叠句从省不书，止作‘适=彼=乐=土=’，传写误作‘乐土乐土’耳。”

传说。[1]

但陶渊明是一个在思想上和艺术上都有独创性的大诗人。[2]这一非常简陋的民间传说，到了他的手上，就成了寓意丰富而深刻的艺术品。从《桃花源记》和《桃花源诗》这两篇互相关联的作品中可以看出，作者所企图生活于其中的，以及努力显示给读者的，乃是一个不乱而无税的理

[1] 此点本唐长孺先生说。唐说见《读〈桃花源记旁证〉质疑》，载所著《魏晋南北朝史论丛续编》。唐先生又分析《异苑》与陶氏诗文之关系云："刘敬叔与渊明同时而略晚，他当然能够看到陶渊明的作品，然而这一段却不像是《桃花源记》的复写或改写，倒像更原始的传说。我们认为陶、刘二人各据所闻的故事而写述，其中心内容相同，而传闻异辞，也可以有出入。敬叔似乎没有添上什么，而渊明却以之寄托自己的理想，并加以艺术上的加工，其作品的价值就不可同日而语了。在这里我们还应该提出《异苑》的蛮人也是在武陵发现这个石穴的。"除了"他当然能够看到陶渊明的作品"这句话，在当时的水陆交通与文化交流都不发达，而陶渊明又寡交游的许多条件之下，略嫌武断之外，其他论点都是有说服力的、可信的。《异苑》而外，唐先生还举《太平御览》引《武陵记》、《云笈七签》载《神仙感遇传》及《太平寰宇记》引用《周地图记》等类似材料来作比较，进一步证明了这种传说当时流行之广，充实了我们对于其社会背景的深入理解，也是很有益的。

[2] 关于陶渊明在哲学思想上的独创性，请参看陈寅恪《陶渊明之思想与清谈之关系》，载所著《金明馆丛稿初编》。

想世界。[1]

在这个世界中，和平代替了战争，宁静代替了纷嚣，富饶代替了贫困，淳朴代替了智慧，诚实代替了虚伪，欢乐代替了苦恼。人们完全与外界隔绝，而以自己辛勤的劳动过着没有剥削、压迫的幸福生活。这，就是《老子》第八十章所写过的，不过更为清晰了、形象化了。《记》中“鸡犬相闻”一句，即出于前引《老子》第八十章，[2]而《诗》中“于何劳智慧”一句，也出于《老子》第十八章：“智慧出，有大伪。”陶渊明这两篇作品，概括了古代劳动人民“适彼乐土”的愿望和孔子避世避地、《老子》小国寡民的思想。

这也就说明，桃源传说这一题材在陶渊明首创以后，历代都加以重视，能够广泛而长远地流传，是有其深厚的

[1] 唐先生又说：“他（陶）所说的‘秦时乱’，既不像后来的御用史学家以农民起义为‘乱’，也不指刘、项纷争。在他的诗中开头就是‘嬴氏乱天纪，贤者避其世’，显然是承用汉代以来‘过秦’的议论，下面特别提到桃花源中人的生活是‘春蚕收长丝，秋熟靡王税’，通篇没有一句说到逃避兵乱的话。由此可见，他所说的‘乱’是指繁重的赋役压迫。”“蛮族人民渴望摆脱外来的封建羁绊，以便保持其分隔的、狭隘的但是比较平静的公社生活。”“《桃花源记》和《异苑》所述故事是根据武陵蛮族的传说，这种传说恰好反映了蛮族人民的要求。”这些说法，则似求之过深。姑不论繁重的赋役压迫只能成为致乱之由，而不能即指为乱，而且任何作家在反映一个题材时，都和他所关心注意的某一特定方面分不开。陶渊明并非蛮人，也找不出他和蛮人有何特殊关系，为什么诗人要借写“秦时乱”去反映他们渴望摆脱封建羁绊的愿望？如果作家的创作意图可以决定他的取材这一原则是可以成立的，则唐说（至少就文学角度来说）就难以成立了。这和洪迈《容斋三笔》卷十“桃源行”条所说：“予窃意桃源之事，以避秦为言，至云‘无论魏、晋’，乃寓意于刘裕，托之于秦，借以为喻耳。”结论虽不同，但都不免于附会。

[2] 不知道为什么古直在《陶靖节诗笺定本》中却引《孟子·公孙丑上》的“鸡鸣狗吠相闻”来笺这一句，却不引更恰切的《老子》。

社会根源的。它表达了我们善良的先民在漫长的历史时期中积累起来的一种很强烈的感情，即对美好生活的向往，对剥削压迫的厌恶。当然，不同的阶级，有不同的政治、经济要求，然而这些不同的要求，在诗人的作品中，却由对现实的否定这个共同点将它们统一起来了。正是由于这一共同点的存在，陶渊明的这两篇作品，既反映了洁身自好、不肯同流合污的知识分子（其中包括他自己）避世避地的思想感情，又同时反映了在封建社会小农经济制度下生活的普通人民“适彼乐土”的思想感情，而让他们和平共处在那个小国寡民的世界里。在诗人笔下，人们感到，在那里生活和工作，是愉快的、美丽的。诗人借这些向往和咏叹来减轻现实生活对自己的压力。这就是陶渊明的创作意图，也就是关于桃源传说的文学作品首创的主题思想。

由于千百年来，在现实生活中仍然不断地、反复地出现着令人感觉窒息因而需要逃避的环境，所以陶渊明所描绘的乌托邦，就总是在激动着人心，引诱着人们的向往。并因此而产生了大量追加的神话传说和附会的古迹，还有大量的咏叹诗文。除了方志所载，甚至还有几种专门收辑有关桃源诗文的总集[1]。

[1] 请参看《四库全书总目》卷一百九十二，宋姚孳编《桃花源集》一卷及明冯子京编《桃花源集》三卷的提要。

三

我们现在想就这些题材相同的作品中，再选出最著名的几篇，就主题、形象、风格等方面，与陶作做些比较，看看另外一些作家是怎样以自己的方式处理桃源题材的。

在陶渊明以后，以桃源传说为题材进行创作而提出新主题的，首先是王维的《桃源行》。据须溪先生校本王集，题下注明是诗人十九岁时所作。[1]王诗将陶诗中对那个无税的小国寡民世界的向往，改为对神仙世界的向往。古人多认为这是由于王维对陶的诗文未能看清，[2]有的人还具体地指出，这是由于误解了陶诗“奇踪隐五百,一朝敞神界”二句，[3]因此，他才将桃源中人说成是“初因避地去人间，及至成仙遂不还”，而桃源则是难见难寻的“灵境”“仙源”。

这些论点的持有者，企图用考证学或历史学的方法去解决属于文艺学的问题，所以议论虽多，不免牛头不对马嘴。他们不知道，只有作家的创作意图，才能决定题材的取舍，而不是反过来。不论是从一个事件的发生、发展或结局中，或者从一个事物的某一方面的取材，其区别都由于不同的作者的关心与着重点的不同。[4]王维在关于桃源

[1] 赵殿臣笺注《王右丞集》卷末年谱序云：“须溪校本于诗题下时有细字云年若干时作，又云时为某官，又云在某处作。若此者，或系夏卿（王缙）进本原文，或系后人附注。岁远年久，无善本可参校，然要必有所据，非凭臆率书。”今从其说定此诗作年。

[2] 参看《古典文学研究资料汇编·陶渊明卷》下编《桃花源诗》部分。

[3] 吴子良《荆溪林下偶谈》卷二：“渊明《桃花源记》初无仙语，盖缘诗中有‘奇踪隐五百,一朝敞神界’之句，后人不审，遂多以为仙。”

[4] 参看王朝闻：《题材与主题》，载《新艺术创作论》。

传说的创作中从事主题的更新，是受他自己思想感情的支配的，而他的思想感情，又不能不受当时社会风气、政治情况的支配。

现在一些文学史论述王维的思想，大都区分前后两期，以为“前期具有一定的向往开明政治的热情”，而忽略了他早已有其消极的一面。[1]或则虽然比较细致地指出了他后来的消极思想与他母亲长期虔诚奉佛有关，[2]但又忽略了他所受的道教影响。李唐一代，道教盛行，与佛教竞争激烈。玄宗朝代，还是一个尊道抑佛的时期。[3]生活在那一时代的王维，不可能不同时受到它们的影响。因此，他也曾写过《贺古乐器表》《贺玄元皇帝见真容表》和《贺神兵助取石堡城表》等荒谬绝伦的宣扬道教迷信的文章（当然还有更多的宣传佛教的文章）。这些文章虽然都写于天宝年间，即属于后期思想的范围，但如果他早年思想与道家绝无关涉，他是不可能这样写的。而十九岁时所写的《桃源行》中所反映的对神仙世界的向往之情，正可为王维早年就具有道家神仙思想作证。

另外一方面，将一切可以改造利用的材料加以改造利

[1] 游国恩等《中国文学史》第四编“隋唐五代文学”，第二章《盛唐山水田园诗人》第二节《王维》。

[2] 文学研究所《中国文学史》“唐代文学”第三章《开元天宝诗人》第二节《王维》。

[3] 参看范文澜《中国通史简编》，第三编“封建经济基地扩展的帝国底出现到军事封建的大帝国的建立——隋至元”，第七章《唐五代的文化概况》第四节《道教的流行》。

用，正是统治阶级和宗教徒所惯于使用的手段。在陶渊明写出有关桃花源的两篇作品之后，道教徒就已经从事于这一传说的神化工作了。关于这方面，较早的记载有刘禹锡的《游桃源一百韵》，这首长诗表明，到了唐朝，朝廷已经将桃源当为神仙窟宅，列入祀典。

> 绵绵五百载，市朝几迁革，有路在壶中，无人知地脉。皇家感至道，圣祚自天锡。金阙传本枝，玉函留宝历。禁山开秘宇，复户洁灵宅。（原注：诏隶二十户免徭，以奉洒扫。）蕊检香氛氲，醮坛烟幂幂。

而且在那个地方，还出现了“近世仙”白日飞升的事，如诗中一位“羽人”（道士）所说的：

> 明灯坐遥夜，幽籁听淅沥。因话近世仙，耸然心神惕。乃言瞿氏子，骨状非凡格，往事黄先生，群儿多侮剧。謷然不屑意，元气贮肝膈。往往游不归，洞中观博弈。言高未易信，犹复加诃责。一旦前致辞，自云仙期迫。言师有道骨，前事常被谪。如今三山上，名字在真籍。悠然谢主人，后岁当来觌。言毕依庭树，如烟去无迹。

此外，唐末康骈的《剧谈录》曾载：“渊明所记桃花源，今鼎州桃花观即是其处。自晋、宋来，由此上升者六人。”宋张君房《云笈七签》引司马紫微《天地宫府图》说桃花源是“白马玄光天”，由一位谢真人主管。[1]这些，都可以说

[1] 见钱仲联《韩昌黎诗系年集释》卷八《桃源图》注引。

是陶渊明诗文被道教徒利用而踵事增华的结果，也是王维这一新主题的社会背景。（由于王维写这篇诗的时候，还没有长期隐遁生活的实践经验，所以我们不能从他们两个人曾经历过物质条件悬殊的隐遁生活，来说明其有关桃源的作品主题歧异的原因。这是我们在讨论这个问题时，应当注意的。）

王维诗中的灵境以及其他作品记载中的神化桃源之说，到了中唐时代，遭到了韩愈的批判。在《桃源图》中，他一上来就正面提出“神仙有无何渺茫，桃源之说诚荒唐”，而以“世俗宁知伪与真，至今传者武陵人”作结。对于这一涂抹着浓厚道教色彩的传说，毫不容情地加以抨击。

关于韩愈写作此诗的背景以及韩愈反对二氏的斗争，当代学者论述已详，[1]本文可以不必重复。所要加以补充的是：韩愈这篇诗与另外一些反对道教迷信的诗有所不同。如《谁氏子》《谢自然诗》是以议论为主，没有鲜明的客观形象。《华山女》中那个女儿的形象是鲜明的，讽刺手法的使用也很成功，但其主题也和前举两篇一样，来自作家对现实生活的认识，与历史无关。《桃源图》则不仅有晋、宋以来踵事增华的传说在前，有陶、王有关这些传说的成功作品在前，同时，卢汀在请韩愈赋诗时他本人也已加上题跋。所以诗云：“武陵太守好事者，题封远寄南宫下。南宫先生忻得之，波涛入笔驱文辞。文工画妙各臻极，异境恍

[1] 参看上引钱氏韩诗《集释》及陈寅恪《论韩愈》（载《金明馆丛稿初编》）等。

惚移于斯。”[1]窦常所寄之画与卢汀所撰之文今日虽不可见，然据韩诗所描写，其主题当远于陶而近于王。所以《桃源图》的主题思想，就不能不兼对历史传统及现实生活两个方面。如我们所看到的，《桃源图》就既不着眼于对小国寡民的向往，也不寄心于仙源的追寻，而是依据自己一贯的哲学政治观点，揭露了桃源神仙之说的荒唐，从而显示了它的主题的独特性。

对于历代人物和事件的咏叹，是王安石诗中所反复出现的题材。在这些诗篇中，他发抒了自己的社会、政治和哲学观点。继晋、唐诸家而作的《桃源行》乃是其中之一。

在封建社会中，君臣是与父子紧密地联结在一道的伦常关系，而王安石在封建专制主义已比前代更为发展、君权比前代更为集中的宋代，却公然在诗中提出对桃源中“儿孙生长与世隔，虽有父子无君臣”那种理想社会的赞美。历代文人可以将历史看成一部连续不断的“相斫书”，但对于本朝之取得天下，则无不认为是神功圣德，天与人归，光明正大。可是王安石在此诗中却说：“闻道长安吹战尘，春风回首一沾巾。重华一去宁复得，天下纷纷经几秦。”这也就是认为：三代以下，无非以暴易暴，可是老百姓呢，却是宁愿保持家庭的纯朴关系，而憎恨那个从来就使他们不得安宁的、剥削压迫他们的封建制度的。王安石的这些见解，显然不仅和他自己的政治思想有关，也同

[1] 据陈景云《韩集点勘》考订，武陵太守乃窦常，南宫先生乃卢汀。

时受到了陶渊明原作的影响，但比陶渊明更为彻底。陶赞赏“秋熟靡王税”，王则指出，“靡王税”的根源在于“无君臣”。陶说“嬴氏乱天纪，贤者避其世”，王则指出，自从天下为公的唐虞之世过去以后，历史无非是秦代影像的重叠。这在11世纪，真是一种非常大胆的见解。这种见解，当然也反映了作者的政治思想，但已远远超出了他的变法思想的范围。

在王安石笔下，陶渊明的诗文中的思想得到了发扬，这也正是他以自己的方式继承和发挥了这个古老题材的结果。

就主题说来，王维诗是陶渊明诗的异化，韩愈诗是王维诗的异化，而王安石诗则是陶渊明诗的复归和深化。主题的异化和深化，乃是古典作家以自己的方式处理传统题材的两个出发点，也是他们使自己的作品具备独特性的手段，这是从上面的讨论中可以看出来的。

四

主题是作者认识生活并进而概括和提炼生活的结果。作品的主题，离不开依据生活所创造的艺术形象，它使人们通过生动的形象看到生活的本质。所以，主题的独特性和作品形象的独特性是不能分离的。

钟嵘《诗品》虽然只将陶渊明列入中品，但称其“文体省净，殆无长语。笃意真古，辞兴婉惬，每观其文，想其人德”，倒是真能搔着痒处。即以《桃花源记》与《桃花源诗》而论，也同样显示了钟嵘所标举的这样一些特征。

《记》文纯用客观手法进行描写，在平铺直叙中，以省净的文风再现了避世者的生活的生动形象。在作者笔下，一切环境人物都是习见的，但用“并怡然自乐”略加点明，又用“不知有汉，无论魏晋”指出怡然自乐的根源，就使人感到“此中人”与“外人”完全生活在两个世界了。《诗》则就《记》中所述加以补充和赞叹。这种补充，基本上也还是从渔人所闻所见着笔的，与《记》文同。但在赞叹方面，则首以“四皓”作陪，尾则归到自己。诗人终于也闯进自己所创造的世界来，因此可以使读者因其人而想其德，也同时看见了作品的倾向性了。[1]《记》与《诗》虽然是各自独立的，同时也是互相补充的，是合之则双美，离之则两伤的。

这两篇作品，虽然有传说做根据，显然仍属寓意之文。但其借以表达所寓之意的形象，则仍然不能脱离作者自己长期沉浸在其中的宁谧的农村生活。他只是将这种生活渗透着自己的理想而已。

正因为他写的乃是自己所熟习的世俗生活，陶渊明笔下的桃花源中的劳动场面与社会情态，普通农村人民的淳朴和他们安于淳朴的那种怡然自乐的情景，才如此亲切感人。

相命肆农耕，日入从所憩。桑竹垂余荫，菽稷随

[1] 吴嵩《论陶》说：“‘嬴氏乱天纪，贤者避其世’与结语对照，渊明生平尽此二语矣。”（见吴瞻泰《陶诗汇注》附录）可以参照。

时艺。春蚕收长丝，秋熟靡王税。荒路暧交通，鸡犬互鸣吠。俎豆犹古法，衣裳无新制。童孺纵行歌，斑白欢游诣。草荣识节和，木衰知风厉；虽无纪历志，四时自成岁。怡然有余乐，于何劳智慧。

以上这十八句诗是对桃源中人民生活的具体描写，也是诗中最主要的部分。但是这个题材到了王维手中，这一类的描写却全部消失了。这是因为王维要写的既是“初因避地去人间，及至成仙遂不还”的桃源，就不可能与陶渊明所要突出的小国寡民的形象一致。但既有陶的诗文在前，桃源就具有大致上的既定格局，又不能和陶太不一致。这就只有在增减轻重上做工夫了。王维之所以让陶诗中所写那些情景消失在他的作品里，正是因为他已将渔人之偶入桃源，重加处理，成为“俗客”误入“仙源”，而陶诗那些劳动场面与社会情态，显然与人们（包括王维自己）所想象的仙境不大协调之故。一方面有关世俗生活的描写有所删除，另一方面有关仙源景色的描写就有所增加。他通过渔人的感觉：

遥看一处攒云树，近入千家散花竹。……月明松下房栊静，日出云中鸡犬喧。

将这灵境写得极其幽美而恬适，这正是陶诗中所缺少的，乃至陶诗中所写桑、竹、菽、稷，到王诗中也被花、竹、松代替了，也就是经济植物被观赏植物代替了（同是一“竹”，“桑竹”连文与“花竹”连文给人的印象就全然不同）。这用意都在加深那个存在于作者精神世界，而在现实世界中却“无处寻”的仙境对读者的感染力。

王维也是个大画家，他以“诗中有画，画中有诗”为苏轼所赞叹。[1]《桃源行》不仅在结构上紧凑而又超脱，在灵境的描摩上也只略加点染，颇似南宗山水，使人读来有恍若身临其境、心向往之之感。

韩诗不是对这一古代传说的直接赋咏，而是对绘有这一传说的一幅图画的赋咏。这幅图画的主题，与陶渊明诗文异趣，而与王维的诗相同。但韩愈对于这一古代传说的理解，却正好反过来，与王维异趣，与陶渊明相同。这样，韩愈所要加以赋咏的这幅图画的主题，和他所要写的诗的主题，就恰好处在对立的地位。但是，送这幅图画的窦常，与接受这幅图画并请韩愈加以赋咏的卢汀，都是韩愈的朋友。因此，他在礼貌上既不便公开非议，而在理性上又不能屈己从人。这些矛盾，就决定了韩愈在写作这篇诗时，必须采取适应这样一些矛盾的两全其美的手法。

他采用怎样的手法呢？就是如金德瑛所说，一方面，“一一依故事铺陈”，另一方面，又通过“当时万事皆眼见，不知几许犹流传”，从情景虚中摹拟，从而有异于“前人皆于实境点染”。如诗中依据图画所描绘的：

> 架岩凿谷开宫室，接屋连墙千万日。……种桃处处惟开花，川原远近蒸红霞。

形象都非常具体，但在“当时”二句出现以后，就化实为

[1] 苏轼《东坡题跋》卷五《书摩诘蓝田烟雨图》：“味摩诘之诗，诗中有画；观摩诘之画，画中有诗。”

虚了。金德瑛很敏感地看出了韩诗在构思和表现上的这些特点，[1]但可惜他却仅从技巧上指出韩愈化实境点染为虚摹的事实，却没有认识到，其所以要这么写，是为了表达自己的观点，是和篇首“神仙”二句及篇尾“世俗”二句相照应的。正是为了证实桃源神仙之说的渺茫、荒唐，而悲悯世俗之不知伪与真，才对实境加以虚摹。将宁知真伪归之世俗，文工画妙归之窦、卢，就于文于画，但取其工妙，却不涉及其主题，从而将这种对立缓和了。另外，程学恂指出此诗之特点在于“起结提破，中间乃详为衍叙”，[2]也只看到首尾之议论与中幅之描写在全诗结构上统一的一面，而忽略了其更为重要的矛盾的一面，这乃是“未达一间”。只有何焯说“观起结，命意自见，中间铺张处皆虚矣。章法最妙”，[3]才算是将这个问题简明扼要地讲清楚了。

以上三篇，陶作是写传说中被隔绝了的人间景象，王作是写神仙世界，韩作也写仙境，但却同时暗示此境并不存在。虽然用意不同，但都对桃源的环境及其中的人物生活作了形象性的描绘，一面有因袭，一面有发展，有补充。这在上面已有举例。即便在叙述方面，也是如此。如陶文云：

> 自云：先世避秦时乱，率妻子邑人来此绝境，不复出焉，遂与外人间隔。问今是何世，乃不知有汉，

[1] 金说载陆以湉《冷庐杂识》卷七，下引金说均出此。
[2]《韩诗臆说》卷一。
[3]《集释》引。

无论魏晋。此人一一为具言所闻，皆叹惋。

王诗则云：

初因避地去人间，及至成仙遂不还。峡里谁知有人事？世中遥望空云山。

韩诗则云：

初来犹自念乡邑，岁久此地还成家。渔舟之子来何所，物色相猜更问语。大蛇中断丧前王，群马南渡开新主。

他们彼此之间，既有继承，又有创造，各自选择了表达自己的主题的最恰当的手段。

在上举三家非常成功的作品之后，王安石写出了表现方法全然不同，而成就却可以与之比美的《桃源行》。所以方东树《昭昧詹言》卷十二评韩愈《桃源图》云："凡一题数首，观各人命意归宿，下笔章法，辋川只叙本事，层层逐叙夹写。此只是衍题。介甫纯以议论驾空而行，绝不写。"又评王安石《桃源行》云："此与《张良》《韩信》《明妃曲》，只有夹叙夹议。但必有名论杰句，以见寄托。无写，以叙为议，以议为叙。"先师胡翔冬先生评王安石此诗，也说："桃花源诗，有故神其词，托之仙境者，如王维云：'初因避地去人间，及至成仙遂不还'是也。又有讥其谬者，如韩愈云：'神仙有无何渺茫，桃源之说诚荒唐'是也。公诗于仙境非仙境置若罔闻，独取陶公'先世避秦时乱来此'一语作骨子，寄兴深微，真不可及。"

二家之说，对于王安石这篇作品的独特性，都做了扼要的说明。方东树指出了一题数首，就必须命意归宿与下笔章法各人不同，这是非常正确的。我们所要补充或强调的，只是两者之间的关系非常密切。正由于命意不同，才必须而且必然会下笔不同，两者不能割裂开来理解。至于他说安石此诗，不事描写，但以夹叙夹议见长，而其所以能卓然自立，乃是因为有名论杰句，以见寄托（即胡先生所说的“寄兴深微”），则尤为精到。我们多少年来，在理论上，脱离了民族传统、文学样式等特征，机械地将形象思维与抽象思维，描写与叙述、议论，含蓄与刻露的区分绝对化了，割裂了，结果许多文学现象解释不通，甚至于整个宋诗都被斥为“味同嚼蜡”。王安石这篇单刀直入，几乎全无景物铺陈（即方东树的所谓“写”）但以议论见长的宋诗，不正是以其“虽有父子无君臣”“天下纷纷经几秦”这样一些名论杰句，反映了自己先进的历史观点和政治思想，显示了诗人自己崇高的形象，从而赢得了广大读者的喜爱吗？它以其主观色彩特别浓厚、重议论不重铺陈的特点，不仅将自己和在其以前出现的杰作区分开来了，而且还能和它们分庭抗礼。

五

歌德认为：“总的来说，一个作家的风格是他的内心生活的准确标志，所以一个人如果想写出明白的风格，他首先就要心里明白，如果想写出雄伟的风格，他也首先要有雄伟的人格。”[1]所谓“内心生活”，也必然从每个人的阶级地位、社会经历、思想感情中来。一位作家在认识生活并创造性地回答生活中提出的问题的时候，他必然会同时显示其独特的格调、气派。这也就成为他内心生活的准确标志。从以上所举四篇桃源诗来看，它们所呈现的风格是各不相同的，具有独特性的，而其独特性则正与诗人的内心生活一致。

前人已有注意这四篇诗风格的歧异而加以比较的。如张谦宜《絸斋诗谈》卷四云：

> 陶诗他且勿论，即如咏桃源一诗，摩诘之绮丽，昌黎之雄奇，皆不如其浑朴，便见古人地步真高。

又王士禛《池北偶谈》卷十四云：

> 唐宋以来，作《桃源行》最佳者，王摩诘、韩退之、王介甫三篇。观退之、介甫二诗，笔力意思甚可喜。及读摩诘诗，多少自在。二公便如努力挽强，不免面赤耳热，此盛唐所以高不可及。

这些议论，如果将批评家个人的爱好和宗尚排除在外，仅就其所指陈的风格特色而论，基本上都是符合实际的。

我们在上面曾经引用《诗品》指陈陶渊明“文体省净”的特点。唐庚《唐子西文录》亦云：

> 唐人有诗云：“山僧不解数甲子，一叶落知天下秋。”及观渊明诗云：“虽无纪历志，四时自成岁。”便

[1]《歌德谈话录》第39页。

觉唐人费力如此，如《桃花源记》言："尚不知有汉，无论魏晋。"可见造语之简妙。盖晋人工造语，而渊明其尤也。

其所谓"简妙"，也就是省净。惟其省而能净，所以简中见妙，或寓妙于简。唐庚所举的两个例子，恰巧都在桃源诗文中，应当不是偶然的。陶诗的风格并非单一的，论及全人，不可偏废，鲁迅先生对此曾有很精当的、人所共知的说明。[1]但多样的风格虽然可以存在于一位作家身上，却难以同时存在于一篇作品当中。风格的形成，往往是与作品的主题以及它所展示的形象息息相关的。同时，存在于一位作家身上的风格的多样性，也并不否定其中还有主次。省净、简妙从而使人感到浑朴，这正是陶渊明风格中最引人入胜的地方，[2]桃源诗文不能算是陶集中的最高成就，但人们却可以从中看出陶渊明风格这一显著的特点，因为这些作品的题材和主题，乃是他所最倾心的。他的人格、风格不能不与之密切地结合在一起。

王维写《桃源行》的时候，正处在风华正茂的十九岁。他早年富艳的才情渗透在那个虚无缥缈的神仙世界之中，就使得这个作品呈现着一种绮丽的风格，如张谦宜所指陈的。王士禛说它自在，也应当是指少年王维作品中弥漫着的青春的色彩与气息在生动活泼的语言中的自然流露，

[1]《题未定草》(六)(七)，载《且介亭杂文二集》。

[2] 朱光潜先生论陶诗风格，甚有精义，可参看。朱说见所著《诗论》第十三章，载《朱光潜美学文集》第二卷。

因而毫无雕琢的痕迹。王维笔下的灵境不是枯寂凄黯的，而是幽美恬适的。他以自在的笔触描绘了仙源中人自在的生活。

陈兆奎还独具慧眼地看出了王维的《桃源行》和张若虚的《春江花月夜》这两篇名作之间的传承关系。他认为《春江花月夜》“秾不伤纤，局调俱雅。前幅不过以拨换字面生情耳。自‘闲潭梦落花’一折，便缥缈悠逸。王维《桃源行》从此滥觞。”[1]这实在是一个很细致的观察。王维《桃源行》虽非以拨换字面生情，[2]然前幅多属铺叙，与其《夷门歌》手法相近，但最后一折：

> 当时只记入山深，青溪几曲到云林。春来遍是桃花水，不辨仙源何处寻。

其缥缈悠逸，确与《春江花月夜》结尾，特别是最后的“斜月沉沉藏海雾，碣石潇湘无限路。不知乘月几人归，落月摇情满江树”四句风神酷似，具有渊源。这种缥缈悠逸的风格，也就是王士禛所说的“自在”在特定环境中的表现，它与全诗的绮丽不是互相排斥而是合色的。

张谦宜认为韩诗此篇雄奇，金德瑛认为它雄健壮丽，王士禛以“努力挽强”为喻，虽含贬义，也还是符合事实的。这是韩诗主要的风格特征，几乎无所不在，哪怕是从一些绝句诗中，也可以看出来。陶、王两家作品中的桃源，

[1] 见《王志》卷二“论唐诗诸家源流，答陈完夫问”条所附陈兆奎按语。

[2] 张诗也非如此。这个问题，需要另做说明，这里暂不涉及。

并无蓝本，全凭作者根据自己的生活经历、审美观念，加以创造性的想象所形成。所以，在诗人们作品中虽然写的都是一个地方，而这个地方是什么样子，却因人而异。陶渊明向往的那个世界是幽美恬适的，王维向往的那个世界则是缥缈悠逸的。他们所想象的，显然与他们固有的风格非常协调，因为他们在构思的过程中，已经很自然地意识到这种协调的必要性。但韩诗却面对着一幅图画，这幅图画中的景色及其所呈现的风格，乃是画家事先规定了的，所题之诗不能和它唱对台戏。这幅图画的风格如何，我们今天不得而知，但韩诗描写很少，叙述议论较多，而就其中少量描写来看（如前举“架岩”二句、“种桃”二句），其所选取的也是壮丽而非幽美或缥缈的形象，它们是与波澜起伏的叙述、发扬蹈厉的议论相一致的。

王安石虽然有时也嘲笑韩愈，如在《韩子》中说他“力去陈言夸末俗，可怜无补费精神”，但在创作时却往往又是韩愈的追随者。王士禛论桃源诗，以二家并列，称之为“努力挽强，不免面赤耳热”，是有根据的。我们所不同意的，乃是“自在”是否就一定是高而“努力挽强”就一定是下这样一种以盛唐某些诗人所表现的神韵为极致的意见。

王安石这篇诗虽“于仙境非仙境置若罔闻”，有异于韩愈之认为“桃源之说诚荒唐”，其不依故事铺陈，也不同于韩愈之先叙画图，次及本事，先事描写，后加议论。因而两诗主题、手法虽均有区别，但其以雄伟的风格驱使议论，又有异中之同。读者可以从这些方面看出韩、王诗学渊源。但王诗之精悍简劲，仍然有自己的独特风格，则又是与其诗所反映的时间跨度非常之长、生活内容涉及较广、识度议论突破传统这些方面相联系的。

以上以四篇桃源诗为例，略论相同的题材与不相同的主题、形象、风格之间的或即或离的错综关系，主要是受到金德瑛的启发。这位对文学颇有真知灼见的乾隆元年（1736）状元说：

> 凡古人与后人共赋一题者，最可观其用意关键。如桃源，陶公五言，尔雅从容，“草荣”“木衰”四句，略加形容便足。摩诘不得不变七言，然犹皆用本色语，不露斧凿痕也。昌黎则加以雄健壮丽，犹一一依故事铺陈也。至后来王荆公则单刀直入，不复层次叙述。此承前人之后，故以变化争胜。使拘拘陈迹，则古有名篇，后可搁笔，何庸多赘。诗格固尔，用意亦然。前人皆于实境点染，昌黎云：“当时万事皆眼见，不知几许犹流传。”则从情景虚中摹拟矣。荆公云“虽有父子无君臣”“天下纷纷经几秦”，皆前所未道。大抵后人须精刻过前人，然后可以争胜，试取古人同题者参观，无不皆然。苟无新意，不必重作。世有议后人之透露不如前人之含蓄者，此执一而不知变也。

本文不过为他的意见做了一点疏证而已。这点疏证也许有助于加深对古典作家在创作方法及表现技巧若干方面的认识。如果我们对这些理解得清楚一些，前些年流行的关于题材、主题的许多奇谈怪论，也许会受到更多的抵制。这，也许就是这篇文章的现实意义吧。

（1980年10月　南京）

唐诗的历程

——《唐诗鉴赏辞典》序言

中国是一个诗的国度。

唐诗是中国五、七言古、今体诗的高峰。

这座高峰的出现不是偶然的。它有多方面的原因：从7世纪初唐朝建立到8世纪中叶安史叛乱之前这一百多年，唐帝国的经济一直是上升的，经济的发展必然导致文化的繁荣。即使在安史乱后，由于南方的开发与南北交通保持畅通，经济和文化增长的势头也没有停顿下来。这个社会，正是唐诗以及整个唐代文学艺术的温床。此其一。其次，由五胡乱华到隋唐统一，是一个国内各民族由斗争而融合的过程。国内各族的融合，还加上当时日趋频繁的国际文化交流，都使得各阶级、阶层的生活变得丰富复杂，为作家们的修养和创作提供了多种多样的养料和素材。其三，在长期南北分裂以后建立起来的唐帝国，对各种思想，也和对各族文化一样，采取了兼容并包的态度。例如儒、释、道三教就是始终并存的，虽然有的时候也因人主的好恶，不免轩轾。因此，唐人思想比较活泼、言行较少拘束，这就为诗歌创作和流行提供了方便，从而形成唐诗的群众性，大家都爱写诗、爱读诗，这对于唐诗的发达、诗人的成长是不可能不发生积极作用的。其四，唐帝室为了巩固其统治，制定和执行了通过科举从庶族地主中选拔人才的制度，以打破高门大族对仕途的垄断。进士是科举中最贵重的，而进士的考试以诗赋为主要内容，这种决定士子前途的考试和因之而派生的行卷之风，也直接促进了诗歌的创作。最后，就诗歌本身而论，经过八代先驱者的努力，五、七言古诗已经成熟，律、绝诗也基本上跨越了它们的试验阶段，足供唐代诗人自由采用。前辈们积累起来的艺术经验，充分表现了汉语之美的多种样式，都使得他们易于借鉴昔贤、驰骋才力、发抒性灵，来扩大诗的反映面，提高诗的表现力。所有这些原因综合起来，就使得唐诗盛况空前、后难为继。

以下，我们想试将唐诗的流变勾画一个轮廓。

自618年唐帝国建立后，最初三十余年，诗坛上仍旧弥漫着梁陈余风。形式上讲究调声、隶事和内容上沿袭宫体，是其主要特征。只有王绩在追踪晋宋间独来独往因而不免寂寞的陶渊明，他虽以此为后世称叹，但在当时，也同样是寂寞的。

武则天于655年立为皇后。在她当政时期，唐诗也开始呈现了自己的面貌。王勃、杨炯、卢照邻、骆宾王、沈佺期、宋之问和杜审言等，陆续登坛。这些人，在当时封建秩序以及道德规范、审美观念逐渐恢复正常的基础之上，改造了宫体诗，并继承了南朝诗人对于诗形的研究，完成了五、七言律体（包括律化了的绝句——小律诗），完善了七言古体；经过他们的努力，题材和主题由宫廷的淫欲改变为都市的繁华和正常的男女之爱，由台阁应制扩大到江山和边塞；风格也由纤柔卑靡提高到明快清新。

同时，陈子昂却走着与这些人方式上看来相反，而在效果上相成的道路。“四杰”等用改造宫体诗的方法结束了“六代淫哇”，而陈子昂则用从汉魏作家汲取力量的方法来开辟唐诗的疆土。他是一位能够把握住对超现实的向往和对现实的执着这一基本矛盾，并且用新的语言和形象来加以表现的诗人，上承阮籍、曹植，下开李白、杜甫。

如果承认唐诗是中国诗的高峰，那么，就不能不进而承认：盛唐诗乃是这座高峰的顶点。

从玄宗即位到代宗登基（712—763），这半个世纪通常称为盛唐。但在755年安史乱前乱后，诗坛的面貌是并不一样的。在这次战乱以前，诗人们在其创作中都发散着强烈的浪漫气息。这或者表现为希企隐逸，爱好自然；诗中的代表人物形象是隐士。或者表现为追求功名，向往边塞；诗中的代表人物形象是侠少。这实质上也就反映了，他们由于生活道路千差万别的曲折而形成的得意与失意、出世与入世的两种互相矛盾的思想感情。不同的生活道路与不同的生活态度，使他们或者成为高蹈的退守者，或者成为热情的进取者，或者因时变化，两者兼之。前人所谓“盛唐气象”，在很大的程度上，指的就是这种富于浪漫气息的精神面貌。

孟浩然、王维、常建、储光羲等的许多作品都极为成功地描绘了幽静的景色，借以反映其宁谧的心境。这种诗使人脱离现实斗争，但对于热衷奔竞、趋炎附势者流，也具有清凉剂的作用。而其所提供的自然美的享受则是不可代替的。这些人是以写田园山水诗得名的陶渊明、谢灵运、谢朓的后继者。气象的浑穆或有不及，而措语的精深华妙则有过之。其后的韦应物、柳宗元在这方面是他们的追随者。

但王维却在描摹自然、歌颂隐逸之外，还曾将其诗笔扩展到更广阔的生活领域，在另外许多同样成功的篇章中，他反映了当时人们的进取精神和悲壮情怀。王维在高蹈者孟浩然等和进取者高适、岑参、李颀、王昌龄之间，恰好是一座桥梁。所以有些评论家就一方面将其与孟浩然相提并论，合称“王、孟”；而另一方面，又将其与高适等相提并论，合称“王、李、高、岑”。当然，这种提法也包含有对诗歌样式的考虑在内，王维是兼有五、七言古、今体之长的，而“王、孟”并提，偏指五律；“王、李、高、岑”并提，则偏指七古。

集中反映了盛唐时积极进取精神的，是出自王、李、高、岑等人之手的边塞诗。这是从太宗到玄宗这一历史时期，唐帝国由抵抗外来侵略逐步转为对外进行侵略的现实局势中产生的。在这类诗篇中，诗人们塑造了边庭健儿的英雄形象。他们希望保卫祖国，建立功勋，却并不无原则地歌颂战争，往往还反对开边。在写胜利的喜悦或失败的痛苦时，也同时控诉了战争对广大人民和平生活的干扰和破坏。这些诗交织着英雄气概与儿女心肠，极富悲凉慷慨、缠绵婉转之情。其源出于鲍照、刘琨，更上一点，还可以追溯到建安作家群，虽然那时写边塞的作品还很缺少爱情成分。

借隐士和侠少的形象来说明安史乱前的浪漫倾向，并不等于认为当时诗歌中所反映的仅止于这两类人的生活，也决非那些诗人爱写这的，就不写那了。否则，许多繁丽的社会风光和莽苍的边塞景色会出自佛教徒王维和道教徒李颀笔下，而著名的七绝组诗《从军行》和《长信秋词》乃是王昌龄一人的手笔，就不免费解。

但浪漫主义诗歌的最高成就却不能不推李白。自从贺知章称之为“谪仙人”，后人又尊为“诗仙”，这就构成了一种错觉，好像李白之所以伟大，就在他的人和诗具有他人所无的超现实性，这是可悲的误会。事实上，没有一位伟大的浪漫主义者是超现实的，李白何能例外？开元、天宝时代的其他诗人往往在高蹈与进取之间徘徊，以包含得有希冀的痛苦或欢欣来摇荡心灵、酝酿歌吟。李白却既毫不掩盖他那为富贵利禄所吸引的颇为庸俗的一面，同时又因为自己绝对无法接受那些取得富贵利禄的附加条件而弃之如敝屣。他热爱现实生活中一切美好的事物，而对其中不合理的现象毫无顾忌地投之以轻蔑，以平衡内心的矛盾。这种已被现实牢笼，却不愿接受，反过来却想征服现实的态度，乃是后代人民反抗黑暗势力与庸俗风习的一股强大的精神力量。这，也许就是李白的独特性，和杜甫始终以严肃的、悲悯的心情注视、关心和反映祖国、人民的命运那种现实主义精神，也是相反而又相成的。

“安史之乱”是我国封建社会前后期的界标，也是唐代文学发展的一个转折点。活动于开元、天宝时代的重要诗人，除孟浩然外，大都死于乱后。他们都经历了这场由于统治者的昏聩荒淫而造成的带有民族斗争性质的地方军阀叛乱。在乱前，他们当中的多数人为社会表面安定繁荣所迷惑，一意追求自适其适的浪漫生活，乱后却丧失了过那种生活所凭依的许多条件，就转为意志消沉，再也唱不出热烈高昂或优游自在的歌了。而另外少数人，则乱前原就比较清醒。在朝野沉酣中，对潜在的严重危机已有预感，残酷的战争、苦难的环境使他们受到锻炼、教育，使他们在经历危机的同时也产生了希望，使他们终于敢于正视惨淡的人生，坚决地站出来，为祖国的安危、人民的哀乐而高唱。杜甫，就是这少数人中的杰出代表，他以积极的入世精神，勇敢而忠实地反映现实生活。即使在大局极端危急的情况之下，也从来没有失去信心。而其所具有的“尽得古今之体势而兼人人之所独专”的高妙艺术手段，又足以充分地将这种高贵的思想感情表达出来。在我国诗坛上，杜诗的认识作用、借鉴作用、教育作用和美感作用都是难以企及的。这就是后人尊之为“诗圣”，将其作品称为“诗史”的理由。

李诗大源出于《楚辞》，杜诗大源出于《诗经》和汉乐府。二人又在不同方面受到《文选》很深的影响。安史乱前以李白为代表的浪漫主义和乱后以杜甫为代表的现实主义双峰对峙，显示了盛唐之所以为盛。

代宗大历时期（766—779）的作者，由于生活在一个遭受了极大破坏的社会里，物质、精神两方面都未免贫乏。他们既不能如杜甫那样，在困厄之中依然奋发，所以便继承了王维、刘长卿诸人作品中适合于他们生活情调的那一部分，而着眼于写日常生活。时序的迁流、节物的变化、人事的升沉离合等方面的描绘，贯串于悯乱哀时的情绪之中，便形成大历诗歌的基调。诗人们对这些方面具有特殊的敏感，寄以沉重的感慨，体物甚是工致，抒情颇为深刻，因而其作品富有人情味。那是一个从噩梦中醒来却又陷落在空虚的现实里因而令人不能不忧伤的时代，诗人们具有这样的心情，是不足为异的。钱起、郎士元、李端、韦应物、司空曙、卢纶、戴叔伦、李益等的作品，虽然各有自己的个性，却都带有这种烙印。而韦应物之澄淡、李益之悲慨，尤为后人所称赏。

由德宗到穆宗约计四十余年。这时，一度中衰的诗坛又逐渐重振旗鼓，其中宪宗元和时期（806—820）最为兴盛，所谓“诗到元和体变新”。这所谓“元和新体”，按照我们今天的理解，主要指两个诗派：一派以白居易为首，元稹、张籍、王建、李绅等为羽翼；另一派以韩愈为首，孟郊、贾岛、卢仝、李贺等为羽翼（虽然白居易那句诗所说“新体”可能仅指自己的那一派），其源都出于杜甫。从此以后，杜甫在祖国诗坛上的影响就变得非常突出，而且历久不衰。

白派诗人对杜甫的继承侧重在他敢于正视现实、抨击黑暗这一方面，并且进一步努力使自己的语言变得更为通俗流畅，生动感人。他们的乐府叙事诗，无论在内容的广阔上，或组织的复杂、风格的平易上都有所发展，因而容易为读者所爱好和接受。与此相反，韩派诗人则继承了杜甫在艺术上刻意求新、富于创造性的精神，而特别致力于在杜甫胸中笔下还没有来得及开拓的境界。在内容上，他们写险怪，写幽僻，写苦涩，写冷艳，甚至写凶狠。在形式上，他们以散文句法入诗，并且大量使用一些非前人诗中所习见的词语。他们想通过自己的创造，迫使人们同意：诗是可以这样写的。这个愿望，到了宋朝，在理论上和实践上获得了部分诗人的承认。在韩派中，李贺在意境和语言上的创新显得比他家更为突出。除了这两大派之外，柳宗元、刘禹锡也是这一时期有成就的诗人。柳诗峻洁而清腴，模山范水之篇，上承谢灵运。刘诗简练而沉着，讽刺时政之作，下启苏东坡。

文宗到宣宗（827—859）的三十余年里，是杜牧和李商隐活跃的时代。杜牧出于杜、韩，而在风格上将清新峭拔合为一炉方面有新的发展。李商隐则尤长于七律，在这种样式已经杜甫作了多方面开拓之后，还有可喜的发展。他以精心的结构、瑰丽的语言、沉郁的风格发抒自己的身世之感、家国之哀，足以接席杜甫而无愧。虽然有时措意过深，不免晦涩难懂，和李贺一样被人所诟病，但懂与不懂，不单是作者一方面的问题，读者也有一个习惯于新的表现手法的任务。与李商隐齐名的温庭筠，情思才力，都比不上李，但其轻艳的作风对唐末诗人颇有影响。

懿宗即位以迄唐亡（860—906），诗人不少，成就不大。其间不少作者，追踪元、白，以通俗的语言反映社会问题。如杜荀鹤、罗隐、于濆、聂夷中等；还有一些人则以凄婉轻艳的风格伤悼乱离，如司空图、吴融、韩偓、韦庄等。而皮日休、陆龟蒙则每于吟咏个人生活的悠闲时，显出不忘世事的沉痛，有异于其他作家。但这些人都无法和他们的前辈较量了。到了北宋，五、七言古、今体诗才又以一种新的面貌出现。

以上，是对唐诗流变的一个挂一漏万的叙述，聊供读者参考。

时代与时代之间，作家与作家之间，从主体看，盛衰、高下的差别当然是存在的。但就每一位诗人来说，却总有一些很好的或较好的作品，足供后人欣赏。这部《唐诗鉴赏辞典》共收诗一千余篇。出自大家、名家之手，流传万口的名篇，固然都在网罗之列；同时，也采集了不少不见录于一般选本的遗珠。这样，就较为完整地体现了唐诗的风貌。这是值得重视的。至于赏析文字颇有胜解，而且繁简适中；正文之外，又附录了几种有用的资料：也颇有特色，颇为可取。

总之，这是一部有益的书。它反映了我国唐诗研究者近年来在党的“双百”方针指引下，特别是在党的十二大精神的鼓舞下所付出的努力和取得的成就。

它将获得国内外的欢迎是无疑的。

（1982年11月 南京）

行卷对唐代诗歌发展的影响

所谓行卷，就是应试的举子将自己的文学创作加以编辑，写成卷轴，在考试以前送呈当时在社会上、政治上和文坛上有地位的人，请求他们向主司即主持考试的礼部侍郎推荐，[1]从而增加自己及第的希望的一种手段。这也就是一种凭借作品进行自我介绍的手段；而这种手段之所以能够存在和盛行，则是和当时的选举制度分不开的。

[1] 唐初的科举考试，本由考功员外郎主持，从开元二十四年（736）以后，才改由礼部侍郎主持，并成为定制。偶尔由其他官员主持，则称为“权知贡举”，表示是一种特殊情况。关于由考功员外郎改归礼部侍郎主持的缘由，据《唐摭言》卷一“进士归礼部”门的记载，是因为“庭议以省郎位轻，不足以临多士，乃诏礼部侍郎专之矣”。刘肃《大唐新语》卷十《釐革》篇所记同，盖即《唐摭言》所本，惟礼部误作吏部。

原来，唐代科举考试的试卷是不糊名的。[1]因为不糊名，所以某年某科有谁参加考试、哪本试卷属于谁，都是公开的。这就使得主试官除了评阅试卷之外，还有参考甚至完全依据举子们平日的作品和誉望来决定去取的可能；也使得应试者有呈献平日的作品以表现自己和托人推荐的可能；也使得主试官的亲友有代他搜罗人才，加以甄别录取的可能。洪迈《容斋四笔》卷五“韩文公荐士”条云：

> 唐世科举之柄，专付之主司，仍不糊名。又有交朋之厚者为之助，谓之通榜。故其取人也，畏于讥议，多公而审。亦有胁于权势，或挠于亲故，或累于子弟，皆常情所不能免者。若贤者临之则不然，未引试之前，其去取高下，固已定于胸中矣。

这段话比较扼要地指出了在试卷不糊名这种制度之下出现的种种情况。我们知道，唐代的科举制度是由魏、晋的九品中正制嬗变而来的，而九品中正制的举人，虽然往往是极不公正的，却同时也是公开的而非秘密的。唐代的科举考试采取了试卷不糊名的方式，使主试官得以审查应试者

[1] 关于唐、宋时代科举考试由不糊名而糊名的情况，详见顾炎武《日知录》卷十七“糊名”条及黄汝成《集释》。唐制，举子在礼部通过考试后，称为选人，他们还要在吏部通过一场释褐试，才能担任官职。武后时，曾“救吏部糊名考选人判，以求才彦”（《旧唐书·刘宪传》），“策贤良方正，诏吏部尚书李景谌糊名校复”（《新唐书·张说传》），随后又“以为非委任之方，罢之”（《新唐书·选举志》）。这都是属于吏部考试选人，而非属于礼部考试举子的事。所以顾炎武特地指出：“糊名已用之选人，而未尝用之贡举。”有些著作，如吕思勉《隋唐五代史》第二十章第五节《选举》上及陈登原《国史旧闻》卷二十七第三百二十七条《科举关防》都将礼部试终唐之世未尝糊名与吏部试在武后时一度糊名混为一谈，是不对的。

平素在学业上的表现，可能是九品中正制遗留下来的影响。另外，将自己的作品送请有地位、有学问的人看，希望得到他们的揄扬或教益，这也原是古已有之的。[1]不过到了唐代，文士们更利用了这种办法来为争取进士登第服务。这就使之形成一种风尚，有别于通常的投送卷轴，而且出现了“行卷”这个专称。

现在，让我们仍从诗歌谈起。在现存唐人诗作中，可以考知其曾被作者用来行卷的还有一些。但最集中地反映了唐人行卷诗的面貌的，则是一部在编辑过程和去取宗旨都发生过异说、引起过争论的唐诗总集——《唐百家诗选》。基于这一情况，通过对这部书的探究来说明唐代诗人行卷之作的价值以及行卷这种风尚对唐代诗歌发展的影响，是比较合适的。

王安石《〈唐百家诗选〉序》云：

> 余与宋次道同为三司判官时，次道出其家藏唐诗百余编，诿余择其精者。次道因名曰《百家诗选》。废日力于此，良可悔也。虽然，欲知唐诗者，观此足矣。

这篇短文是说明这部总集来历的第一手资料，它又载于《临川文集》卷八十四，措词也没有任何含混的地方。然而

[1] 试举一个有名的例子。《世说新语·文学》篇：“钟会撰《四本论》始毕，甚欲使嵇公一见，置怀中既定，畏其难，怀不敢出，于户外遥掷，便面急走。”（末句，有些本子作“便回急走”，《太平御览》卷三百六十五及卷三百九十四引作“面便走”，我初以为，别本均较可通。后日本村上哲见教授赐告：“这四字还是以通行本为妥。《汉书·张敞传》有‘以便面拊马’句，颜师古注云：‘便面，所以障面、盖扇之类也。不欲见人，以此自障面，则得其便，故曰便面，亦曰屏面。’”村上教授的意见是正确的。谨著于此，并表谢意。）

由于如《四库全书总目提要》卷一百八十六所说“是书去取，绝不可解”，所以“自宋以来，疑之者不一，曲为解者亦不一”。即以宋人诸异说之涉及编辑过程者而论，则王先谦刊本晁公武《郡斋读书志》卷十九说此书乃宋敏求原编，王安石“观之，因再有所去取”，于是大家便认为是王安石所编的了。朱弁《风月堂诗话》卷下则说，王安石借阅宋氏所藏唐诗，“过眼有会于心者，必手录之”，有人便将这个手抄本刻了出来，并不是王的本意。邵博《邵氏闻见后录》卷十九引晁说之之说及周辉《清波杂志》卷八的记载则更为离奇。他们说，王安石选唐诗时，是就宋敏求家藏的唐人诗集“择善者签帖其上”，再令当时任职的群牧司中的小吏抄录的。小吏懒得多写，就将长诗上的签条移在原来未选的短诗上（晁说），或者是将长篇干脆删去（周说），王安石也不复查，就刻了出来。所以这部题为王安石选的诗集，实际上是“群牧司吏人”选的。这些说法，余嘉锡《〈四库提要〉辨证》卷二十四均已加以考证、批判，从而完全确定了此书的编辑者是王安石。这对我们是有帮助的。他又指出“后人之于是书所以议论纷纷者，其故有二”：一是“因其于李、杜、韩及诸名家之诗，皆不入选，读者求其故而不得”；二是因为“就此百余家之中，其脍炙人口者多不入选，而所选者或不厌人意，读者以其去取不可解，疑不尽出于安石之手”。其所概括也基本上符合事实。但余嘉锡解释这两点时，认为前者是由于此书所选，只以从宋敏求家中借来的罕见本为范围，本来不准备包括当时所有的唐代诗集；后者是由于王安石“读书别有冥契，往往性之所独嗜，非众人所能解”。则其说有得有失，不够完满具足。因为他只着重地考证了此书资料出自宋敏求所藏，编选出自王安石之手；而忽略了宋敏求所藏的是一些什么样的资料，在那样一些资料的制约之下，这部诗选又必然会呈现一种什么样的面貌这个重要问题。

《沧浪诗话·考证》云：

> 王荆公《百家诗选》，盖本于唐人《英灵间气集》。其初明皇、德宗、薛稷、刘希夷、韦述之诗，[1]无少增损，次序亦同。孟浩然止增其数。储光羲后，方是荆公自去取。前卷读之尽佳，非其选择之精，盖盛唐人诗无不可观者。至于大历以后，其去取深不满人意。况唐人如沈、宋、王、杨、卢、骆、陈拾遗、张燕公、张曲江、贾至、王维、独孤及、韦应物、孙逖、祖咏、刘眘虚、綦毋潜、刘长卿、李长吉诸公，[2]皆大名家，——李、杜、韩、柳[3]以家有其集，故不载，——而此集无之。荆公当时所选，当据宋次道之所有耳，其序乃言“观唐诗者，观此足矣”，岂不诬哉！

这段话中的评论部分，牵涉到严羽论诗独尊盛唐的问题，不属本题范围，这里无须加以讨论；其叙述部分，则告诉了后人一件事实，即这部诗选的前一部分，系全无更动地

[1]《〈沧浪诗话〉校释》云：“《（诗人）玉屑》于‘刘希夷’下有‘王适’二字。”
[2]《校释》云：“《玉屑》无‘张燕公’三字。”
[3]《校释》云：“《玉屑》‘韩、柳’下有‘元、白’二字。”

录自某一唐诗总集。郭绍虞《校释》云：

> 殷璠有《河岳英灵集》，高仲武有《中兴间气集》，皆唐人选唐诗。沧浪所谓《英灵》《间气集》，当指此。惟《英灵集》所选无明皇、德宗、薛稷、刘希夷诸人之诗，《间气集》所录，更不及初、盛，不知沧浪所谓“无少增损，次序亦同”者何指？

郭先生此之所释，按而不断，自是前辈学人审慎的态度。但今存唐人选唐诗既无一与《唐百家诗选》卷一所载明皇诸人之作在家数、篇目及次序上相合，而严羽的话又说得十分明确，绝不含糊，那么，剩下的就只有一个可能，即他将今天我们所看不到的另外一部唐诗总集误记为《英灵间气集》了。(《河岳英灵集》及《中兴间气集》这两部书的名字，在严羽的误记中变成了《英灵间气集》，并将它当作了那一部今天我们所看不到的唐诗总集的名字。）此外，此书卷六还收入了元结选编的《箧中集》全书，即沈千运等七人的作品二十四首，[1]也是家数、篇目及其先后次序都无更动，足为严羽所说《唐百家诗选》采录其他总集时，“无少增损，次序亦同”的佐证。由此可见，此书的第一卷至第四卷储光羲止，是出自严羽误记为《英灵间气集》的某一唐人选唐诗总集，而第六卷自沈千运起至元季川止，则出自《箧中集》。

至于从第四卷的崔国辅起（除去第六卷中的《箧中集》

[1] 此点王士禛早已指出，出张宗楫编《带经堂诗话》卷四。

二十四首），即严羽所称为“是荆公自去取”的其余大部分，则另外有一个主要来源。前引《云麓漫钞》卷八谈到唐代举子行卷，曾云：“至进士则多以诗为贽，今有唐诗数百种行于世者是也。”接着，赵彦卫就指出了这些诗卷也正是《唐百家诗选》的原材料：

> 王荆公取而删为《唐百家诗》。或云：“荆公当删取时，用纸帖出付笔吏，而吏惮于巨篇，易以四韵或二韵诗，公不复再看。”余尝取诸家诗观之，不惟大篇多不佳，余皆一时草课以为贽，皆非其得意所为，故虽富而猥弱。今人不曾考究，而妄讥刺前辈，可不谨哉！

赵彦卫虽然没有宣布他肯定《唐百家诗选》出于进士行卷的直接根据（例如说某人之诗，出于某年应举时献给某位显人的行卷，等等），但今天却存在着一些有利于这种说法的证据，间接的和直接的都有。第一，唐人的举业，不论是闱中之作或行卷之文，在宋代还保存得不少。如《郡斋读书志》卷二十著录《唐赋》二十卷，解题云：“右唐科举之文也，萧颖士、裴度、白居易、薛逢、陆龟蒙之作皆在焉。”这还是经过后人编辑的，并非闱中之作或行卷的原物。其完全是原物的，则如叶梦得《石林燕语》卷十所载：“王禹玉作庞颍公神道碑，其家送润笔、金帛外，参以古书、名画三十种，杜荀鹤及第时试卷亦是一种。”唐代名人的试卷，在宋代已被视为文物，与古书、名画同列，其行卷当然也会同样受到重视，加以保存。今传宋代官、私目录中所著录的卷帙不多的唐人诗文集，其中尽有本系行卷之作而没有标明的。如《皮子文薮》虽著录于《郡斋读书志》卷十八及陈振孙《直斋书录解题》卷十六，然二书均不言其用以行卷，即是一证。其指明系行卷之文的，则晁《志》、陈《录》同卷所载秦韬玉《投知小录》三卷及陈《录》同卷所载顾云《凤策联华》三卷，皆是。第二，宋敏求收藏的唐人诗集中包含为数很多的行卷之作也完全是可能的。这不仅因为他是北宋时代著名的藏书家，《宋史》本传曾称其所藏达三万卷之多，朱弁《曲洧旧闻》卷四也说："其家藏书皆校三五遍，世之蓄书者，以宋为善本。居春明坊，昭陵时，士大夫喜读书者，多居其侧，以便于借置。"而且从宋敏求编撰的一些书籍如《唐大诏令集》《长安志》等看来，他的收藏还是有重点的，以今天的术语来说，便是有一些专藏，否则便很不容易编撰出那一类需要非常丰富的资料的书籍来。以此推之，宋敏求的专藏中也许包括有唐代进士的诗歌行卷。赵彦卫或者得之于先辈旧闻，或者在他那个时代，行卷和一般诗集还比较容易辨别，他也见过一些唐人行卷，因而在阅读《唐百家诗选》时，便发现了它的来源。总之，他说唐代进士的诗歌行卷是这部唐诗总集的主要来源，应当是有征可信的。第三，从《唐百家诗选》所载诗人的出身加以分析，也足以证明《云麓漫钞》的话不为无据。此书共收了一百〇四位诗人的作品，除了卷一至卷四中明皇迄储光羲计十一人之作出于严羽误记为《英灵间气集》的某一唐人选唐诗总集，卷六中沈千运迄元季川计七人之作出于《箧中集》而外，还有八十六位诗人的作品。在这八十六人中，进士及第者六十二人，[1]曾应进士举而不第者十五人，[2]共七十七人，占百分之八十九强。其余九人，[3]即另外的百分之十一弱，除少数人是确知其不曾应进士举的之外，[4]多数则只知其不曾进士及第，不能确定其是否曾经应举，也许其中还有应过举而失于记载的人。由此可见，这八十六位诗人，绝大多数是与进士词科有关的人物。他们的诗，必然有一些是专门为了行卷而写的，还有许多则是通过行卷这种特殊风尚才流传开来的。这些行卷，当时曾在社会上流传，诗人身后，又被当作文物而加以保存，这也就为宋敏求能够较多地搜集他们这类作品成为一种专藏提供了可能性。第四，除了上述这些旁证之外，还有一条本证，就是用《唐百家诗选》卷十八所选皮日休诗与《皮子文薮》卷十所收诗歌核对，前者所选即后者《杂古诗》十六首中的最后六首，其中个别文字虽不相同，但篇题和次序却完全一样，可见《唐百

---

[1] 他们是：崔国辅、崔颢、陶翰、常建、王昌龄、李颀、戎昱、李嘉祐、姚系、蒋涣、陈羽、杨衡、戴叔伦（《唐史馀瀋》卷二“戴叔伦贞元进士”条疑叔伦非进士科出身，似不足信）、郎士元、钱起、司空曙、耿湋、李端、熊孺登、张继、包佶、包何、鲍防、皇甫冉、刘商、羊士谔、窦常、窦牟、窦庠、窦巩、杨巨源、王建、武元衡、令狐楚、朱庆馀、赵嘏、许浑、项斯、李频、李远、雍陶、章碣、施肩吾、章孝标、马戴、高蟾、崔涂、李郢、薛逢、郑畋、薛能、秦韬玉、皮日休、刘沧、曹邺、曹松、刘驾、张蠙、王驾、杜荀鹤、吴融、韩偓。

[2] 他们是：雍裕之、卢纶、于武陵、长孙佐辅、张碧、于鹄、贾岛、陈陶、李群玉、刘得仁、罗邺、曹唐、张乔、崔鲁、方干。

[3] 他们是：殷遥、张登、李约、窦群、刘言史、李涉、卢仝、张祐、刘威。

[4]《唐才子传》卷四“刘言史”条称其“不举进士”。

家诗选》所选皮日休的作品，即系取之于《文薮》，而此书如前所论，正是作者手编的行卷之文。那么，赵彦卫所说，王安石选这部总集时，曾取资于唐人行卷，并非无稽之谈，也就很清楚了。

当然，证明了这部诗选曾经使用了许多唐代进士行卷作为原材料，丝毫也不包含它除了上面提到过的采录了那两部总集——所谓《英灵间气集》及《箧中集》——之外，其余入选诗人的作品全是行卷之文的意思。如卷二十收韩偓诗五十九首，几乎全是这位诗人贵仕及南迁以后之作，卷十四收刘言史诗十七首，而这位诗人则是不曾应过进士举的。凡此之类，都与行卷无关。其中也有某些诗人的作品，就入选的多数篇章看来，可能是曾经用来行卷的，但又显然有写在及第服官以后的诗夹杂其间，如卷五中王昌龄诗即收有其左迁龙标尉时经过泸溪所作的《箜篌引》。这种现象的存在，大概与入选诗人的集子有复本有关。我们设想，宋敏求将家藏唐人诗集交给王安石选择时，其中大多数是行卷，而少数则不是（如上举刘言史、韩偓的诗集）；在这少数非行卷的诗集中，又有一部分是和行卷诗集同出某人之手，而且其中篇目也存在互为出入的情况。王安石曾据以参校，补充收录，因而《唐百家诗选》中那七十多位进士的作品，除少数例外，其主要来源虽然是行卷，其中却往往也杂以登第及做官以后之作了。书中偶尔校录了一些异文，（如王昌龄的《和振上人秋夜怀士会》的“高兴发云端”句，末二字下校云：“一作岩峦。”）正是这个选本所依据的某些诗人的集子不止一个底本的证据。尽管有上述这些情况存在，但《唐百家诗选》主要取材于唐人行卷这个结论，还是并不远于事实的。

正因为这部诗选不但如余嘉锡所指出的，只以宋敏求的藏本为取材的范围，而且还如赵彦卫所指出的，这批藏本多数是唐人的行卷，而非每一位诗人的全集，所以王安石在选择的时候，除了如余嘉锡所说的，要在主观上受他自己的美学观点及艺术趣味的制约之外，在客观上还必须受这批原材料的制约。对于王安石来说，这原是偶一为之的事情。这位有抱负的政治家因为“废日力于此”，还感到“可悔”，可是后来的论者却将他当作一般的选家那样来要求，责怪他（或者为他开脱）为什么在全部唐诗中放弃了某些重要作家，在每个作家中又遗漏了某些优秀作品，而通不理会《唐百家诗选》何以会形成现有的独特面貌，因之意见虽多，就都不免近于无的放矢、隔靴搔痒了。当然，王安石自序最后那句不够实事求是的话，以及序文过于简略，都容易引起人们的猜度和误会，这些情况也是应当加以估计的。

如果明白了《唐百家诗选》取材的主要来源是什么，并且依据这一前提，不再以反映唐代整个诗歌风貌及每位诗人全部的、最高的成就来要求这部选本，那我们就还得感谢宋敏求和王安石，感谢他们为今天研究唐代进士行卷这种风尚对于诗歌的发展有无促进作用，提供了可贵的史料，并且对于这个问题做了肯定的答复。

我们考察一下这部诗选中与进士科举有关的七十多位诗人的作品，除去其中确知其非行卷之作的那一部分，还可以看到许多思想性较强、艺术性较高、脍炙人口、传诵至今的篇章，如崔颢《黄鹤楼》，王昌龄《长信怨》《出塞》，李颀《古从军行》《古行路难》，戴叔伦《女耕田行》，卢纶《和张仆射塞下曲》，张继《枫桥夜泊》以及王建的一部分新乐府等等，都在其中。其余在当时的水平线以上的诗，则更不在少数。大历以后，由于整个诗风的逐渐衰落，因此收在本书中的若干作品，也显得“猥弱”一点，但它们大体上还是和那个时代的那些作家的整个水平相适应的。

至于在《唐百家诗选》以外的事例，则如《幽闲鼓吹》载李贺曾以《雁门太守行》向韩愈行卷，《云溪友议》卷上“江都事”条及《唐诗纪事》卷三十九“李绅”条载李绅曾以《古风》向吕温行卷，其中包括有著名的《悯农》诗。又《北梦琐言》卷二云：

> 咸通中，礼部侍郎高湜知举。榜内孤贫者公乘亿，赋诗三百首，人多书于屋壁。许棠有《洞庭》诗，尤工，诗人谓之“许洞庭”。最奇者有聂夷中，河南中都人，少贫苦，精于古体，有《公子家》诗云：“种花于西园，花发青楼道。花下一禾生，去之为恶草。”又《咏田家》诗云：“父耕原上田，子斸山下荒。六月禾未秀，官家已修仓。”又云：“锄禾日当午，汗滴禾

> 下土。谁念盘中餐，粒粒皆辛苦。”[1]又云：“二月卖新丝，五月粜新谷，医得眼前疮，剜却心头肉。我愿君王心，化为光明烛，不照绮罗筵，只照逃亡屋。”所谓言近意远，合《三百篇》之旨也。盛得三人，见湜之公道也。

我们揣度孙光宪的语意，其所标举的聂夷中等三人的诗，也是作者曾经用来行卷，因而得名及第的。诸如此类，自然也同样地足以证实：行卷之诗，确有佳作；行卷之风，确有助于诗歌的发展。

[1] 此篇亦作李绅诗，见上引《云溪友议》《唐诗纪事》及《全唐诗》卷四百八十三李集。

论唐人边塞诗中地名的方位、距离及其类似问题

一

边塞是唐诗中习见的主题和题材。诗人们根据自己直接的和间接的生活经验写出来的边塞诗，为数不少。其中有许多是写得非常好的，千百年来，一直传诵人口。

既然是边塞诗，当然会在诗中使用一些边塞地名，包括当时的和过去的、中国的和外国的、汉族的和非汉族的。在这方面，有一个值得加以探索的问题是：在某些诗篇（其中包括了若干篇边塞诗的代表作品）里所出现的地名，常常有方位、距离与实际情况不相符合的情况。现在，我们举一些著名的作品为例，将这一现象加以说明，并试拟一个答案如次。

去年战，桑乾源；今年战，葱河道。洗兵条支海上波，放马天山雪中草。匈奴以杀戮为耕作，古来惟

见白骨黄沙田。秦家筑城备胡处，汉家还有烽火燃。烽火燃不息，征战无已时。野战格斗死，败马号鸣向天悲；乌鸢啄人肠，衔飞上挂枯树枝。士卒涂草莽，将军空尔为。乃知兵者是凶器，圣人不得已而用之。

——李白《战城南》

这首诗中出现了四个地名。前两个是当时实际上发生过战争的地方。桑乾就是发源今山西省北部，东流入河北省境内的桑乾河。葱河指今新疆维吾尔自治区西部的葱岭河，即喀什噶尔河与叶尔羌河流域一带。天宝元年（742），王忠嗣三败奚怒皆于桑乾河。天宝六载（747），高仙芝远征吐蕃，曾经葱岭，沿途以武力开辟道路。诗中所咏，即此二事。两次战役相距五年，说“去年战”“今年战”，不过极言战事之频繁而已。[1]后两个地名则是用来泛写当时战争气氛之浓厚的。天山即今新疆境内的天山。条支是当时西域国名，位于今伊拉克国境的底格里斯河与幼发拉底河之间，其地古有大湖，通波斯湾，条支海或即指此。天山山脉虽说分布很广，但究在葱岭附近。高仙芝的部队在那里放马，是完全可能的。至于条支，虽说她曾屡次对唐朝贡，唐朝并曾一度设置都护府于其地，因而也可以说是声威所及的地方，[2]但将在这个邻近波斯湾的远海洗兵与在天山放马并举，总觉相距过远。

汉家烟尘在东北，汉将辞家破残贼。男儿本自重

[1] 参詹瑛《李白诗文系年》“天宝六载”条及舒芜《李白诗选》本诗注。
[2] 参邓之诚《中华二千年史》卷三《唐代诸族简表》。

横行，天子非常赐颜色。摐金伐鼓下榆关，旌旆逶迤碣石间。校尉羽书飞瀚海，单于猎火照狼山。山川萧条极边土，胡骑凭陵杂风雨。战士军前半死生，美人帐下犹歌舞。大漠穷秋塞草腓，孤城落日斗兵稀。身当恩遇常轻敌，力尽关山未解围。铁衣远戍辛勤久，玉箸应啼别离后。少妇城南欲断肠，征人蓟北空回首。边庭飘飖那可度，绝域苍茫更何有，杀气三时作阵云，寒声一夜传刁斗。相看白刃雪纷纷，死节从来岂顾勋？君不见，沙场征战苦，至今犹忆李将军。

——高适《燕歌行》

诗序云："开元二十六年（738），客有从御史大夫张公出塞而还者，作《燕歌行》以示适，感征戍之事，因而和焉。"考张公即张守珪，据史，开元二十二年六月，他曾大败契丹，十二月，斩契丹王屈烈及可突干；二十三年三月，赴东都献捷，赏赐甚厚；二十四年三月，他使安禄山击奚、契丹，败还；二十五年二月，他再破契丹于捺禄山。[1]诗篇就是以这些事实为基础进行创作的。榆关即今河北省东部的山海关。碣石之名，最早见于《尚书·禹贡》，其位置古来不一其说，就本诗而论，则它应当就是今河北省昌黎

[1]《资治通鉴》卷二百十四、高步瀛《唐宋诗举要》卷二本诗注引《旧唐书·玄宗纪》及《张守珪传》所述略同。高氏复云："《传》又曰：'二十六年，守珪裨将赵堪、白真陁罗等，假以守珪之命，逼平卢军使乌知义令率骑邀叛奚余众于湟水之北，……初胜后败，守珪隐其败状而妄奏克获之功，事颇泄，云云。'达夫此诗，盖隐刺之也。"按：本诗只歌颂了一般将士之忠勇苦辛，揭露了主将之骄奢淫佚，并没有描写或暗示张守珪贪功讳败、欺骗政府的行为，则高适作诗时，是否已经知道湟水之役这一事件的内幕，尚是问题。姑记所疑于此，以俟更考。

县东南的碣石山。蓟北，指蓟州以北。唐河北道蓟州治渔阳县，亦称蓟门，故城在今北京市密云县西南。奚族的故地在今河北省北部及辽宁省南部长城以外地区（即旧热河省东南部），契丹故地在今内蒙古自治区中部（包括旧热河省东北部）。张守珪当时担任着幽州节度使，从范阳（今北京）出兵和奚、契丹作战，取道碣石以出榆关，征人思乡，则从蓟北回首，这都是符合当时情势的。在这篇诗中，和上述三个地名发生矛盾的是大漠、瀚海和狼山。大漠和瀚海在这里是同义语，指今内蒙古自治区中部到西部的沙漠地带，它们位于奚、契丹的西边，按照唐人从沿海进军的道路，是不可能也不必要飞羽书于瀚海的。至于狼山，也就是狼居胥山，则更是远在今内蒙古自治区西部乌兰察布盟境内，与奚、契丹全然无涉。由此可见，后举三个地名乃是用典而非写实，即以汉人和匈奴作战，暗喻张守珪和奚、契丹作战。榆关、碣石等地名是一个现实的系统，而瀚海、狼山等地名则是一个比拟的系统。但四句连贯而下，浑然一气，只有细加寻绎，才能使人感到在方位上有问题。

> 青海长云暗雪山，孤城遥望玉门关。黄沙百战穿金甲，不破楼兰终不还。
>
> ——王昌龄《从军行》

王昌龄这一组诗原有七首，是对唐代西北边境战争的泛咏，所写的空间较为广阔，是可以理解的。但局就此诗而论，则仍然存在着与上举两诗同样的问题。青海就是位于今青海省，古名鲜水或西海、仙海的内陆湖泊，今通称青海湖。

雪山位置，诸书所说不一，但从诗中所写来看，则以系指横亘于青海与玉门关之间的祁连山较为恰当。玉门关是汉、唐两代通西域的要道，其位置曾有迁移，今不详说，总之，是在今甘肃省西部。[1]汉楼兰国故地则在今新疆维吾尔自治区若羌县西。青海之名，始于北朝。所以本诗地名是汉、唐兼用的，正如这组诗所写敌人既有为汉所破之楼兰，也有为唐所破之吐谷浑一样。但此诗既云破楼兰，就事论事，我们就不能不考虑到，这支部队没有从青海出发，越过雪山，再出玉门关的必要；它完全应当走汉以来通西域的老路，经过武威、张掖、酒泉等地以出玉门关。同时，有一座“阴阳割昏晓”的雪山亘在当中，由青海西望玉门关，是不可能的，且不说它们之间的距离也太远了。

> 胡角引北风，蓟门白于水。天含青海道，城头月千里。露下旗蒙蒙，寒金鸣夜刻。蕃甲锁蛇鳞，马嘶青冢白。秋静见旄头，沙远席萁愁。帐北天应尽，河声出塞流。
>
> ——李贺《塞下曲》

这首诗也是泛咏边塞的。其中地名蓟门、青海，已见前释。青冢是王昭君墓，在今内蒙古自治区呼和浩特市南。出塞黄河，则在呼和浩特市的西南流过，再入长城，作为山西和陕西两省的天然分界线。从诗中地名可以看出，只有青冢与黄河距离很近，蓟门远处青冢之东，青海则位于更其

[1] 参向达《两关杂考》，载论文集《唐代长安与西域文明》；劳榦《两关遗址考》，载《历史语言研究所集刊》第11本。

辽远的西方，彼此不相及。

以上所举四个例子，可以分为两类。第一、二例是诗人根据某个特定的事件写出来的；第三、四例则是比较概括地反映了当时在边塞戍守和作战的军人们的生活和思想感情。而其中的地名在方位、距离上，都存在着矛盾现象，则是它们的共同之处。

很显然，这不能用诗人们没有亲身经历过那些地方，因而对地理有所不明来解释；更不能用诗人在这方面的知识不够来解释，因为他们都是博极群书的饱学之士，而且有的人还亲自到过边塞，具有或多或少的边塞生活经验。如像王琦《李长吉歌诗汇解》卷四论《塞下曲》所云："蓟门、青海、青冢皆相去甚远，不在一方。读者赏其用意精奥，自当略去此等小疵。"这种简单化的说法，是我们所难以同意的。

在高步瀛《唐宋诗举要》中，对这种现象有比较合理的看法。如卷八说《从军行》云："破楼兰不必至青海，此不过诗人极言之耳。"但其书是选注之作，限于体例，无从对这一问题详加论列，因而我们还有另作一个比较完整的答案的必要。

二

从古今中外的文艺史实来看，作家们在其创作实践中，有意识地改变自然的或社会的生活真实，并不是十分罕见的事情。因而我们所能看到的，就不止于唐代边塞诗的地名有方位不合、距离过远这种现象。苏联季摩菲耶夫教授在其所著《文学概论》第四章中，就举出过一些类似的事例，并将其提到理论的高度来加以说明。他曾经举出歌德在其与爱克曼谈话中所谈到的荷兰画家鲁本斯的一幅风景画和莎士比亚的剧本《麦克白》中某些细节的自相矛盾，认为：

在许多情况中，作家为了使他所要描写的现象更鲜明地突出，甚至可以违反生活事件的原有次序，借以加强作品的普遍的真实性，获取更大的感动力。歌德曾经举过特出的例子来显示艺术家在处理生活上的这种大胆。他指出在鲁本斯的画中，有些人物的阴影投向画里，有些树丛却把阴影投向看画的人，就好像光线是来自两个相反的方向；他又指出莎士比亚的麦克白夫人在一幕剧里有小孩，但在另一幕剧中又好像没有。歌德说，莎士比亚是企图："……给出对于某一场合最鲜明的和最有效的东西"，"诗人使他的人物每一次都说出那使某种场合能够引起最强烈的印象的话，而不顾拘谨的人们的吹毛求疵——即：是否这些话和他在别处所讲的有显著的矛盾"[1]。

接着，季摩菲耶夫补充说：

这是和以下的事实相关联的，即：作家因为对生

[1] 这次谈话，朱光潜先生曾译出全文，载《世界文学》1959年7月号。又《学术月刊》1963年第4期所载余渊《歌德论自然与艺术的关系》对于这个问题也有所论述，均可参考。

> 活现象有所选择，可以对事实中的某些环节置之不顾。因此，举例说：德尔曼曾经指出，高尔基在《阿托莫诺夫一家的事业》中有这样的错误，就是：娜塔利亚没有脱衣便睡觉了，可是起来时，她“赤着脚，穿着一件衬衣很快地下了地”。一开始，对于她的情况这样地指明是很重要的：她“激动得疲乏了，没有脱衣便睡倒”，可是按照她此后的情况来说，她又必须来不及穿衣便向母亲那儿跑去。这里的问题是：作家必须选择具有代表性的细节来描写，借以加强对某个人物的情况的理解。是否高尔基必须写出，娜塔利亚睡着，而且脱了衣服？在评论这类细节时，从局部着眼是很危险的，因为这些细节本来没有单独的意义，它们只为了陪衬作家在某一处想描写的东西而被写出来。[1]

这里所举出的事例是相类的，其所作的解释也是合理的。但为了使这一问题解决得完满具足，我们无妨多举一点事例，再说一点理由。

沈括《梦溪笔谈》卷十七云：

> 书画之妙，当以神会，难可以形器求也。世之观画者，多能指摘其间形象位置、彩色瑕疵而已。至于奥理冥造者，罕见其人。如（张）彦远《画评》言，王维画物，多不问四时，如画花，往往以桃、杏、芙蓉、莲花同画一景。余家所藏摩诘画《袁安卧雪图》，

[1] 查良铮译，平明出版社本，第155-157页。

有雪中芭蕉。此乃得心应手，意到便成，故造理入神，迥得天意，此难可与俗人论也。

我们不能拿今天的理论水平来要求北宋时代的人物，却必须肯定沈括对于王维这种“不问四时”的画法的肯定。可是，“黑漆断纹琴”的“俗人”总还是有的。朱翌就是一个。其《猗觉寮杂记》卷上说：“《笔谈》云：王维画入神，不拘四时，如雪中芭蕉。故惠洪云：‘雪里芭蕉失寒暑。’[1]皆以芭蕉非雪中物。岭外如曲江，冬大雪，芭蕉自若，红蕉方开花。知前辈虽画史亦不苟。洪作诗时，未到岭外。存中（沈字）亦未知也。”

其实，朱翌这种论证是徒劳的。因为据《后汉书·袁安传》李贤《注》引《汝南先贤传》，袁安卧雪的故事发生在洛阳。岭南有雪里芭蕉和洛阳有无雪里芭蕉是两回事，如果说王维是借岭南景物以写洛中高士，那又不符合这位批评者所要求的“不苟”了。同时，这一说法又怎样使人对画家将春天的桃、杏，夏天的莲花，秋天的芙蓉同作一景的理由进行类推呢？难道世界上也真有一个这四种花儿同时开放的地方和季节吗？[2]

正是为了要突出大自然的生机蓬勃、各种花卉生命力

[1] 释惠洪《冷斋夜话》卷四“诗忌”条：“诗者，妙观逸想之所寓也，岂可限以绳墨哉？如王维作画，雪中芭蕉，诗法眼观之，知其神情寄寓于物，俗论则讥以为不知寒暑。……余尝与客论至此，而客不然吾论。余作诗自志其略曰‘……雪里芭蕉失寒暑，眼中骐骥略玄黄’云云。”即朱翌此处所指。

[2] 朱翌以外，类似的意见还不少。参钱锺书《谈艺录》，“（论右丞画）雪里芭蕉”条。

的旺盛，画家才有意识地在艺术境界里突破了客观规律的限制，将不可能在同一季节开放的花儿绘制在统一的画面中，形成一个百花齐放的局面，从而更其充分地表现了画家的理想，也满足了人们对于美丽的大自然的爱好。同样，为了要突出地表现袁安宁愿僵卧雪中挨饿，也不肯在大家都困难的时候去乞求帮助，增加别人的负担这一主题，画家实写了雪景，也写了当地雪中所不可能有的翠绿色的芭蕉，以象征主人公高洁的性格，显示出他在饥寒交迫的环境中，也没有被困难所压倒的精神。这样，就比只一般地去写出雪中萧索寒冷的景象，更其有效地塑造了袁安的形象和表现了作品的主题。由此可见，王维之所以这样做，乃是基于他自己对艺术创造的深邃的体会，是他在实践中“外师造化，中得心源”[1]的结果。

在《红楼梦》里，也存在着类似的情况。俞平伯《红楼梦研究》中专有一章，题为《〈红楼梦〉地点问题底商讨》，结论认为：“《红楼梦》所记的事应在北京，却参杂了许多回忆想象的成分，所以有很多江南的风光。”这个结论是我们所同意的。

成为江南风光突出的表现的，是书中所写栊翠庵的红梅花。第四十九回的回目是“琉璃世界，白雪红梅”，文字则有如下一段（据脂本）：

（宝玉）忙忙的往芦雪庵来，出了院门，四顾一

[1] 张彦远《历代名画记》卷十载唐张璪语。

望，并无二色。远远的是青松翠竹，自己却如装在玻璃盒内一般。于是走至山坡之下，顺着山脚刚转过去，已闻得一股寒香拂鼻。回头一看，恰是妙玉门前栊翠庵中有十数株红梅，花开的如胭脂一般，映着雪色，分外显得精神，好不有趣。

接着，第五十回又写了薛宝琴等人作《咏红梅花》的诗，并由宝玉去庵中向妙玉讨了一枝梅花，“这枝梅花只有二尺来高，旁有一横枝纵横而出，约有五六尺长。其间小枝纷披，或如蟠螭，或如僵蚓，或孤削如笔，或密聚如林，花吐胭脂，香欺兰蕙”。

但是，并不是人人都同意《红楼梦》中存在着这些“回忆想象的成分”的。他们有的举出许多书证，考出“北方亦可植梅”[1]，有的则认为“雪芹原文但云十数株梅，不但未言‘成林’，亦并未言定非盆中所植”[2]。总之，是企图肯定这部小说在细节描写上的绝对真实性。这些意见，后来又招致了俞先生在《读〈红楼梦〉随笔》第六条中的驳正。

我们想加以探究的，乃是曹雪芹笔下出现这类细节的意义。总的来说，俞先生在《〈红楼梦〉地点问题底商讨》中所言，“此等处本作行文之点缀，无关大体，因实写北方枯燥风土，未免杀尽风景”，还是对的。若单就这两回赏

[1] 景梅九:《石头记真谛》卷上。
[2] 周汝昌:《红楼梦新证》第七章《新索隐》第五十九条“北梅”。

梅、咏梅而言，则它是作家所乐于描写的众姊妹的文化生活中的一部分。在这之前，有第三十七、三十八回的海棠社、菊花诗、螃蟹咏；在这之后，又有第七十四回的桃花社、柳絮词。它们写的是秋、冬、春三个不同的季节，在自然景象和人物心情方面都显示了各自的特色。试想，按照曹雪芹的美学观点看来，在大雪以后放晴的天气里，还有什么花木比盛开的红梅更加鲜艳和如他所写的那么吸引人呢？又还有什么安排比将雪中盛开的红梅位置安排在那位外冷内热的妙玉的修行之处更富于象征性呢？它不但使众人赏雪赏花的兴致受到鼓舞，他们的生活情趣和新加入姊妹们行列的薛宝琴等三人的诗才得到表现，而且还进一步地暗示了妙玉和宝玉之间的微妙关系。因此，即使红梅本非大观园中所能有，但在这两回书里，却成为非有不可的事物了。

现在，让我们回到本题上来，研究一下出现在唐人边塞诗中的地理上的矛盾现象。

唐代诗人们之所以不顾地理形势的实际，使其作品中的地名出现互不关合的方位或过于辽远的距离的情况，很显然地是为了要更其突出地表现边塞这个主题。由于汉、唐以来，中国和外国、汉族和非汉族在相当长远的年代和非常广阔的区域里有过情况极其复杂、和战都很频繁的接触，所以诗人们在反映当前事件的时候，就不能不联想到历史事件，在反映某一地区情况的时候，也往往会联想到另一地区，哪怕它们之间的联系并不密切，甚至很不符合实际。因为不如此，就不容易充分地揭示时间和空间的巨大图景，而这种图景，又是当时表达边塞这个主题所非常需要的。

从前举几个例子中，我们不难看出，作品中出现地理方面的矛盾现象，是和作者的用典这一艺术手段分不开的。如众所周知，汉是唐以前唯一的国势强盛、历史悠久的统一大帝国；就这些方面说，汉、唐两朝有许多可以类比的地方，因而以汉朝明喻或暗喻本朝，就成为唐代诗人的一种传统的表现手法，其例举不胜举。当诗人们写边塞诗的时候，也往往是这样做的。诗中或全以汉事写唐事，专用汉代原有地名；或正面写唐事，但仍以汉事作比，杂用古今地名。由于是用典的关系，所以对古地彼此之间，乃至今地与古地之间的方位、距离不符实际的情况，也就往往置之不顾了。至于全写当时情事的诗篇，偶尔也有这种情况，则纯然是为了以夸张的手段，创造作品所需要的特定气氛，那也是不难体会的。

总的说来，唐人边塞诗中之所以出现这种情况，乃是为了唤起人们对于历史的复杂的回忆，激发人们对于地理上的辽阔的想象，让读者更其深入地领略边塞将士的生活和他们的思想感情，而这一点，作者们是做到了的。古代诗人们既然不一定要负担提供绘制历史地图资料的任务，因而当我们欣赏这些作品的时候，对于这些“错误”，如果算它是一种“错误”的话，也就无妨加以忽略了。

我们都知道，艺术的真实是根源于生活的真实的，所以在创作中，作家们应当尊重历史和生活的真实。但是艺术又并非自然和历史、社会的机械的翻版，它不可能也没有必要一点一滴地都符合生活真实及科学要求。只有并不拘于现实中部分事实的真实性，才能够获得更高级、更集中的典型性。上述这些著名的事例所涉及的矛盾现象，对于整个作品说来，虽然都是一些细节，也是体现了而不是违背了这一根本法则的。[1]

但这里面却还存在一些值得考虑的问题。例如歌德在评价鲁本斯的时候，一方面，肯定了他那种在一幅画中让光线来自两个相反方向的独特表现方法，认为这是鲁本斯“用他的心灵站在自然的上面，使她符合他更高的目的”；另一方面，又特别强调细节真实的重要性，认为“艺术家必须在细节上忠实地、虔诚地描摹自然”，赞美鲁本斯的记忆力是“那样惊人，以至他把整个自然都装在他的头脑里，在最微小的细节上，她都听他的支配”[2]，似乎自相矛盾。而恩格斯在其关于现实主义的著名解释中说：“现实主义是除了细节的真实之外，还要正确地表现出典型环境中的典

[1] 有一种意见认为，作品中的地名不能作为细节来看，这是正确的。一个地方不能成为细节，正如一个人物不能成为细节一样，但是，如果有些事情和某地、某人联系了起来，有了活动，那就成为细节了。边塞诗中的地名，显然和地名词典中的地名不同。它们的出现，是伴随战争事态的。如李白的“洗兵条支海上波”、高适的“单于猎火照狼山”、王昌龄的“青海长云暗雪山”、李贺的“蓟门白于水”之类，就全诗所展示的战争图景整体而论，都是局部的细节。因此，我们不能把这些地方和诗人想象中在这些地方的军事行动割裂开来，而仅将它们当作地理名词来考虑。

[2] 用余渊先生的译文，见第178页注一。

型性格。”[1]又说明了，典型环境、性格决不是和细节的真实性互相排斥的。那么，细节和典型之间的关系究竟是怎样的呢？

对于从王维的画到高尔基的小说中所出现的上述事例进行探索的结果，我们认为：为文艺创作所不可缺少的细节描写当然并不等于典型环境与典型性格的本身，某些作品正是由于虽然有比较生动的细节，却没有能提高到典型化而失败了的；但没有细节，就无法使环境和性格具备典型性，那也很清楚。因此，作家们有责任选择最足以帮助其作品达到典型化程度的细节来加以描写，而排斥那些可能妨害典型化、无助于构成典型环境及典型性格的细节，即使它们孤立起来看是非常成功的。

从大量的文艺史实看来，细节也是多种多样的。它们有的来自作家们对生活的忠实的、虔诚的模仿，像歌德所说的那样。在写真人真事的作品中，这种细节是常见的。其次，也有的来自不同的时间和空间，但它们是类似的、大同小异的、彼此之间没有矛盾的，经过作家的酝酿、消化，重新处理以后，就变成了完整而统一的，服从于情节和主题，有助于形象塑造的细节。这两种情况，是大量普遍的。然而还有另外一种，那就是作家为了使其所要描写的典型环境、性格更为鲜明突出，以便获得更大的艺术效果，他选择了一些违反自然规律或社会生活原有次序的细

[1]《给哈克纳斯的信》，《马克思 恩格斯 列宁 斯大林论文艺》第20页。

节来加以描写，这些细节本身虽然并不具有普遍性，反之，甚至富有特殊性，但是，对于完成那一位作家所规定的主题，并使其作品上升到典型化的高度来说，却又是必需的。于是，就有了王维的《袁安卧雪图》中雪里芭蕉等等情况的出现。

所以细节一般应当是真实的，但它也是可以虚构的。在真实的细节无助于使自己的作品达到更高级、更集中、更富于典型性的情况下，作家们保留虚构某些“反常”的或者“错误”的细节的权利，以便保证它在整体上达到这个目的。这也正是在上举事例中，王维等的创作实践所告诉我们的。正由于此，歌德既要求细节的真实，又肯定鲁本斯大胆地处理画中的光线问题，就并非出尔反尔；同时，还可以知道，恩格斯要求细节的真实性，也正是以其有助于典型化为前提的。[1]

这些显得有些特殊的事例，仔细研究起来，既共有其理论的依据，又各有其具体的需要，因而我们对之进行评价的时候，就不能不考虑到文艺的特点，从而探求作者的用心。既不可以像王琦论李贺的《塞下曲》那样率意地称之为“小疵”，也无须像朱翌、景梅九等人那样为王维和曹雪芹进行学究式的辩护，这是一面。另外一面，也不能由

[1] 有一种意见认为：艺术形象虽说是可以虚构的（当然典型化，就艺术创造来说，就是一种可以使生活呈现其最本质的真实的虚构），但构成形象的最小单位，即细节，却不能虚构。但这样一来，我们就不可避免地要接受一个我们无法接受的结论，即：全部真实的细节可以构成一个虚构的或典型的形象。同时，在细节描写中，幻想和想象都被排除了。

于有了这样一些事例，就可以认为：艺术的真实可以完全背离自然的及历史、社会的真实，爱怎么写就怎么写，爱怎么画就怎么画了。还得承认，这些事例是存在的，然而毕竟是特殊的。这样一些细节的出现，只有当其非如此就不能更好地使作品在整体上获得更高的真实性、典型性时，才是有意义的和不可缺少的；作家们也只有当其感到非得突破一般的描写方法就无法获致自己所要达到的效果时，才会认为这种特殊方法是必要的。这对于现实主义作品说来是如此，对于浪漫主义作品说来也是如此。我们知道，浪漫主义，就其总趋向来说，虽然有很大的夸张和虚构成分，然而它从不拒绝将真实的细节也包括在其拥有的艺术手段之内。

因此，在研究或肯定这些特殊事例的内在意义、艺术效果的同时，反对那些在细节描写上毫无理由地背离真实性的作品，仍然非常必要。在1934年6月21日复西谛信中，鲁迅指出：

> 但德高望重如李毅士教授，其作《〈长恨歌〉画意》，也不过将梅兰芳放在广东大旅馆中，而道士则穿着八卦衣，如戏文中之诸葛亮，则于青年又何责焉呢？[1]

可见鲁迅对造型艺术的细节之应当符合历史真实，要求是严格的。在张彦远《历代名画记》卷二及谢肇淛《文海披

[1] 见张望编《鲁迅论美术》第206页。

沙》卷五中，对于历代画家作品在细节上不应有的失真，也有类似的指责，可以参看。

高尔基在《给青年作家》中说："艺术文学并不是从属于现实底部分事实的，而是比现实底部分事实更高级的。"他又说："文学的真实并不是脱离现实的，而是和它紧密地连结着。"[1]这是一个辩证的、全面的看法，虽然并非专指细节描写而言，对于细节描写肯定也是适用的，因而可以作为我们评判前述问题是非的准则。

三

当然，诗篇里的地名出现方位不合、距离过远的情况，并不限于唐朝人写边塞的作品。《颜氏家训·文章》篇曾经指出，在南朝作品里，这种情况就已出现了。

> 文章地理必须惬当。梁简文《雁门太守行》乃云："鹅军攻日逐，燕骑荡康居。大宛归善马，小月送降书。"萧子晖《陇头水》云："天寒陇水急，散漫俱分泻，北注徂黄龙，东流会白马。"此亦明珠之颣、美玉之瑕，宜慎之。

卢文弨《〈颜氏家训〉补注》于所举前诗下注云："此殆言燕、宋之军，其与此诸国皆不相及也。"又于后诗下注云："陇在西北，黄龙在北，白马在西南。地皆隔远，水焉得相及？"这可能是有关本问题的最早文献。当然，如我们上

[1] 以群译《给初学写作者》，平明出版社本，第93页。

面所研究的，颜之推认为“文章地理必须惬当”之说，也不能绝对化。[1]

由于以边塞生活为主题的诗篇，往往更其需要以空阔辽远的环境作为它们的背景，这种情况在边塞诗中出现，就个人泛览所及，就比其他的诗篇似乎多一些。而且，当人们接触到这类有点“反常”的地理现象时，又往往并不能够一下子就找到它的答案。为此，我们讨论这个在文艺史上久已存在的问题，而着重举出唐人边塞诗中的地名为例，其目的固然是为了解决这个问题本身，同时，也希望这样一些探索有助于近年来在古代诗歌研究中曾经引起争论的类似问题的解决。

首先，可以继续研究一下王之涣《凉州词》中的地理问题。这个问题是清人吴乔在其《围炉诗话》卷三中以校正诗中文字的形式提出的，后来吴骞则在其《拜经楼诗话》卷四中宣布了对前者的异议。吴骞说：

> 王之涣《凉州词》“黄河远上白云间”，计敏夫《唐诗纪事》作“黄沙直上白云间”。此别本偶异耳。而吴修龄（乔字）据以为证，谓作“黄河远上”者为误，云：“黄河去凉州千里，何得为景？且河岂可言

[1] 王利器《〈颜氏家训〉集解》卷四指出：“（‘鹅军’四句）乃梁褚翔诗，非简文诗也。梁简文《从军行》云：‘先平小月阵，却灭大宛城。善马还长乐，黄金付水衡。’见《乐府诗集》卷三十二，此盖相涉而误。”褚诗见《乐府诗集》卷三十九，惟“鹅”作“戎”。又谓“（《陇头水》）及《雁门太守行》所侈陈之地理，皆以夸张手法出之，颜氏以为文章瑕颣，未当。”且白马当指《史记·燕世家》所载白马津，始与“东流”义会，而不当如赵曦明《注》之远摭《汉书·西南夷传》之白马氏实之，盖为白马氏则不得言“东流会”也。其说皆是，所当参证。

> ‘直上白云’耶？”然黄河自昔云与天通，如太白“黄河之水天上来”，尉迟匡“明月飞出海，黄河流上天”，则“远上白云”亦何不可？正以其去凉州甚远，征人欲渡不得，故曰“远上白云间”，愈见其造语之妙。若作“黄沙直上白云间”，真小儿语矣。

两吴这种对立的意见也分别为现代学者所持有，如叶景葵、王汝弼、稗山就和吴乔的看法基本上是一致的，而卜冬、林庚则基本上支持吴骞的论点，虽然彼此之间也小有出入。[1]

在上举几位的著作中，林、王两先生的讨论是比较细致深入的。林先生认为《凉州词》中的凉州并非专指凉州城（它在汉时治陇城，即今甘肃省秦安县东北；三国以后移治武威，即今甘肃省武威县），而是泛指汉、唐时代陇右、河西一带的凉州辖区。其中某些区域本为黄河所经流，故诗中自可出现黄河。“一片孤城”系指某座位置在黄河边上现在可能已经不复存在的城堡。玉门关则是作者初入凉州境内，不禁想到了整个凉州，因而提到的，仍是一个历史的泛写。所以诗题有凉州，诗句有黄河、孤城和玉门关，并没有什么矛盾。

---

[1] 请看下列文章。叶景葵：《卷庵书跋》，《万首唐人绝句》篇；卜冬：《王之涣的〈凉州词〉》，《文学研究》1958年第1号；林庚：《略说凉州》，《文学遗产》第389期，《光明日报》1961年11月19日；王汝弼：《对王之涣的〈凉州词〉的再商榷》，《文学遗产》第421期，《光明日报》1962年7月1日；林庚：《作者来信》（有关《凉州词》的问题），《文学遗产》第423期，《光明日报》1962年7月15日；稗山：《“黄沙直上”与“黄河远上”》，《文汇报》1962年8月30日。

王先生不同意上述林先生的论点，他认为：唐人对凉州的基本概念，只能是今天所谓河西走廊一带；而乐章上的凉州，则和西凉同一概念，在今甘肃省敦煌、酒泉一带，而不在武威，所以吴乔所说“黄河去凉州千里，何得为景”，并不算错。“一片孤城”，即指玉门关而言，它位于敦煌西边，仍在凉州（西凉）境内，并不是黄河边上一座什么不知名的城堡，故诗中可以同时写到。至于黄河之与玉门关，则相隔千里，把它俩作为一个场景里的事物来写，无论如何也是说不过去的。所以诗篇起句之“黄河远上”必为“黄沙直上”之误无疑。

如果以上的复述没有歪曲两位先生文章中有关诗篇地名部分的基本论点，我们就可以发现一个有趣的事实，即：他们的论点是相反的，方法却是一致的，都企图通过沿革地理的考证来解决诗中地理上的矛盾现象；同时，他们的意见就具体问题说是相反的，就原则方面说却又是一致的，都认为诗中存在着地名距离过远的情况是不合理的。因此，王先生才在肯定孤城就是玉门关的前提下，坚决反对黄河出现在诗中；而林先生则在肯定黄河可以在诗中出现的前提下，不能不和一般的说法立异，将孤城说成是黄河边上的一座不知名的、今天无从考证的城堡，并从历史上最广泛的行政辖区来解释凉州的地域。

照我们看来，诗中黄河的河字并非误文，[1]孤城即指玉门关。至于凉州具体指的什么地方，系州治所在抑系全部辖区，或仅西凉一带？如系州治，是陇城抑系武威？那就很难说。因为从音乐史上说，《凉州词》曲调虽然来自西凉，[2]今传曲辞却每每是泛咏边塞的。不论怎样，这首诗中的地名，彼此的距离的确是非常辽远的，而当时祖国西北边塞荒寒之景、征戍战士怀乡之情，却正是由于这种壮阔无垠的艺术部署，才充分地被揭示出来。还应当指出，唐代以黄河与玉门关合写在一首诗里的，并非只有王之涣一人。在他之前，刘希夷在其《从军行》中就既有“将军玉门出”，又有“军门压黄河”之句，不过这首诗写得不好，不大为人注意而已。这是可以助林先生张目的。而林先生最后举王褒《渡河北》诗“常山临代郡，亭障绕黄河”，来说明诗人对于地理位置的泛写，则事实上已经接触到本文所讨论的问题和本诗问题解决的方法了。

[1] 此诗异文，卜先生文中举列很详，这里不复出。王先生为了要证明“黄河”之当作“黄沙”，竟斥唐芮挺章《国秀集》所载本诗“黄河直上白云间”句为“本身就说不过去”，又根据元辛文房《唐才子传》引此诗作“黄沙”，而辛《传》多本之薛用弱《集异记》，遂从而推证《集异记》古本亦当作“黄沙”。从校勘学的角度说来，这些理由都很不充分，未免主观武断。至于他还说，“黄河”之必为“黄沙”，“有无数的版本可为外证”，则更是无稽之谈了。

[2]《通典》卷一百四十六：“自周、隋以来，管弦杂曲将数百曲，多用西凉乐。”《乐府诗集》卷七十九引《乐苑》：“《凉州》，宫调曲，开元中西凉府都督郭知运进。”洪迈《容斋随笔》卷十四“大曲伊凉”条：“今乐府所传大曲，皆出于唐，而以州名者五：《伊》《凉》《熙》《石》《渭》也。《凉州》今转为《梁州》，唐人已多误用，其实从西凉府来也。”这些材料说明，《凉州词》的曲调当出自唐之凉州（西凉府，即今武威）一带。至于诗人依调作词，或乐工依调配词，其心目中之凉州究指何处，则是另外一回事。

在这里，我们并不打算全面地分析《凉州词》，而只是对其中有过争论的地理问题提出了一点看法。它对于这首诗在今后的深入讨论，或许不无帮助。

其次，我们也想对岳飞《满江红》词的真伪问题谈一点不成熟的看法。它和以上讨论的唐人边塞诗中的地名问题是有着某种联系的。在《岳飞〈满江红〉词考辩》[1]中，夏承焘补充和发挥了余嘉锡在《〈四库提要〉辨证》卷二十三《岳武穆遗文》篇中认为《满江红》不出于岳飞之手的意见。他通过对于词中贺兰山这个地名的研究，得出了此词是明朝人所伪托的结论。夏先生说：

> 以地理常识说，岳飞伐金要直捣金国上京的黄龙府，黄龙府在今吉林境，而贺兰山在今西北甘肃河套之西，南宋时属西夏，并非金国地区。这首词若真出岳飞之手，不应方向乖背如此！有人以为这词借匈奴以指金人，贺兰山可能是泛称边塞，同于前人之用"玉门、天山"一类地名。但以我所知，贺兰山在汉、晋时还不见于史籍，四史里无此一词。[2]……唐人有用贺兰山入诗的，如王维《老将行》："贺兰山下阵如云，羽檄交驰日夕闻。"卢汝弼《和李秀才边庭四时怨》："夜半火来知有敌，一时齐保贺兰山。"顾非熊

[1] 载日本京都大学《中国文学报》第16册。

[2] 夏先生文原注引谭其骧说："《隋书·地理志》灵武郡弘静县有贺兰山，这当是贺兰山见于史籍之始。"按：《隋志》此条，高步瀛《唐宋诗举要》卷二王维《老将行》注早已引用。

《出塞》三首之一:“贺兰山下果园成，塞北江南旧有名。”都是实指其地。

接着，作者又引用了许多宋、明人在文籍中用“贺兰山”一词的例子，说它们也都是实指而非泛称，认为《满江红》也是如此；而词中实指贺兰山又和明代北方边患史实完全符合，所以此词必出于明代有心人所依托，是用来鼓舞人民御侮的斗志的。

总之，局就夏文中关于“贺兰山”这个地名的论点来说，他是首先肯定唐诗中的贺兰山都是“实指其地”，因而岳词中的贺兰山也只能是“实指其地”。接着，他认为既然此词中之贺兰山系实指，则出于岳飞之手为不可能，因为方向过于“乖背”了。

我们现在先来就夏先生举的例子检查一下唐诗中的“贺兰山”一词是否全是“实指其地”。这，还得要先把“实指”这个概念澄清一下。所谓“实指”，按照我们的理解，应当是实际存在的地名和某一诗篇中所反映的实际发生过的具体事实（不论它是大的或小的，国家、社会的或个人的）相一致的意思，如果脱离了这种具体情况，那就无法分别孰为实指，孰为泛称。因为像玉门、天山这类地名，也并非像《山海经》或《穆天子传》中的某些地名一样，完全出于虚构。一般说来，诗篇中的地名，除了用神话中的典故的，如《长恨歌》的海上仙山之类而外，都是客观存在的。当我们发现若干个地名出现在某一诗篇里，而它们彼此之间又发生方位不合、距离过远等矛盾现象时，我们就将其中能和反映在这一诗篇中的具体事实相一致的地名称为实指的，而将其不相一致的称为泛称的。以李白的《战城南》为例，桑乾源、葱河道可算实指，而天山、条支则是泛称。以高适的《燕歌行》为例，榆关、碣石可算实指，瀚海、狼山则是泛称。但还有更多的诗篇，只是泛咏某种生活现象或思想感情，并不专指某一具体事实的。在这种情况下，它们之中所出现的地名，尽管也同样地有矛盾现象，却无法对其孰为实指、孰为泛称强加分别了。例如王之涣《凉州词》中的黄河与玉门关，我们又拿什么标准去说这个是实指、那个是泛称呢？

以上所作的澄清倘若符合于事实和逻辑的话，那我们就可以看出，唐诗中的贺兰山，并非如夏先生所说，“都是实指其地”的。

如王维《老将行》这篇万口传诵的名作，是以统治者刻薄寡恩与老将军壮心不已的矛盾冲突为主题的。这种事实和心情，在当时有其普遍性。作者通篇以汉喻唐，成功地表达了许多军人的呼声，从而使这篇诗具有典型意义。但从历代王诗研究的成果来检查，还没有人将它和唐代某一次对外战争或某个人的具体遭遇联系起来。当然，它通篇都使用着汉朝的史实和地名，如疏勒、云中、三河、五道等，却又用了贺兰山这个不见于汉史的地名。我们认为，这决不是没有用意的。“贺兰山下阵如云”一句，正好透漏了诗人的现实感，证明了他是在借古喻今。但贺兰山，作为唐朝和西北诸族特别是和吐蕃的战场，是经历过多次

“阵如云”的局面的，诗中所说，究竟是哪一次呢？却谁也无从指实。那么，这个贺兰山和李白《战城南》中的天山、王之涣《凉州词》中的玉门关又有什么不同呢？

我们再看卢汝弼的《和李秀才边庭四时怨》：

春风昨夜到榆关，故国烟花想已残。少妇不知归未得，朝朝应上望夫山。

卢龙塞外草初肥，雁乳平芜晓不飞。乡国近来音信断，至今犹自着寒衣。

八月霜飞柳半黄，蓬根吹断雁南翔。陇头流水关山月，泣上龙堆望故乡。

朔风吹雪透刀瘢，饮马长城窟更寒。半夜火来知有敌，一时齐保贺兰山。

这一组诗，如题所示，是按照季节来泛写边防军人的生活的。从地理上考察，它东起榆关，西迄贺兰山，背景非常广阔，作者的用意显然在于广泛地反映征戍者的生活和思想感情。虽然它分成了四章，每章所写季节、地域和情事各不相同，却是互相联系和补充的。如果将季节和地名另行组合，例如写春天的长城窟和贺兰山、夏天的陇头和龙堆，也全无不可，如果诗人愿意那样构思的话。在这种情况下，我们又怎么能肯定贺兰山是“实指其地”呢？如果认为贺兰山由于是隋、唐以来才出现的地名，所以是实指的，那么，这组诗中其余的汉代早就有了而唐代也仍旧用着的地名是否也是实指的呢？应该说，这些地名虽然都是实有的，在本诗中却并非实指的。[1]

至于《满江红》中的“驾长车踏破贺兰山缺”句，我们认为：它是应当和下文“壮志饥餐胡虏肉，笑谈渴饮匈奴血”两句联系起来并等同起来看的。它们都是用典故来借古喻今。匈奴即胡虏，是汉朝经常与之斗争的对手，贺兰山则是唐朝和外族交锋的战场。既以匈奴比金源，又以贺兰山比东北边塞，这是完全没有什么说不过去的。而且，应当特别指出的是，这句词不只是用了古典，同时还用了今典。阮阅《诗话总龟》前集卷三引《古今诗话》：“姚嗣宗诗云：‘踏碎贺兰石，扫清西海尘。布衣能效死，可惜作穷鳞。’韩魏公安抚关中，荐试大理评事。”此事及此诗在宋代流传很广，所以除了《古今诗话》之外，洪迈《容斋三笔》、邵博《邵氏闻见录》、陈鹄《西塘集耆旧续闻》、释文莹《湘山野录》、蔡絛《西清诗话》、江休复《江邻幾杂志》、吴曾《能改斋漫录》、张端义《贵耳集》等，均曾加以记载。而《容斋三笔》卷十一、《邵氏闻见录》卷十六、《西塘集耆旧续闻》卷六及《能改斋漫录》卷十一所载此诗，首句“踏碎”正作“踏破”，与词语相同。据徐梦莘《三朝北盟会编》卷二百七引《岳侯传》及卷二百八引《林泉野记》，岳飞在青年时代，曾经做过安阳昼锦堂韩家的佃客；因此，他又有很早便知道韩琦这件佚事，熟习姚嗣宗

[1] 夏先生所举唐诗第三个例子，覆检《全唐诗》卷五百九顾非熊集无之，而别有《出塞即事》七律二首，其第二首有“贺兰山便是戎疆，此去萧关路几荒”两句，倒可以说是“实指其地”的。

这篇小诗的可能。这也足以作为词语是兼用今典的旁证。[1]姚诗所云，虽系指西夏，如夏先生所说，但“贺兰山”一词既然是唐人诗中所固有，因而岳飞作《满江红》时，尽管在字句上袭用了姚诗成语，就是用了今典，也决不排斥他在史实上仍旧以唐事为喻，就是同时用着古典。我们既不能禁止诗人用典，也不能规定诗人用典时，用了汉事就不能用唐事，或者非以古之东战场比今之东战场、古之西战场比今之西战场不可，这个道理十分清楚。所以，这样一种推论是难以接受的，即：词中出现“贺兰山”这个地名，就是“方向乖背”，既然“方向乖背”，这首词就不能出自岳飞之手。

以唐诗中之贺兰山之皆为实指来断定《满江红》中之贺兰山也当为实指，这种逻辑本身就存在着问题。上面既然证明了唐诗中的贺兰山尽有不能认为是实指的，对于诗、词中这个实际上并不存在的传承关系就无须再加讨论了。

余、夏两位先生是从不同的角度来证明岳飞《满江红》之为伪作的。余先生主要是从流传来历着眼的，在那方面，学初的《岳飞〈满江红〉词真伪问题》已经作过一些分

[1] 本文定稿后，才见到谷斯范发表在《浙江日报》1962年10月14日的《也谈岳飞〈满江红〉词——与夏承焘同志商榷》一文。谷先生认为岳词“用贺兰山泛指边塞”，与拙作同。其指出韩琦曾经在贺兰山地区与西夏作战，岳飞为韩家佃客，“无疑能从韩家的老兵嘴里，听到当年和西夏打仗的故事，……从那时候起，可能贺兰山的印象已深深留在他的记忆里”，所以后来写入词中，则为拙作所未及，可与我的论点互相补充。

辨。[1] 夏先生主要是从地理方面着眼的，在这方面，希望本文的商榷能够引起进一步的研究。

生活的真实与艺术的真实之间的关系，细节描写的真实性与典型环境、性格之间的关系，都是文艺学上非常重要的，需要不断地加以细致深入研究的问题。本文仅就其中某些事例进行了一点肤浅的探索，并对近年来古典作品研究中与之相关联的一两个问题表示了一点不成熟的意见。由于理论水平很低，掌握的资料也不够充分，必然存在着不少的错误，因此，我殷切地期望获得同志们的指教。

〔附记〕

周煦良先生往年见告：英国诗人济慈在其《圣阿格尼节前夜》第二十五节中，曾经描写了冬夜月光照射着彩色玻璃的嵌花窗户，使得缤纷的彩色落在马黛琳的身上。考尔文的《济慈传》在谈到这一点的时候，说："日常经验可以证明，月光并没有能力透射玻璃的颜色，像济慈在这一节中所写的。但这如果算是错误，我们就应当感谢这个错误。"这也是歌德所指出的诗人为了"给出对某一场合最鲜明和最有效的东西"，而不惜"违反生活事件中的原有次序"的一个例证。

（1963年5月　武昌）

[1] 载《文史》第一期。

张若虚《春江花月夜》的被理解和被误解

在古代传说中，卞和泣玉和伯牙绝弦是非常激动人心的。它们一方面证明了识真之不易、知音之难遇；而另一方面，则又表达了人类对真之被识、音之被知的渴望，以及其不被识、不被知的痛苦的绝望。当一位诗人将其心灵活动转化为语言、诉之于读者的时候，他是多么希望被人理解啊！但这种希望往往并不是都能够实现的，或至少不都是立刻就能够实现的。有的人及其作品被湮没了，有的被忽视了、被遗忘了，而其中也有的是在长期被忽视之后，又被发现了，终于在读者不断深化的理解中，获得他和它不朽的艺术生命和在文学史上应有的地位。

在文坛上，作家的穷通及作品的显晦不能排斥偶然性因素所起的作用，这种作用，有的甚至具有决定性。但在一般情况下，穷通显晦总是在一定的历史社会条件下发生的，因而是可根据这些条件加以解释的。探索一下这种变化发展，对于文学史实丰富复杂面貌形成过程的认识，不无益处。本文准备以一篇唐诗为例，研究一下这个问题。

张若虚的《春江花月夜》今天已成为家喻户晓的唐诗名篇之一。当代出版的选本很少有不选它的，而分析评介它的文章，也层见叠出。但是回顾这位诗人和这一杰作在明代以前的命运，却是坎坷的。从唐到元，他和它被冷落了好几百年。

钟嵘《诗品》卷中评鲍照云："嗟其才秀人微，故取湮当代。"张若虚也正是这样一个人。他的生平，后人所知无多。[1]他的著作，似乎在唐代就不曾编集成书，[2]现在流传下来的，就只有见于《全唐诗》卷一百十七的两篇诗，一篇极出色的《春江花月夜》（它同时作为乐府被收入卷二十一的相和歌辞中）和另一篇极平常的《代答闺梦还》。

张若虚既无专集，则《春江花月夜》只有通过总集、选本或杂记、小说才能流传下来。但今存唐人选唐诗十种，依其编选断限，只芮挺章《国秀集》有将其诗选入之可能，然而此集并无张作。又今传唐人杂记、小说似亦未载张诗。据友人卞孝萱教授所考，现存唐人选唐诗十种之外，尚有已佚的唐人选唐诗十三种，[3]此十三种，宋时大抵还在，张

[1] 明高棅《唐诗品汇》卷三十七将他列入"有姓氏，无字里世次可考者九人"中的一人。迄今为止，只有胡小石（光炜）师所撰《张若虚事迹考略》尽可能地搜集了有关这位诗人的资料，然仍甚简略。此文初载艺林社编《文学论集》，亚细亚书局1929年出版，现收入《胡小石论文集》。

[2]《旧唐书·经籍志》及《新唐书·艺文志》均未著录张集，亦未著录张氏其他著作。

[3] 卞先生所撰《失传之唐人选唐诗小考》尚未发表，此据其1981年6月20日致作者信。

诗或者即在其内，因此得以由唐保存到宋。

但宋代文献如《文苑英华》《唐文粹》《唐百家诗选》《唐诗纪事》等书均未载张作。我们今天所能见到的最早的《春江花月夜》，是《乐府诗集》卷四十七所载。这一卷中，收有清商曲辞吴声歌曲《春江花月夜》共五家七篇，而张作即在其中。

这篇杰作虽然侥幸地因为它是一篇乐府而被凡乐府皆见收录的《乐府诗集》保存下来了，但由宋到明代前期，还是始终没有人承认它是一篇值得注意的作品，更不用说承认它是一篇杰作了。

元人唐诗选本不多，成书于至正四年（1344）的杨士宏《唐音》是较好的和易得的。其书未录此诗。明初高棅《唐诗品汇》九十卷，拾遗十卷。虽在卷三十七七言古诗第十三卷中收有此诗，但他另一选择较严的选本《唐诗正声》二十二卷，则予删削，可见在其心目中，《春江花月夜》还不在“正声”之列。[1]

但在这以后，情况就有了改变。嘉靖时代（16世纪中叶），李攀龙的《古今诗删》选有此诗，[2]可以说是张若虚及其杰作在文坛的命运的转折点。接着，万历三十四

[1]《唐诗正声》二十二卷，《增订四库简明目录标注》卷十九著录，云：“又一本称《正音》，三十二卷。”未见，不知有张氏此诗否。

[2]《四库全书总目》卷一百八十九《李攀龙〈古今诗删〉提要》云：“流俗所行，别有攀龙《唐诗选》。攀龙实无是书，乃明末坊贾割取《诗删》中唐诗，加以评注，别立斯名。”我未能见到《古今诗删》，知道《诗删》中有张若虚的《春江花月夜》，是根据托名李编的《唐诗选》卷二所载此诗而推断出来的。

年（1606）成书的臧懋循《唐诗所》卷三，万历四十三年（1615）成书的唐汝询《唐诗解》卷十一及万历四十五年（1617）成书的钟惺、谭元春《唐诗归》卷六选了它。崇祯三年（1630）成书的周珽《删补唐诗选脉笺释会通评林》七言古诗盛唐卷二、崇祯四年（1631）成书的曹学佺《石仓历代诗选》唐卷二十、明末成书而具体年代不详的陆时雍《唐诗镜》卷九盛唐卷一及王夫之《唐诗评选》卷一选了它。清初重要的唐诗选本也都选有此诗，如成书于康熙元年（1662）的徐增《而庵说唐诗》卷四、成书于康熙五十二年（1713）的《御选唐诗》卷九、成书于乾隆二十八年（1763）的沈德潜《重订唐诗别裁集》卷五、成书于乾隆六十年（1795）的管世铭《读雪山房唐诗钞》卷八等。其中几种，还附有关于此诗的评论。自此以后，就无须再列举了。

再就诗话来加以考察，则如胡仔《苕溪渔隐丛话》前后集、魏庆之《诗人玉屑》，何文焕《历代诗话》所收由唐迄明之诗话二十余种，郭绍虞《宋诗话辑佚》所收诗话三十余种，均无一字提及张若虚其人及此诗。诗话中最早提到他和它的，似是成书于万历十八年（1590）的胡应麟《诗薮》。

《春江花月夜》的由隐而之显，是可以从这一历史阶段诗歌风会的变迁找到原因的。

首先，我们得把这篇诗和“初唐四杰”的关系明确一下。《旧唐书·文苑传上》云：“杨炯与王勃、卢照邻、骆宾王以文词齐名，海内称为‘王、杨、卢、骆’，亦号‘四杰’。”这一记载说明“四杰”是代表着初唐风会的，也被后人公认的一个流派。[1]他们的创作，则不仅是诗，也包括骈文，而诗又兼各体。

既然“四杰”并称是指一派，那么即使其中某一位并无某体的作品，谈及其对后人影响时，也无妨笼统举列。如今传杨炯诗载在《全唐诗》卷五十的，并无七古，而后人论擅长七古之卢、骆两人对后世七古之影响，也每举“四杰”，而不单指两人。明乎此，我们就可以知道，许多人认为张若虚的《春江花月夜》属于“初唐四杰”一派，是很自然的了。

胡应麟《诗薮》内篇卷三云：

> 张若虚《春江花月夜》流畅婉转，出刘希夷《白头翁》上，而世代不可考。详其体制，初唐无疑。

这是依据诗的风格来判断其时代的。胡应麟所谓“初唐”，即指“四杰”。故《诗薮》同卷又云：“王、杨诸子歌行，韵则平仄互换，句则三五错综，而又加以开合，传以神情，宏以风藻，七言之体，至是大备。”又云：“王、杨诸子……偏工流畅。”又管世铭《读雪山房唐诗钞》卷八七古《凡例》云：

> 卢照邻《长安古意》、骆宾王《帝京篇》、刘希夷

[1] 闻一多《四杰》一文（载《唐诗杂论》,《闻一多全集》第三册）认为王、杨长于五律而卢、骆长于歌行，因此“四杰”应当分为两组，是不对的。刘开扬《论初唐四杰及其诗》（载《唐诗论文集》）已加辨证，我们同意刘先生的意见。

> 《代悲白头翁》、张若虚《春江花月夜》，何尝非一时杰作，然奏十篇以上，得不厌而思去乎？非开、宝诸公，岂识七言中有如许境界？

这段话既肯定了这些七言长篇是杰作，又指出了它们境界的不够广阔高深，而对于我们所要证明的问题来说，管氏所云，也与胡氏合契，即《春江花月夜》的结构、音节、风格与卢、骆七古名篇的艺术特色相与一致。

如果这两家之言还只是间接地说到这一点，那么，沈德潜《唐诗别裁》卷五则直截了当地说明了这篇作品“犹是王、杨、卢、骆之体”。

正因为张若虚这篇作品是“王、杨、卢、骆”之体，即属于“初唐四杰”这个流派，所以它在文学史上，也在长时期中与“四杰”共命运，随“四杰”而升沉。

如大家所熟知的，陈子昂以前的唐代诗坛，未脱齐、梁余习。“四杰”之作，对于六朝诗风来说，只是有所改良，而非彻底的变革。[1]所以当陈子昂的价值为人们所认识，其地位为人们所肯定之后，“四杰”的地位便自然而然地下降了。杜甫《戏为六绝句》之二云：

> 王杨卢骆当时体，轻薄为文哂未休。尔曹身与名俱灭，不废江河万古流。

又之三云：

> 纵使卢王操翰墨，劣于汉魏近《风》《骚》。龙文

[1] 彭庆生《陈子昂诗注》附录诸家评论中，论及此点者不少，可以参阅。

虎脊皆君驭，历块过都见尔曹。

不管后人对这两篇的句法结构及主语指称的理解有多大的分歧，[1]但有一点是明确的，即当时有人对“四杰”全盘否定，而杜甫不以为然。

在晚唐，李商隐《漫成五章》之一云：

> 沈宋裁辞矜变律，王杨落笔得良朋。[2]当时自谓宗师妙，今日惟观对属能。

在北宋，陈师道《绝句》云：

> 此生精力尽于诗，末岁心存力已疲。不共卢王争出手，却思陶谢与同时。

李商隐和陈师道虽然非常尊敬杜甫，但却缺少他们的伟大前辈所具有的那样一种清醒的历史主义观点，即首先肯定“四杰”在改变齐、梁诗风，为陈子昂等的出现铺平道路的功绩，同时又看出了他们有其先天性的弱点和缺点，即和齐、梁诗风有不可分离的血缘关系。胡震亨《唐音癸签》卷二十五云：

> “当时自谓宗师妙，今日惟观对属能。”义山自咏尔时之“四子”。“尔曹身与名俱灭，不废江河万古流。”杜少陵自咏万古之“四子”。

---

[1] 郭绍虞《杜甫〈戏为六绝句〉集解》对诸家异说，搜罗详尽，分析精审，可以参阅。

[2] 马茂元《论骆宾王及其在“四杰”中的地位》（载《晚照楼论文集》）引此诗。注云：“这里举‘王、杨’以概‘卢、骆’，是因为受到诗句字数的限制；不说‘卢、骆’或‘四杰’而说‘王、杨’，是因为平仄声和对仗的关系。”此说甚是。杜甫之举“卢、王”以概“四杰”亦同。

这话很有见地。要补充的是：李商隐和陈师道这种片面的看法，也是时代的产物，只是他们不能像杜甫那样坚持两点论罢了。陈子昂《陈伯玉文集》卷一《与东方左史虬〈修竹篇〉序》已经指斥“齐、梁间诗彩丽竞繁，而兴寄都绝”。而韩愈的抨击就更加猛烈，在《荐士》中说：“齐梁及陈隋，众作等蝉噪，搜春摘花卉，沿袭伤剽盗。”将其说得一无是处了。而文学史实告诉我们，韩愈这种观点，对晚唐、北宋诗坛具有很大的影响和约束力。

《四库全书总目》卷一百六十五《薛嵎〈云泉诗〉提要》云：

> 宋承五代之后，其诗数变，一变而西昆，再变而元祐，三变而江西。江西一派，由北宋以逮南宋，其行最久。久而弊生，于是永嘉一派以晚唐体矫之，而“四灵”出焉。然“四灵”名为晚唐，其所宗实止姚合一家，所谓“武功体”者是也。其法以清切为宗，而写景细琐，边幅太狭，遂为宋末江湖之滥觞。

其所为宋诗流变勾画的轮廓，大体如实。根据我们对“诗分唐宋乃风格性分之殊，非朝代之别”的认识，[1]则宋代诗风，始则由唐转宋，终于由宋返唐，虽“四灵”之作，不足以重振唐风，但到了元代，则有成就的诗人如刘因、虞、杨、范、揭、萨都剌、杨维祯，都无不和唐诗有渊源瓜葛，

[1] 钱锺书说，见《谈艺录》此条。

而下启明代“诗必盛唐”的复古之风，[1] 也是势有必至的。

从李东阳到李梦阳，他们之提倡唐诗，主要是指盛唐，并不意味着“初唐四杰”这一流派也被重视。真正在杜甫《戏为六绝句》以后，几百年来，第一次将王、杨、卢、骆提出来重新估价其历史意义和美学意义的，则是李梦阳之伙伴而兼论敌的何景明。

《何大复先生集》卷十四有《明月篇》一诗，诗不怎么出色，但其序却是文学批评史上的重要文献。其文云：

> 仆始读杜子七言诗歌，爱其陈事切实，布辞沉着，鄙心窃效之，以为长篇圣于子美矣。既而读汉、魏以来歌诗及唐初“四子”者之所为而反复之，则知汉、魏固承《三百篇》之后，流风犹可征焉。而“四子”者，虽工富丽，去古远甚，至其音节，往往可歌。乃知子美辞固沉着，而调失流转，虽成一家语，实则诗歌之变体也。夫诗，本性情之发者也，其切而易见者，莫如夫妇之间，是以《三百篇》首乎雎鸠，“六义”首乎风。而汉、魏作者，义关君臣朋友，辞必托诸夫妇，以宣郁而达情焉，其旨远矣。由是观之，子美之诗博涉世故，出于夫妇者常少；致兼雅颂，而风人之义或缺，此其调反在“四子”之下欤?

即使在“诗必盛唐”的风气之下，这种意见也是很令人震惊的，因为它和传统观点距离得太远了。认为“四杰”歌

[1]《明史·李梦阳传》：“梦阳才思雄鸷，卓然以复古自命，……倡言文必秦汉，诗必盛唐，非是者勿道。”

行在杜甫之上，有谁敢承认呢？无怪王士禛《渔洋山人精华录》卷五《戏仿元遗山论诗绝句三十二首》之二十一有“接迹风人《明月篇》，何郎妙悟本从天，王杨卢骆当时体，莫逐刀圭误后贤”之叹了。[1]

何、王二人所论，谁是谁非，不属于本文范围，姑不置论，但何景明以其当时在文坛的显赫地位，具此“妙悟”，发为高论，必然会在“后贤”心目中提高久付湮沉的“王杨卢骆当时体”的地位，则是无疑的。“四杰”的地位提高了，则属于“四杰”一派的作品也必然要被重视起来。这也就是为什么自李攀龙《古今诗删》以下，众多的选本中都出现了张若虚《春江花月夜》的理由所在。这篇诗是王、杨、卢、骆之体，故其历史命运曾随“四杰”而升沉。这是我们理解它的起点。

当明珠美玉被人偶然发现，发出夺目的光彩之后，它就不容易再被埋没了。后来者的责任只是进一步研究它、认识它，确定它的价值。晚明以来的批评家对这篇杰作的

[1]《四库全书总目》卷一百七十一《〈大复集〉提要》云：“王士禛《论诗绝句》……乃颇不以景明为然，其实七言肇自汉氏，率乏长篇。魏文帝《燕歌行》以后，始自为音节。鲍照《行路难》始别成变调，继而作者，实不多逢。至永明以还，蝉联换韵，宛转抑扬，规模始就。故初唐以至长庆，多从其格，即杜甫诸歌行，鱼龙百变，不可端倪，而《洗兵马》《高都护骢马行》等篇，亦不废此一体。士禛所论，以防浮艳涂饰之弊则可，必以景明之论足误后人，则不免于惩羹而吹齑矣。”按何、王两家立论虽然针锋相对，但都是将“风人之义”与流转之调，即内容与形式作为一个有机统一体来讨论的。《提要》却偏就七言长篇形式多变这一点来扬何抑王，未免隔靴搔痒。又按沈德潜《说诗晬语》卷上云：“四语一转，蝉联而下，特初唐人一法，所谓‘王杨卢骆当时体’也。”这种说法，也只是从形式上着眼，不免简单化，其失与《提要》同。

艺术特色，做了许多有益的探索，其中涉及主题、结构、语言、风格等。这些，已别详拙撰《张若虚〈春江花月夜〉集评》，这里就不再复述。

值得注意的是，经过许多人长期研究之后，清末王闿运在这个基础上，大胆地指出了这篇作品之于“四杰”歌行，实乃青出于蓝而胜于蓝、冰生于水而寒于水。陈兆奎辑《王志》卷二“论唐诗诸家源流（答陈完夫问）”条云：

> 张若虚《春江花月》用《西洲》格调，孤篇横绝，竟为大家。李贺、商隐，挹其鲜润；宋词、元诗，尽其支流，宫体之巨澜也。

这为后人经常引用的“孤篇横绝，竟为大家”的评语，将张若虚在诗坛上的地位空前地提高了。因为“大家”二字，在我国文学批评术语中，有其特定的含义，它是和“名家”相对而言的。只有既具有杰出的成就又具有深远的影响的人，才配称为“大家”。只靠一篇诗而被尊为“大家”，这是文学史上绝无仅有的。王、杨、卢、骆四人就从来没有获得过这种崇高的称号。因此，这一评语事实上是认为，张若虚的《春江花月夜》，一方面，是出于“四杰”（王氏对前人此论没有提出异议），而另一方面，又确已超乎“四杰”。这是对此诗理解的深化。

抗日战争时期，闻一多在昆明写了几篇《唐诗杂论》，其中题为《宫体诗的自赎》的一篇，对张若虚这篇杰作，做了尽情的歌颂。闻先生认为：“在这种诗面前，一切的赞叹是饶舌，几乎是亵渎。”诗篇的第十一句到第十六句，比起篇首八句来，表现了“更夐绝的宇宙意识！一个更深沉、更寥廓、更宁静的境界！在神奇的永恒前面，作者只有错愕，没有憧憬，没有悲伤”。对于第十一、十二、十五句中提出的每一问题，“他得到的仿佛是一个更神秘的更渊默的微笑，他更迷惘了，然而也满足了”。对于第十七句以下，开展了征夫、思妇的描写，则认为“这里一番神秘而又亲切的，如梦境的晤谈，有的是强烈的宇宙意识，被宇宙意识升华过的纯洁的爱情，又由爱情辐射出来的同情心”。闻先生因此赞美说：“这是诗中的诗，顶峰上的顶峰。”

将近四十年之后，李泽厚对上述闻先生对此诗的评价，进一步做出了解释。[1]他不同意闻先生说作者“没有憧憬，没有悲伤”的说法，而认为：“其实，这首诗是有憧憬和悲伤的，但它是一种少年时代的憧憬和悲伤，……所以，尽管悲伤，仍感轻快，虽然叹息，总是轻盈。”“永恒的江山，无限的风月给这些诗人们的，是一种少年式的人生哲理和夹着感伤、怅惘的激励和欢愉。闻一多形容为‘神秘’‘迷惘’‘宇宙意识’等等，其实就是这种审美心理和艺术意境。”李先生的说法，比起闻先生来，显然又跨进了一步，将这篇诗的含义说得更明确，更能揭示它的哲学和美学的价值。

闻、李两位的论点显然不是王闿运及其以前的批评家所能措手的。与此相较，我们对梁启超《中国韵文里头所

[1] 见所著《美的历程》第七章《盛唐之音》第一节《青春·李白》。

表现的情感》一文（载《饮冰室合集》）中有关此诗的评论，也感到平庸。只有接受过现代的哲学、美学以及对马克思主义有所研究的学者才能得出前所未有的新结论。他们对此诗意义的探索，无疑地丰富了王氏所谓“孤篇横绝，竟为大家”二语的内涵，即提高了这篇作品的价值和地位。而其所以能发前人之所未发，也显然带有鲜明的时代烙印。这，应当说，是对此诗理解的进一步深化。

以上，就是张若虚这篇《春江花月夜》由明迄今的逐步被理解的情况。与此同时，它也难免有被误解的地方。如王闿运和闻一多都将张氏此诗归入宫体，现在看来，就是一种比较重要的、不能不加以澄清的误解。

《旧唐书·音乐志二》云：

> 《春江花月夜》《玉树后庭花》《堂堂》，并陈后主所作。叔宝常与宫中女学士及朝臣相和为诗，太乐令何胥又善于文咏，采其尤艳丽者以为此曲。[1]

这，也许就是王、闻二位将张若虚的《春江花月夜》当成宫体的依据。他们一则赞美它是“宫体之巨澜”，一则肯定它“替宫体诗赎清了百年的罪”，着眼点不同，然而都是误解。

这是因为，在历史上，宫体诗有它明确的定义。《梁书·简文帝纪》云：

> 雅好题诗，其《序》云：“余七岁有诗癖，长而不

[1]《乐府诗集》卷四十七引此文作《晋书》，显属误记。《晋书》怎么能记陈后主的事呢？郭茂倩未免太疏忽了。

倦。然伤于轻艳，当时号曰‘宫体’。”

同书《徐摛传》云：

摛属文，好为新变，不拘旧体，为太子家令，兼掌管记，寻带领直。文体既别，春坊尽学之。“宫体”之号始此。

《隋书·经籍志》集部序云：

梁简文之在东宫，亦好篇什。清辞巧制，止乎衽席之间；雕琢蔓藻，思极闺闱之内。后生好事，递相放习，朝野纷纷，号为“宫体”。流宕不已，迄于丧亡；陈氏因之，未能全变。

唐杜确《〈岑嘉州集〉序》云：

梁简文帝及庾肩吾之属，始为轻浮绮靡之辞，名曰“宫体”。自后沿袭，务为妖艳。

这都是宫体的权威性解释。根据这些材料，可见宫体的内容是“止乎衽席之间”，“思极闺闱之内”，而风格是“轻艳”“妖艳”“轻浮绮靡”，始作者则是为太子时的萧纲以及围绕在他周围的宫廷文人如徐摛、庾肩吾诸人。

如果上面所说的符合于历史事实，那么，我们就不能不承认，宫体和另外大量存在的爱情诗以及寓意闺闱而实别有托讽的诗是有本质上的区别的，在描写肉欲与纯洁爱情所使用的语言以及由之而形成的风格也是有区别的，不应混为一谈。而王闿运与闻一多的意见恰恰是以混淆宫体诗与非宫体的爱情诗的界限为前提的。

在王简辑《湘绮楼说诗》卷一中，王闿运曾认为：“沈休文旧有《六忆诗》，亦宫体也。”这话是有道理的。[1]但他称张若虚《春江花月夜》为“宫体之巨澜”，这个宫体，就已经超出了它的原始意义。[2]而为了证明这一论点，他竟认为二李以及宋词、元诗都和这一杰作有渊源关系，又扯得更远了。王氏弟子陈兆奎在他的老师这段意见之后，加了如下的按语：

> 奎案：昌谷五言不如七言，义山七言不如五言，一以涩炼为奇，一以纤绮为巧，均思自树一帜，然皆原宫体。宫体倡于《艳歌》《陇西》诸篇。子建、繁钦，大其波澜；梁代父子，始成格律。相沿弥永，久而愈新。以其寄意闺闼，感发易明，故独优于诸格。后之学者，已莫揣其本矣。

进一步说明了王氏师弟之所谓“宫体”，实即以男女之情为题材的抒情诗，所以他们进而把爱情诗的源流当作宫体的源流。这是一种既没有文献根据，也完全不符合历史事实

[1] 王瑶《中古文学风貌》第四篇《隶事·声律·宫体——论齐、梁诗》云：“宫体之名虽始于梁简文帝，但这种内容和发展的趋向却是宋、齐以来就逐渐显著了。正和追求形式美的情形一样，内容也在逐渐地变化，这变化是有意的，它象征着宫廷和士大夫生活的堕落。从山水到宫闱，虽然同样是有闲，同样是诗，但由逃避到刺激，诗和生活同样堕落到了极限。如果我们要选一个有代表性的人物来检讨，最好还是沈约，因为他最懂得什么是当时对文学的要求，和文学需要顺着那个方向发展，而且又寿高位显，对别人奖掖提倡的影响很大。虽然他死时梁简文帝才十岁，宫体之名还未成立，但他集子里已然有了很多这一类的诗。”所论极为精当。

[2] 如果我们要追溯张若虚这篇诗的渊源，除了形式显然出于“四杰”歌行之外，在意境、布局各方面，实在深受南朝乐府民歌《西洲曲》的影响，所以王氏也说它“用《西洲》格调”。（沈德潜《古诗源》卷十二已指出张诗受《西洲曲》的影响，王氏或本之。张生伯伟说，其所写离妇之思也与宫体情调截然不同，而与《西洲曲》接近。）

的说法。因此，我们认为，王闿运对张若虚以孤篇而成大家的评语，固然可以使我们加深对于《春江花月夜》的理解，但他认为这篇诗乃是宫体，却是一种误解。

同样，闻一多也把宫体诗的范围扩大了，虽然他走得没有王氏师弟那么远。在这方面，闻先生的观点是矛盾的。一方面，他清醒地指出："宫体诗就是宫廷的，或以宫廷为中心的艳情诗，它是个有历史性的名词。所以严格地讲，宫体又当指以梁简文帝为太子时的东宫及陈后主、隋炀帝、唐太宗等几个宫廷为中心的艳情诗。"这是完全正确的。可是，另一方面，接着他又把初唐一切写男女之情乃至不写男女之情的七言歌行名篇，都排起队来，认为是宫体诗，说它们的出现是宫体诗的自赎。这些作品有卢照邻的《长安古意》，骆宾王的《艳情代郭氏答卢照邻》《代女道士王灵妃赠道士李荣》，刘希夷的《公子行》《代悲白头翁》，而排尾则是张若虚的《春江花月夜》。结论是："《春江花月夜》这样一首宫体诗，……向前替宫体诗赎清了百年的罪。"但这些与"以宫廷为中心的艳情诗"关涉很少，甚至毫无关涉的作品，有什么理由说它们是宫体或是宫体经过异化后的变种和良种呢？闻先生没有论证。我们检验一下两者的血缘关系，实在无法承认这是事实。

梁、陈文风，影响初唐，这是不成问题的，但已经发生变化的隋代文风也同样影响初唐，而闻先生却没有付与足够的注意，所以他主观地认为："北人骨子里和南人一样，也是脆弱的，禁不起南方那美丽的毒素的引诱，……

除薛道衡《昔昔盐》《人日思归》、隋炀帝《春江花月夜》三两首外，他们没有表现过一点抵抗力。”从作家当时的创作实践来看，这些话也都是不符合事实的。和闻先生选出来作为这一个历史时期污点的标本的若干篇宫体诗对照，标举雅正的沈德潜在他所选的《古诗源》中，也选了若干首北朝及隋诗，这些作品，正显示有些诗人禁得起南方那美丽的毒素的引诱，他们表现了相当强的抵抗力。在《古诗源·例言》中，沈氏已经指出：

> 隋炀帝艳情篇什，同符后主，而边塞诸作，矫然独异，风气将转之候也。杨处道（素）清思健笔，词气苍然。后此射洪、曲江，起衰中立，此为之胜、广矣。[1]

而《隋书·文学传序》对于这一时期的文学，更有一段在今天看来基本上仍然正确的叙述。它说：

> 梁自大同之后，雅道沦缺，渐乖典则，争驰新巧。简文、湘东，启其淫放；徐陵、庾信，分路扬镳。其意浅而繁，其文匿而彩。词尚轻险，情多哀思。格以延陵之听，盖亦亡国之音乎！周氏吞并梁、荆，此风扇于关右。狂简斐然成俗，流宕忘反，无所取裁。高祖初统万机，每念斫雕为朴，发号施令，咸去浮华。然时俗词藻，犹多淫丽，故宪台执法，屡飞霜简。炀

[1] 沈氏另一著作《说诗晬语》卷上亦载此说。又刘熙载《艺概》卷二云：“隋杨处道诗甚为雄深雅健。齐、梁文辞之弊，贵清绮不重气质，得此可以矫之。”可与沈说参证。

帝初习艺文，有非轻侧之论。暨乎即位，一变其风。其《与越公书》《建东都诏》《冬至受朝诗》及《拟饮马长城窟》，并存雅体，归于典制。虽意在骄淫，而词无浮荡，故当时缀文之士，遂得依而取正焉。

这些论述都证明了，和宫体诗，更正确地说是和梁、陈轻艳的诗风相对立，早在卢照邻的《长安古意》等篇出现之前，已经有许多作为新时代、新局面先驱的作品。而这，一方面，在文学上，是许多有见识的作家抵抗毒素的结果，另一方面，在政治上，是隋帝国统一后，要求文艺服从当时政治需要的结果。

隋炀帝在中国文学史上是一个不可忽视的作家，有一种比较独特的二重性。他是宫体诗的继承者，又是其改造者。就拿《春江花月夜》来说吧，据《旧唐书·音乐志》的记载，陈后主等所撰的，无疑地是属于宫体的范畴，虽然它们已经亡佚，今天无从目验。但隋炀帝所写如下两篇：

暮江平不动，春花满正开。流波将月去，潮水带星来。

夜露含花气，春潭瀁月晖。汉水逢游女，湘川值两妃。

闻先生也不能不将其归入对南方美丽毒素的引诱有抵抗力的作品之列。

《乐府诗集》卷四十七收《春江花月夜》七篇，以上面炀帝两篇为首，以下是隋诸葛颖一篇：

花帆度柳浦，结缆隐梅洲。月色含江树，花影覆船楼。

唐张子容两篇：

林花发岸口，气色动江新。此夜江中月，流光花上春。分明石潭里，宜照浣纱人。

交甫怜瑶佩，仙妃难重期。沉沉绿江晚，惆怅碧云姿。初逢花上月，言是弄珠时。

这五篇，就是张若虚在写《春江花月夜》时所能读到的部分范本。闻先生既然将隋炀帝的那两篇放在对南方美丽的毒素有抵抗力的作品范畴之中，那么，似乎也难以将诸葛颖和张子容的三篇放在对毒素有抵抗力的作品范畴之外。

由此可见，作为乐府歌辞的《春江花月夜》虽然其始是通过陈后主等的创作而以宫体诗的面貌出现的，但旋即通过隋炀帝的创作呈现了非宫体的面貌。而张若虚所继承的，如果说他对其前的《春江花月夜》有所继承的话，正是隋炀帝等的而非陈后主等的传统。作品俱在，无可置疑。

闻先生忽视了在隋代就已经萌芽的诗坛新风，而将宫体诗的“转机”下移到卢、骆、刘、张时代，这就无可避免地将庾信直到杨素、隋炀帝等人的努力抹杀了，而同时将卢、骆、刘、张之作，划归宫体的范畴，认为他们的作品的出现，乃是“宫体诗的自赎”，就更加远于事实了。这也只能算是对《春江花月夜》的误解。

王闿运与闻一多所受教育不同，思想方法亦异，但就扩大了宫体诗的范围而导致了对《春江花月夜》的误解来说，却又有其共同之点。这就是对复杂的历史现象理解的表面性和片面性。

以上，就是我们所知道的从明代以来这篇杰作的被理解和被误解的大概情况。每一理解的加深，每一误解的产生和消除，都能找出其客观的和主观的因素。认识，是无限的。今后，对于张若虚《春江花月夜》的理解将远比我们现在更深，虽然也许还不免出现新的误解。

（1982年2月　南京）

李颀《杂兴》诗说

《杂兴》是与王维、高适、岑参并称“王、李、高、岑”的盛唐诗人李颀集中为人所注目的诗篇之一。所咏本事见《晋书·温峤传》：

> （峤）旋于武昌，至牛渚矶，水深不可测。世云其下多怪物。峤遂毁犀角而照之。须臾，见水族覆火，奇形异状，或乘马车著赤衣者。峤其夜梦人谓己曰：“与君幽明道别，何意相照也！”意甚恶之。峤先有齿疾，至是，拔之，因中风，至镇，未旬而卒。

最早谈到这篇《杂兴》的，是李颀杰出的晚辈白居易。《白氏长庆集》卷十五《放言》五首序云：

> 元九在江陵时，有《放言》长句诗五首，韵高而体律，意古而词新。余每咏之，甚觉有味。[1]虽前辈深于诗者，未有此作。唯李颀有云：“济水至清河自

[1] 元稹《放言》七律五首，见《元氏长庆集》卷十八。

浊，[1]周公大圣接舆狂。”斯句近之矣。

宋计有功《唐诗纪事》卷二十李颀条下收录了这个材料，但无所发明。到了晚清，文廷式在《纯常子枝语》卷六中也自称最喜白居易所提到的那两句，说是：“别有神会，非徒摘句嗟赏而已。”评价虽高，可惜没有说出个所以然。与文氏同时的王闿运才对这篇诗做了比较详细而深刻的阐发，见王氏弟子陈兆奎编的《王志》卷二“论歌行运用之妙答（陈）完夫问”条。今全录如下，以便讨论：

沉沉牛渚矶，旧说多灵怪。行人夜秉生犀烛，洞照洪深辟滂湃。乘车驾马往复旋，赤绂朱冠何伟然。波惊海若潜幽石，龙抱胡髯卧黑泉。水濒丈人曾有语，物或恶之当害汝。武昌妖梦果为灾，百代英威埋鬼府。

以上平叙，咏史常例。

青青兰艾本殊香，察见泉鱼固不祥。

“青青”句入正意，却用兰艾，与题无干。此作者之意，以喻小人不可极之耳。然于文势极突兀，有辟易万人之概。盛唐以后，无此接法，专恐人不知耳，便无诗意。“察见”句挽入本意，引古语作证。此亦善用典。[2]

济水自清河自浊，周公大圣接舆狂。

---

[1]“至”，《全唐诗》李集及各选本均作“自”，当据正。

[2]我国文学中所谓“典”，大体上包括成语和故事两个方面。这句诗是用了一句古代成语，所以说是“用典”。《列子·说符》：“察见渊鱼者，不祥。”《韩非子·说林上》引古谚作“知渊中之鱼者，不祥”。《史记》及《汉书》的《吴王濞传》均作“察见渊中鱼，不祥”。李诗改“渊”为“泉”，是避唐高祖李渊的讳。

小时见元微之举此二句，以为古今诗人不能复下语，心窃疑之。[1]及后尽学三唐及六朝歌行，乃知此二句神力，所谓千里黄河与泥沙俱下；只是将不相干话从容说来，如恰合题分也（并非恰合，故特加“如”）。前乎此者，如《古剑篇》“正逢天下无风尘”四句，《春江花月夜》“此时相望不相闻”四句；后乎此者，《远别离》“海水直下万里深”二句，《白头吟》“此时阿娇……”一句，《江夏赠韦冰》“头陀云月……”四句，皆是此法门。若杜诗此等处尤多，然不免拉扯形迹，由其天分不及故耳。若韩退之以后，则乱道矣。卢仝、刘叉亦时得之，而微之《望云骓》诗专模此意，亦自纵横捭阖，不可方物。要归于清谈挥麈，无一毫作态，乃为佳耳。然微之称此二句本意则是取其说理，又便其不拘检，与己意合，非知此诗之境者。何以知之？以其五言知之。盖五古亦有此一境，而元、白全未梦及也。以其知此二句之妙，故歌行颇跌宕舒卷。

千年魑魅逢华表，九日茱萸作佩囊。

再足两句，挽入本意，亦不可少。

善恶死生齐一贯，只应斗酒任苍苍。

右李东川《杂兴》诗，歌行之极轨也。其余名篇，了然易见，唯此不易知也。余平生数四拟之，唯《回

[1] 遍检《元氏长庆集》及另外一些资料，没有发现元稹关于《杂兴》一诗的评语，可能是王氏误记，将白居易当作元稹了，俟再考。

马岭柏树歌》稍似，附录于后：

泰山兮巃嵸，下宜柏兮上宜松。松是仙人家，柏作神鬼宫。秦皇昔日无仙才，欲攀松树望蓬莱。飘风骤雨不能下，独立徘徊一松下。后来封禅凡几君，时君无德况群臣。霍家都尉死山顶，汉武匆匆旋玉轮。自此群臣陪法驾，行到松前尽回马。南看十里柏阴阴，肃肃泠泠无妄心。乘舆去后此阴在，士女时来听玉琴。我昔南行桂阳道，参天翠柏如云扫。株株自谓栋梁材，千年枉向荒山老。岂知此山百万株，云间各有神明扶。八十七君屡兴废，明堂梁栋皆丘虚。从臣同来见此柏，亦言名字垂金石。当时解笑秦汉君，今日几人如李霍？龙藏麟见古今殊，大圣栖栖非小儒。颍水牵牛渭投钓，阿衡负鼎闳怀珠。社栎十围欺匠石，卞珪三刖困泥涂。日暮长风送归客，且从松子访盈虚。

杜诗："宫中圣人奏云门，天下朋友皆胶漆。"钟伯敬以为"孔硕""肆好"之音，[1]心、琴二韵，可以相比，亦东川别派也。

在这条答问里，王闿运着重地解释了《杂兴》在艺术表现手法上的特色，即他所谓"不易知"之"一境"，也捎带着提出了另外一些关于诗歌的意见。对于后者，在这篇短文里不准备多涉及，因为对于理解《杂兴》的表现手法说来，捎带着提出的意见是不关紧要的；同时，其中有些问题，

[1] 杜甫诗见《忆昔》二首之二，钟惺评见《唐诗归》卷二十。

例如古典作家们运用这一手法的优劣如何，又不是三言两语可以说得清楚的。

王氏及其弟子还有一些泛论李颀七言歌行的话，对我们剖析《杂兴》的艺术特色及王氏对它的评论是有帮助的。如王简编《湘绮楼说诗》卷三：

宋人虽跅弛如苏、黄，颓放如杨、陆，未有能泥沙俱下者。前唯李东川之歌行、陆士衡之五言足当此四字，而格调迥超，不露筋骨。

《王志》卷二“论唐诗诸家源流答（陈）完夫问”条附陈兆奎按语：

若夫雍容包举，跌荡生姿，则东川独擅矣。

宋育仁《三唐诗品》卷二“李颀”条：

七言，变离开阖，转接奇横。沉郁之思，出以明秀。

概括以上的意见，可以知道，王氏师弟一致认为，李颀的七言歌行在艺术上具有如下的两个基本特征：一是夭矫多姿，即所谓“文势突兀”“泥沙俱下”“跌荡生姿”“变离开阖，转接奇横”；二是自然合度，即所谓“从容说来”“雍容包举”“不露筋骨”“无一毫作态”、不“拉扯形迹”。而这两个特征，又是高度地、有机地统一在每一篇成功的诗作之中的。这些意见，我们认为，是符合实际的。李颀的七言歌行确实具有这种艺术特征，而《杂兴》一诗，对于这种特征说来，又具有其代表性。虽然王闿运称这篇诗为“古今诗人不能复下语”，评价不免过高。

无庸置疑，夭矫多姿与自然合度的有机统一这种艺术特征，并不只是李颀一个人所追求和具有的。许多杰出诗人的作品都具有这种特征。并且，由于他们是从各人对于生活的富有独创性的观察、体验、分析、研究出发以进行其创作，也就不可避免地同时形成了自己对于生活富有独创性的表现手法，所以构成这种艺术特征的方式、方法也是因人而异，甚至是因篇而异的。《杂兴》通过关于晋代一位著名人物的神奇传说的感兴，表达了诗人“善恶死生齐一贯，只应斗酒任苍苍”的道家思想。为了充分发抒这种思想，他选择了自然界和人类社会中许多相反而并存的事物、现象作为素材，写成诗句，来服务于主题。从“青青兰艾本殊香”以下，既是比喻，又是议论；既相反，又相成。是议论，但不是出之以抽象的说理，而是出之以具体的比喻；是比喻，但不是出之以牵强的拉扯，而是出之以活跃的联想。深沉而又奔放的思想感情和生动而又丰富的联想相结合，就使得这几句诗起得突兀，收得斩截；既夭矫，又自然，从而形成了全诗的特色。

但如王闿运所举与李诗同一“法门”的另外一些名篇，其具体写法就并不全是这样的。如郭元振《古剑篇》一起八句，极力形容宝剑之犀利贵重，却忽然接以“正逢天下无风尘，幸得周防君子身”两句，表面上是说剑的“幸”，实际上正是诗人在倾吐着英雄人物生不逢时的不幸。再接上“精光黯黯青蛇色，文章片片绿龟鳞”两句，则对于宝剑进一步做了正面的补充描写，转过头又与上文关合了起来。张若虚《春江花月夜》是一篇富有魅力的春之颂歌。在歌颂美丽的春天的同时，诗人也以高度的同情，代人们诉说了离情别绪。“此时相望不相闻，愿逐月华流照君。鸿雁长飞光不度，鱼龙潜跃水成文”四句，便是对于离人思妇的内心活动的精确描绘。据古代传说，鸿雁和鱼都能给人捎信（龙在这里只是为了和鸿雁两字相对成文才加上的），但事实上，远走高飞的鸿雁并不能将楼前的月光带给离人（这月光中蕴藏着一个女子对于一个男子的怀念），而暗暗跳起的鱼儿，也不过使水面摇荡着波纹，并没有给人捎个信儿。那么，“愿逐月华流照君”就终于不能不是无从实现的痴想了。这种内心描写是复杂而委婉的、一波三折的，既新鲜而又合情合理的。再就王氏所举的李白诗三篇而论，它们尽管出自同一作家之手，表现方式却各不相同。《远别离》的“海水直下万里深，谁人不言此离苦”两句是先以一个非常巨大的形象作为暗喻，然后才说明本意。这就使读者感到奇峰突起，沉雄有力。《白头吟》本是咏叹卓文君和司马相如这个古代著名的恋爱故事的，一起六句却避免直接接触本题，但以鸳鸯起兴，下面似乎该着题了，却又节外生枝，岔进“此时阿娇正娇妒”一句，阑入长门买赋的故事，并且凭空创造了一个情节，说司马相如之所以想聘茂陵女为妾，是因为卖赋给陈皇后以后，有了很多黄金的缘故。这样，就丰富了这个悲剧的内容，[1]使人们十分自然地更其关注和同情卓文君的命运。《江夏赠韦南陵冰》本是诗人遇赦东还，重逢旧友，悲喜交萦之作。然而在称道“风流贤主人”之后，继以“头陀云月多僧气，山水何曾称人意。不然鸣笳按鼓戏沧流，呼取江南女儿歌棹讴。”又似乎当前风物，一无可取，也无从借以解闷宽忧了。在诗篇终了时，诗人又再度来一个反跌，以“且须歌舞宽离忧”结束。总的说来，这种情绪上的剧烈变化，虽然不免使人感到意外，却并不是难以接受的。

为了减省笔墨，对王闿运所举其他诗人具有这一“法门”的一些作品，就不再举列加以分析。应当指出的是，郭、张、二李的这些诗篇，具体写法虽与《杂兴》不同，但却都具有夭矫多姿和自然合度的有机统一这个艺术特征，用王氏的语言来说，就是既“纵横捭合，不可方物”，又能“清谈挥麈，无一毫作态”。同时，更其值得注意的是，这些诗人们并不是在互相剽袭，用同一表现手法获得这种艺术特征；反之，却是每一个人都是用自己独特的方式来获得的。杰出的诗人不重复别人，伟大的诗人甚至不重复自己，在这里，我们又一次得到证明。只有王氏自认为“稍似”《杂兴》的《回马岭柏树歌》，“龙藏麟见古今殊”以下六句，显然是《杂兴》“青青兰艾本殊香”以下六句亦步亦

[1] 元好问《遗山乐府》卷下《鹧鸪天·薄命妾辞》三首之三有句云：“早教会得琴心了，醉尽长门买赋金。”证明他对于李白《白头吟》的理解是深刻的。

趋的摹仿。费尽心力，去造作假古董，乃是王闿运在写作上一向努力走着的魔道。因此，虽然由于他对古典诗歌曾经反复钻研从而具有一定深度的理解，在创作上却始终走不出那条死胡同，因而其作品就始终只能追随前人，而不能跨越前人。这是应当分别观之的。

每一位诗人都可以而且应当用自己独特的表现手法来获得夭矫多姿与自然合度的有机统一这种艺术特征，这是肯定的。但同时，还应当进一步地指出：和任何其他的艺术特征、风格、手法的获得一样，首先必须深入生活，学习生活。从以上所举的一些例子当中，我们可以看出，诗人们通常是利用丰富而奇妙的联想来进行构思和描绘的。这样，就往往使其作品显得奇横变幻，难以捉摸，给读者以新鲜的感受和喜悦。这只有熟悉了自然和社会、往古与来今，并且发现了、掌握了它们之间的内在的和外在的联系和异同，才有可能；也只有这样，才能使得那些联想符合于现实的和可能的生活实际。它们可以是新奇的，然而并非是人们所不能理解的；可以是辽远的，然而并非是人们所无从设想的。否则，就无法自然合度，而只能算是“拉扯形迹”，甚至是“乱道”了。既出乎意料之外而又在情理之中的联想，在创作中，是只有既根源于现实生活，又不拘于生活的表面现象，才能够丰富地采获，从而加以恰如其分地表达的。

疏证了王闿运对于《杂兴》的解释和评价以后，对于前引白居易对“济水自清河自浊，周公大圣接舆狂”两句赞为“韵高而体律，意古而词新”，就比较容易理会了。所谓“韵”，是指诗中风韵，即风格而言。如王氏所说，这两句诗是具有“千里黄河与泥沙俱下，只是将不相干话从容说来，如恰合题分”的气概的。这就必然会给人以风格高迈、不同凡响的感觉。所谓“体”，是指诗的体制而言。这两句诗的声律与七律平起式的第二联或仄起式的第三联完全符合，一览可知；而在长篇转韵的杂言或七言古诗中间以律句，则是长庆体构成悦耳音节的艺术手段上一个久已公开的秘密。正由于李颀在《杂兴》的这两句中也体现了这一点，所以白居易在赞赏元稹《放言》为“体律”时，也就无妨引以为比了。“意古”指诗中所写的道家委心任运、各遂其性、各全其天的思想，由来已久；“词新”则指其中由巧妙的联想所构成的比喻新异动人。白居易这两句话主要地是用以评论元稹的《放言》，但既引李诗来相比况，也就证明了《杂兴》这两句也同样具备着这样一些特点。这个评语在李诗方面的具体涵义，大略如此。它和《王志》所说，是可以互相沟通和补充的。

关于李颀的生平事迹，今日所知无多。但依据他的交游和作品，可以断定，他一生中多数的岁月是在8世纪上半期，即唐玄宗开元、天宝时代度过的。这个文学史上习惯地称之为盛唐的时代，正是唐代封建经济发达已经到了顶点的时代。在表面上，这个历史时代的社会、政治、文化生活，都显得十分活跃，绚烂多彩。然而也就是在这件五光十色的外衣里面，错综复杂的阶级矛盾和种族矛盾正在日积月累地孕育着、生长着、发展着。这种巨大的社会现实，不可能不在诗人们的生活和创作中反映出来。在盛唐诗坛上流行着、激荡着的浪漫主义精神，就是当时社会矛盾的集中反映。在李白、杜甫、王维、王昌龄、高适、岑参、李颀以及其他许多著名诗人的生活和创作中，我们不仅看到了现实主义精神和浪漫主义精神往往同时可是又在不同比例、不同程度上既支配着他们每一个人的生活态度，也支配着他们每一个人的美学观点和创作方法；同样地，积极的浪漫主义精神和消极的浪漫主义精神也往往同时而又在不同比例、不同程度上支配着他们每一个人的生活和艺术。立功边塞和归隐山林是盛唐具有浪漫主义气质和色彩的诗人们所共同喜爱的，因而可以说是在那一个历史时代里具有普遍性的主题。一般地说，我们可以认为：诗人们积极的浪漫主义精神主要地是通过前者而体现的，其消极的浪漫主义精神则主要地是通过后者而体现的。立功边塞与归隐山林，儒家的用世思想与佛、道的出世思想，……以及其他许多矛盾，在诗人们思想、感情和创作实践中的对立和统一，就使得他们在艺术上也呈现了非常复杂的声音、颜色、情调、气氛。我们在评价李颀的时候，当然不会也不应当忘记他那些面对现实的以及具有进取精神与健康情调的作品，如《古从军行》《古意》《送陈章甫》《别梁锽》等名篇；但同时，更不应当忽视这样一个更其基本和重要的事实，即从他现存的全部作品看来，出世思想确实是占着主要地位的，消极的浪漫主义精神是更其浓重的。

殷璠《河岳英灵集》卷上已经指出：

> 颀诗发调既清，修词亦秀。杂歌咸善，玄理最长，……故其论道家，[1]往往高于众作。

殷璠对李颀的称颂，在今天看来，恰好击中了他的创作在内容方面的主要弱点。

还应当注意到，李颀作品中所反映的，受着自己阶级意识支配、失意环境刺激以及道家思想熏陶而形成的落后的世界观，往往伴随着愤慨的激情，以变化跳脱、奔放流转因而令人感到富有气势的文学语言表达出来。这就使读者容易为其作品表面上的悲壮慷慨所吸引，因而放松了对于存在于其骨子里的消极颓废的思想、感情的批判。近年来所出版的几部中国文学史，对这位诗人都只作了近于全盘肯定的介绍，和上述这种认识不能说没有关系。

《杂兴》显然是通过一个古代神奇传说宣传了为诗人自己所已接受了的道家的宿命论和唯无是非观，虽然在表现手法上，它有其独特的成就。我们在肯定这篇作品艺术成就的同时，指出它在思想内容上的缺点，也是必要的。对于这样一篇作品进行了一些肤浅的探索，主要是因为受到高尔基的启发。在《论文学》[2]一文中，这位著名作家说：

> 不仅要向古典作家学习，而且也要向敌人学习，

[1]“故其论道家”，《四部丛刊》影明本《河岳英灵集》作“故论其数家”，上海古籍出版社《唐人选唐诗（十种）》本载毛斧季、何义门校文俱作“故其论家”，均不甚可解，今从《唐诗纪事》卷二十所引。

[2]《论文学》的译文，载《人民文学》1953年7、8月号。

> 如果这敌人是聪明的话。学习并不就是模仿什么，而且要精通技术的方法……在对于向古典作家学习的恐惧中，有一种可笑的观念，仿佛害怕古典作家会抓着学生的腿，拖到自己的坟墓中去似的。

在今天，我们有马克思主义和党的“双百”方针的正确指导，在研究工作中，不必过于对古典作家将我们拖进他们的坟墓中去的可能性抱着“因噎废食”的戒心了；反之，却需要以“不入虎穴，焉得虎子”的精神来钻研古典作家和作品，使得一切有价值的遗产都用来为今天服务——古为今用。这篇短文，就算是个人学习的一次尝试吧。

（1961年12月　武昌）

李白《丁督护歌》中的“芒砀”解

云阳上征去，两岸饶商贾。吴牛喘月时，拖船一何苦！水浊不可饮，壶浆半成土。一唱《都护歌》，心摧泪如雨。万人凿盘石，无由达江浒。君看石芒砀，掩泪悲千古！

这首《丁都护歌》是李白集中为数不多的直接反映当时劳动人民在封建统治阶级压迫下的痛苦生活的作品之一。它和诗人的其他名篇一样，一直为读者所爱好、传诵。

可是，由于有些注家对诗中“芒砀”一词没有能够做出正确的解释，就使人们感到，其所述情事，有些费解。现在，我们试图将这个问题加以澄清。

《汉书·高帝纪》：

高祖隐于芒、砀山泽间。（应劭注：“芒属沛国，砀属梁国。二县之界有山泽之固，故隐其间。”）

芒、砀山泽，在今安徽省砀山县境内。不少注解李诗的书认为：“君看石芒砀”句中的“芒砀”，就是指芒、砀诸山，[1]而“石芒砀”则是指产于此山的文石，[2]诗中所咏，即系将在此山开采的石头用船运往位于长江南岸的云阳（今江苏省丹阳县）的事。

但这一说法，无论从诗中地理及诗句语法来看，都有其窒碍难通的地方。

先谈地理上的问题。诗篇一上来就写道：“云阳上征去，……拖船一何苦！”非常明确地表明了是从云阳拖船。“上征”一词，出自《离骚》：“驷玉虬以乘鹥兮，溘埃风余上征。”本是说从地下到天上。我国地势基本上是西北高、东南低，所以习惯上往西往北走，就叫西上北上，往东往南走，就叫东下南下。王琦引冯衍《显志赋》“溯淮流而上征”来注“云阳上征去”，正由于此。那么，如果是从皖北的芒、砀诸山采石，南运苏南的云阳，怎么能说是“云阳上征去”呢？应当说“芒砀下航去”才对。这显然是个矛盾。

为了解决这个矛盾，马茂元先生做了如下的解释：

> 征，征途。上征，犹言启运。“云阳上征去”是上征云阳去的倒文。文石采自芒、砀，由运河向南运至云阳。“两岸”，指运河两岸。

[1] 请看杨齐贤集注、萧士赟补注：《分类补注李太白诗》卷六，王琦注：《李太白全集》卷六，马茂元：《唐诗选》上册，第238至239页。（下引诸家说均出此。）

[2] 王、马说。杨氏引《汉书》释“芒砀”为山名，又释“石芒砀”为“视盘石芒砀然”，意谓盘石（大而多）有如芒、砀诸山，与诸家不同。萧氏虽然也认为“芒砀”乃指芒、砀诸山，但并不认为诗中所咏系指开采山石，南运云阳。这些歧见是基于他们对诗中所咏情事的理解各有不同而产生的，并见下。

稍加检核，就可以看出，此说是难以成立的。一是因为释征为征途，上征为启运，都缺乏训诂学上的根据；二是以两岸为运河两岸，在诗中全无可稽；三是以“云阳上征去”句为倒文，也不大说得过去。还有人认为是在芒、砀采石，而由云阳开船去负担南运的任务，那么，船离云阳的时候，还是空的，既非重载，拖船北上就不太费力，为什么诗人要强调“上征”时“拖船一何苦”呢？

由此可见，这些迂曲的说法并不能解决“云阳上征去”与作为山名的“芒、砀”之间所产生的矛盾。

再谈语法上的问题。我们指的是根据古代韵文的语法，在“君看石芒砀”这句诗中，“芒砀”一词究竟应当怎样理解才算正确的问题。为了便于比较，仍用李诗作为例证。

如大家所熟知，依照古代韵文的语法，当一个形容词与一个名词相结合而构成词组时，这个形容词是既可前置又可后置的。以“巉岩”“浩荡”“萧飒”这三个形容词为例，李白在下列诗句中，即皆用于前置，作为定语来修饰后面的名词：

巉岩容仪。

——《上云乐》

浩荡深谋喷江海。

——《述德兼陈情上哥舒大夫》

萧飒古仙人。

——《古风》其二十

而他在另外三句诗中，则又用于后置，作为谓语来描述前面的主语：

石头巉岩如虎踞。

——《金陵歌送别范宣》

洪波浩荡迷旧国。

——《梁园吟》

胡霜萧飒绕客衣。

——《幽歌行上新平长史兄粲》

这两种方式都是习见的。

可是，如果是用一个名词，特别是专门名词作为定语来修饰另外一个名词时，一般就只能前置，而不能后置。这从下举各例中可以看出来：

东上蓬莱路。

——《古风》其二十

片片吹落轩辕台。

——《北风行》

巢在昆山树。

——《赠溧阳宋少府陟》

在这些诗句里，我们不能将“蓬莱”“轩辕”“昆山”当作后置的定语使用，而将“蓬莱路”写成“路蓬莱”，将“轩辕台”写成“台轩辕”，将“昆山树”写成“树昆山”。如果是在散文里，还可以借助于助词“之”及“者”，并在那个作为后置定语的名词之前，加上一个合适的动词，将它们写成“路之去蓬莱者”“台之名轩辕者”以及“树之植昆山者”，虽然有些别扭，倒也勉强可通，而在格律、音韵等等限制之下，却无法将这样一种形容短语安放在诗句里。

由此可见，将“石芒砀”释为“石之产芒、砀者”，是不符合古代韵文语法的。

以上证明，无论从地理或语法的角度来探究，“芒砀”虽然也是山名，但李白在《丁都护歌》中，却并没有将它当作山名来使用。[1]

我们认为：《丁都护歌》中的“芒砀”是一个性状形容词，它以后置的方式与名词“石”结合，成为“石芒砀”这样一个主谓结构。它和杜甫《王兵马使二角鹰》诗“悲台萧瑟石巃嵸”句中的“石巃嵸”，苏轼《游金山寺》诗“中泠南畔石盘陀”句中的“石盘陀”，是完全一样的。

朱骏声《〈说文〉通训定声》壮部十八“芒”字下云：

> 《诗·长发》：“洪水芒芒。”《元（玄）鸟》：“宅殷土芒芒。”传：“大貌。”《左·襄四年》：“芒芒禹迹。”注：“远貌。”《淮南·俶真》：“其道芒芒昧昧。”注：“广大之貌。”《补亡诗》：“芒芒其稼。”注：“多貌。”

又“砀”字下云：

[1] 前人注释，认为“芒砀”不作山名解的，有胡震亨。其《李诗通》卷二云：“芒，石棱；砀，石文。指所凿盘石言。”（下引胡说均出此。）按：“芒”有锋利之义，故与“铓”通用。《汉书·贾谊传》：“一朝解十二牛而芒刃不顿者。”颜师古注：“芒刃，谓刃之利如毫芒也。”《文选》卷三十五张协《七命》：“启雄芒。”李善注：“芒，锋刃也。”皆假为“铓”字。引申其义，则“石芒”自亦可指石棱。“砀”之本义为文石，解为石文，也无不可。所以将两字孤立起来看，胡说似若可通，但“芒砀”既系一个叠韵连绵词（详下），而如王国维《观堂集林》卷一《肃霜涤场说》所指出的：“……古之连绵字，不容分别释之。”因而他认为“芒砀”一词在本诗中并非山名，虽然是对的，而分释为石棱、石文，却仍然错了。

或曰：芒砀，叠韵连语。假借为宕。《淮南·本经》："元元至砀而还照。"注："大也。"《甘泉赋》："回猋肆其砀骇兮。"注："过也。"《长笛赋》："眩砀骇以奋肆。"注："突也。"

朱氏在这里所辑录的故训表明，"芒""砀"两字，有大、广、多、远、过、突这样一些相同、相通或相近的意义，它们又同属一个韵部，因而在构成一个叠韵连绵词的时候，自然也就具有同样的意义。李白在本诗中，以之形容石大且多，是很精确的。

古汉语中通假字很多，它们在形、音、义各方面的变易都非常繁复。程瑶田《通艺录》《果蠃转语记》曾举"果蠃"这个叠韵连绵词为例，王国维《肃霜涤场说》曾举"肃霜""涤场"这两个双声连绵词为例，展示了叠韵及双声连绵词变易多端的情况。[1]程氏并对这种情况做了如下的概括：

双声、叠韵之不可为典要而唯变所适也，声随形命，字依声立。屡变其物而不易其名，屡易其文而弗离其声。物不相类也，而名或不得不类。形不相似，而天下之人皆得以是声形之，亦遂靡或弗似也。

就"芒砀"一词而言，也有同样的情况，今略举如下。"芒砀"，或作"旁唐"，《文选》卷八司马相如《上林赋》：

瑉玉旁唐。（李善注引郭璞曰："旁唐，言磐礴

[1] 参看殷孟伦《〈果蠃转语记〉疏证》，载《四川大学文学院集刊》第1、2期，1943年。

也。”《文选》卷十二郭璞《江赋》：“荆门阙竦而磐礴。”李善注：“磐礴，广大貌。”《汉书·高帝纪》应劭注：“砀，音唐。”颜师古注：“砀，亦音宕。”）

或作“沆砀”，《汉书·礼乐志》载《郊祀歌》：

西颢沆砀。（颜师古注：“沆砀，白气之貌也。”）

或作“莽荡”，《文选》卷九班彪《北征赋》：

野萧条以莽荡。（五臣注张铣曰：萧条、莽荡，旷远之貌。）

或作“茫荡”，王绩《东皋子集》卷下《无心子传》：

游乎茫荡之野。

或作“旷荡”，李白《大鹏赋》：

不旷荡而纵适。

或作“漭荡”，李白《送王屋山人魏万还王屋》：

漭荡见五湖。

唐人诗句以“芒砀”作形容词使用而为人所习知的，还有韩愈的《苦寒》：

芒砀大包内。（钱仲联《韩昌黎诗系年集释》卷二引方崧卿《韩集举正》：“‘芒砀’乃‘茫荡’也。‘芒’，平上声通。李白诗：‘君看石芒砀，掩泪悲千古。’古书‘茫’只作‘芒’，‘砀’与‘荡’通。《诗》：‘洪水芒芒。’《庄子》：‘芒乎何之。’皆‘茫’字也。又：‘吞舟之鱼，砀而失水。’《汉志》：‘西颢沆砀。’皆‘荡’意也。大包，以宇宙言也。”）

而韩诗以“芒砀”前置，修饰“大包”，李诗以“芒砀”后置，描述“石”，也正符合性状形容词既可放在名词之前，又可放在名词之后的规律。

由此可见，“芒砀”在《丁都护歌》中应理解为是一个叠韵形容词，实无疑义。

现在，可以附带讨论一下此诗所咏情事或其本事问题。“芒砀”一词的正确理解，对于我们正确地理解全诗，也是有帮助的。

此诗虽然篇幅不长，但所咏何事，则注家们颇有歧见，列举起来，共约六说。杨齐贤云：

> 此意谓行船于河，河水浑浊不可饮，虽使万人凿石以通江水，终不能得。当热而渴饮，千古之人视盘石芒、砀然，岂不悲哉！

萧士赟云：

> 此篇之意，是咏秦皇凿北坑以压天子气之事。[1] 徒尔劳民凿石，而不知真主已在芒、砀山泽间矣，非人力之所能胜也。触热拖船，就饮浊水，征夫之苦，徒兴千古之悲耳。

萧氏引或说云：

> 此诗乃是为韦坚开广运潭而作，借秦为喻耳。按唐史，天宝初，江淮南租庸等使韦坚引淮水抵苑东望

---

[1] 按：“北坑”当作“北冈”。《艺文类聚》卷六引《地理志》：“秦望气者云：‘东南有天子气。’使赭衣徒凿云阳北冈，改名曰‘曲阿’。”《太平御览》卷五十八引董览《吴地志》：“曲阿，秦时名云阳。太史云：‘东南有天子气，在云阳之间。’故凿北冈，令曲而阿，因名曰‘曲阿’。”

春楼下为潭，[1]以聚江、淮运船，役夫匠通漕渠，发人丘陇，自江、淮至京城，民间萧然愁怨，二年而成。三月，上幸望春楼观新潭，名其潭曰广运。[2]太白之诗，其为是欤？

萧氏又一说云：

吴孙权时，亦尝遣校尉陈勋将屯田及作士三万人凿句容中道，自小其至云阳西城，通会市，作邸阁。[3]今以首句观之，似咏此事。

胡震亨云：

……白辞“云阳上征去”，咏润州埭牐牵挽之苦。……先是，润州不过江，开元中，刺史齐澣始移漕路京口塘下，直达于江，立埭收课，事详澣本传。[4]澣新河在江北瓜步者，白尝作诗颂美。[5]此独言其苦。瓜步岸庳易开，润州岸高难开，地势至今然，白诗并纪实也。

王琦云：

[1] 按：“淮水”当作“浐水”。《旧唐书·玄宗纪》，天宝元年：“是岁，命陕郡太守韦坚引浐水开广运潭于望春亭之东以通河、渭。”《资治通鉴》卷二百十五：天宝二年三月，“江淮南租庸等使韦坚引浐水抵苑东望春楼下为潭”。淮水是无从引到长安的。

[2] 此事，两《唐书·韦坚传》并载之，但萧注行文，大体依据《通鉴》。

[3] 见《三国志·吴志·孙权传》赤乌八年。

[4] 齐澣，两《唐书》并有传（旧书入《文苑》），皆载此事。

[5] 这里指李集中《题瓜州新河饯族叔舍人贲》一诗中有“齐公凿新河，万古流不绝，丰功利生人，天地同朽灭”诸句。

考芒、砀诸山，实产文石。[1]意者是时官司取石于此山，僦舟搬运，适当天旱水涸，牵挽而行，期令峻急，役者劳苦，太白悯之而作此诗。……“君看石芒砀，掩泪悲千古”者，谓芒、砀产此文石，千古不绝，则千古尝为民累，有心者能不睹之而兴悲哉！[2]

异说虽多，有的却完全不足据信。如由于“芒砀”一词已被证明不能解为山名，则萧士赟认为此诗是说秦始皇虽凿云阳北冈以压天子气，而不知汉高祖已隐于芒、砀山泽间，以及王琦认为系自芒、砀采石，南运云阳之说，已不攻自破。

萧氏的又一说，只是就孙吴时陈勋曾在云阳一带开路，与诗中云阳强为牵合，而此事与诗里所描写的情景，很不相干，其为附会，不待详辩。

萧氏所引或说，以为诗咏韦坚开广运潭事，但诗中既全未涉及他的聚敛邀宠，而且这一漕渠工程，是起自江、淮，引浐水以达长安，工程重点都在长江以北，而从诗中所用云阳、吴中等语来看，却偏指江南，可见其附会的程度也不下于前说。所以王琦说：“琦尝以全篇诗意参绎（萧注所说）三事，知其皆非也。”

杨齐贤的说法，不算穿凿，但他认为凿石的目的，不

[1]《说文解字》九篇下：“砀，文石也。”段玉裁注：“《地理志》：‘梁国砀山出文石。’……师古云：‘山出文石，故以名县也。’按：以砀名山，又以砀名县，本为文石之名。”砀山出文石，见于《汉书·地理志》，芒山是否也出文石，则不可知。王氏称“芒、砀诸山，实产文石”，而冠以“考”字，似欠严谨。

[2] 近人选注的唐诗或李诗多从王说，不更列举。

是为了将它北运江边，而是“以通江水”，使“行船于河”的人免于再饮浑浊的水。这样，就把拖船之苦局限在缺乏清洁饮水这一点上。这种片面的理解，显然不合全诗情事，也说明他忽略了诗篇所具有的深度和广度，即诗人所揭露的，乃是封建统治阶级“力役之征”的黑暗面，而这在当时，是具有深刻、普遍的意义的。

胡震亨比较谨慎。他只泛言此诗是“咏润州埭牖牵挽之苦”，虽然也征引了齐瀞开河移漕之事，但只是用以说明“润州岸高难开”，从而证实此诗描写所具有的真实性，并没有硬说从“云阳上征”拖船的水道也是齐瀞所开。王琦除了误解“芒砀”一词之外，所说大体上与胡氏相同。在旧注中，它们是大体正确的。

萧士赟认为：“太白乐府每篇必檃括一事而作，非泛然而言者。”这个意见值得重视。但诗人所檃括的事，是否一定有书面记录流传下来，从而一定为后人所知道，则完全是另外的问题。唐代“差役之法，凡诸官吏，殆无不因以虐民。甚有非关公事，亦加役使者。而运输之事，尤为劳弊”。[1]这种事情，成千上万，史籍何能尽载？后人何能尽知？李白在游览云阳的时候，见到劳动人民就地取石，或由它处取石经过其地，并从水路运到江边的情况，有所感发，就写下了这篇作品，也正是“非泛然而言者”。如果一定要在史籍上找出它的本事，甚至以诗中个别词汇为依据，

[1] 引自吕思勉《隋唐五代史》，第1179页。

来探求诗意，那就不免陷于“深文周内”，成为“固哉高叟”了。

根据以上粗略的论述，我们认为：在古今注家中，复旦大学中文系古典文学教研组选注的《李白诗选》，释“上征”为“向上游（北方）行舟”，“石芒砀”为“石头又大又多的意思”，并说全诗是“写劳动人民在炎热季节里拖船的痛苦实情。……诗里表现了诗人对劳动人民的同情”，其说可称简当。

（1977年6月　南京）

关于李白和徐凝的庐山瀑布诗

一

作为一个富有特色的风景区和休养胜地，矗立在鄱阳湖畔的庐山，从古以来就以她奇秀的风姿吸引着作家、艺术家的灵心与彩笔。各人根据自己对庐山的独特的观察与体验而写出来的诗文、绘出来的图画，丰富了祖国的文学艺术。

这些作品自然存在着异同之别、高下之分，其间出现的一些问题也有许多是值得我们今天玩索和借鉴的。这里，只将自己见到的历来有关李白和徐凝两位唐代诗人所写的歌咏庐山瀑布的两首七言绝句的文献加以记录和讨论。

二

王琦注本《李太白文集》卷二十一收有《望庐山瀑布》二首，一首五古，一首七绝，词云：

西登香炉峰，南见瀑布水。挂流三百丈，喷壑数十里。欻如飞电来，隐若白虹起。初惊河汉落，半洒云天里。仰观势转雄，壮哉造化功。海风吹不断，江月照还空。空中乱潨射，左右洗青壁。飞珠散轻霞，流沫沸穹石。而我乐名山，对之心益闲，无论漱琼液，且得洗尘颜，且谐夙所好，永愿辞人间。

日照香炉生紫烟，遥看瀑布挂前川。飞流直下三千尺，疑是银河落九天。[1]

这两首诗大约同时写于唐玄宗开元十四年（726），即诗人二十六岁的时候。[2]这是一个才情横溢的青年面对着与他所已经熟悉了的蜀中山水风格很不相同的新境界所发出的由衷的赞叹。他用纵横铺排的赋体写了一首五言古诗，“言之不足”，又写上一首七言绝句，更其集中地刻画了瀑布本

[1] 这两首诗，校以敦煌石室所出唐人选唐诗残卷及李集各本，文句间有异同。今以无关本文论旨，不更举列。

[2] 这两首诗的作期，约有三说。黄锡珪《李太白年谱》所附《李太白编年诗集目录》定为肃宗“至德元年（公元756年。按：即玄宗天宝十五载，元年亦当作元载）六月，白隐居庐山作”。詹锳《李白诗文系年》系之于开元十四年，并加以考证说：“任华《杂言寄李白》：‘登庐山，观瀑布，“海风吹不断，江月照还空”，余爱此两句。’指此诗第一首。华诗下文又云：‘中间闻道在长安，及余戾止，君已江东访元丹。’则《望庐山瀑布》诗盖入京以前作也。按白虽屡游庐山，而大都在去朝以后；其在天宝以前者，约当是时。”复旦大学中文系古典文学教研组选注的《李白诗选》将这两首诗归入第二部分（不编年）中，并加推断说：“根据‘且谐夙所好，永愿辞人间’两句推测，大约是晚年准备隐居庐山时所作。”黄锡珪大约以为李白平生只在至德元载上过庐山，所以为李诗编年，便将其所有的庐山诗都编入这年，这显然与事实不符。复旦《李白诗选》的推断也很勉强，因为李白的出世思想形成得很早，《诗选》第一部第一期《登峨嵋山》的解题就曾指出：“李白在青年时代曾相信道教，热衷于修仙学道。”那么，“辞人间”是“夙所好”，何须在晚年准备隐居庐山时才具有呢？因此，我们这里采取了詹锳先生的意见。

身的令人惊心动魄的雄伟形象。绝句显然是古诗中所表现的景物在诗人构思中更其典型化的再现。

历来的读者对这两首诗是很珍视的。如王注李集卷三十三附录三载明杨荣《李白赞》云：“匡庐之山，神秀所钟。瀑布千尺，宛然飞虹。伟哉谪仙，银河在目，咳吐天风，灿然珠玉。”这篇赞主要是概括了李白自己的诗句写成的，《望庐山瀑布》则是其基本材料。可见在杨荣的心目中，这两首诗乃是李白的性格、精神的象征。

古代诗论家对这两首诗还做过一番比较。宋葛立方《韵语阳秋》卷十三云：“以余观之，‘银河一派’[1]犹涉比类，未若前篇云：‘海风吹不断，江月照还空。’凿空道出，为可喜也。”胡仔《苕溪渔隐丛话》后集卷四也说：“太白前篇古诗云：‘海风吹不断，江月照还空。’磊落清壮，语简而意尽，优于绝句多矣。”我们承认，五古中这两句，以白描的赋体形容瀑布，的确具有陆机《文赋》中所说“体物而浏亮”之妙，也很富于创造性，是应当给予很高的评价的。在葛、胡之前，与李白同时的诗人任华在其《杂言寄李白》中，也说：“余爱此两句。”但是否就可以由此得出结论说“优于绝句多矣”呢？不能。这不特是因为从描写手段看来，固定地认为“凿空道出”胜于“比类”，即赋优于比，不够恰当；从风格看来，“磊落清壮”为两诗所

[1] “帝遣银河一派垂，古来唯有谪仙词。”是苏轼赞美李白这首绝句的话，见后。葛立方这里是摘取苏诗中四字来代表这首诗。

同；也因为三家所举的两句只是“一篇之警策”，可并不是全篇。如果就全篇而论，则真正能够“语简而意尽”地概括庐山瀑布的形象的，倒是后者而不是前者。古诗从“挂流三百丈”句起，至“流沫沸穹石”句止，共十四句，都是正面描摹，绝句的后两句也是这样。两相比较，显然前者比后者丰富，而后者比前者精练（它虽然不能包含却已经概括了前篇中所表现的中心形象）。因此，我们没有必要对他们强加抑扬；同时，还必须认识到，李白，作为一个伟大的诗人，在同一题目之下，写了一首五古之后，再写一首七绝，决非随便地自行重复，而是有意识地互相补充。

总之，这首七绝传诵千年，直到今天，还为人们所爱好，甚至比那首五古流传得更其广泛一些，并不是偶然的。

（三）

过了一个世纪，约在唐宪宗元和时代（806—820），另一位诗人徐凝又写了一首题为《庐山瀑布》的七绝（见《全唐诗》卷四百七十四）：

虚空落泉千仞直，雷奔入江不暂息。今古长如白练飞，一条界破青山色。

这首诗在当时也很有名。《唐诗纪事》卷五十二徐凝条引宋潘若冲《郡阁雅谈》，就有“凝官至侍郎，多吟绝句，[1] 曾

[1]《全唐诗》存凝诗一卷，除断句外，计五律三首、七律一首、五绝十七首、七绝八十首，无古诗。《郡阁雅谈》（《宋史·艺文志》作《郡阁雅言》）说他“多吟绝句”，是信而有征的。

吟《庐山瀑布》，脍炙人口”的记载。并且，据说，徐凝在应乡贡荐举中，还凭仗这首诗击败了他的对手张祜（“祜”，或作“祐”，误）。

这段佚闻见于唐范摅《云溪友议》卷中“钱塘论”条。宋人著述如王谠《唐语林》卷三《品汇》门、计有功《唐诗纪事》卷五十二徐凝条、旧题尤袤《全唐诗话》卷三徐凝条均加转载。其中《唐语林》系直录《友议》原文，《唐诗纪事》则略有改动，《全唐诗话》又全据《纪事》。现在节录《云溪友议》，并附著他本的重要异文，如下：[1]

> 致仕尚书白舍人初到钱塘（此句，《纪事》作“乐天为杭州刺史”），令访牡丹花。独开元寺僧惠澄近于京师得此花栽，始植于庭。……会徐凝自富春来，未识白公，先题诗曰：“……”白寻到寺看花，乃命徐生同醉而归。时张祜榜舟而至，甚若疏诞。然张、徐二生，未之习隐（“隐”，《语林》作“稔”），各希首荐焉。中舍（“中舍”，《纪事》作“白”）曰：“二君论文，若廉、白之斗鼠穴，胜负在于一战也。”遂试《长剑倚天外赋》《余霞散成绮诗》，试讫解送，以凝为元，祜其次耳。张曰：“祜诗有‘地势遥尊岳，河流侧让关’。多士以陈后主‘日月光天德，山河壮帝居’，此则徒有前名矣。”又祜《题金山寺》诗曰（原注：此

[1]《友议》用古典文学出版社排印本，《语林》用湖北官书局刊本，《纪事》用中华书局排印本。王定保《摭言》卷二“争解元”门及《诗话总龟》前集卷三引李颀《古今诗话》所载过略，不更校录。

寺，大江之中）："树影中流见，钟声两岸闻。"虽綦毋潜云："塔影挂霄汉，钟声和白云。"此句未为佳也。祜（《语林》"祜"下有"又有"二字）《观猎》四句及《宫词》（"四句"二字，据下文当在"宫词"之下）。白公曰："张三作猎诗，以较王右丞，余则未敢优劣也。"……白公又以《宫词》四句之中皆数对，何足奇乎？然无徐生云："今古长如白练飞，一条解（'解'，《语林》作'界'）破青山色。"徐凝赋曰："谯周室里，定游、夏于立（'立'，《语林》作'丘'）、虔；马守帷中，分《易》《礼》于卢、郑。如我明公荐（《语林》'荐'下有'拔'字），岂惟偏党乎？"张祜亦曰："虞韶九奏，非瑞马之至音；荆玉三投，伫良工之必鉴。且鸿钟运击，瓦缶雷鸣，荣辱纠绳，复何定分？"祜遂行歌而迈，凝亦鼓枻而归。二生终身偃仰，不随乡试者乎！（自"祜其次耳"以下，《纪事》作：祜曰："祜诗有'地势遥尊岳，河流侧让关'。又《题金山寺》诗曰：'树影中流见，钟声两岸闻。'虽綦毋潜云：'塔影挂霄汉，钟声和白云。'此句未为佳也。"凝曰："美则美矣，争如老夫'今古长如白练飞，一条界破青山色'。"凝遂擅场。祜叹曰："荣辱纠纷，亦何常也！"遂行歌而迈，凝亦鼓枻而归。自是二生不随乡试矣。白又以祜《宫词》四句皆数对，未为奇也。）先是，李补阙林宗、杜殿中牧，与白公辇下较文，具言元、白诗体舛杂，而为清苦者见嗤，因兹有恨也。

只要略加审查，就可以发觉，这段佚闻中有许多部分绝非史实，而是范摅所妄造或传自其他中、晚唐人的物语。[1]被他写得有声有色的徐、张文战，多半根本就没有这回事儿。因而我们在这里并不打算对这些情节的真伪进行追究。可是，其所反映的文学思想和这种思想所形成的历史背景，却不无值得探索的地方。

这就是说：从现存的两家作品看来，张祜的诗，成就实在徐凝之上，[2]而白居易，作为一个伟大的诗人，具有高度创作水平和鉴赏能力，这都是当时及后世所公认的。那么，这段佚闻的制造者，为什么要伸徐屈张，并将这种特殊的见解嫁名于白居易呢？更其令人难解的是：按照这位

[1]《云溪友议》所载佚闻，颇多“委巷流传，失于考证”之处，《四库提要》卷一百四十已有所揭发。以本条而论，他说白居易到杭州作刺史之前，与徐凝不相识。考白居易元和十年（815）贬江州司马，十三年冬除忠州刺史，直至十四年春方离江州，在江州首尾五年。其任杭州刺史，则在穆宗长庆二年（822）七月，十月始到杭州，其赏牡丹至早也要在三年春天。而《全唐诗》凝集有《寄白司马》诗云：“三条九陌花时节，万户千车看牡丹。争遣江州白司马，五年风景忆长安。”此诗分明作于元和十四年，即算来白居易已贬江州五年的时候。因为白除江州刺史，诏书下达，是在十三年十二月二十日。这个消息，在他处的徐凝当然不可能立刻知道，所以次年春天寄诗，仍然当他还在江州作司马，而有“五年风景忆长安”之句了。由此可见，白、徐决非长庆三年才在杭州认识的。本条又说：“先是，……杜殿中牧与白公辇下较文”，考杜比白小三十一岁。杜于文宗大和元年（827）进士登第，时年二十五。白于三年即归洛阳，从此没有再出来。两家文集、传记中绝无交往之迹。而且，如果还是“先是”，即其事还在长庆三年之前的话，那么杜牧就刚刚或者还不到二十岁，似乎更无从和当时已负盛名的白居易“较文”了。这些情节，都出于伪造，是毫无疑问的。《唐诗纪事》引用《云溪友议》，删去“较文”一节，可能是看出了破绽。元辛文房《唐才子传》于卷六徐、张两传中，不采范书一字，是很有史裁的。明胡震亨《唐音癸签》出于计、辛两书之后，其卷二十五中反有“初，杜与白论诗不合；而祜亦尝觅解于白，失其意”之说，显属失考。

[2] 唐末张为著《诗人主客图》，以白居易为广大教化主，张祜为入室，徐凝为及门。二人品第相差两级。后来的诗论家对于张为的这一意见是没有异议的。

佚闻制造者的安排，白居易，或者如《唐诗纪事》所载，是徐凝自己，竟把《庐山瀑布》这一首实在并不高明的诗当成了杰作，仿佛神怪小说中的镇山之宝，一经祭起，就可以降服对方，这种想法又是怎样产生的？

对于前一点，《唐诗纪事》“徐凝”条引皮日休论曾做过一番解释：

> 乐天荐徐凝，屈张祜，论者至今郁郁，或归白之妒才也。余读皮日休论祜云：“……祜初得名，乃作乐府艳发之词，其不羁之状，往往间见。凝之操履，不见于史，然方干学诗于凝，赠之诗曰：‘吟得新诗草里论。’戏反其词，谓‘村里老’也。方干，世所谓简古者，且能讥凝，则凝之朴略椎鲁，从可知矣。乐天方以实行求才，荐凝而抑祜，其在当时，理其然也。……元、白之心，本乎立教，乃寓意于乐府雍容宛转之词，谓之‘讽谕’，谓之‘闲适’，既持是取大名，时士翕然从之，失其旨，凡言之浮靡艳丽者，谓之‘元、白体’。二子规规攘臂解辩，而习俗既深，牢不可破，非二子之心也，所以发源者非也。可不戒哉！”

和我们的看法不同，皮日休是相信徐、张文战是实有其事的；同时，上述解释也还有不够完全恰当的地方，如他认为“元、白之心，本乎立教”，似乎闲适、艳情之作，只是一种手段，拿《白氏长庆集》卷四十五《与元九书》、《元氏长庆集》卷三十《叙诗寄乐天书》及其他相关材料来对照，显然把两家诗歌内容和文学主张看得过于简单，因而也就不符合于事实。可是，由于他的启发，我们却领悟到这段佚闻透漏了一个情况，即在当时，元、白诗中“雍容宛转”“浮靡艳情”之词，比用以“立教”的，即“为时而著，为事而作”的诗文，更加流行一些；同时，又体现了一个要求，即有的人却希望对这种不健康的所谓“元、白体”加以抑制。这段佚闻，很可能就是上述思想通过“托古改制”的形式的反映。所以，皮日休的解释还是比较合理的和有价值的。

对于后一点，我们也想做一点推测。从范摅叙述得不够清晰的话看来，似乎李林宗和杜牧先在长安就对白居易提过意见，说他和元稹的诗体舛杂，在这种风气支配之下，诗风清苦的作家，每每被人嗤笑，不免抱怀才不遇之恨。白居易接受了这个意见，所以在杭州考试徐、张的时候，便有意地伸徐而抑张。据《云溪友议》所载，白居易是将张祜那首著名的《宫词》——“故国三千里，深宫二十年。一声《河满子》，双泪落君前。”——来和徐凝的《庐山瀑布》做比较的；据《唐诗纪事》所引，徐凝是将自己那一首诗来和张祜的“地势遥尊岳，河流侧让关”，及“树影中流见，钟声两岸闻”等句做比较的。无论从哪一种记载看，徐诗朴拙，近乎“清苦”；张诗工巧，邻于“艳发”，都是一目了然，无须再加说明。可见这段佚闻中对两家的抑扬，实质上是在提倡一种有如后来北宋陈师道在其《后山诗话》中所提倡的“宁拙毋巧，宁朴毋华”的诗歌风格。

从韩愈以下，中、晚唐某些诗人对于艺术技巧的独创性和语言风格的多样性的追求是很突出的。卢仝、刘叉发展了韩的奇怪；孟郊、贾岛进而沉溺于僻苦；李贺于奇怪僻苦之外，又加上脂艳粉光和神秘气氛；温庭筠、李商隐在不同程度上受着李贺的影响，而侧重于绮丽。（当然，这里指出的都不是每一位诗人风格的全貌。）这许多诗人的精神面貌、语言风格虽然各不相同，在艺术上倾向于追求精工奇丽却无二致。而另一方面，作为这些人的对立面出现的，则是一些通俗诗人。聂夷中、杜荀鹤、胡曾、罗隐等是其代表。他们从白居易及其他白派诗人元稹、李绅、王建、张籍等那种比较平易近人的风格传统出发，以朴质的语言来从事创作，却走得更远了一些，有时不免于椎鲁，有时又不免于滑率。[1]“言之无文，行而不远”，这就在某种程度上对于他们作品的内容，特别重要的是对白居易的“为时而著，为事而作”的优良传统同样有所继承的思想内容，反而有所损害，因而总的说来，成就不大。这些人的作品是或多或少地流传下来了，可是他们的理论却完全湮没无闻。生活于晚唐懿宗、僖宗时代即9世纪下半期的范摅，在他记载的这段佚闻中所透漏出来的文学思想，倒是和这些通俗诗

[1] 唐李肇《国史补》卷下“叙时文所尚”条云：“元和以后，为文章，则学奇诡于韩愈，学苦涩于樊宗师；歌行，则学流荡于张籍；诗章，则学矫激于孟郊，学浅切于白居易，学淫靡于元稹。俱名为‘元和体’。大抵……元和之风尚怪也。”所论也大致可以看出元和时代文坛变化情况，这种变化的影响，在晚唐还是存在的。

人的创作实践很契合的。这是不是就是他们的文学见解呢？而这种见解，对陈师道等江西派诗人的理论，又是否起着一种不甚明显的先驱作用呢？

由于史料的缺乏，我们现在还很难将这一条假定的线索的许多环节联系起来。这里提出的，只是一个极不成熟因而可能完全错误的看法。

四

在徐凝吟《庐山瀑布》之后，时间又向前推进了近三个世纪。宋神宗元丰七年（1084），苏轼从黄州移汝州，过九江时，游览了庐山。《学津讨原》本《东坡志林》卷一“记游庐山”条曾经自述其事，略云：

> 仆初入庐山，山谷奇秀，平生所未见，殆应接不暇，遂发意不欲作诗。……是日，有以陈令举《庐山记》见寄者，且行且读，见其中云徐凝、李白之诗，不觉失笑。旋入开元寺，[1]主僧求诗，因作一绝云：“帝遣银河一派垂，古来唯有谪仙词。飞流溅沫知多少，不与徐凝洗恶诗。”

陈令举，名舜俞，是苏轼的朋友。他的《庐山记》是有关庐山的名著之一。其中谈到徐凝、李白诗的，见于《叙山南篇》第三，节取如次：

[1] “开元寺”，应作“开先寺”。冯应榴《苏文忠诗合注》卷二十三《开先漱玉亭》诗注曾详加辨订。王文诰《苏文忠公诗编注集成》卷三十三引《东坡诗话》也正作“开先”。

由古灵（庵）至开先禅院十里。……瀑布在其西。山南山北有瀑布者，无虑数十处，故贯休题庐山云："小瀑便高三百尺，短松多是一千年。"惟此水著于前世。唐徐凝诗云："今古常如白练飞，一条界破青山色。"李白诗云："飞流直下三千尺，疑是银河落九天。"即此水也。[1]香炉峰与双剑峰相连属，在瀑水之旁。……上山七里至永泰院，……永泰之前有文殊台，与香炉、双剑峰相为高下。瀑布前在山下，皆仰而望之，固为雄伟；至文殊台，则平视之，然后知"轰雷""飞练"，皆赋象之不足也。[2]……凡庐山之所以著于天下，盖有开先之瀑见于徐凝、李白之诗，康王

[1] 以李、徐所咏为开先瀑布，前人的意见是一致的。李集王琦注引《太平御览》卷七十一所载周景式《庐山记》云："泉在黄龙南数里，即瀑布水也，土人谓之泉湖。(两"泉"字，王注均据误本《御览》作"白水"，今依宋本校正。）其水出山腹，挂流三四百丈，飞湍于林峰之表，望之若悬索，注水处石悉成井，其深不测也。"吴宗慈《庐山志》卷五"瀑布水"条亦据明桑乔《庐山纪事》引周记，注云："此谓山南之黄龙山，即山麓有温泉者，特相距约十五里。"这条注用意在于怕人误会黄龙是指山北的黄龙潭或黄龙寺。又敦煌本唐人选唐诗残卷载李诗五古，题作《望瀑布水》，明本《万首唐人绝句》卷二载李诗七绝，题作《望庐山瀑布水》，也足以证明李诗所咏为开先瀑布，因为瀑布水（或简称"布水"）原是庐山诸瀑布中最大的开先瀑布的专名。查慎行《苏诗补注》(一名《补注东坡编年诗》) 卷二十三也引《太平寰宇记》云："瀑布在庐山东，亦名'布水'，源出高峰，挂流三百丈许，远望如匹布，有徐凝题诗。"

[2] 吴宗慈《庐山志》副刊之四《庐山古今游记丛钞》卷下载黄宗羲《匡庐游录》云："以余观之，文殊塔一峰，乃古之所谓香炉峰耳。太白诗：'西登香炉峰，南见瀑布水。'又云：'日照香炉生紫烟，遥看瀑布挂前川。'此峰正在瀑布之西，登此峰而望瀑布，正在其南。若今之所谓香炉峰者，悬隔一山，全然不见，太白何所取义而云耶？若云山北之香炉峰，其峰于庐山为东，登之亦无瀑布可见，不相涉也。"吴宗慈注云："梨洲以文殊塔地即香炉峰，虽属创论，自具理证，吾未敢驳之。"陈舜俞以为文殊台是看开先瀑布的好所在，也足为黄说佐证，虽然对于这一点，我们还不能匆促地做出结论。

之水见于陆羽之《茶经》，至于幽深险绝，皆有水石之美也。

苏轼看了他朋友的著作为什么要“失笑”呢？很显然，他没法同意陈舜俞一再地将李、徐两诗相提并论这种做法。当然，陈舜俞也认为两诗是有高下的。可是他却将形成高下的原因机械地归之于李白是“西登”而“南见”，即能“平视”瀑布的全貌，而徐凝则是“仰而望之”，所以只能用“轰雷”（指徐诗第二句“雷奔入江不暂息”）、“飞练”（指徐诗第三句“今古长如白练飞”）来形容，因而产生了“赋象不足”的艺术效果。这也就是说：两诗的优劣并不决定于诗人对生活是否熟悉，技巧是否精湛，而是决定于他们欣赏瀑布的地理位置是否安排得恰当，如果徐凝不是“仰而望之”而是“平视”瀑布的话，也许他就可以写出更好的“赋象”很“足”的诗篇来了。精通创作的苏轼当然更不能同意这种机械论。

后来苏轼将这首绝句收入集子，并给它另外安了一个长题：

世传徐凝瀑布诗云“一条界破青山色”，至为尘陋。又伪作乐天诗称羡此句，有“赛不得”之语。乐天虽涉浅易，然岂至是哉？乃戏作一绝。

关于“伪作乐天诗称羡此句”，我们还没有见到更详细的材料，也无缘看到那篇伪诗。但如释惠洪《冷斋夜话》卷四“元章瀑布诗”条云：“米芾元章，豪放戏谑有味，……尝大字书曰：‘吾有瀑布诗，古今“赛不得”，最好是“一条界破青山色”。’人固以怪之。其后题云：‘苏子瞻曰：“此是白乐天奴子诗。”’见者莫不大笑。”又阮阅《诗话总龟》前集卷七引《百斛明珠》载苏轼语说：“如白乐天赠徐凝、韩退之赠贾岛之类，皆世俗无知者所托。”都可以看出苏轼对于此诗及此事之深为不满而加以非笑的情况。也不难看出，这一拙劣的伪造与《云溪友议》所载佚闻关系密切，“赛不得”的传说，正是那段佚闻“踵事增华”的结果。苏轼对唐人小说是很熟悉的，这个诗题当然也就包括了对于《云溪友议》的批驳。而其说白居易“浅易”，斥徐凝“尘陋”，也正可以为我们前面所提出的对于徐凝这种诗的肯定基于怎样的一种文学思想和历史背景的假设做一个旁证。

我们认为：苏轼对于李、徐两诗的评价是正确的，但这个结论，须要对于作品做一点具体的分析、比较来加以丰富。

这两首诗的题材全然相同，描写手段也基本相同——主要是用比喻的方式来描摹自然景物。因此，我们可以从如下的几个方面来进行分析、比较它们的异同以及由此而导致的高下：哪首诗的比喻更能如实地表达庐山瀑布的形体特征、诗人的精神面貌和两者的融合？哪首诗所使用的比喻本身更符合于生活的逻辑？还有，哪首诗的比喻更其新鲜而富于创造性？

首先，就表现这个水位很高、流量很大的瀑布所具有的居高临下、奔腾倾泻的雄伟形态来说，两诗的描绘都是很刻意的。李诗“银河”之喻，固然给人印象极深；徐诗“飞练”之喻，也使人有生气蓬勃之感。[1]可是，从全首看，李诗却用第一句描写了香炉峰，陪衬了瀑布水；又用第二句描写了诗人自己的活动，使人们有可能想象他那种登高望远、遗世独立、精神与天地相往来的风貌，从而大大地扩张了诗的容量。对比之下，就不能不使人感到徐诗四句纯属客观描写的单调，显出其诗中无我的缺点。

其次，李诗第一句写山，山名香炉峰，山头云气笼罩，很像香烟，诗人极其活跃地联想到香炉在烧香时要生烟的事实，从而创造了这个形容在阳光之下云霞环绕的天半高峰的绝妙比喻。第三、四句写瀑，以银河作比，也正因为银河是天界所固有，从地面望上去，它永远是个弧形，像是要落下来。这样，以银河欲落之假象来比拟瀑布下泻之真相，就显得非常贴切。徐诗以白练飞比瀑布之下落，以雷声比瀑声之响亮，当然是可以的。但是，用白练将青山单一的颜色界破，有什么意义呢？在自然界和人类社会生活中又有什么根据呢？对于“雷奔”之后接以“入江”，也可以提出同样的疑问。由此可见，李诗中用来比拟的和被比拟的事物形象，是有机地

[1] 清翁方纲《石洲诗话》卷二云：“徐凝《庐山瀑布》诗：‘千古长如白练飞，一条界破青山色。’白公所称，而苏公以为恶诗。《芥隐笔记》谓本《天台赋》‘飞流界道’之句。然诗与赋自不相同，苏公固非深文之论也。至白公称之，则所见又自不同。盖白公不于骨格间相马，惟以奔腾之势论之耳。”其论徐诗也具有奔腾之势，和我们这里的意见是一致的，但他对苏轼的意见，仍然缺乏充分的说明。

结合着的，而徐诗则恰恰相反，由于想象缺乏生活现象作为根据，所以用来比拟的和被比拟的事物形象就不能不是拼凑起来的，因而也不能不给人以一种朴拙乃至于“尘陋”的印象了。《世说新语·言语》篇载：“谢太傅（安）寒雪日内集，与儿女讲论文义，俄而雪骤。公欣然曰：‘白雪纷纷何所似？’兄子胡儿（谢朗）曰：‘撒盐空中差可拟。’兄女（谢道蕴）曰：‘未若柳絮因风起。’公大笑乐。”谢道蕴和谢朗的得失，也正是李白和徐凝的得失。

再次，李诗中那两个比喻非常新鲜，是诗人自己对自然界深入体察以后的收获。“银河”之喻，在他以前，似乎还没有人这样说过，因而注李诸家都不曾为之注明出处。“紫烟”之喻，当是受了晋释慧远《庐山记》中“气笼其上，则氤氲若香烟”的启发，却比原作远为生动鲜明。而徐以“飞练”喻瀑布，则是前人所已有，[1]以雷声喻水声，尤其常见，吸引力就自然要弱得多。当然，我们毫无在创作中绝对不可以重复前人已经用过的比喻的意思，但李诗创造、发展得这么好，徐诗又因袭得那么差，如果等量齐观，就未免太不公道了。

苏轼是一个非常善于运用比喻的诗人。奇妙而确切的

[1] 从《佩文韵府》卷七十六上收录得很不齐全的韵藻来看，在徐凝以前，用练比喻瀑布、水流的，就有郦道元的《水经注》、谢朓的诗、王季友的赋等。“飞练”条引《水经注》云：“悬流飞瀑……上望之连天，若曳飞练于霄中矣。”当即徐诗所从出。然与李诗“紫烟”之喻本诸慧远《庐山记》的情况恰巧相反，李诗可谓冰寒于水，徐诗却未能青胜于蓝。

比喻是他创作中显著的艺术特色之一。他极赞李白“银河”之喻，而斥徐凝“界破”之句为“恶诗”，这种见解，如上所分析，是令人信服的。[1]

五

以上，我们比较了李白《望庐山瀑布》二首，探索了徐凝的《庐山瀑布》被某些人推重的原因，并论证了苏轼的李、徐优劣论的正确。

从这些拉杂的讨论中，我们有如下两点体会：

《云溪友议》所载佚闻，如果我们的推测有几分可以成立的话，蕴藏着一些值得注意的文学批评史料。类似的情况，在古代的记载中，恐怕还不少。我们有必要对这些比较边远地区的矿藏进行一些更细致的勘查，才能使古代文艺理论遗产这张还有许多空白的地质图更加精密充实一些，从而发掘得更深广一些。此其一。

再则，我国的古典文学批评一向具有短小精悍的特色，有时甚至用省略过程、直抒结论的方式表达。诗人们的意见尤其如此。而由于他们具有丰富的创作经验和精湛的艺术技巧，那些意见又是值得重视的。为了要充分地、完整

[1] 除上引文献外，清潘德舆《养一斋诗话》卷五曾经论及张祜、徐凝两家的优劣，白居易伸徐屈张的缘由与苏轼对徐诗的评价诸问题，但都未能洞见症结。袁枚《随园诗话》卷十一认为徐诗的后两句“的是佳语”，苏轼以为“恶诗”，只是嫌其不“超脱”，所言也似未中的。明王思任《庐游杂咏》集中《开先观瀑》云：“徐凝浅俗犹非恶，李白夸张未免攻。领骂开先摹瀑布，银钗两朵鬓芙蓉。”首句与袁枚之意略同，但全诗用意在标榜其末句比喻之妙。今均存而不论。

地理解它们，就需要下一番疏通证明的工夫。上述苏轼对李白、徐凝庐山瀑布诗的意见，就是一例。

（1962年8月　武昌）

一个醒的和八个醉的

——读杜甫《饮中八仙歌》札记

一

天宝五载（746），杜甫结束了他的长期漫游生活，在长安住了下来，一住就是十年，销磨掉了他的整个生命的约六分之一，而在这约六分之一的时间里，他创作了现存诗篇约十分之一。在这十年中写的诗虽不算多，但却有一些杰作，为安史乱后诗人攀登祖国五、七言古、今体诗的顶峰作了思想上和艺术上的充分准备。

在这个时期的作品中，写于天宝十四载（755）冬天的《自京赴奉先县咏怀五百字》特别引人瞩目，有人认为它是杜甫长安十年生活的总结，是诗人跨越自己和别人前此已达到的境界的一个新起点[1]。诗篇本身发射的强烈光芒证

[1] 如冯至《杜甫传·长安十年》。

明，这一点是无可置疑的。然而，我们也不难看出，这篇大诗的出现，并非一个突如其来的、孤立的现象。在诗人写成这篇总结式的杰作之前，他已经过一段很长的探索历程，才由迷茫而觉醒，成就了他的最清醒的现实主义。写于与此同时的许多其他诗篇，足以互证。

但《饮中八仙歌》在长安十年，甚至在杜甫毕生的诗作中，都是很独特的。评注家们早已注意到它在艺术上的创造性[1]。不断地在艺术上进行新的探索，是杜甫自己规定的、死而后已的任务。这篇诗体现了他在诗形上一次独一无二、几乎是空前绝后的大胆尝试，这是很明显的。但这篇诗是作者在什么心情之下写成的？其所采用的这种特殊形式和诗篇内在意义的关系又是如何？都还是需要进一步探索的问题。

讨论到诗人写作这篇诗的心情，就不能不涉及它产生的年代。浦起龙《读杜心解》卷首《少陵编年诗目谱》天宝五载至十三载（754）下云："开、宝间诗，于全集不过十分之一，有不得专系某年者。"这似乎不是浦氏一家之言，从宋以来，为杜诗编年的学者，对安史乱前的作品，大都采取了这种宜粗不宜细的想法和做法。如黄鹤《黄氏补千家集注杜工部诗史》卷二论《饮中八仙歌》年代云："蔡兴宗《年谱》云天宝五载，而梁权道编在天宝十三

[1] 参看王嗣奭《杜臆》卷一、沈德潜《唐诗别裁》卷六、仇兆鳌《杜诗详注》卷二、浦起龙《读杜心解》卷二之一、吉川幸次郎《杜甫诗注》卷一等。

载。按史，汝阳王天宝九载（750）已薨，贺知章天宝三载（744）、李适之天宝五载、苏晋开元二十二年（734）并已殁。此诗当是天宝间追忆旧事而赋之，未详何年。”此说不失为闳通之论，故为仇氏《杜诗详注》所采。

当代学人始有申蔡说，认为“这大概是天宝五载杜甫初到长安时所作”的，理由是他“往后生活日困，不会有心情写这种歌”。[1]说得详细一点，则是这种论点的持有者认为：《饮中八仙歌》乃是杜甫以自己的欢乐心情描绘友人们的欢乐心情的作品。而诗人这种欢乐的心情，只有初旅长安那一段时期中才可能具有，因而这篇诗的作期也决不会太迟。

由于史料的限制，今天要考证出《饮中八仙歌》的确实作期，不免近于徒劳。但杜甫写这篇诗时的心理状态却还是可以探索的，值得探索的。如果这些问题得到了正确的答案，反过来，也有助于我们确定此诗的大体年代。

二

八仙原是汉、晋以来的神仙家所幻设的一组仙人。旧题后汉牟融的《理惑论》中就提到“王乔、赤松八仙之

[1] 萧涤非：《杜甫研究》（山东人民出版社本）卷下第10页。根据这卷书改订重新出版的《杜甫诗选注》第14页同。陈贻焮《杜甫评传》第五章《“应诏”前后》第五节《“李杜文章在，光焰万丈长”》中说：“（萧）这估计是可信的。”山东大学中文系古典文学教研室选注《杜甫诗选》第8页也说：“这首诗大约是他到长安头一二年里所写的。”此外，四川省文史研究馆编《杜甫年谱》系此诗于天宝三载，竟全然不顾诗中已明文提到天宝五载李适之罢相之事，未免太疏忽了。

箓”[1]。陈沈炯《林屋馆记》也提到“淮南八仙之图”[2]。先友浦江清教授据此二证指出：“汉、六朝已有‘八仙’一词，所以盛唐有‘饮中八仙’。”又云：“据李阳冰说：当时李白‘浪迹纵酒，以自昏秽，与贺知章、崔宗之等目（或作自）为八仙之游，朝列赋谪仙人诗凡数百首’[3]。所以‘饮中八仙’一名非杜甫所创。而且杜甫诗中有苏晋而无裴周南。一说有裴周南[4]。而八仙之游在天宝初，苏晋早死了[5]。要之，唐时候有‘八仙’一空泛名词，李白等凑满八人，作八仙之游，而名录也有出入。”[6]

浦先生还认为，所谓“饮中八仙”，并非固定的哪八个人，而且也并非同时都在长安。这是事实。由此，我们也无妨推断，这不固定的八个人，乃至杜甫和他们，也不一定彼此都是朋友，都有往来[7]。浦先生对我们的宝贵启示是：杜甫虽然极为成功地塑造了这八位酒徒的形象，但诗篇所要显示的主要历史内容，并非是他们个人的放纵行为，而是他们这种放纵行为所反映的当时政治社会情况、一种特定的时代风貌。有的学者注意到了这一点，以为诗

[1] 释僧祐：《弘明集》卷一引牟融《理惑论》第二十八篇。

[2] 载《艺文类聚》卷七十八。

[3] 据李阳冰《草堂集序》，载王琦注《李太白全集》卷三十一。

[4] 范传正《唐左拾遗翰林学士李公新墓碑》：“时人又以公及贺监、汝阳王、崔宗之、裴周南等八人为‘酒中八仙’。”此文亦载王注《李太白全集》卷三十一。

[5] 据《旧唐书·苏珦传》附子晋传，晋以开元二十二年卒，年五十九。

[6] 浦江清《八仙考》，载《清华学报》第11卷第1期，又《浦江清文录》。

[7] 叶梦得《避暑录话》卷上：“（李）适之以天宝五载罢相，即贬死袁州，而子美十载方以献赋得官，疑非相与周旋者，盖但记能饮者耳。”此说甚通。

篇所写的是盛唐诗人们所共有的“不受世情俗务拘束，憧憬个性解放的浪漫精神”[1]。从表面上看，是可以这么理解的。但如根据现有史料，将这些人的事迹逐一稽检，就不难看出，这群被认为是“不受世情俗务拘束，憧憬个性解放”之徒，正是由于曾经欲有所作为，终于被迫无所作为，从而屈从于世情俗务拘束之威力，才逃入醉乡，以发泄其苦闷的。这当然也可以认为具有个性解放的憧憬，但这种憧憬，却并不具有富于理想的、引人向上的特征。如果按照通常的说法，浪漫精神有积极的和消极的之分，则“饮中八仙”的浪漫精神很难说是从属于前者。李阳冰说李白“浪迹纵酒”，是“以自昏秽”，是很深刻的。事实上，“饮中八仙”都是如此。

现在，让我们来依次看看这八个人。

从唐史所载简略行事来看，贺知章是一位善于混俗和光的官僚，“言论倜傥，风流之士”，“晚年尤加纵诞，无复规检”[2]。天宝三载（744），他出家当了道士，回到家乡会稽，不久就以八十六岁的高龄逝世。他流传的事迹既少，作品也不多，但仍然可以看出，就文学才名来说，他在当时颇有地位，而就政治来说，他却是以开元盛世的一个点缀品而存在的。他晚年辞了官、出了家、还了乡之后，曾以愉快的心情作了题为《还乡偶书》的七绝二首。第一首

[1] 参见陈贻焮《杜甫评传》第5章第5节。这一意见，与胡适《白话文学史》及刘大杰《中国文学发展史》有关此诗的论点相近。

[2]《旧唐书·文苑传》本传。

即“少小离家……”，是人们所熟知的。但更能表达他脱离了名利场以后的轻松心绪的，却是第二首：“离别家乡岁月多，近来人事半销磨。惟有门前镜湖水，春风不改旧时波。”[1]这首诗，一个善于吟咏的读者，是应当可以体会其十分丰富的内涵的。元稹在《连昌宫词》里，濡染大笔，以浓墨重彩直写开、天治乱：“姚崇宋璟作相公，劝谏上皇言语切。燮理阴阳禾黍丰，调和中外无兵戎。长官清平太守好，拣选皆言由相公。开元之末姚宋死，朝廷渐渐由妃子。”[2]而在贺知章笔下，却出之以淡墨点染。“近来人事半销磨”寥寥七字，不也透露着当时政局的大转折吗？不同的是，贺知章虽然身当其境，而他所作出的反应，却不过是“常静默以养闲，因谈谐而讽谏”[3]。讽谏既无实效，剩下的也就只是养闲了。但这一点轻轻的感喟，也可以证明，他并不以自己所处的时代和遭际为满足。

杜甫笔下的汝阳王李琎是兼有狂放和谨慎两重性格的矛盾统一体，或一位貌似狂放实极谨慎的贵族。《饮中八仙歌》所写“三斗始朝天”的狂者和《八哀诗》中所写“谨洁极”的郡王就是一个人，不仅是符合事实的，也是可以理解的[4]。从唐朝开国起，在皇位继承这个对于封建政权来说至关重要的问题上，激烈的权力斗争始终没有中断过。

---

[1]《全唐诗》卷一百十二。

[2]《元稹集》卷二十四。

[3]《旧唐书·文苑传》载肃宗乾元元年（758）追赠贺知章礼部尚书诏。

[4] 杜甫提供有关李琎的史料，比两《唐书》丰富，除《饮中八仙歌》外，《赠特进汝阳王二十韵》《八哀诗·赠太子太师汝阳郡王琎》都较详细地描写了这位贵族。

从高祖到睿宗的皇子们，由于直接或间接卷入这种性质的斗争而死于非命的，不在二分之一以下，也从没有一位长子能够身登大宝[1]。李琎的父亲李宪本是睿宗的长子，可是在讨平韦后及太平公主、兴复唐室的事业中，第三子隆基即后来的玄宗却立了大功。于是明智的李宪便坚决要求根据立贤不立长的原则，推让玄宗作太子，从而避免了重蹈高祖时代长子建成与太宗之间所发生的那种家庭悲剧的覆辙，并获得了一个很体面的下场，死后被破例谥为"让皇帝"。但李琎，作为李宪的长子，是天然处在一种嫌疑地位的。更使得这位郡王感到尴尬的，则是他相貌出众，又长了一部和他高祖父太宗一般的"虬须"[2]。认为人的相貌体现富贵贫贱并和命运很有关系这种迷信，起源甚早，先秦以来，颇为流行。以致唯物主义思想家如荀况、王充都不得不在他们的著作中作出专题批判[3]。可是这种习惯的落后思想，在它还对统治阶级有利的时候，是无法清除的。据两《唐书》本纪，开国皇帝高祖李渊就是"骨法非常，必为人主"。而且，"贵人必有贵子"。太宗李世民更是"龙凤之姿，天日之表"。李琎既然如杜甫所写的那样，自然也就

[1] 太宗是高祖次子，高宗是太宗第九子，中宗是高宗第七子，睿宗是高宗第八子，玄宗是睿宗第三子。

[2] 杜甫《八哀诗》："汝阳让帝子，眉宇真天人。虬须似太宗，色映塞外春。"又其《送重表侄王砅评事使南海》云："次问最少年，虬髯十八九。"少年指太宗。此外，段成式《酉阳杂俎》前集卷一《忠孝》云："太宗虬须，常戏张弓挂矢。"钱易《南部新书》癸卷："太宗文皇帝虬须上可挂一弓。"亦可互证。

[3] 参看《荀子·非相》篇、《论衡·骨相》篇及姚振宗《〈隋书·经籍志〉考证》卷三十六子部五行家。

难免嫌猜。唐人小说记载玄宗精于相术，曾判断安禄山只不过是一条猪龙，成不了大气候[1]。又判断李琎虽然一表堂堂，却并不是帝王之相[2]，但这并不能排除别人对此作出相反的判断，如果在政局变化中，有人需要利用李琎的天人眉宇作号召的话。李琎显然意识到这一点，故而就明智而机警地以“谨洁”和狂放来表示自己既非作皇帝的坯子，也绝无那种野心。他终于在富贵尊荣中得保首领以没。这位郡王看来品德不错，也能礼贤下士，所以杜甫对他颇有好感。但在送他的两篇篇幅不算短的诗中，竟除谏猎一事外，举不出他对朝廷有何献纳，而谏猎，也不过是沿袭司马相如的老一套而已[3]。我们可以推测，李琎对当时政治社会问题不可能没有意见，但他也不可能提出来。因为喝酒总比进谏安全，这一点他十分明白。

李适之是恒山王承乾之后，官至左相，故《新唐书》将其列入《宗室宰相传》。他“以强干见称”，“性简率，不务苛细，人吏便之”。虽然嗜酒，但“夜则宴赏，昼决公务，庭无留事”。然而由于性格粗疏，终于被口蜜腹剑、不

[1] 姚汝能《安禄山事迹》卷上：“玄宗……尝夜宴禄山，禄山醉卧，化为一黑猪而龙首。左右遽言之。玄宗曰：‘猪龙也，无能为者。’”

[2]《守山阁丛书》本南卓《羯鼓录》：“琎，宁王长子也。姿容妍美，秀出藩邸，玄宗特钟爱焉。……夸曰：‘花奴（琎小字）姿质明莹，肌发光细，非人间人，必神仙谪堕也。’宁王谦谢，随而短斥之。上笑曰：‘大哥不必过虑，阿瞒自是相师。（上于诸亲，常自称此号。）夫帝王之相，且须有英特越逸之气，不然，有深沉包育之度。若花奴但端秀过人，悉无此相，固无猜也……当得公卿间令誉耳。’”

[3] 司马相如上书谏猎，见《史记》本传。

学有术的阴谋家李林甫所排挤，服毒自杀了[1]。诗篇特地概括了这位宗室宰相下台后写的诗句[2]，泄露了杜甫对他的悲剧的丰富同情。

崔宗之曾被喜欢识拔后进的前辈韩朝宗所引荐[3]。为人“好学，宽博有风检”[4]。后以侍御史谪官金陵，与李白交游唱和[5]。侍御史“掌纠举百僚，推鞫狱讼”[6]。他以“有风检”的性格来从事这种工作，在政治不够清明的时代，必然无法忠于职守，为所当为。这也许就是他后来被贬谪的原因。《世说新语·言语》篇：“谢太傅（安）问诸子侄：‘子弟亦何预人事，而正欲使其佳？’诸人莫有言者。车骑（谢玄）答曰：‘譬如芝兰玉树，欲使其生于庭阶耳。’”诗美宗之为“玉树”，正暗示他是齐国公崔日用之子，注家或未留意。[7]同书《简傲》篇“嵇康与吕安善”条注引《晋百官名》：“（阮）籍能为青白眼，见凡俗之士，以白眼对之。”此事人

[1]《旧唐书》本传。

[2]《汉书·张冯汲郑传》：“下邽翟公为廷尉，宾客亦填门，及废，门外可设雀罗。后复为廷尉，客欲往。翟公大书其门，曰：‘一死一生，乃知交情；一贫一富，乃知交态；一贵一贱，交情乃见。’”适之罢相后赋诗云：“避贤初罢相，乐圣且衔杯。为问门前客，今朝几个来。”即用其事。诗见《旧唐书》本传及孟棨《本事诗·怨愤第四》。

[3]《新唐书·韩朝宗传》：“喜识拔后进，尝荐崔宗之、严武于朝。当时士咸归之。”

[4] 见《新唐书·崔日用传》。

[5] 见《旧唐书·文苑传》及《新唐书·文艺传》李白传，计有功《唐诗纪事》卷十九。

[6]《旧唐书·职官志三》。

[7] 仇注引《世说新语·容止》篇：“毛曾与夏侯玄共坐，时人谓蒹葭倚玉树。”所谓失之毫厘。

所共知。“白眼望青天”，可见在这位出身高门的“潇洒美少年”目中，人间无非凡俗，所以只好不看厚地而看高天了。这就刻画出了他内心的寂寞。

苏晋“数岁能属文”，被人誉为“后来王粲”。开元十四年，知吏部选事。当时已用“糊名考判”，而他却“独多赏拔”，即不以弥封的考卷，而以平日的名声为重，来选拔做官的人。因此“甚得当时之誉”[1]。可是后来与世推移，却皈依佛法，吃长斋了。但又常常要喝酒，这便破坏了佛教信徒应当坚持的戒律。我们不妨认为：以禅避世，以醉逃禅，是苏晋思想感情变化的三个阶段。禅可因酒而逃，说明宗教对他来说不过是一种寄托。信教是寄托，饮酒又何独不然？所以诗篇写的虽只是酒与禅之间的矛盾，而实质上则是二者与其用世之心的矛盾。

李白是人们所熟知的。《饮中八仙歌》所写有关他的情节，亦见范传正所撰《李公新墓碑》[2]，可能是诗人受玄宗尊宠时的事实。但其所写是李白醉后失态，如此而已，决非如苏轼所说的“戏万乘若僚友”[3]。这在以皇帝为天然尊长的封建时代里，是绝无可能的。这种错误的想法与将李白当成一个完全超现实人物的观点有关。王闿运曾经指出：

---

[1] 两《唐书·苏珦传》附晋传。

[2]《碑》云：“他日，泛白莲池，公不在宴。皇欢既洽，召公作序。时公已被酒于翰苑中，仍命高将军扶以登舟，优宠如是。”

[3] 苏轼：《李太白碑阴记》，载王注《李太白全集》卷三十三。案：“戏万乘若僚友，视俦列如草芥”二语，见《文选》卷四十七夏侯湛《东方朔画赞》。李白一向倾心东方朔，所以苏轼也就以夏侯赞东方之语赞美他。

“世言李白狂，其集中《上李长史书》但以误认李为魏洽，举鞭入门，乃至再三谢过，其词甚卑，何云能狂乎？又自作荐书令宋中丞上之，得拜拾遗，诏下已卒，亦非轻名爵者。”[1]可见李白不仅不能做到“戏万乘若僚友”，即苏轼同时说的另一句“视俦列如草芥”也难于真正做到。我在另外一个地方，曾经这样地评论李白：“自从贺知章称之为谪仙人，后人又尊为诗仙，这就构成了一种错觉，好像李白之所以伟大，就在他的人和诗具有他人所无的超现实性。这是可悲的误会。事实上，没有一位伟大的浪漫主义者是完全超现实的，李白何能例外？开元、天宝时代的其他诗人往往在高蹈与进取之间徘徊，以包含得有希冀的痛苦或欢欣来摇荡心灵、酝酿歌吟。李白却既毫不掩盖他对功名事业的向往，同时又因为自己绝对无法接受那些取得富贵利禄的附加条件而弃之如敝屣。他热爱现实生活中一切美好的事物（当然也包括物质享受在内），而对其中不合理的现象毫无顾忌地投之以轻蔑。这种已被现实牢笼而不愿意接受，反过来却想征服现实的态度，乃是后代人民反抗黑暗势力与庸俗风习的一股强大的精神力量。这也许就是李白的独特性。”[2]所以，《饮中八仙歌》中李白的形象也只是不胜酒力，并非愿意装乔。杜甫恰如其分地透露了他尊敬的前辈性格中固有的世俗性成分与突出的超现实性成分的

[1]《湘绮楼日记》光绪五年已卯（1879）三月十日。
[2]《〈唐诗鉴赏辞典〉序言》。

巧妙融合。这与王闿运之观人于微、即微知著相同，都比苏轼及其追随者故意抬高李白的论点更有助于我们完整地理解李白。

对于张旭的生平，特别是他在政治方面的事迹，今日所知甚少。宋朱长文称其“为人倜傥闳达，卓尔不群，与游者皆一时豪杰”[1]。大概也是根据现存关于他的书法艺术史料加以概括之辞。但《饮中八仙歌》所写这位书家的形象，证以现存其他记载，却是真实的。[2]书法作为客观世界的形体和动态美的一种反映，它必然（尽管是非常曲折而微妙的）会表现出书家对整个生活的看法和自己的审美趣味与理想。他“善草书而嗜酒，每醉后呼叫狂走，索笔挥洒，变化无穷”[3]。“或以头濡墨而书，既醒自视，以为神，不可复得也”[4]。又曾对邬彤说：“‘孤蓬自振，惊砂坐飞。’予师而为书，故得奇怪，凡草圣尽于此矣。”[5]“孤蓬”二句，出鲍照《芜城赋》[6]，它成功地写出了在荒寒广漠的境界中大自然的律动。张旭用来形容自己草书的风格，是值得玩味的。从诸书所载及易见的张书真迹如《古诗四帖》等看来，他所追求的是对已经成型的书法规范的突破，要

[1] 《吴郡图经续记》卷下。

[2] 参看唐张怀瓘《书断》、宋阙名《宣和书谱》卷十八、宋陈思《书小史》卷九、元陶宗仪《书史会要》卷五。

[3] 《旧唐书·文苑传》贺知章传。

[4] 《新唐书·文艺传》李白传附张旭传。

[5] 陈思《书小史》卷九。

[6] 载《文选》卷十一。

以自己创造的点画与重新组合的线条来征服空间。这也就反映了他对现实世界的不驯服态度。

除《饮中八仙歌》外，焦遂仅以隐士形象出现于唐人小说袁郊《甘泽谣》中[1]。但在杜甫笔下，焦遂主要的却是一位思辨者。赵彦材云："《世说》载……诸名贤论《庄子·逍遥游》，支道林卓然标新理于二家之表。又江淹拟张廷尉诗云：'卓然凌风矫。'……《新唐书》云：'李白自知不为亲近所容，益骜放不修，与焦遂等为"酒八仙"。'则遂亦平昔骜放之流耳。饮至五斗而方特卓，乃所以戏之，末句又以美之。"[2]仇兆鳌云："谈论惊筵，得于醉后，见遂之卓然特异，非沉湎于醉乡者。"所释能得诗意。简单地说，焦遂是酒后吐真言，只有喝到一定程度，才能无拘束地发挥他那骜放的风格和高谈雄辩的才能，树义高远，不同凡响[3]。这和描写张旭醉后作草，用意正同。即他们平时的性格是受抑制的，只有借酒来引爆，才能产生变化，完成本性的复归[4]。

如果我们对这八个人的思想行为的论述不甚远于事实，

[1]《分门集注杜工部诗》卷十师古注引《唐史拾遗》："遂与李白号为'酒八仙'，口吃，对客不出一言，醉后酬结如注射，时目为'酒吃'。"钱谦益《注杜诗略例》云："注家所引《唐史拾遗》，唐无此书，亦出诸人伪撰。"又云："蜀人师古注尤可恨。……焦遂五斗，则造焦遂口吃，醉后雄谈之事。流俗互相引据，疑误弘多。"《康熙字典》丑集下口部"吃"字下即引《唐史拾遗》此文，盖不免于流俗之见。又吉川幸次郎《杜甫诗注》亦及师注引《唐史拾遗》，虽不信其说，然误以"师古"为"师尹"（即师民瞻），亦非。

[2] 郭知达《九家集注杜诗》卷二引。

[3]《汉书·成帝纪》："使卓然可观。"颜注："卓然，高远之貌也。"

[4] 杨伦《杜诗镜铨》卷一评云："独以一不醉者作结。"似失诗旨。

那就可以断定，“饮中八仙”并非真正生活在无忧无虑、心情欢畅之中。这篇诗乃是作者已经从沉湎中开始清醒过来，而以自己独特的艺术手段对在这一特定的时代中产生的一群饮者作出了客观的历史记录。杜甫与“八仙”之间的关系可以归结为：一个醒的和八个醉的。

三

《旧唐书》李林甫、杨国忠等传论云：“开元任姚崇、宋璟而治，幸林甫、国忠而乱。”这和元稹《连昌宫词》的论调是一致的。这种意见虽不无将历史变革的原因简单化之嫌，但他们指出玄宗一朝之由治而乱，其转变并不开始于天宝改元以来，而是开元时代就已经开始，这却是正确的。如果我们把开元二十二年（734）李林甫拜相作为这一重大转变的显著标志，大致不会与史实相差过远。

杜甫是玄宗登基那一年（712）出生的。他在高宗、武后以来封建经济日益上升、国势日益发展的大环境中度过了自己的童年和青年时代。所以从唐帝国的繁荣富强中形成的社会风气在杜甫笔下也有所反映。在《忆昔》中，他详细地描写过“开元全盛日”的情况[1]；在《壮游》中，他

[1]《忆昔》二首之二：“忆昔开元全盛日，小邑犹藏万家室。稻米流脂粟米白，公私仓廪俱丰实。九州道路无豺虎，远行不劳吉日出。齐纨鲁缟车班班，男耕女桑不相失。”载《杜诗镜铨》卷十一。

又详细地叙述了自己从幼至长的浪迹生涯[1]。这就是说，他在到长安之前，乃至初到长安的时候，是和当时的许多诗人一样，沉浸在盛唐时代“那种不受世情俗务拘束，憧憬个性解放的浪漫精神”中的。如果我们将杜甫的《今昔行》[2]与李白的《行路难》[3]、王维的《少年行》[4]合读，就可以非常清楚地看出这一点。

但与此同时，我们却从杜诗里察觉到一点与众不同的生疏信息，那就是一种乐极哀来的心情，例如《乐游园

[1]《壮游》:“往者十四五，出游翰墨场。斯文崔魏徒，以我似班扬。七龄思即壮，开口咏凤凰。九龄书大字，有作成一囊。性豪业嗜酒，嫉恶怀刚肠。脱略小时辈，结交皆老苍。饮酣视八极，俗物都茫茫。东下姑苏台，已具浮海航。到今有遗恨，不得穷扶桑。王谢风流远，阖庐丘墓荒。剑池石壁仄，长洲荷芰香。嵯峨阊门北，清庙映回塘。每趋吴太伯，抚事泪浪浪。枕戈忆勾践，渡浙想秦皇。蒸鱼闻匕首，除道哂要章。越女天下白，鉴湖五月凉。剡溪蕴秀异，欲罢不能忘。归帆拂天姥，中岁贡旧乡。气劘屈贾垒，目短曹刘墙。忤下考功第，独辞京尹堂。放荡齐赵间，裘马颇清狂。春歌丛台上，冬猎青丘旁。呼鹰皂枥林，逐兽云雪冈。射飞曾纵鞚，引臂落鹙鸧。苏侯据鞍喜，忽如携葛强。快意八九年，西归到咸阳。”载《杜诗镜铨》卷十四。

[2]《今夕行》:“今夕何夕岁云徂，更长烛短不可孤。咸阳客舍一事无，相与博塞为欢娱。凭陵大叫呼五白，袒跣不肯成枭卢。英雄有时亦如此，邂逅岂即非良图。君莫笑刘毅从来布衣愿，家无儋石输百万。”载《杜诗镜铨》卷一。

[3]《行路难》三首之一:“金樽清酒斗十千，玉盘珍羞直万钱。停杯投箸不能食，拔剑四顾心茫然。欲渡黄河冰塞川，将登太行雪满山。闲来垂钓碧溪上，忽复乘舟梦日边，行路难！行路难！多歧路，今安在？长风破浪会有时，直挂云帆济沧海”。载王琦注《李太白全集》卷三。

[4]《少年行》四首:“新丰美酒斗十千，咸阳游侠多少年。相逢意气为君饮，系马高楼垂柳边。”“出身仕汉羽林郎，初随骠骑战渔阳。孰知不向边庭苦，纵死犹闻侠骨香。”“一身能擘两雕弧，虏骑千重只似无。偏坐金鞍调白羽，纷纷射杀五单于。”“汉家君臣欢宴终，高议云台论战功。天子临轩赐侯印，将军佩出明光宫。”载赵殿成注《王右丞集》卷十四。

歌》[1]、《渼陂行》[2]之类。这是由于他通过自己的生活实践逐步认识到：当时政治社会情况表面上似乎很美妙，而实际上却不很美妙乃至很不美妙。他终于作出了《自京赴奉先县咏怀五百字》那样的总结。

《乐游园歌》《渼陂行》等写诗人自己之由乐转哀，由迷茫而觉醒，显示了形象思维和逻辑思维的和谐一致，所以篇终出现了“此身饮罢无归处，独立苍茫自咏诗”和“少壮几时奈老何，向来哀乐何其多”这种发自内心深处的富有思辨内蕴的咏叹。而《饮中八仙歌》则在很大的程度上是直觉感受的产物。杜甫在某一天猛省从过去到当前那些酒徒之可哀，而从他们当中游离出来，变成当时一个先行者的独特存在。但他对于这种被迫无所为、乐其非所当乐的生活悲剧，最初还不是能够立即体察得很深刻的，因此只能感到错愕与怅惋。既然一时还没有能力为这一群患者作出确诊，也就只能记录下他们的病态。这样，这篇诗

[1]《乐游园歌》：“乐游古园崒森爽，烟绵碧草萋萋长。公子华筵势最高，秦川对酒平如掌。长生木瓢示真率，更调鞍马狂欢赏。青春波浪芙蓉园，白日雷霆夹城仗。阊阖晴开昳荡荡，曲江翠幕排银榜。拂水低徊舞袖翻，缘云清切歌声上。却忆年年人醉时，只今未醉已先悲。数茎白发那抛得，百罚深杯亦不辞。圣朝亦知贱士丑，一物自荷皇天慈。此身饮罢无归处，独立苍茫自咏诗。”载《杜诗镜铨》卷二。

[2]《渼陂行》：“岑参兄弟皆好奇，携我远来游渼陂。天地黤惨忽异色，波涛万顷堆琉璃。琉璃汗漫泛舟入，事殊兴极忧思集。鼍作鲸吞不复知，恶风白浪何嗟及。主人锦帆相为开，舟子喜甚无氛埃。凫鹥散乱棹讴发，丝管啁啾空翠来。沉竿续蔓深莫测，菱叶荷花静如拭。宛在中流渤澥清，下归无极终南黑。半陂已南纯浸山，动影袅窕冲融间。船舷暝戛云际寺，水面月出蓝田关。此时骊龙亦吐珠，冯夷击鼓群龙趋。湘妃汉女出歌舞，金支翠旗光有无。咫尺但愁雷雨至，苍茫不晓神灵意。少壮几时奈老何，向来哀乐何其多！”载《杜诗镜铨》卷二。

就出现了在一般抒情诗中所罕见的以客观描写为主的人物群像。同样，这篇诗也就很自然地成为《今夕行》与《乐游园歌》《渼陂行》的中间环节。它是杜甫从当时那种流行的风气中挣扎出来的最早例证。在这以后，他就更其清醒了，比谁都清醒了，从而唱出了“安史之乱”以来的时代的最强音。从《自京赴奉先县咏怀五百字》起，杜甫以其前此所无的思想深度和历史内容，显示了无比的生命力，而且开辟了其后千百年现实主义诗歌的道路。列宁说过：“当然，在具体的历史环境中，过去和将来的成分交织在一起，前后两条道路互相交错，……但是这丝毫也不妨碍我们从逻辑上和历史上把发展过程的几个大阶段分开。”[1]杜甫的创作，在“安史之乱”前后显然不同，至少应当分为两个大阶段来研究。但如果我们注意到《饮中八仙歌》是杜甫在以一双醒眼看八个醉人的情况之下写的，表现了他以错愕和怅惋的心情面对着这一群不失为优秀人物的非正常精神状态，因而是他后期许多极为灿烂的创作的一个不显眼的起点，这并非是不重要的。这也正是过去和将来交织在一起，前后两条道路互相交错的一例。

由于我们认为《饮中八仙歌》的产生过程有如上述，所以也认为它不可能写于初到长安不久的年代里，而应当迟一些，虽然无法断定究竟迟多久。

[1]《社会民主党在民主革命中的两种策略》，载《列宁全集》第9卷，第70页，人民出版社1959年版。

四

关于本篇在艺术上的创造，前人所论已多，无须重复。我们只想着重地指出一点，即诗人在这里找到了最恰当的、能够突出地表现那个正在转变的时代的素材和与之相适应的表现方法和表现形式。

沉湎于酒，是这八个人所共同的，但在杜甫笔下，他们每一个人都显示了各自行为、性格的特点，因而在诗篇中展现的，就不是空泛的类型，而是个性化了的典型。他们的某些事迹，如上文所已经涉及的，莫不显示了自己不同于他人的生活道路和生活观点，虽然最后总起来可以归结为“浪迹纵酒”，“以自昏秽”，或如颜延年之咏刘伶：“韬精日沉饮，谁知非荒宴。”[1] 如贺知章“骑马似乘船”，以切吴人；李琎“恨不移封向酒泉”，以切贵胄；以及宗之仰天，苏晋逃禅，张旭露顶，焦遂雄辩，都是其习性在某些特定情况下的自然流露，而为诗人所捕捉。如果不是非常熟悉他们，是很难了然于心中、见之于笔下的。由于将深厚的历史内容凝聚在这一群酒徒身上，个性与共性得到高度统一，所以开元、天宝时代的历史风貌在诗篇中便显得非常突出。

《饮中八仙歌》在形式上的最大特点便是，就一篇而

[1] 颜延年《五君咏·刘参军》，载《文选》卷二十一。

言，是开头无尾的，就每段言，又是互不相关的。它只是就所写皆为酒徒、句尾皆押同韵这两点来松懈地联系着，构成一篇。诗歌本是时间艺术，而这篇诗却在很大的程度上采取了空间艺术的形式。它像一架屏风，由各自独立的八幅画组合起来，而每幅又只用写意的手法，寥寥几笔，勾画出每个人的神态。这也说明，杜甫在写这篇诗时，有他独特的构思，他是想以极其简练的笔墨，描摹出一群富有个性的人物形象，从而表现出一个富有个性的时代——开元、天宝时代。

我们都很熟悉杜甫善于用联章的方式来表现广阔的生活内容，因此很钦佩他晚年所写的《八哀》《诸将》《秋兴》等组诗，《饮中八仙歌》却反过来，将一篇诗分割为八个相对独立的组成部分，而又众流归一地服从于共同的主题。虽然其后这种形式没有得到继续的发展，但终究是值得重视的创造[1]。

一位能够将自己的姓名在文学史上显赫地留传下来的诗人，其成长过程几乎无例外地是这样的：他无休止地和忠实地观察生活、体验生活，与此同时，也不倦怠地和巧妙地反映生活、表现生活。为了能够这样，他不得不煞费苦心，在生活中不断深入，在艺术上不断创新，努力突破别人和自己所已达到的境界。他所走过的人生道路和创作

[1] 吉川幸次郎《杜甫诗注》曾举出清吴伟业的《画中九友歌》是摹仿《饮中八仙歌》之作。这也许是事实。但我们不能不遗憾地指出，吴作只是狗尾续貂，他作为一个内行，根本不应当做这样一件不自量力的事。

道路，每每留下了可供后人探索的鲜明轨迹。而这些纵横交错的轨迹的总和便体现了文学史的基本风貌。

《饮中八仙歌》是杜甫早期诗作发展轨迹上一个值得注意的点——清醒的现实主义的起点。

杜甫《诸将》诗“曾闪朱旗北斗殷”解

用几首律诗组成一个整体，来反映比单篇律诗所能反映的远为广阔深刻的历史和现实、思想和感情，是杜甫对古典诗歌艺术形式的重要发展和贡献的一个方面。他先是继承了他祖父杜审言的传统，用五言律诗来这么写的，到了四川以后，进入他创作生活的后期，则扩充到七言律诗。《诸将》五首、《秋兴》八首、《咏怀古迹》五首等，就是他在这方面留给后人的宝贵遗产。

《诸将》五首曾被某些有见识的批评家推为杜诗七律的压卷之作，如管世铭《读雪山房唐诗钞》卷十八七律《凡例》云：

> 少陵七律自当以《诸将》为压卷。关中、朔方、洛阳、南海、西蜀，直以天下全局运量胸中。如借兵回纥、府兵法坏、宦官监军，皆关当时大利大害，而廷臣无能见及者。气雄词杰，足以称其所欲言。

这个评语，从诗人的政治见解和艺术手段两方面立论，大体上是可以同意的。

这一组诗所依据的历史背景，所反映的政治局势，所表达的诗人心情，所使的典故，所用的语言，古今注家都曾经一一疏证解释，绝大部分是正确的。所以今天读起来，并没有什么困难。但是，其第一首的第六句“曾闪朱旗北斗殷”，可能多数注家都讲错了。现在试加订正，以供参考。

这句诗中的“殷”字，某些古本（如《〈文苑英华〉辩证》卷八所称孙觌本杜诗）作“闲”。有的注家就依以立论。王嗣奭《杜臆》卷六云：

> “北斗”指京师，而宿卫之士，空闪朱旗，有名无实，故谓之“闲”。按《唐志》：“李林甫请停上下鱼书，自是徒有兵额、官吏，而戎器、驼马、锅幕、糗粮并废矣。时府人目番上宿卫者曰侍官，言侍卫天子也。是时，卫佐悉假人为僮奴，京师人耻之，互相诟骂必曰侍官；而六军宿卫皆市人，及禄山反，皆不能受甲矣。”所云闲闪朱旗，盖此辈也。

但杜甫的父亲名闲，唐人还保存着南北朝以来国讳之外兼重家讳的风气，断无以父名入诗的道理。这个“闲”字，实际上是后人改的。钱谦益笺注《杜工部集》卷十五引彭叔夏《〈文苑英华〉辩证》（仇兆鳌《杜诗详注》卷十六所引略同）云：

> 《汉书》有“朱旗绛天”。杜云：“曾闪朱旗北斗殷”，则是因“朱旗绛天”闪见斗亦赤也。本是“殷”

> 字，于颜切，红色也。修书时，宣宗讳正紧，或改作“闲”。今既祧不讳，则“殷”字何疑？[1]

因此，《杜臆》以“闲”字作主要依据，认为这句诗是说“宿卫之士……有名无实”，也就不可信了，[2]虽然他认为朱旗是指唐军并没有大错。

较为通行的，则有如下一些说法。钱注对此诗第三联“见愁汗马西戎逼，曾闪朱旗北斗殷”连串起来解释说：

> 指西戎入犯之促数，故曰“见愁汗马”；指胡虏焚宫之烟焰，故曰“曾闪朱旗”。所以告诫长安之诸将者如此。

杨伦《杜诗镜铨》卷十三引张溍《读书堂杜诗注解》释下句云：

> 言闪朱旗而北斗皆赤，见胡氛蔽天意。

此外，今人冯至、浦江清等《杜甫诗选》卷七及萧涤非《杜甫研究》下卷都说此联下句是指唐代宗广德元年（763）吐蕃攻入长安，上句是指代宗永泰元年（765）吐蕃再度入

---

[1] “修书时”，指北宋初年李昉等修《文苑英华》的时候。“讳正紧”，是指要严格地避宋太祖赵匡胤的父亲的讳。他名弘殷，庙号宣祖。所以到了南宋彭叔夏作《辩证》时，才能够说“今既祧不讳”。仇兆鳌误以为是指唐宣宗，因此在引用《辩证》时，在“宣宗”上加一“唐”字。唐宣宗李忱，初名怡，两字都与“殷”字无关涉，而且宋朝人何以要避唐讳？虽然仇氏这一错误可能是由于彭叔夏将宣祖或宣帝写成了宣宗而引起的，但他处理这条资料时，也未免太大意了。又按今本《〈文苑英华〉辩证》卷八《避讳》门云：“世谓子美不避家讳，诗中两押‘闲’字，……《诸将》诗：‘曾闪朱旗北斗殷。’殷，于颜切，红色也。用班固《燕然铭》‘朱旗绛天’之意。或者当国初时，宣祖讳‘殷’正紧，音虽不同，字则一体，遂改为‘闲’耶？”钱、仇两注所引虽大意相同，而文字颇有出入，疑别有所本，俟再考。

[2] 仇注引用《杜臆》，只存其所抄《唐志》那段材料，而删去其牵扯到“闲”字的部分解释，也正由于此。

寇。浦先生等以为“闪烁的朱旗曾经使北斗变成殷红色”是“比喻长安遭兵乱”；萧先生以为“是说吐蕃势盛，闪动朱旗而北斗亦为之赤”。各家所说虽然小有出入，但认为这一联诗都是写李唐王朝当时的敌人吐蕃的活动，朱旗是指敌人的旗帜，或者象征敌人的力量，则是一致的。

我们认为：钱谦益对上句的解释是准确的，也就是说，“西戎逼”是“促数”的，“见愁”的“见”（现）字，应当包括763年和765年唐朝两度被攻的史实；至于对下句的解释，则各家都张冠李戴了。它的用意是在以汉喻唐，回忆过去隆盛时期军容的强大。诗人在这一联里，是用《文心雕龙·丽辞》篇所谓反对的方式，以一今，一昔；一衰，一盛；一敌强我弱，一敌弱我强的形势，作出强烈的对比，发抒了对祖国安危的深切关怀。这一联的对仗，在这五首诗中，和第二首的“胡来不觉潼关隘，龙起犹闻晋水清”，是一样的方式；而和第四首的“越裳翡翠无消息，南海明珠久寂寥”那种正对，或第五首的“正忆往时严仆射，共迎中使望乡台”那种串对（流水对）都不一样。

这一不同于多数注家的解释，是以对于朱旗这个有着深远历史意义的词的探索为依据的。

如大家所熟知，汉是唐以前国祚最长、国力最盛的统一大帝国，唐代诗人乐于以汉朝比本朝，以汉事写唐事，其例证不胜枚举。

我们也知道，红色是汉朝人认为最尊贵的颜色。这一点，早在议高祖起兵的时候，就规定下来了。《史记·高祖纪》对此有明确的记载：

> 旗帜皆赤。由所杀蛇白帝子，杀者赤帝子，故上赤。

在《淮阴侯列传》中，叙述汉赵之战，也一再提到“拔赵帜，立汉赤帜”，“立汉赤帜三千”，“壁皆汉赤帜”。撇开赤帝子斩白帝子的神话不谈，汉上（尚）赤，用赤帜总是事实。

赤帜也就是朱旗。在文献上，至迟在东汉初年，文学作品中就多次出现过朱旗这个词。以最著名的作家作品见于《文选》者为例，则如：

> 玄甲耀目，朱旗绛天。
>
> ——班固《封燕然山铭》
>
> 爰兹发迹，断蛇奋旅。神母告符，朱旗乃举。
>
> ——班固《汉书·叙传》[1]
>
> 高祖膺箓受图，顺天行诛，杖朱旗而建大号。
>
> ——张衡《东京赋》

到了三国时代，蜀汉是自认为继承了刘氏王朝的正统的，所以在其诏书中也沿用过这个词。《三国志·蜀志·后主传》裴注引《诸葛亮集》载其《为后帝伐魏诏》云：

> 欲奋剑长驱，指讨凶逆，朱旗未举，而丕复陨丧。

汉、魏以下，也不乏书证，无须更加列举。

这些证据无可争辩地说明，朱旗是个褒义词，也是个

[1]《文选》卷五十题作《史述赞·述高纪第一》，今用《汉书》原篇名。

庄严的含有政治内容的名词。它只能用来代表自己国家的、正面的，而决不能用来代表敌人的、反面的力量。（这些含义，一直沿用到今天，不过它已经改称为红旗了。）杜甫是一位“熟精《文选》理”[1]的诗人（近代学者李详所著《杜诗证〈选〉》一书，有力地证明了这一点），对班固、张衡的这些作品，当然很熟习；诸葛亮更是他所非常敬佩的一位历史人物，在诗篇中曾多次加以歌颂，对其著作也不应当怎么生疏。因此，可以想见，杜甫对于班、张、诸葛所使用过的“朱旗”这个词的含义，也决不至于缺乏正确的理解。那么，当我们读到他这一句诗的时候，又怎么能够模糊地或轻率地断定诗人是在用朱旗代表他当时所认为的敌人呢？

在上举文献中，与杜甫这一句诗关系密切，因而特别值得注意的是《封燕然山铭》。这篇文章是东汉窦宪大破匈奴之后，刻石勒功，记载汉朝威德的。其中“玄甲耀日，朱旗绛天”两句，极其生动地描绘了汉朝胜利大军壮盛的军容。这也正是杜甫“摅怀旧之蓄念，发思古之幽情”[2]的所在。“曾闪朱旗北斗殷”，也可以说，就是“朱旗绛天”的译文。“绛”在这里是个动词，意为闪耀着红光。“天”，杜诗里用“北斗”代替了。诗人热爱祖国，面对今日的衰微，愁敌进逼；遥想先朝的强盛，克敌扬威，因而写出这

[1] 杜甫《宗武生日》句。
[2] 班固《西都赋》句。

一联对比极其强烈的诗句，不是很自然的吗？

因此，我们也认为，在前人著作中，《〈文苑英华〉辩证》虽然只是极其简略而且近乎不加说明地指出载在《后汉书·窦宪传》的《封燕然山铭》中有“朱旗绛天”这句话，倒是真正把问题提到了点子上。如果体会了彭叔夏的用意，许多附会和误会是不至于发生的。

正因为人们从来不曾在文献中见过把朱旗当成贬义词来使用，以它代表敌人或反面力量，所以在解释这句杜诗时，要认为它是代表吐蕃的，就难以自圆其说。于是，只好将它或牵强地说成是“烟焰”，或笼统地说成是“胡氛”，或认为是“比喻长安遭兵乱”，或认为“是说吐蕃势盛”。到头来都不能符合诗意。

这一事例说明，弄清楚某些词的历史意义，对于正确理解古代作品来说，有时是很必要的。

（1976年5月　武昌）

韩愈以文为诗说

“以文为诗”是北宋人所概括出来的韩愈诗歌的艺术手段之一。对于这一艺术手段，当时就有截然相反的评价，引起了争论。陈师道《后山诗话》[1]云：

> 退之以文为诗，子瞻以诗为词，如教坊雷大使之舞，虽极天下之工，要非本色。

[1]《后山诗话》一书，前人多疑其非真出陈师道之手。陆游《渭南文集》卷二十六《跋〈后山居士诗话〉》云：“《(后山)谈丛》、《(后山)诗话》皆可疑。《谈丛》尚恐少时所作，《诗话》决非也。意后山尝有诗话而亡之，妄人窃其名为此书耳。”方回《桐江集》卷三《读〈后山诗话〉跋》云：“《后山诗话》二卷，回读之，非后山语也。”《四库全书总目》卷一百九十五《〈后山诗话〉提要》云：“其出于依托，不问可知。”又云：“疑南渡后旧稿散佚，好事者以意补之耶？”三家所论，都有证据，今从略。郭绍虞在其《大学丛书》本《中国文学批评史》上卷第六篇第二章中则说：“考《后山集》二十卷，为其门人彭城魏衍所编。衍记《诗话》《谈丛》各自为集，而今本皆入集中，则非魏氏手录之旧可知。《四库总目提要》据陆游《老学庵笔记》定为出于依托，所见亦是。(千帆按：陆说见于《渭南文集》，非《老学庵笔记》，《提要》误记。)然魏衍既言《诗话》《谈丛》各自成集，则后山之有是二书，自无可疑。今本所传，亦未必全出好事者以意补之。或后山原有此著，未及成书，后人编次，遂不免有所增益耳。”郭先生此说，比前人为合情理。张戒是南宋初年人，其《岁寒堂诗话》卷上已经提到陈师道等人认为韩愈于诗本无所得的话，也足为今传本《后山诗活》中这一类的议论是出于他们本人而非后人所依托的佐证。

又引黄庭坚云：

诗文各有体，韩以文为诗，杜以诗为文，故不工尔。

魏庆之《诗人玉屑》卷十五引魏泰《临汉隐居诗话》云：

沈括存中、吕惠卿吉甫、王存正仲、李常公择，治平中同在馆下谈诗。[1]存中曰："韩退之诗乃押韵之文耳，虽健美富赡，而格不近诗。"吉甫曰："诗正当如是。我谓诗人以来，未有如退之者。"[2]正仲是存中，公择是吉甫，四人交相诘难，久而不决。公择忽正色谓正仲曰："君子'群而不党'，[3]公何党存中也！"正仲勃然曰："我所见如是，顾岂党耶？以我偶同存中，遂谓之党，然则君非吉甫之党乎？"一座大笑。[4]

以上记载表明，这些意见和争论所涉及的有两个方面：一是对韩诗的评价，二是所据以进行评价的原则，即任何一种文学样式是否必须具有为其他样式所不能触动的体格，或为其他样式所无从仿佛的本色。可见，这既是一个诗史上的问题，同时又是一个诗论史上的问题。这问题由北宋

[1] 治平，宋英宗赵曙年号，公元1064年—1067年。

[2] 元稹《唐故检校工部员外郎杜君墓系铭》："苟以其能所不能，无可无不可，则诗人以来，未有如子美者。"吕惠卿在这里是套用元稹的话，暗示他认为韩愈的诗胜过杜甫。

[3]《论语·卫灵公》篇语。

[4] 何文焕辑《历代诗话》本《临汉隐居诗话》无此条，但魏泰另一著作《东轩笔录》卷十二载之。释惠洪《冷斋夜话》卷二"馆中夜谈韩退之诗"条也载有这个佚事。

到现代，争论不休，已近千年，可是还没有得出一个能为大家所公认的结论。

现在，我们想先就以文为诗这一艺术手段，以及由之而引起的这场争论的历史背景、以文为诗所涉及的范围、以文为诗的具体内容和前人对以文为诗的一些误解等方面，略作说明，然后再来试行对这一并不限于韩愈所专有的古典诗歌艺术手段进行评价。对于这个长期存在的、内容相当复杂的问题，自己是没有能力完满地给以解决的，本文的用意只在抛砖引玉。

首先，我们应当注意到这样一个历史事实，即："以文为诗"这一艺术手段，虽然早在中唐时代产生的韩诗中就已出现了、存在了，但是将以文为诗当作一个诗歌创作上的问题来加以反对或者赞成，却始于北宋中叶。而北宋中叶，如我们大家都知道的，从文学发展的趋势来看，则是古文（散文）已经取代了时文（骈文）而成为主要文体的时代，又是诗歌的风格由唐转宋，出现了宋诗的独特面目的时代。[1]而在此以前，韩愈的古文和诗歌，虽然出自一手，它们的遭遇却并不是一致的。

先就文说，韩愈提倡古文，在当时是一场激烈的斗争，他是受到过许多非难的。在这些人当中，甚至有官高望重、曾经一度是韩愈顶头上司的裴度在内，[2]其所承受的压力不可谓之不重。但是，这个新兴的文学运动，终由于有利的客观条件和韩愈及其伙伴们的主观努力，获得了极大的成功。在韩愈死后不久，李汉为他编集作序，就已经指出：

> 时人始而惊，中而笑且排，先生益坚，终而翕然随以定。呜呼！先生于文，摧陷廓清之功，比于武事，

[1] 钱锺书《谈艺录》“诗分唐宋乃风格性分之殊，非朝代之别”条略云：“唐诗、宋诗，亦非仅朝代之别，乃体态、性分之殊。天下有两种人，斯分两种诗。……唐诗多以丰神情韵见长，宋诗多以筋骨思理见胜。严仪卿首创断代言诗，《沧浪诗话》即谓本朝人尚理，唐人尚意兴云云。曰唐曰宋，特举大概而言，为称谓之便，非曰唐诗必出唐人，宋诗必出宋人也。故唐之少陵、昌黎、香山、东野，实唐人之开宋调者；宋之柯山、白石、九僧、四灵，则宋人之有唐音者。”又云：“夫人禀性各有偏至，发为声诗，高明者近唐，沉潜者近宋，有不期而然者。故自宋以来，历元、明、清，才人辈出，而所作不能出唐、宋之范围，皆可分唐、宋之畛域。唐以前之汉、魏、六朝，虽浑而未划，蕴而不发，亦未尝不可以此例之。叶横山《原诗》内篇云：‘譬地之生木，宋诗则能开花，木之能事方毕。自宋以后之诗，不过花开而谢，谢而复开。’蒋心余《忠雅堂集》卷十三《辩诗》云：‘唐宋皆伟人，各成一代诗。……宋人生唐后，开辟真难为。……元明不能变，非仅气力衰，能事有止境，极诣难角奇。’可见五、七言分唐、宋，譬之太极之两仪，本乎人质之判玄虑明白（原注：见刘劭《人物志·九征》篇），非徒朝代、时期之谓矣。”本文这里所说由唐转宋，主要也是指风格上的推陈出新而言。

[2]《全唐文》卷五百三十八裴度《寄李翱书》告诫李不可“以时世之文多偶对俪句，属缀风云，羁束声韵，为文之病甚矣，故以雄词远致一以矫之”。他认为：“文之异，在气格之高下，思致之浅深，不在其磔裂章句，隳废声韵。”他又指责韩愈“恃其绝足，往往奔放，不以文立制，而以文为戏”。从总的倾向看来，裴度还是主张维持原来的骈体而反对新兴的散体的，恐怕“在古文与骈文两种文章形式互争雄长的当时”，并不能算“是一种折中派”，如《中国历代文论选》所说的（见该书1962年版上册第456页）。

可谓雄伟不常者矣。

在这以后，为韩文唱赞歌的声音就一天比一天高。宋代宋祁修《新唐书》，在《文艺传序》中说：

唐有天下三百年，文章无虑三变。高祖、太宗，大难始夷，沿江左遗风，绨句绘章，揣合低昂，故王、杨为之伯。玄宗好经术，群臣稍厌雕琢，索理致，崇雅黜浮，气益雄浑，则燕、许擅其宗。是时，唐兴已百年，诸儒争自名家。大历、贞元之间，[1]美才辈出，擩哜道真，涵咏圣涯，于是韩愈倡之，柳宗元、李翱、皇甫湜和之，排逐百家，法度森严，抵轹魏、晋，上轧汉、周，唐之文完然为一王法，此其极也。

《后山诗话》又引苏轼云：

子美之诗、退之之文、鲁公之书，皆集大成者也。

这真是李汉所谓“终而翕然随以定”，即到了北宋中叶，韩文在文坛上已建立了它确乎不可拔的地位。

但韩诗的遭遇却远非如此。在宋诗的新面貌形成以前，它并不受重视，它在诗坛上所受到的待遇是冷淡的。

唐玄宗开元时代、宪宗元和时代和宋哲宗元祐时代，被诗论家称为“三元”，认为是五、七言诗的三个极盛时代。[2]在元和时代有成就的诗人中，元稹、白居易、刘禹

---

[1] 大历，唐代宗李豫年号。贞元，德宗李适年号。大历、贞元之间，公元766年—805年。

[2] 陈衍《石遗室诗话》卷一载其与沈曾植论诗云：“余谓诗莫盛于‘三元’：上元开元、中元元和、下元元祐也。君谓‘三元’皆外国探险家觅新世界，殖民政策开埠头本领。”

锡、柳宗元等固然是自立门户，与韩愈“不相菲薄不相师”。就是作风与韩愈比较接近的诗人如孟郊、贾岛、卢仝等也各具面目。韩门弟子能诗的不多，其中张籍最有诗名，而所作也与韩诗风貌绝异。总之，在许多人都追随韩愈，从事古文运动的时候，他的古文，他的古文理论的影响都是显著的，而他的诗歌，虽然生面别开，但并没有引起时人足够的重视，发生较大的影响。

元和以后，唐代诗风逐渐衰落，晚唐重要诗人如杜牧，也只赞美韩愈的文章。《樊川诗集》卷二《读韩杜集》云：

> 杜诗韩笔愁来读，似倩麻姑痒处搔。天外凤皇谁得髓？无人解合续弦胶。

读两家集，而于韩，只称其文，[1]不及其诗；于杜，只称其诗，不及其文，界限分明。李商隐在《韩碑》中，同样极力赞美韩文，甚至说《平淮西碑》可以比美汤盘、孔鼎，“公之斯文若元气”，但他遍学各家诗，对前代诗人，常有拟作，见于题目，如《齐梁晴云》《效徐陵体赠更衣》《杜

[1] 韩笔即韩文。以诗与笔对举，亦如以文与笔对举，始于六朝，而唐人沿用。《学海堂初集》卷七梁国珍《文笔考》云：“文笔而外，又有以诗与笔对言者。《南史·沈约传》：‘谢玄晖善为诗，任彦昇工于笔，约兼而有之。’《庾肩吾传》：梁简文与湘东王书曰：‘诗既如此，笔又如之。’又曰：‘谢朓、沈约之诗，任昉、陆倕之笔。’《任昉传》：‘昉以文才见知，时谓任昉笔，沈约诗。’又刘孝绰称弟仪与威云：‘三笔六诗。’（三，孝仪。六，孝威。）是又以诗笔对言。”又侯康《文笔考》云：“至唐则多以诗笔对举，如：‘贾笔论孤愤，严诗赋几篇。’少陵句也。‘王笔活龙凤，谢诗生芙蓉。’飞卿句也。‘杜诗韩笔愁来读。’牧之句也。‘朝廷左相笔，天下右丞诗。’时人目王缙、王维语也。‘孟诗韩笔。’时人目退之、东野语也。‘历代词人，诗笔双美者鲜。’殷璠语也。”唐时文笔之分，已不甚严，所以文笔对举者不多，而诗笔对举则仍旧贯。

工部蜀中离席》《拟沈下贤》《效长吉》等，而除这篇被何焯评为“可继《石鼓歌》”，“与韩《石鼓》诗气调魄力旗鼓相当”的《韩碑》而外，[1]也绝少学韩之作。唐人论诗的文献流传至今的不算太少，而真能道出韩诗的风格特征的，似只有司空图。《司空表圣文集》卷二《题柳柳州集后》云：

> 韩吏部歌诗数百篇，其驱驾气势，若掀雷抉电，撑扶于天地之间，物状奇怪不得不鼓舞而徇其呼吸也。

此外罕见。而且司空图的诗风，也与韩愈绝不相类，他虽赞美可是并不学习韩诗。由五代到北宋初年，情况也大致如此。大体上，在北宋中叶欧阳修主持文坛以前，韩诗是没有受到重视的。他的诗歌既然无人学习，他独特的风格以及形成其风格的艺术手段（其中包括以文为诗）无人注意研究，加以优劣，就是很自然的事情了。

欧阳修及其声应气求的友人和后辈改变了这个局面。和由中唐以迄宋初只重视韩文而不重视韩诗的许多作家们不同，欧阳修既是一位古文家，又是一位诗人，他既爱好韩文，又爱好韩诗。在《欧阳文忠公文集》卷七十三《记旧本韩文后》中，他记载了自己自幼对于韩文的爱好，以及韩文在他的提倡之下日益盛行的情况。至于他对韩诗的欣赏和推崇，则如其《六一诗话》所云：

> 退之笔力无施不可，而尝以诗为文章末事。故其

---

[1] 何评见沈厚塽《李义山诗集辑评》卷上。管世铭《读雪山房唐诗钞》卷八七律《凡例》也说：“李义山《韩碑》语奇句重，追步退之。”

> 诗曰："多情怀酒伴，余事作诗人"也。[1]然其资谈笑，助谐谑，叙人情，状物态，一寓于诗，而曲尽其妙。此其雄文大手固不足论，而余独爱其工于用韵也。盖其得韵宽，则波澜横溢，泛入旁韵，乍还乍离，出入回合，殆不可拘以常格，如《此日足可惜》之类是也。[2]得韵窄，则不复旁出，而因难见巧，愈险愈奇，如《病中赠张十八》之类是也。余尝与圣俞论此，以谓如善驭马者，通衢广陌，纵横驰逐，惟意所之；至于水曲蚁封，疾徐中节，而不少蹉跌，乃天下之至工也。

又《文集》卷二《读〈蟠桃诗〉寄子美》云：

> 韩孟于文词，两雄力相当，篇章缀谈笑，雷电击幽荒。众鸟谁敢贺，鸣凤呼其皇。孟穷苦累累，韩富浩穰穰。穷者啄其精，富者烂文章。发生一为宫，揫敛一为商，二律虽不同，合奏乃锵锵。

这些议论对于韩愈以及孟郊诗风的具体而准确的指陈，当然值得我们注意和重视，但更其值得我们注意和重视的，则是《诗话》所论，实质上已经接触到了以文为诗的问题。他认为韩诗之所以能够成功地表现多方面的内容，而且"曲尽其妙"，是由于"雄文大手"的"笔力无施不可"，同时，他又指出，韩愈"以诗为文章末事"。从这些意见中，不难看出，韩愈的古文对于他的诗歌的影响是多么显著。

[1]《和席八十二韵》句。

[2] 钱仲联《韩昌黎诗系年集释》卷一引诸家论此诗用韵情况颇详，请参看。

韩愈是唐代的，而欧阳修则是宋代的古文运动的中坚人物。欧文学韩，诗也学韩。欧阳修对于韩愈以文为诗深有体会，理所当然。而后人对此，也有见及的。金赵秉文《闲闲老人滏水文集》卷十九《与李天英书》云：

> 杜陵知诗之为诗，而未知不诗之为诗。而韩愈又以古文之浑浩溢而为诗，然后古今之变尽矣。

“以古文之浑浩溢而为诗”，与以“笔力无施不可”的“雄文大手”来写诗，“以诗为文章末事”，含意是一致的。

以文为诗在当时引起了争论，与北宋诗人在欧阳修影响之下学习韩诗有直接的关系。欧诗学韩，是由宋迄清的批评家所公认的。如张戒《岁寒堂诗话》卷上云：

> 欧阳公诗学退之，又学李太白。

吴之振《宋诗钞》《欧阳文忠诗钞》小引云：

> 其诗如昌黎，以气格为主。昌黎时出排奡之句，文忠一归之于敷愉，略与其文相似也。

刘熙载《艺概》卷二《诗概》云：

> 东坡谓欧阳公“论大道似韩愈，诗赋似李白”。[1]然试以欧诗观之，虽曰似李，其刻意形容处，实于韩为逼近耳。

而方东树《昭昧詹言》卷九云：

> 六一学韩，才气不能奔放，而独得其情韵与文法，此亦诗家深趣。

[1] 苏轼《〈居士集〉序》语，见《欧阳文忠公文集》卷首、《东坡集》卷二十四。

则更明白地指出了欧之学韩，也学其以文为诗。诸家所论，各有偏至。要而言之，欧阳修诗、文皆学韩，所学包括“以文为诗”这一艺术手段，但两人个性气质不同，因而韩偏于排奡雄奇的阳刚之美，而欧却偏于敷愉纡徐的阴柔之美，学而能变，因此各擅胜场，自具面目，却是无可争论的事实。

由于欧阳修的提倡，以及他和他的伙伴们的创作实践，宋诗的独特面目和风格便逐渐形成，而宋诗的独特面目和风格的形成，又是和学韩（包括学他的以文为诗）分不开的。在与他同时或稍后的诗人中，诗文兼擅的人如王安石、苏轼固然学韩诗，即仅以诗名的人如苏舜钦、梅尧臣、王令、黄庭坚等也或多或少地受到韩愈的影响，不管其是否自觉，也不管其人主观上是否赞成韩诗，或是否赞成其以文为诗。

这一点，前人也已见及。叶燮《原诗》内篇云：

> 韩愈为唐诗之一大变。其力大，其思雄，崛起特为鼻祖。宋之苏、梅、欧、苏、王、黄，皆愈为之发其端，可谓极盛。

近代李详自序其《韩诗萃精》云：

> 宋欧阳永叔稍学公诗而微嫌冗长，[1]无遒丽奇警之

[1] 陈衍《宋诗精华录》卷一评欧诗《沧浪亭》云：“案此诗未免词费，使少陵、昌黎为之，必多层折而无长语，《渼陂行》《山石》可参看也。”可与李说互证。

> 语。东坡以“豪”字概公，[1]虽能造句，而不能纬以事实，如水中着盐，消融无迹。黄鲁直诗于公师其六七，学杜者二三。举世相承，谓黄学杜。起山谷而问之，果宗杜耶？抑师韩也？悠悠千载，谁能喻之？

陈三立为程学恂《韩诗臆说》题辞云：

> 宋贤效韩，以欧阳永叔、王逢原为最善。

夏敬观《唐诗说·说韩愈》云：

> 宋人学退之诗者，以王荆公为最。王逢原长篇亦有其笔。欧阳永叔、梅圣俞亦颇效之。诸公皆有变化，不若荆公之专一也。

诸家对北宋著名诗人所受韩愈影响的巨细如何，看法虽有出入，但认为其时大家无不受到韩诗的沾溉，则所见略同。

非常值得玩味的是，宋诗的两个中坚人物苏轼和黄庭坚自己对韩诗是“颇有微词”的，如《后山诗话》载苏轼云：

> 退之于诗，本无解处，以才高而好尔。

胡仔《苕溪渔隐丛话》前集卷十八引《王直方诗话》载洪龟父云：

> 山谷于退之诗，少所许可。

而评论家却偏偏指出了他们与韩愈之间的传承关系。特别是苏轼，这个认为韩愈“于诗本无解处”的人，却有人特别提出他在“以文为诗”这一艺术手段上与韩愈的渊源。

[1] 冯应榴《苏文忠诗合注》卷十六《读孟郊诗》二首之一：“要当斗僧清，未足当韩豪。”僧指贾岛，岛初为僧，法名无本。

赵翼《瓯北诗话》卷五云：

> 以文为诗，自昌黎始，至东坡益大放厥词，别开生面，成一代之大观。[1]

这就说明了，北宋中叶的诗人想通过学习韩诗来创造自己的独特面貌和风格，在欧阳修的提倡和其他诗人的支持之下，已成为一种不可逆转的潮流而弥漫诗坛，即使是有人主观上不赞成也罢，在客观上，总还是无可避免地、或多或少地受到了这种风气的影响。我们知道，在文学史上，这种文艺理论和创作实践之间的矛盾存在于一个作家身上，也并非十分罕见的现象。如孟棨《本事诗》《高逸》第三载李白云："梁、陈以来，艳薄斯极，沈休文又尚以声律，将复古道，非我而谁欤？"又云："兴寄深微，五言不如四言，七言又其靡也，况使束于声调俳优哉？"可是，他的创作实践证明，他的"复古"，实是变新，在形式上，他毫不排斥七言诗、今体诗。除五言古诗之外，他也给后人留下了为数众多的极其精警夺目的七言和杂言古诗、五言律诗和五、七言小律诗（律化了的绝句）。这，正好和苏、黄不满韩诗，可又不由自主地沿着韩愈已经开辟出来的道路前进比类。

从以上的叙述中，我们可以知道，韩愈的诗歌以及他的"以文为诗"这一艺术手段之被人注意，引起争论，在

[1] 吴乔《围炉诗话》卷五也说："子瞻诗美不胜言，病不胜摘。大率多俊迈而少渊渟，得瑰奇而失详慎，多粗豪、滑稽、草率，又多以文为诗。然其才古今独绝。"吴氏对苏诗总的评价，与赵不同，但认为苏轼以文为诗，则是一致的。

当时表面上只是一个对前代诗人评价的问题，而实质上则是诗歌创作道路应当怎么走的问题，一个具有现实意义的问题。一派人认为诗有诗的体格，文有文的体格，以文为诗，就丧失了它的本色，而另一派人则认为“诗正当如是”。

在“穷则变，通则久”，[1]“若无新变，不能代雄”，[2]“为文章者有所法而后能，有所变而后大”，[3]这样一些原则支配之下，宋代诗人终于通过学习韩愈（当然也学习其他前代诗人）及其以文为诗的艺术手段（当然也学习其他诗人以及韩愈所拥有的其他艺术手段），加以发展变化，使之渗透在自己所要表现的生活之中，形成了不同于唐诗的独特面貌和风格。这，历史已经为我们做出了结论，不用多说了。但是，追溯一下韩诗被后人认识和学习的过程，研究一下以文为诗的意义和是非，对现代文学的发展和创作却不是没有借鉴作用的。

在具体说明什么是“以文为诗”这个问题之前，我们不得不对以文为诗在韩诗中所涉及的范围加以确定。因为古今论家对于韩愈“以文为诗”这一艺术手段加以优劣，可能和他们所理解的它在全部韩诗中所涉及的范围有关。这些人，无论是反对或赞成韩愈以文为诗，却似乎都认为这是韩诗的主要艺术手段，即使没有认为它是韩诗的唯一

[1]《易·系辞下》语。
[2] 萧子显《南齐书·文学传论》语。
[3] 姚鼐《惜抱轩集》卷八《刘海峰先生八十寿序》引周书昌语。

艺术手段。他们忽略了，这仅仅是韩愈在从事诗歌创作时所拥有的诸艺术手段之一，除此而外，韩愈还拥有许多其他的手段，通过各种手段，他才能够使得自已的诗作丰富多彩。如《瓯北诗话》卷三云：

> 韩昌黎生平所心摹力追者惟李、杜二公。顾李、杜之前，未有李、杜，故二公才气横恣，各开生面，遂独有千古。至昌黎时，李、杜已在前，纵极力变化，终不能再辟一径。惟少陵奇险处尚有可推扩，故一眼觑定，欲从此辟山开道，自成一家，此昌黎注意所在也。然奇险处亦自有得失。盖少陵才思所到，偶然得之，而昌黎则专以此求胜，故时见斧凿痕迹，有心与无心异也。其实昌黎自有本色，仍在文从字顺中自然雄厚博大，不可捉摸，不专以奇险见长，恐昌黎亦不自知，后人平日读之自见。若徒以奇险求昌黎，转失之矣。

此外，在同书中，还指陈了韩诗用语、押韵、创格、创句法等上的各种艺术手段，以及由这些手段形成的艺术特色。这当中，有的和以文为诗有关，例如“文从字顺中自然雄厚博大，不可捉摸”，与韩文擅长布局、变幻莫测、气韵深稳而堂庑开阔相通。至于奇险，则似当从楚《骚》、汉赋来寻找其渊源，不能认为它与韩文有什么内在联系。但黄庭坚、陈师道等人，却将以文为诗这一点作为韩诗“不工”，或虽工而“非本色”的症结所在。这就成了以偏概全，显然不符事实。

人们如果通读韩愈的全部诗歌，就可以看出，以文为诗不仅不是韩诗唯一的艺术手段，就是作为诗人所拥有的诸艺术手段之一，它所涉及的范围也是有局限的。韩集只是有部分作品存在着以古文为古诗的情况，尤其是为七言古诗。

魏、晋以前，不论诗、文，都是单复兼行。魏、晋以来，由单趋复，对偶之外，又加声律，先是骈文出现，然后诗歌也由新变体发展成为今体律、绝诗。就形式论，古诗近于古文，而律、绝诗近于骈文。因此，以文为诗，古诗接受古文的影响易，而律、绝接受古文的影响，即使不是不可能，也很困难。同时，韩愈又并非一位骈文家而是一位伟大的古文家。由于这两点，韩愈的以古文为古诗，就成为理所当然，势有必至。

在古诗中，七言比起五言来，又本来更其富于流利、开张、曲折、顿挫这样一些笔法和章法，和古文相近。因而以文为诗，就可以使它本来具有的这样一些特点更加突出。《昭昧詹言》卷十一云：

> 诗莫难于七古。……观韩、欧、苏三家，章法剪裁，纯以古文之法行之，所以独有千古。

作旧体诗是否“莫难于七古”，是可以讨论的，但方东树指出韩愈及欧、苏都以古文为七古而获得成功，却也是事实。

至于高步瀛《唐宋诗举要》卷五引吴北江评韩愈的七言律诗《左迁蓝关示侄孙湘》的颔联“欲为圣朝除弊事，肯将衰朽惜残年”云：“大气盘旋，以文章之法行之。”则似认为律句的开合动荡，也自古文中来，恐不尽然。如其有之，也只是个别现象。

“以文为诗”这一其所涉及的范围是有局限的艺术手段的具体内容，概括起来，大致上有两个方面：一方面是以古文的章法、句法为诗，另一方面是以在古文中常见的议论入诗。现在，试就这两个方面略加申述，也附带对古今论家的若干歧见加以讨论。

先谈第一个方面。文学作品自来具有各种不同的样式，它们在特定的民族的和历史的条件之下，被人民群众创造出来；各自拥有其独特的与最适合其所要表现的内容相结合的形式上的特色，从而与其他的样式区别开来。这也就是所谓“诗文各有体”。但是，样式与样式之间，例如诗与文之间，并没有，也不可能隔以不可逾越的铜墙铁壁。它们肯定有区别，又必然在某种程度上有关联，因而可以互相渗透（至于渗透的结果即艺术效果如何，又当别论）。韵律是诗歌的主要艺术特征，中外所同。但在外国，它并没有妨碍散文诗的出现（而且它到后来还进入了中国的诗坛）。而在中国，它也没有妨碍以文为诗，而且两者都获得了成功。

韩愈是一位伟大的古文家。他对古文的独特造诣使他在从事诗歌创作时，情不自禁地使用了作古文的技巧以显其所长，这是完全可以理解的。他不但以古文为古诗，而且还以古文作小说。[1]这正如同我们在艺术史所看到过的，长于书法的人，画起兰花和竹子来，也常使用作草书的笔法，因而自具特色，别有风味。[2]

由此可见，韩愈以文为诗，其实际意义就在于要突破诗的旧界限，开拓诗的新天地，这不但有助于形成他自己的独特面目，而且成为宋诗新风貌的先驱。

刘辰翁《须溪集》卷六《赵仲仁诗序》云：

> 文人兼诗，诗不兼文也。杜虽诗翁，散语可见。惟韩、苏倾竭变化，如雷霆、河汉，可惊可快，必无复可憾者，盖以其文人之诗也。

合前引赵秉文“韩愈又以古文之浑浩溢而为诗，然后古今之变尽”的话来看，则“以文为诗”这种艺术手段对于韩诗及苏轼等宋代诗人创作所产生的积极影响大体可见。

韩愈在写诗时，怎样运用了写古文的艺术手段，这是一个只有“起韩愈而问之”才能获得准确答案的问题，但

[1] 韩愈以古文作小说这个事实，是陈寅恪先生首先注意到并对之加以研究的，见其所著《韩愈与唐代小说》，载*Harvard Journal of Asiatic Studies*第一卷第一期，1936年；由我译载《国文月刊》第57期，1943年；又《元白诗笺证稿》第一章《长恨歌》。

[2] 以人所熟知的清代书画家郑燮为例，其自题画竹有云：“与可画竹，鲁直不画竹，然观其书法，罔非竹也。瘦而腴，秀而拔；欹侧而有准绳，折转而多断续。吾师乎！吾师乎！其吾竹之清癯雅脱乎！书法有行款，竹更要行款；书法有浓淡，竹更要浓淡；书法有疏密，竹更要疏密。此幅奉赠常君西北。西北善画不画，而以画之关纽，透入于书。燮又以书之关纽，透入于画。吾两人当相视而笑也。与可、山谷亦当首肯。”（中华上编《郑板桥集》第162页）这是他自讲其书画之相通。蒋宝龄《墨林今话》卷一云：“板桥道人郑燮……书，隶楷参半，自称六分半书，极瘦硬之致，亦间以画法行之，故心余太史诗有云：‘板桥作字如写兰，波磔奇古形翩翻；板桥写兰如作字，秀叶疏花见姿致。’……可谓抉其髓矣。”（同上第250页）这是别人论其书画之相通。

我们也无妨引用一点前人对这一方面的探索作为参考。如《琴操》十首,《韩昌黎诗系年集释》卷十一引朱彝尊评语云:

> 《琴操》果非《诗》《骚》,微近乐府,大抵稍涉散文气。昌黎以文为诗,是用独绝。

又夏敬观《唐诗说·说韩愈》云:

> 《琴操》《皇雅》一类诗,皆非深于文者不能作。退之、子厚,皆文章之宗匠也。

《山石》,方东树《昭昧詹言》卷十二云:

> 只是一篇游记,而叙写简妙,犹是古文手笔。

《石鼓歌》,《集释》卷七引汪佑南《山泾草堂诗话》云:

> 如许长篇,不明章法,妙处殊难领会。……首段叙石鼓来历,次段写石鼓正面,三段从空中著笔作波澜,四段以感慨结。妙处全在三段凌空议论,无此即嫌平直,古诗章法通古文,观此益信。

当然,这都是前人的体会,未必尽合诗人本意,但这些评论有助于我们理解什么是以文为诗,则是没有疑问的。

此外,化复句为单句,乃是古文(散文)异于时文(骈文)的显著特点。韩愈在古诗中,有的地方故意避免对仗,如《此日足可惜一首赠张籍》中“淮之水舒舒,楚山直丛丛”二句,强幼安《唐子西文录》就指出这是“故避属对”,而这种“故避”,显然与以文为诗有关,所以韩集中古诗,尤其是七言古诗,很多是通首不对的,其中包括得有如《此日足可惜一首赠张籍》《山石》及《八月十五夜赠张功曹》这样一些名作。黄钺《韩诗增注正讹》卷四评《游青龙寺赠崔大补阙》也曾经指出："公七言古诗间用对句，惟《桃源图》及此篇、《赠崔立之》三篇而已。"

还有，以古文中习见的句法及语尾虚字入诗，也是以古文为古诗这样一种艺术手段的组成部分。如《符读书城南》之"乃一龙一猪"，《送区宏南归》之"子去矣时若发机"，《陆浑山火和皇甫湜用其韵》之"溺厥邑囚之昆仑"等句，其句法和节奏都远于诗而近于文；而《嘲鲁连子》之"顾未知之耳"，《符读书城南》之"学与不学欤"，《古风》之"无曰既蹙矣"等句，则使用虚字结尾，全同散体。当然，这在韩诗中为数很少，也不是以文为诗的主要表现。

再说第二个方面。文学作品的内容，不外情、理、事三端，所以抒发感情、议论道理、描绘事物也就成为文学的基本功能，而不问其使用何种体裁来加以表达。诗可以抒情，所以有抒情诗，同时还可以叙事和说理，所以也有叙事诗和哲理诗。散文也是一样，既有抒情文，又有叙事文和说理文。这，丝毫也不排斥任何文学作品中所必具的通过形象思维而获致和显示的形象性。但由于汉语古典诗歌的历史发展道路的规定，我们的诗歌多半用来抒情，而较少用来叙事和说理。散文则多半用来叙事和说理，而较少用来抒情。所以，比起抒情诗来，汉语文学中的叙事诗和哲理诗不算是发达的。但这决不意味着，抒情诗中没有叙事和说理的成分。恰恰相反，叙事和说理的成分常常和作为诗篇主体的抒情成分有机地结合在一起，而形成一件完整的艺术品。

单就诗中说理，即以议论为诗来说，周代民间歌手所创作的诗篇如《诗经·魏风·伐檀》中就有“彼君子兮，不素餐兮”这种阶级感情非常强烈的、一针见血的议论。稍后，伟大诗人屈原在其作品中发议论、说道理的地方就更多。汉、魏、六朝以迄唐代，在抒情诗中发议论的传统，从来没有中断过。韩愈以古文为诗，当然也就顺理成章地将这种原来主要由散文来负担的职责带进诗里。比起他的前辈的诗作来，韩诗中的议论成分带有更大的比重，而出现也更经常。

这里，也无妨征引一点前人有关这方面的具体评论。如《谢自然诗》，顾嗣立《昌黎先生诗集注》卷一云：

> 公排斥佛、老，是平生得力处。此篇全以议论作诗，词严义正，明目张胆，《原道》《佛骨表》之亚也。

又程学恂《韩诗臆说》卷一云：

> 韩集中惟此及《丰陵行》等篇，皆涉叙论直致，乃有韵之文也，可置不读。篇末直与《原道》中一样说话，在诗体中为落言诠矣。

又如《桃源图》，《集释》卷八引翁方纲云：

> 即仍《原道》大议论，而于叙景出之。

《谢自然诗》和《桃源图》，用意都在于揭露迷信的虚妄，所以论者认为与排斥佛、老的一些文章用意相同。但我们玩索两诗，其发议论相同，而艺术效果却有差别，则问题所在，不在是否能以议论入诗，而在是否善于以议论入诗可知。这一点，我们在后面还要较详细地加以申论。

韩愈扩大了以议论入诗的容量，对于宋诗影响很大。欧阳修《六一诗话》举出韩诗有“资谈笑，助谐谑，叙人情，状物态”各种内容。而在这资、助、叙、状之中，也自然有议论在内，这是覆按韩集而可知的。欧阳修也有意效法韩愈在题材和手法方面的这种措施，又是覆按欧集而可知的。在这种风气支配之下，以议论为诗也就成为宋诗新面貌的组成部分。所以严羽《沧浪诗话·诗辨》说：“近代诸公乃作奇特解会，遂以文字为诗，以才学为诗，以议论为诗。夫岂不工，终非古人之诗也。”从这种带有贬意的评论中，我们正看出了宋人所受韩愈的以古文、议论为诗的影响是广泛的。

以上，简单地说明了以文为诗在两个方面的内容。现在，再讨论一下某些反对或赞成以文为诗，却为我们所不能同意的意见。

有些人反对以文为诗，是因为他们认为：诗文各有体，各有本色，各有所应当表现的内容以及表现那些内容的艺术手段。诗与文之间的界限是不可逾越的。如果打破了这个界限，以文为诗，就是“不工”，或“虽极天下之工而非本色”，或“夫岂不工，终非古人之诗也”。这些人墨守成规，守常而不知变。他们不考虑，诗是要“本色”呢，还是要“工”？今人应当作“古人之诗”呢，还是应当作今人之诗？所以他们反对韩愈在诗歌方面以古文的章法和句法入诗、以议论入诗这种革新手段，而某些人在创作实践上，又不得不跟着这种他们所反对的风气走。正是由于跟着这种风气走，才使得他们的作品中呈现的新面貌更为丰富。这，正证明了他们（其中包括著名的诗人苏轼和黄庭坚）的反对是不正确的和徒劳的。

在这里，应当探讨一下以议论入诗的问题。严羽认为宋人以议论为诗，虽工而非古人之诗，虽含贬意，确是实情。明人屠隆《由拳集》卷二十三《文论》中却进一步说："宋人多好以诗议论，夫以诗议论，即奚不为文而为诗哉？"则是干脆说诗是不能有议论的，如果你要议论，去作文好了，别作诗。应当承认，严羽、屠隆等人的说法，无论就诗、文两种样式的区分来说，或就针对具体历史时期的诗坛风尚加以评论来说，都有其合理的、正确的方面，但他们却忽略了，议论是《诗》《骚》中早就存在的。韩愈以及追随他的宋人以古文立论之法入诗，只是踵事增华，并非自我作故；同时，也只是扩充了诗歌议论的成分，而非只在诗中说理，不在诗中抒情。韩愈及宋人的许多含有议论成分的好诗，无一不是抒情与说理非常巧妙的融合。

古人没有抽象思维和形象思维这样两个名词，但他们可能直觉地感到这两种客观存在的思维方式的区别。翁方纲评《桃源图》说"即仍《原道》大议论，而于叙景出之"，可以看出此中消息。在我们看来，议论或说理，其思维方式虽然是抽象的，但其表达方式却可以是形象的。许多诗人善于通过具体形象的描绘，来抒发哲理，评量事物。而同时，在抒情诗中出现的议论，如果运用恰当，则不仅不会削弱，反之，还能够加强诗歌的形象，从而加强抒情诗中主人公（其中包括诗人自己）的形象。这是通过作家们的实践已经形成的事实。

以形象的方式来发表议论，以议论的方式来加强形象，可以说是自古有之。我们读《庄子》《韩非》等子书，《左传》《史记》等史书，不难发现。自称“非三代两汉之书不敢观”的古文大师韩愈，从其前辈的著作中继承了这种传统，发为文章。因此在韩文中，这种手段也不难发现。如果举例，则一直为人传诵的《进学解》《杂说》《圬者王承福传》《送孟东野序》等，就是两者兼备的。

韩愈以文为诗，自然也就将这样一些手段带进诗里。例如《荐士》的前半，实质上是对由周到唐的诗歌以及对孟郊诗歌的述评，而其议论中却充满了形象。再如《孟东野失子》，作者自称是“惧其伤也，推天假其命以喻之”。评者也说“此诗意旨与《列子·力命》篇略同，而语较奇警”。[1]也是以一组完整的形象来发议论，而取得艺术上的成功的一个好例。另外一方面，诗中的议论，即使其语言并不怎么富于形象性，只要能够巧妙地和抒情、叙事等其他部分结合在一起，也是可以加强诗篇整体的（包括诗人自己的）形象的。《谒衡岳庙遂宿岳寺题门楼》在描写了老庙令要诗人卜卦这个细节之后，发议论道：“窜逐蛮荒幸不死，衣食才足甘长终。侯王将相望久绝，神纵欲福难为

[1] 程学恂《韩诗臆说》卷一。

功。”《记梦》在描写游历一个幻想世界之后，也发议论道：“乃知仙人未贤圣，护短凭愚邀我敬。我能屈曲自世间，安能从汝巢神山。”这些议论，既表现了作者的思想，也表现了作者的个性，从而加强了他自己的形象。

由此可见，问题不在于诗中是否可以发议论，而在于是否善于在诗中发议论。程学恂所指出的《谢自然诗》《丰陵行》等篇，“叙论直致”，只能作为韩愈运用这一手段而没有成功的例子，却不能作为不能以议论为诗的证据。

有的人反对以文为诗，是因为他认为：“诗要用形象思维，不能如散文那样直说。”这种意见似乎可以用下列公式表明：

诗⟶形象思维⟶（曲说）

文⟶（抽象思维）⟶直说

但事实表明：一方面，诗的确是比散文更为精练、含蓄、曲折，可是，另一方面，这种区分又仅仅是相对的。将诗与散文、形象思维与抽象思维、曲说与直说的区分绝对化，就不仅不符合诗人、作家们的艺术实践，在理论上也说不过去。这里，无妨分几点加以说明。

第一，诗当然要用形象思维，但形象思维并不限于曲说，它也可以直说。用传统的文学术语来说，则是既可以用比兴来表现，也可以用赋体来表现。前人解释赋、比、兴，颇有出入。朱熹《诗集传》卷一《〈葛覃〉传》云：“赋者，敷陈其事而直言之者也。”《〈螽斯〉传》云：“比者，以彼物比此物也。”《〈关雎〉传》云：“兴者，先言他物以引起所咏之词也。”朱说在过去虽较流行，但还不够圆融周洽。[1]可是，即使根据这种说法，则这三种表现手段，也无例外地都是形象思维的产物，所以决不能把直说（“直言”）和“敷陈”排斥在形象思维、形象性之外。在古今中外的诗人作品中，“敷陈其事而直言之”的杰作是极多的，它们也都是富于形象性的。[2]那么，怎么能够把诗和直说对立起来呢？

第二，散文许多都是抽象思维的产物，但并不是写散文只能用抽象思维，它也可以用形象思维。不仅可以用形象思维的方式写出富于形象性的抒情散文，甚至也可以用形象思维的方式写出富于形象性的说理散文。关于前者，例不胜举，关于后者，我们只要想到“寓言十九”的《庄子》及其历代的效法者，就不会怀疑了。又怎么能够把散文与形象思维对立起来呢？

第三，以形象思维为基础的文学作品，在塑造人物时，从来不排斥来自抽象思维的某些议论，反之，有时还倚仗一

[1] 参看吴枝培：《赋比兴诠证》，载《南京大学学报（哲学社会科学）》1978年第2期。

[2] 顺便提到，在赋、比、兴中，比兴当然是诗人们所经常使用的，但赋却是更其基本、更其普遍使用的手法，而且三者往往是结合在一起的。因为比兴所涉及的只能是每首诗的某一部分或某些部分，而赋则可涉及一首诗的全篇。《诗经》中全篇“敷陈其事而直言之”的诗，有的是；全篇“以彼物比此物”的诗，我们还可以举出《小雅·鹤鸣》。但王夫之《薑斋诗话》卷下已经说：它“全用比体，不道破一句”，是“《三百篇》中创调”，后人效法的也并不多。至于“先言他物以引起所咏之词”，则原来就只涉及一首诗的一部分，主要是在开头，根本不可能在全篇中都使用兴体。另外，根据我们今天的理解，赋的“敷陈其事而直言之”，其中就兼有象物、抒情的成分，它们是不可能脱离形象思维的。由此可见，作诗，赋是不能不用的，比兴则可以用，也可以不用。

些议论来加强人物形象，使之被塑造得更为完美和突出。试想，如果《三国志·诸葛亮传》和《三国演义》中没有诸葛亮的隆中对，《红楼梦》中没有贾宝玉鄙视功名利禄的谈话，这两个人物形象岂不是要大为减色吗？史传、小说如此，诗歌何独不然？不过诗中的议论多半出自诗人之笔而非出自作者所塑造的书中人物之口而已。韩愈及宋人以文为诗，其中包括以议论为诗，也正因为这也是一种可以而且值得采用的艺术手段。经验证明，在创作过程中，将形象思维与抽象思维截然划分，不但是不必要的，而且有时还是不可能的。

第四，散文是既可直说，也可曲说的，并非全是直说。谁能认为像《史记·伯夷传》、韩愈《送董邵南序》之类的文章是直说的呢？散文中千回百折的篇章可多得很。

还有人赞成韩愈以文为诗，是因为他认为韩诗"既有诗之优美，复具文之流畅，韵散同体，诗文合一"。[1]而反对此说的，则认为韩愈多数的古体诗，都是些"晦词僻字，拗腔硬语"的堆积，"韩诗和韩文的要求恰恰相反。韩文的要求，是化难为易，……而韩诗的要求，是化易为难"，所以韩诗是说不上流畅的，亦即说不上韩愈以文为诗是成功的。[2]

在这里，我们看到了一件很有趣味的同时也是值得警惕的事实，即这两种意见是相反的，而达成这种相反意见

[1] 陈寅恪：《论韩愈》，载《历史研究》1954年第2期。

[2] 黄云眉：《读陈寅恪先生〈论韩愈〉》，载《文史哲》1955年第8期。

的思想方法却是相同的。两种意见的持有者都以偏概全，有意或无意地忽略了存在于韩愈诗歌艺术中的复杂性，而企图以有利于自己论点的某一部分事例来掩盖不利于自己论点的另一部分事例。如韩文有其流畅即易的一面，也有其奥涩即难的一面，韩诗也是如此。而论者却各取所需以证成己说，于是在肯定韩愈以文为诗者的眼中，韩文只剩下流畅的一面，而在否定韩愈以文为诗者的眼中，韩诗也只有堆积“晦词僻字，拗腔硬语”的篇章才算是代表作了。再如韩愈的古文和诗歌艺术，既有其相同因而可以相通的一面，也有其相异因而互不相关的一面，而一方只看到“韵散同体，诗文合一”，另一方却又只看到韩文“化难为易”，韩诗“化易为难”。实则韩诗有可视为与散文“同体”“合一”的，也有与散文了不相涉的；韩文有“化难为易”的，也仍然有难懂难学的，韩诗有“化易为难”的，也仍然有易懂易学的。韩集具在，班班可考。因而这两种带有很大的片面性的意见，也都不能为我们所赞同。

总的说来，韩愈以文为诗以及北宋人学韩愈以文为诗，还有由于这种创作实践而引起的争论，都是一定历史条件下的产物。它们都和古文运动有关。

以文为诗，和以诗为词一样，表现了祖国古典作家在艺术上打破常规、不拘一格的创造性。它对宋诗新风貌的形成具有积极的影响。无论是以古文的章法、句法还是以议论入诗，都使得艺术表现增加了新的手段，使得诗歌可以更其自如地表达生活内容，少受限制，从而使得诗人们可以对生活摄取得更广，开发得更深。

叶燮《原诗》内篇论韩“为唐诗之一大变”，北宋名家皆韩“为之发其端”，已见前引。在那段文字之后，他继续写道：

> 愈尝自谓“陈言之务去”，[1]想其时陈言之为祸，必有出于目不忍睹、耳不堪闻者。使天下人之心思智慧，日腐烂埋没于陈言中，排之者比于救焚拯溺，可不力乎？而俗儒且栩栩然俎豆愈所斥之陈言，以为秘异，而相授受，可不哀耶？

又云：

> 至于宋人之心手，日益以启，纵横钩致，发挥无余蕴，非故好为穿凿也。譬之石中有宝，不穿之凿之，则宝不出，且未穿未凿之前，人人皆作模棱皮相之语，何如穿之凿之之实有得也？如苏轼之诗，其境界皆开辟古今之所未有，天地万物，嬉笑怒骂，无不鼓舞于笔端，而适如其意之所欲出，此韩愈后之一大变也，而盛极矣。

叶燮这些话显然有其不足之处，因为他对以文为诗的末流给古代诗歌所带来的损害没有给予足够的重视，[2]但其对韩诗和宋诗出现的历史意义及其推陈出新的功绩是分析得很深刻的。韩愈的陈言务去，宋人的“纵横钩致”，“穿之凿之”，当然使用了各种艺术手段，而在这诸手段之中，以文

[1]《答李翊书》：“当其取于心而注于手也，惟陈言之务去，戛戛乎其难哉？”

[2] 参看王水照：《宋代诗歌的艺术特点和教训》，载《文艺论丛》第5辑，1978年。

为诗必居其一。

当然，另外一方面，我们也应当看到，以文为诗，在宋代也发生过坏的影响。当时有些人用诗来讲哲理，道学家邵雍的《伊川击壤集》，在这一方面是有代表性的。在这样一些作品中，形象性完全丧失了，它们不能算是诗，而只能算是口诀或歌括，读起来真是味同嚼蜡。但不懂诗要用形象思维的，在宋代作者中只占极少数。多数人以文为诗，并没有放弃形象思维，其作品并不缺少形象性。由此可见，他们并非不懂形象思维。（为了证明这一点，我们可以用《宋诗钞》《宋百家诗存》及各大家、名家的别集，一首一首地加以判断，统计出数字来。）清朝的乾隆皇帝，把陈腐不堪的议论加上之乎者也一古脑儿塞进了他“御制”的七言律诗里，可算得把以文为诗糟践到极点了，但这还是要由他文责自负，株连不到韩愈、苏轼等人。以文为诗到今天仍然不失为一种有生命力的艺术手段，如果用得恰当的话。这在现代诗人的作品中也可以看出，虽然此文已是今文而非古文。

（1979年1月　南京）

说“斜阳冉冉春无极”的旧评
——清人词论小记

周邦彦《兰陵王·柳》云：

> 柳阴直，烟里丝丝弄碧。隋堤上、曾见几番，拂水飘绵送行色。登临望故国。谁识，京华倦客？长亭路、年去岁来，应折柔条过千尺。　闲寻旧踪迹。又酒趁哀弦，灯照离席。梨花榆火催寒食。愁一箭风快，半篙波暖，回头迢递便数驿，望人在天北。　凄恻，恨堆积。渐别浦萦回，津堠岑寂。斜阳冉冉春无极。念月榭携手，露桥闻笛。沉思前事，似梦里，泪暗滴。

这篇词自来被认为是《清真集》中代表作之一。宋人小说如张端义《贵耳集》卷下及毛幵《樵隐笔录》已有关于它的传说和流传情况的记载。后代论家选家评选周词，也很少遗漏此篇。

有旧评中，使我最感兴趣的，乃是谭献在周济《词辨》

卷一的评语中，对此词第三叠“斜阳冉冉春无极”句所下的一句话：

> “斜阳”七字，微吟千百遍，当入三昧，出三昧。

这是什么意思?

从字面上看，它只是在说：这句词很值得玩索，应当仔细地加以体会。至于其值得玩索之处何在，玩索应当如何下手，则都没有下文。

陈匪石《宋词举》卷下云：

> “斜阳冉冉”七字，是别浦、津堠间情景。其情景交融之妙，有难以言语形容者。谭献谓“微吟千百遍，当入三昧，出三昧”，洵非过言。

此句是写别浦、津堠间情景，写来情景交融，这并不难体会，而当需要进一步加以分析，从而发掘谭评的究竟义时，陈先生却以“有难以言语形容者”一笔带过。似乎谭评玄妙的措词，不但用不着解释，反而是这句词很恰当的赞语。这就未免使人感到遗憾，无法满足了。

梁令娴《艺蘅馆词选》乙卷引梁启超云：

> “斜阳”七字，绮丽中带悲壮，全首精神振起。

此评从两种风格的对立统一着眼，并指出了这一句对全篇情调所产生的“精神振起”的作用，其见解是很深刻的。我们将梁评看成是谭评的阐明，也未为不可，虽然梁氏下笔时也许并无此意。梁说见采于唐圭璋先生的《唐宋词简释》，沈祖棻《宋词赏析》说此句，也申梁以释谭，都证明梁评之精及其与谭评有相通之处。

但真正深明周词此句之佳处的，还得数俞平伯先生，其《唐宋词选释》卷中释“斜阳”句云：

> 一句中含两意，一日光景已近黄昏，春光却无限，也是无穷的。

俞释简而明，却可以说是直指心源，即看出了周邦彦当时面对那样一种难忘的景物而在心灵深处发出的微妙的悸动。而谭献，则正是由于周邦彦是如此完美而又素朴无华地表现了此景此情的交融而十分心折。

这句词所含两意为什么就值得谭、梁诸家的重视，这正是我想为之试拟一个答案的问题。

此词题为《柳》，实则借以写“久客淹留”（陈洵《海绡说词》说）或“客中送客”（谭献《〈词辨〉评》说）之感。这本来是一个极为古老的、从汉以来就不知道被多少人反复咏叹过的主题，是很难于写得出色的。但作者却凭借其对于行者、居者双方心理状态的深刻体会、对自然景物的细致观察，以极为工巧的艺术手段将两者有机地融结在一起，依然出人头地地完成了这篇杰作。陈廷焯《白雨斋词话》卷一、陈洵《海绡说词》、陈匪石《宋词举》、唐圭璋《唐宋词简释》及沈祖棻《宋词赏析》对这篇词都做过较详尽的分析。诸家词学流派不尽相同，体会也有异同、深浅，而赞誉则如出一口。但诸家所说，都不足以解决上述问题，即旧评，特别是谭评的含义。

我认为，俞先生所指出的“斜阳”一句所含两意，除了它本身就是一对矛盾之外，同时还是全词中许多对矛盾的象征。隋堤之柳，一方面，已被“折柔条过千尺”，而另一方面，却依然“烟里丝丝弄碧”。（顺便指出，这一抒写，极其明显地是受到了李商隐的启发。那位晚唐诗人在《离亭赋得折杨柳》二首之一中写道：“含烟惹雾每依依，万绪千条拂落晖。为报行人休尽折，半留相送半迎归。”）作者一方面已是“京华倦客”，而另一方面，又是有家归未得，只好“登临望故国”。至于这次送行，则一方面，是“月榭携手，露桥闻笛”等许多“旧踪迹”老是萦绕心头，无法排遣，而另一方面，又是当前的“酒趁哀弦，灯照离席”，以及无可避免的、正在出现“别浦萦回，津堠岑寂”的难堪的前景。凡此种种，物与人、情与景，本已错综交织，将若干对矛盾统一起来，形成一个较为丰富的境界；但只有将这许多细致的描绘与抒写，再统一在一个能够表现空间不断开拓与时间不断流逝的过程的浑然景象中，才能显示出其完整而深刻的意义。这正是“斜阳”一句在全篇显得突出的秘密，也是词人所赋予它的特殊艺术使命。

这七字，除了在本词《兰陵王》中所展现的意义之外，我们也无妨进一步发掘一下其形象所蕴含的更深邃的人生启示。

“斜阳冉冉”，是形容时间即将消逝。“春无极”，则是形容空间杳无边际。我们知道，时间与空间总是互相关联的。时间无始无终，空间无边无际，但就某些具体的物和人所能据有的时间、空间而言，它们又总是在不断地流动着、变化着的。没有比时间与空间所具有的两种形态更能包罗人生的了。所以“斜阳冉冉”与“春无极”也就正好象征地体现了在时间和空间中的一切物和人的存在与活动，囊括了人类生活舞台上出现的千变万化的离与合、悲与欢，生命的消逝与永恒、有限与无际。这些，也许无须将其排斥在谭献所能直觉到的范围之外。

这句词所具有的人生哲理，可以用另外一篇著名的诗来对比，因而使它更加清楚。李商隐《乐游原》云：

向晚意不适，驱车登古原。夕阳无限好，只是近黄昏。

管世铭《读雪山房唐诗钞》卷三十七五绝《凡例》评曰：

消息甚大，为绝句中所未有。

李诗“夕阳”十字与周词“斜阳”七字，李诗管评与周词谭、梁评正好互相发明。它们的价值与意义就在于一语道破了大自然与人类生活中消逝与永恒、有限与无际的对立统一，而且又不约而同地使用了与生命的发生、发展密切相关的太阳作为象征。

所不同的是：李诗先出“夕阳无限好”，后出“只是近黄昏”，意在反映心情之由敞而敛、由乐而哀。周词却反之，先出“斜阳冉冉”，后出“春无极”，象征着由离而合的希求。管评说李诗“消息甚大”，如果说这位评论家是感到这篇小诗不仅向读者展示了诗人对生活由追求到幻灭的过程，而且三句大开、四句大合，也体现了非常强劲的笔力，无论在思想的深度、艺术的难度上都难以企及，才写下这个结论，与管氏原意相差可能不会太远。至于梁评说周词风格“绮丽中带悲壮”，又说因有此句，才使得“全首精神振起”，则正是先出“斜阳冉冉”，后出“春无极”的效果，不言自明。

我国古代文学批评中的多数著作，具有省略过程，直抒结论，因而显得短小精悍的特色。它们远源于先秦诸子论道讲学，晋世清谈和唐宋儒家佛徒的语录。流风及于后世，产生了评点之学。其中不乏精论。但由于措辞过简，往往有使人难以了悟之处。将这些恍惚依稀的话做出平正通达的解释，也是今天研究古代文化的任务之一。在这里，不过偶一举例而已。至于此之所说是否符合诸家旧评的本旨，那当然是另外一回事。因为对这种评语，也存在一个“仁者见之谓之仁，智者见之谓之智”的问题。

（1982年10月　南京）

宋诗简说
——《宋诗精选》前言

唐宋皆伟人，各成一代诗。
变出不得已，运会实迫之。
格调苟沿袭，焉用雷同词？
宋人生唐后，开辟真难为。

——蒋士铨《辩诗》

在我国诗歌的百花园中，五、七言古、今体诗是流行最广、生命力最强的样式。而唐、宋两代之作，则面貌各异，成就皆高，有如双峰并峙。吴之振序其《宋诗钞》云：“宋人之诗变化于唐，而出其所自得，皮毛落尽，精神独存。”这一论断极为扼要地说明了宋代诗人是幸运的，又是不幸的。在他们以前，已经出现了许多大师，作为他们学习的对象；但同时，这些大师的存在，又迫使他们求变求新，不同前人，使自己成为新一代的大师。其结果是产生了出于唐又异于唐的宋诗。那么，宋代诗人是在哪些方面显示了他们的特色呢？

严羽在《沧浪诗话》中首先提出并解答了这个问题。他说：“国初之诗尚沿袭唐人，……至东坡（苏轼）、山谷（黄庭坚），始出己意以为诗，唐人之风变矣。”又说：“近代诸公乃作奇特解会，遂以文字为诗，以才学为诗，以议论为诗。夫岂不工，终非古人之诗也。”这些话虽有贬意，却道出了宋诗不同于唐诗的重要内涵，并且指出苏、黄是宋诗改变唐风的代表性人物。

首先，严羽指出宋人“以文字为诗”。“文字”这个词在宋代有广、狭二义：广义指书面语言，狭义则指散文。这里显然是指曾经引起非议的以散文为诗；而以散文为诗，又往往和以议论为诗是紧密地联系着的。文多作为思想的载体，而诗则多作为感情的载体，因而文偏于表现逻辑思维而诗偏于表现形象思维，似乎是个约定俗成的传统。这一传统的打破，对于墨守成规的人来说，无疑地会被认为是一种生疏可疑的异端而加以反对。但如果我们不从先入为主的传统观念出发而从作品本身出发，就可发现，诗的散文化及往往包含在这个外壳中的议论，并不排斥文学艺术的最本质的特征——形象性。富有思辨性的散文，当它被移植到诗歌中之后，我们可以看到两种往往为人们所忽略的情况，一是散文化的议论本身有助于突出抒情诗的主人公——作者自己的形象。宋人大量的政治诗、咏史诗（特别是这两类诗中的翻案诗）最能证明这一点。其次，许多议论，特别是当它们被以比喻来表达时，也充满了生动活泼的形象，而并非枯燥无味的说教。思辨的形象性与其载体（结构、句法等）的散文化，构成了宋诗一个很大的特色。

严羽还论及宋人“以才学为诗”这个问题，这主要体现在诗中用典故方面。人类社会文化的积累和语言的反复使用，自然有不少可供后来者比拟、借鉴、沿袭、继承的故事、成语产生与流传。这也就是所谓“典”或“典故”。文士们在作品中用典，是要让读者更方便、更丰富、更深刻、更准确地体会自己所要表达的内容，而不是相反。有些作者不善于使用典故，导致其作品无法获得预期或应有的艺术效果；有些读者则因各种原因未能洞悉典故的含意，而无从体会使用者的本意。这些情况都是有的。但那都是使用者、接受者的问题，而非故事、成语本身有什么过错。用典风气的形成与流行和学术文化的隆盛是有关联的。宋代诗人多数是博学之士，他们的高层次文化修养不可避免地会体现在诗的创作中，从而出现了作者“以才学为诗”、作品风格繁缛、用意深曲等种种现象。这是宋诗的又一特色，但这一特色的优劣，则需要对作品进行具体分析，无法一概而论。陶渊明可算古来第一位善于用典的诗人，将陶诗囫囵读去的人，往往未能详悉。但我们即使找到它们有那么多的“来处”，也无须沾沾自喜，因为“用事而不使人觉”，也就近于或同于“胸臆语”，即创作了。我们是否可以说，“以才学为诗”可能是一病，而以才学读诗，每读一诗，就想忙着寻找其中所用典故，也同样是一病呢？

正因为宋人以这些特色来将自己区别于唐人，严羽才一方面反对其不似古人，而又不能不服其工。由此可见，以文字、议论、才学为诗，虽不始于宋人，但确实是到了宋代，才在创作实践中解决了以文字、议论、才学为诗，也可以写出很好的作品这个问题。而这正是通过“以故为新”的手段来实现的。

苏、黄都曾提出“以故为新”。这个“故”，恐怕不只是诗人们已经再现的生活、用过的材料，也应当包括他们创作的历史经验在内。六朝人也曾以才学为诗，被钟嵘《诗品》所指斥，这是人所共知的。但宋人腕底出现的典故，却远比六朝人为精切、巧妙；而唐人所开创的诗歌散文化与思辨性的道路，到了宋代，也有长足的延伸。如果我们将杜甫、韩愈和王安石、苏轼之作细加比较，当不难发现此点。

袁枚《续诗品·著我》云：“不学古人，法无一可。竟似古人，何处著我？字字古有，言言古无；吐故汲新，其庶几乎！”这就比较具体地说明了文学创作的传统与继承的辩证关系。宋人之变化于唐而出其所自得，也正在此。五十年前，缪彦威先生在《论宋诗》中已经扼要地指出宋人“变唐人之所已能，而发唐人之所未发”，所以“宋诗虽殊于唐，而善学唐者莫过于宋”。他还概括而明晰地指出两者的异同：“唐诗以韵胜，故浑雅，而贵蕴藉空灵；宋诗以意胜，故精能，而贵深折透辟。唐诗之美在情辞，故丰腴；宋诗之美在气骨，故瘦劲。唐诗如芍药海棠，秾华繁彩；宋诗如寒梅秋菊，幽韵冷香。唐诗如啖荔枝，一颗入口，则甘芳盈颊；宋诗如食橄榄，初觉生涩，而回味隽永。譬诸修园林，唐诗则如叠石凿池，筑亭辟馆；宋诗则如亭馆之中，饰以绮疏雕槛，水石之侧，植以异卉名葩。譬诸游山水，唐诗则如高峰远望，意气浩然；宋诗则如曲涧寻幽，情境冷峭。唐诗之弊为肤廓平滑，宋诗之弊为生涩枯淡。虽唐诗之中，亦有下开宋派者，宋诗之中，亦有酷肖唐人者；然论其大较，固如此矣。”

也许严羽所举三个方面以及缪先生所作的反复形容还不能完全说明唐、宋诗相异的缘由和相别的面貌，但两家之说，已为我们提供了对宋诗的基本认识。

关于对联

对联(对子、楹联、楹帖)是我国具有民族特征的汉语文学样式之一。它起源于宋代，流行于全国，至今不衰。凡是宫殿庙宇、楼台亭馆，乃至私人的客室书斋，很少有不悬挂对联的。历代许多由著名作家所撰、著名书家所写的对联，已经由国家文物管理机构定为珍贵文物，妥善保护或收藏。

人们喜爱这种文艺作品，并非偶然，而是由于它能够以短小的形式（一副最短的对联可以只有六个字，即上下联各三字；而最长的名作也不超过一两百字，如云南昆明大观楼所悬孙髯翁撰的长联就只有一百八十字，即上下联各为九十字），包括丰富复杂的思想感情。而其所赖以表达这些思想感情的形式，又突出地表现了汉语特有的对仗工巧、音调和谐之美。同时，绝大多数的对联是要悬挂在墙壁或屋柱上的（故对联也被称为楹帖或楹联，楹即屋柱，而旧日给人写对联，则谦称为“补壁”），所以又总是借助于我国特有的书法艺术，写成后再加以装裱或雕刻。一副好对联，往往是优美的思想感情与语言文字以及精湛的书法与工艺美术的有机统一体。谁又能拒绝它的魅力呢？

前人论及对联的起源，多认为它是从“桃符”变化而来。古人迷信，认为桃木可以避鬼，神荼、郁垒两神可以驱鬼，所以有如《说郛》卷十引马鉴《续事始》中所记载的：

> 《玉烛宝典》曰：“元旦造桃板著户，谓之仙木……”即今日桃符也，其上或书神荼、郁垒之字。

这写在桃符上的“神荼、郁垒之字”，后来逐渐演化，变为在桃板上写一篇诗，或只写一篇诗中的一联了。梁章钜《楹联丛话》卷一云：

> 尝闻纪文达（昀）师言，楹帖始于桃符，蜀孟昶“余庆”“长春”一联最古。但宋以来春帖子多用绝句，其必以对语朱笺书之者，则不知始于何时也。按《蜀梼杌》云：蜀未归宋之前一年，岁除日，昶令学士幸寅逊题桃符版于寝门，以其词非工，自命笔云：“新年纳余庆，嘉节号长春。”后蜀平，朝廷以吕余庆知成都，而长春乃太祖诞节名也。此在当时为语谶，实后来楹帖之权舆。但未知其前尚有可考否耳。

纪昀从《蜀梼杌》中找出这段宣扬宿命论的故事，认为孟昶所题桃符二句为门联（大门对子）所始，亦即为对联所始。在没有找到更早的文献之前，未尝不可暂时予以承认。但事实上，汉语文学中对句的存在，却远在其前。

对联的成立，有一个先决条件，即语言的字、词在形体和声音上，有相对，即构成对偶的可能性。而汉语则正是这样一种语言。它的每一个字，多数都是形、音、义的统一体。而字又分平上去入四声（现代汉语分阴阳上去四声），简化之，则为平仄二声（即平或阴阳为平声，上去入或上去为仄声）。积字成句时，如果注意到它们在语法上实词和虚词以及音调四声或平仄的排列组合，使之有规律地相同相反、相间相重，就能构成既有悦目的建筑美又有动听的音乐美的对句。所以，《文心雕龙·丽辞》说：

> 造化赋形，支体必双；神理为用，事不孤立。夫心生文辞，运裁百虑。高下相须，自然成对。

又骆鸿凯《文选学·评骘第八》引黄季刚老师《书后汉书论赞》云：

> 尚考文章之多偶语，固由便于讽诵，亦缘心灵感物，每有联想之能；庶事浩穰，常得齐同之致。或比方而愈瞭，或反复以相明。兼以诸夏语文，单觭成义，斯所以句能成匹，语可同韵。是则联类之思，人类所共有；排比之文，吾族所独擅。论文体者宜于此察也。至于调和声律，本惬人情。观夫琴瑟专一，不能为听；语言哽介，不能达怀。故丝竹有高下之韵，宣唱贵清英之响。然则文词之用，以代语言，或流管弦。焉能废斯乐语，求诸鄙言，以调喉娱耳为非，以蹇吃冗长为是哉？

则对汉语文学体式中具备对偶、声律之故，说得更为清楚了。

正由于“高下相须，自然成对”，所以在我国古书中，出现对句就非常之早。今但以先秦典籍为例，如《尚书·益稷》：

决九川，

距四海。

《诗·大雅·抑》

诲尔谆谆，

听我藐藐。

《论语·为政》

君子周而不比，

小人比而不周。

《春秋》隐公十一年《左传》：

天而既厌周德矣！

吾其能与许争乎？

可以看出，这些最早出现的对句，虽然不假修饰，然而已经相当整齐，而且非常和谐。特别是《左传》一联，双句单意，语气自然，摇曳生姿，富有情趣。

由于对句和声调为汉语所固有，所以一直到现在，一些对句还保留在书面语言和口语当中，例如：

虚心使人进步，

骄傲使人落后。

还有：

惩前毖后，

治病救人。

等句，由于见于人人阅读的《毛泽东选集》，已经成为家喻户晓的成语。又如：

路遥知马力，

日久见人心。

以及：

酒逢知己千杯少，

话不投机半句多。

之类，也常出现于人们的口语当中。由此可见，对句在汉语中，是从古到今，一直存在的。

魏晋以来，文章由散文发展为骈文，再演进为四六；诗歌由古诗发展为新变体，再演进为律诗，都发展了对句，也就给后来对联的出现提供了条件。非常清楚，后来的五、七言对联，是从诗歌，特别是律诗中分化出来的。有些五、七言对联，本来就是古人律诗中的一联，或集两人之诗为一联，这就无须举例了。而以字数不等的句子构成的长联，则是从骈文中分化出来的。例如陆机《演连珠》云：

臣闻

利眼临云，不能垂照；

朗璞蒙垢，不能吐辉。

是以

明哲之君，时有蔽壅之累；

俊乂之臣，屡抱后时之悲。

徐陵《玉台新咏序》：

琉璃砚匣，终日随身；

翡翠笔床，无时离手。

庾信《哀江南赋序》：

孙策以天下为三分，众才一旅；

项籍用江东之子弟，人惟八千。

《演连珠》中的“臣闻”“是以”是文句中的连接词，愈到后来，这些词用得愈少，乃至于不用，也就成为完全的对句，而更接近于联语了。

唐宋以来，作文咏诗注重声律、对偶的风气，对于使对联成为一种精美完善的独立文学样式，无疑地具有促进作用。下面的一些文献可以证明这一点。孙光宪《北梦琐言》卷四“温李齐名”条：

李义山谓曰：“近得一联，句云：

‘远比召公，三十六年宰辅。’

未得偶句。”温曰：“何不云：

‘近同郭令，二十四考中书。’”

宣宗尝赋诗，上句有

“金步摇”，

未能对，遣未第进士对之。庭云乃以

“玉条脱”

续之。宣宗赏焉。又药名有

“白头翁”，

温以

“苍耳子”

为对。他皆类此。

这种提倡巧对的风气，后来又由书籍中的语言延伸及于口语。如陈师道《后山诗话》载：

某守与客行林下，曰：

“柏花十字裂。”

愿客对。其倅晚食菱，方得对云：

“菱角两头尖。”

皆俗谚全语也。

直到当代，也还有以如下一联为人所称赏的：

三星白兰地，

五月黄梅天。

当然，仅有工巧的字面，并不能成为一副好的对联，甚至为文字游戏，但追求字面的工巧，却也是作对子的一种不可缺少的手段。

从晋人傅咸集经语为《七经诗》，开创了集句体，即将别人的成句，按照自己的意图编排，成为一篇作品。这种风气，宋以来很为盛行，大诗人王安石也很喜欢集句。如周紫芝《竹坡诗话》曾载：

王荆公作集句，得

“江州司马青衫湿”

之句，欲以全句作对，久而未得，一日问蔡天启：“‘江州司马青衫湿’，可对甚句？”天启应声曰：“何不对

‘梨园弟子白发新’？”

公大喜。

上句出自《琵琶行》，下句出自《长恨歌》，都是白居易的代表作，用来作对，可谓珠联璧合。对联因为形式短小，用集句的方式构成，很为方便。因此后人以两家五言或七言诗句集为联语的，很是通行。而长联则多用词句集成，因为词的句法由两个字到八九个字的都有，比较容易通过仔细的选择对比，表现作者较为细致复杂的思想感情。

将一篇作品中特别精彩的句子摘出来，加以评赏，这个风气始于六朝。钟嵘《诗品》中即有此例。而谢灵运对《登池上楼》中“池塘生春草，园柳变鸣禽”二句，自认为如有神助，更是众所周知的。唐代批评家又用“摘句图”这样一种形式，将标举警句这种批评方法固定了下来，这些句子就更易于传诵入口。其结果往往使得这些作品流传的并非其全篇，而是其中的某些警句了。元人蒋正子《山房随笔》云：

薛制机言，有贺自长沙移镇南昌者，启云：

“夜醉长沙，晓行湘水，难教樯燕之留；（杜甫）

朝飞南浦，暮卷西山，来听佩鸾之舞。（王勃）”

又有贺除直秘阁依旧沿江制置司干办公事云：

“望玉宇琼楼之邃，何似人间；

从纶巾羽扇之游，依然江表。”

上巳请客云：

“三月三日，长安水边多丽人；

一觞一咏，会稽山阴修禊事。”

又云：

“良辰美景赏心乐事，四者难并；

崇山峻岭茂林修竹，群贤毕至。”

这些不知作者的四六文，全篇都已亡佚，而其中的精警之句，却因见赏于蒋正子，而被保存了下来。这也就证明了某些优美精彩的句子，是有其相对的独立性的。再如，吕本中《紫微诗话》所载李廌祭苏轼文云：

皇天后土，实表平生忠义之心；

名山大川，复收自古英灵之气。

简直就是一副非常好的挽联。摘句这样一种方式，对于使对联从诗文中分化出来，而成为一种独立的文体，显然也不无影响。凡此种种，都使得对联迅速成长成熟起来。从南宋起，就大量出现在社会各阶层生活中间，而佳作也就层出不穷了。

对联的流行，还不仅因其具有怡神悦性的文艺价值；也因为和其他文艺一样，它同时还具有广泛的社会功能。就是那么两条对仗工巧、声调和谐的文字，在建筑物的墙壁或楹柱上一挂一贴，它们就经常面对读者，起着劝勉、评论、庆贺、哀悼、咏叹、讽刺等许多方面的作用，而一贯渗透于其中的，则是发自作者内心的丰富复杂的抒情因素。有许多对联，其所给人的美感享受，决不逊于一首好的诗歌。

以下，试就古今著名对联，按照它们的内容，粗略地加以分类，各举数例如下，以供欣赏。

甲、劝勉 如孙中山先生常写的一联是：

革命尚未成功，

同志仍须努力。

还有鲁迅先生赠瞿秋白的清人何溱（瓦琴）集《兰亭序》字联是：

人生得一知己足矣！

斯世当以同怀视之。

前者表现了一位领导人物希望与同志们团结一致，尽快完成革命事业的迫切心情；后者则不但体现两位革命家的深情厚谊，而且反映了他们对广大人民深沉的爱。

清人程祖洛曾自撰一联，悬挂在书斋里：

醴泉无源，芝草无根，人贵自立；

流水不腐，户枢不蠹，民生在勤。

这副对联之所以出名，是因为它能激发一个没有门第可依仗的人奋发图强、力争上游的精神，并且指出了勤劳是取得成功的主要手段。

清代古文家吕璜，曾因冤狱入狱十五年。平反之后，出任庆元县的知县。写了如下一联，悬挂在大堂上：

我也曾为冤枉，痛入心来，敢糊涂忘了当日？

汝不必逞机谋，争个胜去，看终久害着自家。

和上面几副以劝勉为主题的对联不一样，它是就特定的情况作出自我劝勉。上联根据自己所受的冤枉，推己及人，认为今天自己判案，必须十分公正谨慎；下联警告那些搞阴谋诡计的人，强调正义最后总要战胜邪恶。就在今天看来，也还有其值得借鉴的现实意义。

乙、评论 应用对联这种形式，对人对事，进行评论，这在过去庙宇中悬挂的对联是习见的。如唐将张巡、许远在抗击安史叛乱的战争中英勇牺牲。后人立庙祭祀这两位英雄，称为双庙。有人题一联道：

国士无双双国士，

忠臣不二二忠臣。

又南宋初年的民族英雄岳飞和女真贵族侵略者作战，获得辉煌胜利，为人民立了大功。但汉奸卖国贼秦桧及其党羽却以“莫须有”的罪名，将岳飞迫害致死。后人在西湖岳飞坟的东侧立庙，塑像奉祀，并用铁铸成秦桧等四人跪像，放在坟前。有人题一联道：

青山有幸埋忠骨，

白铁无辜铸佞臣。

这两副对联都歌颂了抵抗侵略、保卫祖国的英雄。（如我们所知道的，安禄山、史思明之乱，虽系地方叛变，但具有民族侵略的性质。）通过对历史人物的评论，发扬了爱国精神。前联用重字，后联从青山、白铁着想，都见出作者构思的巧妙。

1926年，北洋军阀段祺瑞镇压人民爱国运动，制造了震惊世界的“三·一八”惨案。鲁迅先生为此写了《纪念刘和珍君》一文，对反动派进行了严厉的谴责。许多人在开死难烈士追悼会时送了挽联，其中全国学生联合会送的一联是：

英魂不必含冤，试听举国悲歌，荣哀奚似？

祸首休要得意，且看他时算账，胜负如何！

这一副对联的特点是，用挽联的形式，表达了对反动派的声讨，对烈士们的歌颂，而且指出了，在和黑暗势力的斗争中，人民必然是最后的胜利者。它具有政论的性质。

丙、庆贺 用联语表示庆贺和哀悼，是旧社会通行的一种应酬手段，所以佳作不多，但其中也有或感情真挚，或语言工巧而为人所传诵的。如有人赠送某老将军的寿联，只用了八个字：

寿登大耋，

勇冠三军。

便很完整地刻画出一位将军老而不老的形象。（八十岁谓之耋。）还有人集古人诗句为联，庆贺一位老诗人的生日，其词如下：

彩笔昔曾干气象，

流年自可数期颐。

上联赞扬他的创作成就，下联祝贺他健康长寿，活到百岁（期颐），也很切合一位老诗人的身份。像这样的作品虽然并不能排除应酬的气味，但并不庸俗，不公式化，还是可取的。

庆祝寿诞的联语一般比较庄重，而庆贺婚礼的联语则可以写得比较风华而富于情趣。记得有人集宋词为联，庆贺友人新婚云：

海棠花下去年逢，无语只低眉，还是那时情绪；

宝钗楼上梳妆晚，相看成一笑，更需整顿风流。

上联写从去年恋爱到今年结婚，对这个幸福的过程，充满了甜蜜的回忆；下联写成婚以后愉快的现实生活。全篇使用成句而结构自然，意境优美，很能曲曲传出一对新婚夫妇的心情，而祝贺之意也就自在其中，不愧妙手。

丁、哀悼 古人送死者出殡要唱挽歌，以表哀悼，所以后人用联语对死者表示哀悼，也就称为挽联。对死者深沉的悲痛，往往可以产生动人的作品，否则就不免流为一般应酬文字。如清人梁绍壬挽妻联云：

四千里累尔远来。父在家，母在殡，姑翁在堂，属纩定知难瞑目；

廿三年弃余永诀。拜无儿，哭无女，继承无侄，盖棺未免太伤心。

他写的仅是封建家庭中许多被认为不愉快的事实。面对这些事实，想到不但活着的自己非常伤心，就是死去的妻子也难以闭目。行文虽平铺直叙，却出自肺腑，使读者对这个家庭的不幸遭遇深感同情。

临死的人写挽联，往往是一种特殊方式的遗嘱。如某人妻自挽联：

我别良人去矣！大丈夫何患无妻。倘他年重结丝萝，莫对生妻谈死妇；

儿从严父教欤？小孩子终当有母。若异日再飞芦絮，须知后母即亲娘。

当她不得不永远离开她的丈夫和孩子的时候，她想到她丈夫会重新结婚，可是又无法拒绝这个事实，而她对将来的新人的性情，也无从预知，生怕她丈夫怀念旧情，偶尔谈起她，反而引起新人的妒嫉。同时，她又非常怕新人虐待她的孩子，所以就用了一个典故，祈求丈夫注意这个问题。(据说，孔子的弟子闵子骞是一位孝子，他的后母用棉花给自己的孩子做冬衣，而用芦花给他做。后被其父发现，要休掉他的后母，闵子骞反而为后母求情，因此母子和好。联中所谓“飞芦絮”即指此事。)《论语·泰伯》云：“鸟之将死，其鸣也哀；人之将死，其言也善。”这副自挽联确实写得缠绵悱恻，令人读来难以忘怀。

在北洋军阀时代，有一年，北京大学学生浴室年久失修，忽然倒塌，有的学生竟被压死。开追悼会时，中文系林损教授送了一副挽联：

重压之下，安得不死？

洁身自好，何以为生！

这副对联，语意双关，一方面切合题意，另一方面又对当时广大人民处在军阀的压迫之下的危险命运，以及每一个善良的人要想保全自己的清白都很困难的情况作了如实的反映。言简意深，所以一时传诵，称为名作。

戊、咏叹 这主要是指的题咏一些名胜古迹的写景抒情之作。它不但要切合那些名胜古迹的历史背景、风景特点，也要体现作者本人的胸怀和感情。所以这一类的作品和抒情诗最为接近。如南京莫愁湖胜棋楼旧有这样一副对联：

王者五百年，湖山犹有英雄气；

春光二三月，莺花合是美人魂。

相传莫愁湖是南朝著名美女莫愁的旧居，而胜棋楼则是明太祖朱元璋和他的大将徐达下棋赌胜的地方。这两件历史故事，一英雄，一儿女，上下联分咏，构思贴切，用字工丽。

在昆明大观楼，有孙髯翁所题著名长联：

五百里滇池，奔来眼底。披襟岸帻，喜茫茫空阔无边。看：东骧神骏，西翥灵仪，北走蜿蜒，南翔缟素；高人韵士，何妨选胜登临，趁蟹屿螺州，梳裹就风鬟雾鬓；更蘋天苇地，点缀些翠羽丹霞；莫孤负四周香稻，万顷晴沙，九夏芙蓉，三春杨柳。

数千年往事，注到心头。把酒凌虚，叹滚滚英雄谁在。想：汉习楼船，唐标铁柱，宋挥玉斧，元跨革囊；伟烈丰功，费尽移山心力，尽珠帘画栋，卷不及暮雨朝云；便断碣残碑，都付与苍烟落照；只赢得几杵疏钟，半江渔火，两行秋雁，一枕清霜。

这副对联上联从空间着笔，下联从时间着笔，将由远及近的滇池风物，从古到今的云南历史，概括于这一百八十个字当中。以雄浑之笔，写兴衰之感，而将眼前美妙的风物与作者慷慨的心情，熔为一炉。以对联这种形式来说，它可以算是很长了，但就其容量来说，却仍然如佛法所说的“纳须弥于芥子”。对于这位作者的生平及其他作品，我们几乎无所知，但这一副长联却永远保留在人们的记忆里。(《滇池》1979年第1期有这副长联的注释和翻译，可以参看。)

己、讽刺 讽刺是文学艺术重要社会功能之一，在对联当中出现讽刺，也是很自然的。这一类对联有一个特点，就是一般都只在口头流传，很少正式写了挂在屋柱或墙壁上。因为事实上是无法这样做的，它们往往是针对某种社会现象或某个人物的拟作而已。例如，相传有一副题财神庙的对联：

颇有几文钱，你也求，他也求，给谁是好?

不作半点事，朝也拜，夕也拜，教我如何!

这分明是写来讽刺那些一心想不劳而获的懒虫的，难道会被允许和另外许多祈求财神保佑的对联挂在一起吗?

辛亥革命以后，野心家袁世凯盗窃了总统职务，又一心想消灭孙中山先生领导的革命事业，于是引起了南北之争。当时著名文人王闿运曾拟了一副对联，讽刺袁氏：

民犹是也，国犹是也。

总而言之，统而言之。

这当然是不能正式写出，题好上下款，送到总统府去悬挂的。(王闿运此联，后来有人在上联后加“民国何分南北”一句，下联后加“总统不是东西”一句，反不及原作之含蓄有味。)

抗日战争后期，国民党反动政府更加贪污腐化，司法机关也是“衙门八字开，有理无钱莫进来”。当时有人就替法院拟了一副门联：

有条有理，

无法无天。

意思是：有金条就满有道理，无法币就暗无天日。八个字就揭穿了反动政权一个重要的侧面。还有，当时国民党的空军本来就不多，还要保全实力，准备打内战。所以日本飞机到后方来轰炸的时候，人们就只好进防空洞躲避。因此，袁思永先生就给防空洞拟了一副门联：

见机而作，

入土为安。

这本是两句成语。这里却以机会之机双关飞机之机，又以下葬（入土）之义双关进洞之义，表示了对于反动政府的防空措施毫无信心；也就揭露了他们“内战内行，外战外行”的丑恶嘴脸。很显然，像这样一些对联是颇富战斗性的。

对联是我国文学中一种源远流长、兼具普及提高之长的、为人民大众所喜闻乐见的样式。它本应该在文学史中占有一席之地，但不知为什么，却被我们的文学史家们一致同意将它开除了。这恐怕也是文艺界应当平反的错案之一。我在这里对它略作介绍，无非抛砖引玉，引起注意。我希望在不久的将来会有专门研究对联的专文或专著问世。

（1981年4月　南京）

从唐温如《题龙阳县青草湖》看诗人的独创性

西风吹老洞庭波，一夜湘君白发多。醉后不知天在水，满船清梦压星河。

文学史上有一些有趣的、同时也是发人深省的现象，其中之一就是，某作家仅以一篇作品或一二佳句，就能名垂后世，而且这些作家的生平，也往往和他的其他作品一样，并不多为后人所知。在这种情况之下，要了解和评价他们，主要或者全部依靠那些幸而流传下来的少数的作品，就是很自然的事了。

张若虚的《春江花月夜》就是这种现象的著名例子之一。但这篇"孤篇横绝，竟为大家"[1]的杰作，取得人们的公认和理解，也有一个相当长的过程，这里且不详说。想指出的是，直到现在为止，还有一些古代杰作没有被发现、

[1] 王闿运语，见陈兆奎辑《王志》卷二《论唐诗诸家源流答陈完夫问》。

被肯定。将这些长久湮埋在沙砾中的明珠拣选出来，使它重放光华，乃是我们今天的责任。

唐温如这篇诗是我在读唐诗时偶然注意到的。他是属于《全唐诗》所谓“无考”之列的作家。[1]但这篇小诗本身却证明：这位今天我们对其生平一无所知的诗人具有很独特的艺术构思。

龙阳即今湖南省汉寿县。青草在南，洞庭在北，二湖相连相通，自来并称。[2]所以阴铿《渡青草湖》云：“洞庭春溜满，平湖锦帆张。”杜甫《宿青草湖》云：“洞庭犹在目，青草续为名。”但无论是杜甫，还是杜甫所尊敬的阴铿所作的那两篇诗，却都被这篇一向不甚为读者所知的《题龙阳县青草湖》比下去了。[3]

洞庭属楚，而楚乃是古代词人悲秋的发源之地。在《九歌》里，屈原写道：

---

[1] 见《全唐诗》卷七百七十二。一般选本，包括专选唐人绝句的选本如王士禛的《唐人万首绝句选》、邵裴子的《唐绝句选》，都没有选它。唯一选了它的，是管世铭《读雪山房唐诗钞》，见该书卷三十四。

[2] 钱谦益注《杜工部集》卷十八《宿青草湖》注引《荆州记》云：“巴陵南有青草湖，周回百里，日月出没其中。湖南有青草山，故因以为名。青草湖，一名洞庭湖。”又引《南迁录》云：“洞庭西岸有沙洲，堆阜隆起，即青草洲。二湖之中有此洲，南名青草，北名洞庭，所谓重湖也。”

[3] 为了便于比观，现将阴、杜二家诗附录于下。阴铿《渡青草湖》：“洞庭春溜满，平湖锦帆张。沅水桃花色，湘流杜若香。穴去茅山近，江连巫峡长。带天澄迥碧，映日动浮光。行舟逗远树，度鸟息危樯。滔滔不可测，一苇讵能航？”杜甫《宿青草湖》：“洞庭犹在目，青草续为名。宿桨依农事，邮签报水程。寒冰争倚薄，云月递微明。湖雁双双起，人来故北征。”阴诗既显示了春日晴和、湖波浩荡的阔大图景，也通过精雕细刻突出了这幅图景的某些细部，尚不失为佳作。杜诗率尔遣兴，与他自己的其他作品相较，只能算是下乘。其成就都不能和唐温如这篇诗相比。

> 帝子降兮北渚，目眇眇兮愁予。袅袅兮秋风，洞庭波兮木叶下。

朱熹《楚辞集注》卷二：“帝子，谓湘夫人。眇眇，好貌。愁予者，亦为主祭者言：望之不及，使我愁也。袅袅，长弱之貌。秋风起，则洞庭生波而木叶下矣，盖记其时也。”虽系记时，但若对波兴木脱，一无所感，又何必记？所以愁予既是怀人，亦是悲秋；或者说，两者交相为用，因怀人而更悲秋，因悲秋而更怀人。到了他弟子宋玉的《九辩》里，就第一次公开地提出悲秋这一命题了：

> 悲哉！秋之为气也。萧瑟兮！草木摇落而变衰。

《楚辞集注》卷六：“秋者，一岁之运，盛极而衰，肃杀寒凉，阴气用事。草木零落，百物凋悴之时，有似叔世危邦，主昏政乱，贤智屏绌，奸凶得志，民贫财匮，不复振起之象。是以忠臣志士，遭谗放逐者，感事兴怀，尤切悲叹也。萧瑟，寒凉之意。憭栗，犹凄怆也。在远行羁旅之中，而登高望远，临流叹逝，以送将归之人，因离别之怀，动家乡之念，可悲之甚也。”这一解释，对于秋士多悲的原因，就政治、社会和个人遭遇等方面，做了广泛的探索和说明，有助于我们理解何以悲秋是古典文学中一个抒情的传统。而草木变衰乃是夏去秋来最显著的标志，屈、宋都抓住了这一标志来写秋天。所以杜甫在《咏怀古迹》中赞扬宋玉，也首先提到“摇落深知宋玉悲”。可是，唐温如在描写洞庭之秋时，虽然也显然从《九歌》中得到了启发，但他却把作为秋天最显著的标志即草木之零落放在一边，而从与季节变换联系较少的湖水着想。这就已经突破屈、宋以下描绘秋天物色的传统了。

“西风吹老洞庭波”，只此一句，体现三奇。秋天的到来，不从草木变衰而从湖水兴波见出，一奇也。湖波能老，二奇也。湖波之老，是由于西风之吹，三奇也。李贺也颇能用“老”字，如“客枕幽单看春老”（《仁和里杂叙皇甫湜》）、“天若有情天亦老”（《金铜仙人辞汉歌》）之类，皆拟物如人。此诗“吹老”，用意亦同，而青出于蓝，更为生动。

“气之动物，物之感人”，[1]所以词客悲秋，形成传统。然而作者对此，又有进一步的想法。他认为，既然人都觉得秋之可悲，神又何能例外，在青草湖边的诗人，就很自然地驰骋他的想象，念及古代帝舜及其妃子的悲剧了。由于失权，帝舜不得不在年迈的时候勉强南巡，终于死在苍梧之野，而他的两位妃子则因为从征，溺死湘江，因此一直“神游洞庭之渊，潇湘之浦”；或者追随不及，啼竹成斑。[2]这些激动人心的传说，也许从屈原起，就加以赋咏了。在《九歌》的启发之下，这位默默无闻的杰出诗人就想到，湘君虽然长生，并非不老；虽然成神，并未忘情，对此可悲之秋色，又岂能无动于衷？她难道不会在一夜之间，增加了许多白发吗？于是我们就看到诗篇的次句。

[1] 钟嵘《〈诗品〉序》语。

[2] 参看王琦注《李太白全集》卷三《远别离》注引《汲冢竹书》《水经注》及《述异记》。

神是人按照自己的形象塑造的。所以在神的身上，常常被赋予人的性格、感情和生活情态。善于描写神的诗人，因而就不应当忘记将真与幻交织起来，以体现神的人性和人态。“曹植《洛神赋》写洛神渡水云：‘体迅飞凫，飘忽若神，凌波微步，罗袜生尘。’在水波上走路，是幻；走路而起灰尘，则是真。而说凌波可以微步，微步可使罗袜生尘，又使真与幻统一了起来，显示出她同时具有人和神的特点。”[1]李贺对此也很了解，所以他在《浩歌》中写道：

王母桃花千遍红，彭祖巫咸几回死。

在《官街鼓》中，又写道：

几回天上葬神仙，漏声相将无断绝。

李贺写神仙及道术之士既然会死，又能死而复生，也是真幻交织。懂得了曹植和李贺，也就懂得了“一夜湘君白发多”这句诗之合情合理之妙。

另外一点，我们还不应当忽视蕴藏在李贺的“彭祖巫咸几回死”“几回天上葬神仙”这两句以及唐温如“一夜湘君白发多”这一句诗中的批判意义。我国的游仙文学始自《离骚》。从屈原到曹植，从曹植到郭璞，都具有一种如厉鹗在其《前后游仙百咏》自序中所说的“事虽寄于游仙，情则等于感遇”的特征，[2]即以富有浪漫情趣的艺术形象来反映对于现实生活中黑暗的否定及光明的追求。而在神仙

[1] 沈祖棻《宋词赏析》第17页张先《醉垂鞭》浅释。

[2] 见《樊榭山房文集》卷四。

家、道家的影响之下，从汉、魏以来，也形成了另外一个与上述传统“貌同心异”的游仙文学流派。他们写的游仙诗，其内容大体都像《文选》卷二十一郭璞《游仙诗》李善《注》所说的：“凡游仙之篇，皆所以滓秽尘网，锱铢缨绂，餐霞倒景，饵玉玄都。”即完全引导读者迷信宗教，认为只要经过一番修炼，便可以不但长生不老，而且还可以永远自由自在地享受人间一切的享乐了。如果举例，则唐代道士曹唐所写的《大游仙诗》和《小游仙诗》便是其代表作。[1] 如其《小游仙诗》有云：

玄洲草木不知黄，甲子初开浩劫长。无限万年年少女，手攀红树满残阳。

一百年中是一春，不教日月辄移轮。金鳌头上蓬莱殿，唯有人间炼骨人。

玉洞长春风景鲜，丈人私宴就芝田。笙歌暂向花间尽，便是人间一万年。

在这些作品中所出现的世界，时间是凝固的，生命是永恒的，与人间贵族同样具有的饮食男女的享乐是无穷无尽的。唐代就有好几个皇帝，都因吃道士的丹药而死亡，[2] 甚至以

[1] 关于游仙诗这些问题，请参看拙著《郭景纯、曹尧宾〈游仙〉诗辨异》。

[2] 参看范文澜《中国通史简编》第三编《封建经济基地扩展的帝国底出现到军事封建的大帝国底建立——隋至元》第一章《唐五代的文化概况》第四节《道教的流行》。

反对道、佛二教出名的韩愈，也有服食硫磺的记载，[1]就可以看出当时宗教宣传的诱惑力。诗歌既然被利用为他们的宣传工具，也就不免受到污染。李贺有意识地指出彭祖、巫咸也会死，神仙也要下葬，而唐温如则写出湘君也因为悲秋而在一夜之间增添了白发，乃是对那种存有着“万年年少女”的幻想及妄言的一种挑战。虽然唐温如主观上并没有像李贺那样的意图，但我们却不应该忽略这一句诗在客观上的思想价值。

如果说，这篇诗的前半是《九歌》《九辩》的旧曲翻新，它只不过是丰富了、发展了前代诗人所已创造出的境界，那么，读了后半，我们就会对这位“人代冥灭，而清音独远”[2]的诗人更加钦佩。

这是因为，在诗的后半，作者创造了一个前所未有的神奇境界，而且其中所展示的情调又和前半迥然不同，前半写景，形容秋气之衰飒；后半写人，描绘自已之豪迈。衰飒之景与豪迈之情，不仅对照强烈，而且转接无痕。刘禹锡《秋词》云：

> 自古逢秋悲寂寞，我言秋日胜春朝。横空一鹤排云上，便引诗情到碧霄。

[1]《白氏长庆集》卷二十六《思旧》云：“退之服硫磺，一病讫不痊。”洪兴祖《韩子年谱》引方崧卿说以为退之是卫中立，非韩愈。钱大昕《十驾斋养新录》卷十六“卫中立字退之”条除据洪谱外，还引李季可说以证成方说。陈寅恪《元白诗笺证稿》附论（乙）《白乐天之思想行为与佛道之关系》已加驳正，断为“此诗中之退之，固舍昌黎莫属，方崧卿、李季可、钱大昕诸人虽意在为贤者辩护，然其说实不能成立”。

[2] 借用《诗品》卷上评《古诗十九首》语。

山明水净夜来霜，数树深红入浅黄。试上高楼清入骨，岂如春色嗾人狂？

这两篇诗歌颂明丽的秋天，反映了诗人的乐观情绪，客观和主观是一致的，因而情景交融。唐温如则写了衰飒的景色与豪迈情怀的对立，而前者终于被后者笼罩了，即情与景矛盾，而又在对立中统一起来，故刘易而唐难，刘平常而唐超逸。

诗人的豪迈情怀是通过醉与梦来体现的。在秋色已老的洞庭湖畔，他却并没有受到季节所形成的悲观气氛的侵蚀，在夜间，始而开怀畅饮，终于颓然尽醉了。饮而醉，醉而梦，梦而醒，醒而吟诗，是他在这一段短短的时间内的连续动作。而银汉横空、星河倒影，则在其入梦之前，已收入眼帘、映入脑海。这一印象的保存，就使得诗人在梦中觉得，自己所乘的船，并不是在青草湖上，而是在星河之上了。

水中倒影所构成的奇幻美丽的景色是诗人们所爱加以描写的对象，如王安石《杏花》：

石梁度空旷，茅屋临清炯。俯窥娇娆杏，未觉身胜影。嫣如景阳妃，含笑堕宫井。怊怅有微波，残妆坏难整。

又苏轼《泛颍》：

画船俯明镜，笑问汝为谁？忽然生鳞甲，乱我须与眉。散为百东坡，顷刻复在兹。

两篇所写，对象虽然不同，但前者写水波由静而动，后者写水波由动而静，以及花影与人影在这动静当中的变化，都刻划入微，可谓功力悉敌。[1]这是用繁笔写的。其用简笔写的，则如杜甫《渼陂行》云：

船舷暝戛云际寺，水面月出蓝田关。

胡翔冬老师《宿杜二小楼》云：

小池水不波，树头鱼可数。[2]

虽只寥寥两句，也将难状之景，写得如在目前。这些都是写水中倒影，与此诗所写星河映水可以比观。

然而，唐温如在这方面也有不同于许多大诗人的构思，亦即有所突破。他在大醉之后，发抒了胸中的豪迈之气，达到了陆游《赠刘改之秀才》诗中所云“醉胆天宇小”的境界。不但通过描绘水中倒影，颠倒了空间，而且进一步利用梦境，创造了幻中有幻的境界。由于天在水中即星河倒影而梦见船不在水面而在星河之上，是幻。又从而联想到不仅是人睡在船上，而且自己所做的梦，也像人身一样，船只一样，是有体积的，有重量的，它也直接压在船上，因而间接压在星河之上，这就形成了幻中之幻。

还不止于此。诗人在梦境的描写上也下了功夫。说“满”船，则梦之广阔可见。说“压”星河，则梦之沉重可知。梦境在此，可见可触。这是化虚为实。可是这满船的

[1] 陈与义《简斋诗集》卷五《夏日集葆真池上，以“绿阴生昼静”赋诗，得静字》诗中“微波喜摇人，小立待其定”之句，显然从苏诗中得到启示。当然，我们也并不忽略陈诗中“喜”字的妙用。

[2] 见《自怡斋诗》，金陵大学刊本。

压星河之梦，却又是“清”梦。清之与虚，清之于轻，义皆相近，所以清虚、清轻，可以构成复词。点明清梦，则此梦虚而不盈、轻而不重，又于实中见虚了。这样写梦，就显得它的境界缥缈而分明，亦真亦幻，亦实亦虚。

这种奇妙的艺术构思来自诗人对生活深入而细致的探索，以及对于生活的大胆而独特的处理方式。

寥寥二十八字，其中就有这么多值得玩味的东西，此之谓“深文隐蔚，余味曲包”。[1]

歌德说：

> 独创性的一个最好的标志就在于选择好题材之后，能把它加以充分的发挥，从而使得大家承认压根儿想不到会在这个题材里发现那么多的东西。[2]

唐温如在屈原、杜甫等人都插过手的习见题材里，发现了如我们上面所提到的那么多的东西。所以如果不给它以足够的评价，那将是我们后代读者的损失和过失。

（1980年9月　南京）

〔附记〕

唐温如生活于元明之际，并非唐人，陈永正先生曾著文考辨。其略云：最早收录唐氏此诗的是元人赖良编纂的《大雅集》，题为《过洞庭》，唐珙作。在作者小传中介绍，

[1]《文心雕龙·隐秀》篇赞语。

[2] 程代熙译《歌德论独创性》，载《人民日报》1981年4月17日。

珙字温如，会稽人。据《四库全书总目提要》载，赖良字善卿，浙江天台人，“是集皆录元末之诗”，“其去取亦颇精审”，“故不失为善本”。《大雅集》前有元至正辛丑（1361）杨维祯序，称其“所采皆吴越人之隐而不传者”。可知《大雅集》所录诸家，皆为编集者同时代人，又有乡里之谊，所收作品亦当可靠。钱谦益《列朝诗集》甲前集十一收入唐珙《过洞庭》及《题王逸老书饮中八仙歌》，据《列朝诗集》编辑体例，甲前集所收的多为“明世之逸民”，可知唐珙也是自元入明的诗人。《古今图书集成·方舆汇编·山川典》第二百九十八卷“洞庭湖部”收录唐珙《过洞庭》诗，亦置于元人之列。据此可考定：唐温如，名珙，浙江会稽（今绍兴）人。元末明初诗人。《题龙阳县青草湖》一诗，原题作《过洞庭》。《全唐诗》收录此诗，实误。[1]

所考可信，但《全唐诗》的题目与陈文所引诸书都不相同，是别有所本，还是出于改动，尚待进一步研究。据《全唐诗》的编例，是不改动题目的。

因为不想掩饰自己读书不多，见闻弇陋而造成的失误，没有对已发表过的文章再加修订，读者谅之。

（1990年1月　南京）

[1] 文题为《〈全唐诗〉误收的一首七绝——唐温如的〈题龙阳县青草湖〉》，载《中山大学学报（哲学社会科学版）》1987年第1期。

新旧诗说

评戴望舒著《望舒草》[1]

诗在新文学运动中间，和其他文体，质与量上都相形见绌。设以新兴文学的集团来做对象，亦可看出此种事实：文学研究会里诸位诗人，已经多半不做诗了——俞平伯氏且曾发表过一篇对于新诗表示怀疑的《诗的歌与诵》；创造社那种狂放的作风，在诗坛上亦已绝迹。

若把近六年来的新诗分为两派，大致可以不错。在一方面，徐志摩氏介绍了西洋的诗法，形成了所谓“新月派”的诗。他和他的友人都“主张本质的醇正，技巧的周密，和格律的谨严”（陈梦家《新月诗选·序言》）。虽然“方块诗”似是一种被讥讽的作品，但他们的努力，不是没有成绩。不幸徐氏短命死矣，“新月派”失去了一个很热心的领导者。近两年来，其余的人，在外表上看来，似乎没有以前那么努力。在另一方面，则为“象征派”的诗——始于

[1]《望舒草》，上海现代书店1933年8月初版。

李金发而大于戴望舒。这派的作家虽然不多，但因另辟蹊径，亦足珍视。戴氏对于诗法，曾有鲜明主张："诗不能借重音乐，诗不能借重绘画的长处，韵和整齐的字句会妨碍诗情的。"（戴望舒《诗论零札》）李氏之诗，颇同戴氏——关于这点，后面还要提及。

从这两派的主张看来，他们是在正相反的方面努力。故读这部《望舒草》者，至少不要希望它有谨严的格律。

沈从文氏尝说："若是一个批评者不明悉一个作者当时的生活与心性，那就无从理解他那一件作品的艺术。"（仅撮大意，原文见《记丁玲女士》）关于这点，我们应该感谢杜衡写的那篇不能算短的序言。他是以一比较接近于作者生活的人的身份来写这篇序的。它帮助我们了解这部诗集，能使我们看出作者的内在的心灵发展是如何地隐现于字里行间。

序者所言，虽不能免袒护朋友之嫌，但就大体观察，还可说是很公允的。唯有一点，我们以为值得讨论的。

序者在论作者的作风改变以后，便说："这以后，只除了格调一天比一天苍老，沉着，一方面又渐次地能够开径自行，摆脱下许多的外来的影响之外，我们便很难说望舒底诗还有什么重大改变；即使有，那也不再是属于形式问题。"序末又说："从《乐园鸟》以后，望舒一直到现在都没有写过一首诗。像这样长期的空白，从望舒开始写诗的时候起，一直到现在，都不曾有过。以后，望舒什么时候能够再写诗是谁也不能再猜度的：如果写，写出怎么一种倾向的东西来也无从得知。”从这两段话中，我们可知序者对于作者的作品，经过了一番观察以后，下了这样一种推断：作者的诗，无论如何，在形式方面是已经固定了，虽然以后他的环境与情绪的发展，会使他的作品的内容，或与现在不同。关于这点，我却有些与此相反的意见。

据我看，作者的诗，如果再写下去，则在形式方面，或许仍要改变。因为一个前进的文学家是，常常是，应该是，而且必须是，采取一种最便于表现他的某种内容的形式来表现他那一种内容的。

对这一点，旁征博引是无须的，因为作者自己的表示已很明显。他说：“愚劣的人们削足适履，比较聪明一点的人选择较合脚的鞋子，但智者却为自己制最合自己的脚的鞋子。”（《零札七》）我们当然明白现代人的脚不能穿古代人的鞋，我们更明白一个人自己的脚，有时也因种种关系，需要时常换鞋。

这部诗集的内容是他现在的脚；形式是他现在的鞋。我今试作分析如下：

序者告诉我们：作者“五年的挣扎，只换来了一颗空洞的心”。所以“他底作品里，充满着虚无的色彩”。作者先还以为“这今日的悲哀，会变作来朝的欢快”，而“渴望着回返到那个如此的青天”；然而呐喊终究抵不住内心的幻灭，乃发出“自从亚当夏娃被逐后，那天上的花园已荒芜到怎样了？”的伤感无奈的问题来。

在作者的诗句中，我们也可以看出他那渐渐冷下去的心，那由呐喊而幻灭的过程。他嫌恶现实的丑恶，但他不敢，甚至不能，解救自己。原因是很难说的，但确有过这么一段事实。他虽然有时想将自己比成天风，但天风离开了天，又能吹上哪里去呢？于是他对于天，还是不能已于思慕呢。诗人是领导群众的人，同时也是社会的爱恋者。在时代与个性等冲突之下发出来的，除了轻微的叹息和伤感的啜泣之外，还能多出点什么来呢？没有积极的人生观，没有前进的意识——我们也可这样说。但诗人正如雁子：

从不问它的歌
留下那片云上，
只管唱，只管飞扬。
黑的天，轻的翅膀。

——陈梦家《雁子的歌》

作者的内心中，所含的是那么一种情绪，如已上述。为了适应它们，他在形式上使用了下列诸点：

（一）全集都用散文句法，没有韵铎和整齐的字句；因为那样是很难表现一种无可奈何的、淡淡的忧愁出来的。朱自清氏尝论徐志摩氏说："他用'无韵体'，结果不算坏，这种体似乎最能传出说话曲折的神气。"（《文学》创刊号）我想这几句话是更适宜于赠与本书的作者的。他为了传出曲折的神气（不限于说话方面）。

（二）更用了很多的转接词，如"于是""而""但是""因为"等等。例如《到我这里来》的第四节：

可是，啊，你是不存在着了，

虽则你的记忆还使我温柔地颤动，

而我是徒然地等待着你，每一个傍晚，

在菩提树下，沉思地，抽着烟。

又《村姑》篇的第六节：

她的母亲或许会说她的懒惰

（如打水的迟延便是一个好例子），

但是她会不听到这些话，

因为她在想着那有点鲁莽的少年。

这两节是特别可以看得出的；其他各篇中间，也是极少完全没有这类使人意绪转折的字眼的。潘士（Pence）说："有力量的文字的成功秘诀，是在会用转接词。"（The secret of effective writing rests in the mastery of connectives.）作者当可算是会用转接词的。

（三）对于旧的古典的应用。作者认从"旧的事物中也能找到新的诗情"(《零札十》)，且以为"旧的古典的应用是无可反对的，在它给我们一种新情绪的时候"(《零札十一》)，所以不仅对于旧题目如《微辞》《少年行》《有赠》《游子谣》和《妾薄命》等，取来应用，就是富有旧的气息的句子，亦被利用。例如：

木叶，木叶，木叶，

无边木叶萧萧下。

——《秋蝇》

结客寻欢都成了后悔，
还要学少年的行蹊吗？

——《少年行》

栈石星饭的岁月，
骤山骤水的行程：
……

——《旅思》

士为知己者用，
故承恩的灯
遂做了恋的同谋人：
……

——《灯》

以上是说作者如何为便利表现内容而采取形式。这实在是作者写诗的特征之一。另外一个特征是他作诗态度之“不单是真实，亦不单是想象”一点。这个已由序者提出。

戴氏作品之特征，已经指出。现在我再想将他的作品和李金发的作一比观。

《现代》三卷三期载有苏雪林女士所作的论文一篇（《论李金发的诗》），指出李诗具有四个特点：（一）行文朦胧恍惚；（二）表现神经艺术的本色；（三）有感伤与颓废的色彩；（四）多异国情调。又言李诗的艺术可分三点：（1）观念联络的奇特；（2）善用拟人法；（3）善用省略法。现在，让我们看和它同派的戴诗中间，是否也有这些特点。

（一）关于“行文朦胧恍惚，骤难了解”一点，戴诗中是可说没有的。序者已经很清楚地告诉我们："在望舒之前，也有人把象征派那种作风搬到中国诗坛上来，然而搬来的都正是'神秘'，是'看不懂'（这，不用说，是指李金发）。那些，我以为是要不得的成分。望舒的意见虽然没有像我这样绝端（唯其是不绝端，故其诗中间尝也有'一双无数的眼睛'那样的句子），然而他也以为从中国那时所有的象征派诗人身上是无论如何也看不出这一派诗风的优秀来的。"

（二）关于"表现神经艺术的本色"一点，戴诗中是不乏其例的。他至少是和李氏一样，受着法国诸象征派诗人的影响的。他的句子，有属于视觉敏感的，如："她是羞涩的，有着桃色的脸，桃色的嘴唇，和一颗天青色的心。"又如："这沉哀，这绛色的沉哀。"也有属于听觉敏感的，如："再过几日，秋天是要来了，默坐着，抽着陶制的烟斗。我已隐隐听见它的歌吹，从江水的船帆上。它是在奏着管弦乐……"

（三）讲到"感伤和颓废的色彩"，戴诗中也是非常浓厚的。所以从这一集诗中看来，戴氏直是一个垂老的殉情主义者，流着"眼泪"，抱着"忧郁"，发着"太息"！

我怕自己将慢慢地慢慢地老去，
随着那迟迟寂寂的时间，
而那每一个迟迟寂寂的时间，
是将重重地载着无量的怅惜的。

而在我坚而冷的圈椅中，在日暮，
我将看见，在我昏花的眼前
飘过那些模糊的暗淡的影子：

一片娇柔的微笑，一只纤纤的手，
几双燃着火焰的眼睛，
或是几点耀着珠光的眼泪。

是的，我将记不清楚了：
在我耳边低声软语着
“在最适当的地方放你的嘴唇”的，
是那樱花一般的樱子吗？
那是茹丽茜吗，飘着懒倦的眼
望着她已卸了的锦缎的鞋子？……
这些，我将都记不清楚了，
因为我老了。

我说，我是担忧着怕老去，
怕这些记忆凋残了，
一片一片地，像花一样，
只留着垂枯的枝条，孤独地。

——《老之将至》

（四）异国情调，戴诗中也是有的；不过他的作品太少了，恐不能与李氏的等量齐观。

在比志步尔启碇的前夜，
托密的衣袖变作了手帕，
她把眼泪和着唇脂拭在上面，
要为他壮行色，更加一点粉香。

明天会有太淡的烟和太淡的酒，
和磨不损的太坚固的时间，
而现在，她知道应该怎样的忍耐：
托密已经醉了，而且疲倦得可怜。

这有橙花香味的南方少年，
他不知道明天只能看见天和海——
或许在“家，甜蜜的家”里他会康健些，
但是他的温柔的亲戚却要更瘦，更瘦。

——《前夜》

在艺术方面，首为苏文所提到的是联络观念的奇特。关于此点，李、戴二人，可以说是异曲同工、难言长短的。戴诗中，如：“温柔是缢死在你的发丝上”之“缢死”二字，“人在满积着梦的灰尘中抽烟”之“满积”二字，“发的香味是簪着辽远的恋情”之“簪”字，“她有太多的蜜饯的心……刻在醉少年的肩上”之“刻”字，都是“以从来不相连络之观念连在一处”（用雪林语）的。

次被提到的是善用拟人法。本集中此例虽不多见，然而用来也极自然。

春天已在野菊的头上逡巡着了，
春天已在斑鸠的羽上逡巡着了，
春天已在青溪的藻上逡巡着了，
绿荫的林遂成为恋的众香国。
于是原野将听倦了谎话的交换，
而不载重的无邪的小草
将醉着温软的皓体的甜香。

于是，在暮色溟溟里
我将听见最后一个游女的惋叹
拈着一支蒲公英缓缓地归去。

——《二月》

末了一项是善用省略法。这与“看不懂”有密切的关系，所以戴诗中不常有这一类例句。

（原载《图书评论》第2卷第3期，1933年11月）

再评《望舒草》因论新诗的音律问题

前回在《图书评论》二卷三期曾为文评《望舒草》，将这本诗集作了一个广泛的批评与比较。本篇则想就最为我所注意的《望舒草》的音律及戴望舒先生对于诗中音律的意见加以讨论。

《望舒草》后面附有《诗论零札》十七条，其中如一、五、六、七各条，是直接论到诗的音律的，其余各条，则间接地也有些关于音律的意见。在戴先生没有专篇的诗论发表以前，我们能据以研究他对于诗的音律的意见的，除了这些《零札》之外，就只有《望舒草》本身了。

《诗论零札一》说："诗不能借重音乐，它应该去了音乐的成分。"这可以算是戴先生对于诗的音律的主要意见，其余各条，不过是它的推论而已。但是戴先生所说的"音乐成分"，其意义是很模糊的：是指诗中音乐的音乐成分呢（即"被之管弦"的乐歌，或徒歌），还是诗中诗本身的音乐成分（即"不歌而诵谓之赋"的诵或赋）？若是指前者，则中国自魏晋以来，诗与诗中音乐成分就渐渐地分开（胡小石先生说："古诗与乐府但有声之别，无形之别。"正可以拿来说明魏晋间诗与乐渐分的现象。因为唱就算乐府，不唱就算古诗了。见《图书评论》二卷三期三七页《复任访秋君评〈中国文学史讲稿〉上卷》)，到齐梁时，沈约、王融、谢朓一般人严格地提出四声八病，诗的本身音乐成分可算完备。现在新诗既然不可歌，戴先生必定不是说的这个。那末，他所谓"音乐的成分"，必是讲诗本身的音乐成分了。

诗本身的音乐成分，即所谓诗的音律，它的内容，可以别为二种：一、声；二、韵。求诗每一行或一句间之字音的和谐叫作声。求全章句尾一音的呼应叫作韵。刘勰《文心雕龙·声律》篇说：

> 异音相从谓之和。同声相应谓之韵。韵气一定，故余声易遣。和体抑扬，故遗响难契。属笔易巧，选和至难；缀文难精，而作韵甚易。虽纤毫（本作意，从纪校改）曲变，非可缕言；然振其大纲，不出兹论。

这段文字把声和韵说得很清楚，自从中国诗本身有它的音乐成分以来，就是如此。而且两者同样被重视，认为缺一不行。在西洋方面可有点不同，韵在他们是可有可无的。如莎士比亚的悲剧和密尔顿的《失乐园》，都是无韵诗。但他们特别重视声，相当的名词是"轻重律"。他们以轻重律来规定全句中字音的长短轻重，略相当于我国旧诗里一句中的平仄；不像中国诗之一定偏重句尾一字的音，用韵来相叶调。戴先生要去掉的“音乐的成分”是不是这些呢？

让我们先看一看戴先生对于行间和谐的“声”或轻重律的意见。（为清楚起见，我将称此种行间的轻重律为“纵的轻重律”，说详后。）“诗不能借重音乐，它应该去了音乐的成分。”前面我已经引过戴先生的话了；在另一方面，《诗论零札五》说：“诗的韵律不在字的抑扬顿挫上，而在诗的情绪的抑扬顿挫上，即在诗情的程度上。”戴先生对于诗情的抑扬顿挫和字的抑扬顿挫两者间关系的漠视，是很可惊的。他显然是没有注意到诗情要如何地才能充分表达这个问题。《诗论零札八》又说：“诗不是某一个官感的享乐，而是全官感或超官感的东西。”这或许就是他在《零札一、二》中说及要去掉诗中的音乐和绘画长处的理由吧！但是我们应当知道，若想使诗成为理想的全官感的或超官感的享乐，不是可以“一幾而致”的。欣赏的工具愈完备，所得的也愈多，愈全。能近于全官感，则也近于超官感。若是连表达诗情的直接和间接的工具都先加以限制，来空说全官感、超官感，则达达派那种专门使用无意义的符号来写诗的人，一定是戴先生所最崇拜的了。诗情与字音有很大的关系，已经为多数学者从各种观点证实。朱光潜先生在《替诗的音律辩护》一文中说（《东方杂志》30卷1号116页）：

……诗的神情有许多要在诵读时高时低急徐的变化上见出。比如汉武帝《李夫人歌》：

是耶！非耶！立而望之，翩何姗姗其来迟！

末句连用七个平声字，音节本很慢的，诵读时应该在声调上能表出诗中猜疑期望的神情。

又王光祈先生《中国诗词曲之轻重律》第24页论《木兰辞》的轻重律说：

……其次，再就该两句（唧唧复唧唧。两兔傍地走）之意义而论，则皆含有一种轻而且低的性质，所以五字皆用仄声。盖仄声字之宜轻读，固已于前文再三言之矣。因为木兰心忧乃父之故，所以不能加劲工作；"唧唧"复"唧唧"，即是形容深夜机声忽断忽续之音。我们念此五字之时，其声音须特别轻而且低。……同样，"两兔傍地走"一句，乃系形容兔子傍地而走之情形。兔子素来不会"开正步走"，一如我们之体操教员，此又吾人所习知者也。换言之，我们念此五字之时，亦须应用极轻极低之音。

都是些好例子。

《望舒草》修辞之精美、情绪之动人，实在可以说是近年来诗坛上的尤物。至于在它一章一句之中，每每平仄互用，教人很好念，在这种白话诗以不能"吟"而被攻击的时代，已可算得对于纵的轻重律有很聪明的应用了。这现象，对于作者自己的论调，是不大相合的。他用字的抑扬顿挫与情绪的抑扬顿挫的和谐，则更以《诗论零札》的原故，把成功叫人忽略了。我且举一个显明例子，三行《游子谣》：

海上微风起来的时候，

暗水上开遍了青色的蔷薇。

——游子的家园呢？

这节诗末句语气是两段。上段三个字中用了两个上声，下段三个字都是平声。游子对于家园的怀念，多少带点儿“沉重”的气分；但才想起来的时光，同样也总多少带点儿“憧憬”的。用两个上声字来象征想起家园时的憧憬，然后连用三个平声字表出幻灭的悲哀，作成了这句诗的悒怏味。

戴先生的诗与诗论竟有这末的差异。我们唯一的解释只有说：他写诗，因为平素不自觉的修养，已经变成“不期而然”，至于他的诗论，则显然不免于偏颇。其次，我们再来看戴先生对于句尾呼应的“韵”的意见。《诗论零札七》说：“韵和整齐的字句会妨碍诗情，或使诗情成为畸形的。”这样看来，他是反对用韵的。《望舒草》中诗的句尾，初看好像是没有音律的痕迹可求，然而过细研究一下，也可以发现它音律的通则。

第一，消极地反对韵。戴先生反对用韵，可以说是消极的。这就是说：他的诗不用韵，是因为恐怕韵妨碍了诗情，或是使诗情成为畸形；但是句尾偶然押韵而没有妨碍诗情，或是使诗情成为畸形，就也不故意避免。《望舒草》里面，有韵的章节不多，但是拿来作例子说明这一点，却尽够了。如：

林间的猎角声是好听的，

在死叶上漫步也是乐事，

但是，独身汉的心地我是很清楚的。

今天，我没有这闲雅的兴致。

——《秋》

“事”与“致”为韵。又如：

今天是亡魂的祭日，
我想起了我的死去了六年的友人。
或许他已老一点了，怅惜他爱娇的妻，
他哭泣着的女儿，他剪断了的青春。

——《祭日》

“人”与“春”为韵。又如：

明天会有太淡的烟和太淡的酒，
和磨不损的太坚固的时间，
而现在，她知道应该有怎样的忍耐：
托密已经醉了，而且疲倦得可怜。

——《前夜》

这节诗，以每行论，第一行中“有”与“酒”自己为韵，第三行中“在”与“耐”自己为韵，都是仄声；以全节论，第二行句尾“间”与第四行句尾“怜”为韵，都是平声。单双行里，平仄互用，造成了复杂而美的节奏。又如：

房间里曾充满过晴朗的笑声，
正如花园里充满过百合或素馨。
……

——《独自的时候》

这两句句尾有韵。但《我的记忆》——戴先生的第一本诗集也有这篇诗，第二句作：

正如花园里充满过蔷薇。

原来是不押韵的，一改却变成有韵的了，也许诗人改他自己的诗稿时，情绪偏向“百合或素馨”，那不相干！却正可以替我说的“消极地反对韵”这句话做个证据。

第二，句尾间的和谐。中国旧诗句尾有韵的关系，同时也有声的关系；若是一篇诗是用的平韵，其用韵的句尾也一定全是平声。反过来仄声也如此。古诗可以每句押韵，却也平就全平，仄就全仄，到转韵时才可以改变。西洋诗句尾虽然可以无韵，但句尾一音，也是在全句的轻重中表示的，因为它是全句的一部分；而句与句之间，又自然有相对的轻重关系，句尾自然也在内。无论是句中的关系，或是句中一部分——句尾的关系，在西洋方面，统称作轻重律就得。在我国一方面，为着国人对于韵有特别着重的观念，虽然两者本是一回事，我们无妨暂时分开，称表示行间之轻重关系者，为纵的轻重律；表示各句尾之轻重关系者，为横的轻重律，以清眉目。现在且拿一首七言律诗来作用例子，用图表明它纵的轻重律和横的轻重律。

仄仄平平平仄仄

………………平

………………仄

………………平

………………仄

………………平

………………仄

……………………平

新诗兴起来，经过几个阶段，如“小诗”“自由诗”“象征诗”，都是没有韵的。“新月派”的短诗多半有韵，长诗却不一定。新诗在韵一方面，实在是无形中大多数都遵着横的轻重律走的，因为人类的语言也自然有轻重。关于这一点，《望舒草》里面也不缺少例子：

在比志步尔启碇的前夜，　　　　仄
托密的衣袖变作了手帕，　　　　仄[1]
她把眼泪和着唇脂拭在上面，　　仄
要为他壮行色，更加一点粉香。　平

明天会有太淡的烟和太淡的酒，　仄
和磨不损的太坚固的时间，　　　平
而现在，她知道应该有怎样的忍耐：　仄
托密已经醉了，而且疲倦得可怜。　平

这有橙花香味的南方少年，　　　平
他不知道明天只能看见天和海——　仄
或许在“家，甜蜜的家”里他会康健些，　平
但是他的温柔的亲戚却要更瘦，更瘦。　仄

——《前夜》

[1] 一个例外。

一枝，两枝，三枝， 平
床巾上的图案花， 平
为什么不结果子啊！ 平
过去了：春天，夏天，秋天。 平

明天梦已凝成冰柱； 仄
还会有温煦的太阳吗？ 平
纵然有温煦的太阳，跟着檐溜， 仄
去寻坠梦的丁冬吧！ 平

——《妾薄命》

右举两个例子，全篇句尾平仄都非常整齐，其他的或许零乱些，然而和谐的迹象总是可以寻得出的。句尾和谐代替句尾用韵，我想是将来新诗的一条大路。朱光潜先生在《申报月刊》三卷二期发表《长篇诗在中国何以不发达》一文，对于这个问题举出了五个重要的答案。但我以为还有“韵的限制”，也是一个原因。用韵作诗，虽然可以转韵，但究竟对于同一时间、空间用字，不免有所限制。新诗受西洋诗的影响很大，以后长诗必多；韵是以后很难被继续采用的了。陈梦家先生在《文艺月刊》五卷一期所发表的八百行长诗的节录，也就是无韵而有横的轻重律的应用，虽然它是不大整齐的。

所以，戴先生不主张用韵是对的，但说诗应当去了音乐的成分，却不大说得过去；语言文字本身就永远和音乐有关。《望舒草》的音律可以说是很进步的，正如同在其他的方面一样,《望舒草》在音律一方面和并世的诗集相比较，也是无愧色的。《我的记忆》中的诗，多数是有韵的，而且是采取了各种西洋的方式：用十四行式的如《十四行》，用三行连锁式的如《流浪人的夜歌》，*Mandoline*；用两行转韵式的如*Spleen*,《回了心儿吧》。他最著名的《雨巷》一诗，也有整齐的韵脚。徐志摩、闻一多在北平《晨报》出版《诗镌》是在1926年,《我的记忆》则是在1929年出版。戴先生或许也受过他们的影响。但是,《望舒草》无论在内容和外形上，都有它独特的作风，比起《我的记忆》来，有天渊之别了。

写到这里，我还想再附带地讨论一下诗究竟是不是必须有韵这问题。前面我已经提过现代新诗坛不用韵的趋向；但有些人仍以为中国诗无论如何得有韵，他们以为新诗无韵是种“反动”现象，而我却以为是“进化”的。朱光潜先生《替诗的音律辩护》一文，就是这么说法，他说：

> 日本诗和西方诗都可以不用韵，中文诗也可以不用韵么？韵在中国是常和诗相连的，自有诗即有韵，声的考究反后起，和西方演化次第恰相反。
>
> 有人说《古采莲曲》是中国唯一不用韵的诗，其实它开头两句“江南可采莲，莲叶何田田！”就是用韵的。中国历史上只有两次反韵的运动：第一次是唐人译佛经的“偈”用有规律的文字而不用韵，第二次是近代白话诗的运动。此外诗人没有不用韵的。宋人的诗很受佛经的影响，他们尝遍五花八门的文字游戏，

> 却没有仿“偈”体做过一首不用韵的诗。白话诗在初出时尝不用韵，但后来又有复韵的倾向。我们可以说：唐人译经偈和白话诗初期不用韵，都是有意要革旧创新，并非顺着语言的自然倾向，中国语言的自然倾向是朝韵走的。这是一件事实，我们要寻出解释这种事实的理由。(《东方杂志》30卷1号109页。以下仅举页数)

接着他举了两个理由：

> ……西方古代希腊拉丁诗在长短音相间上见出音节，近代语言以重轻代长短。重音略当于长音，轻音略当于短音。重音通常较高，轻音通常较低。中文字平声专就低说，应该是很轻，但因为它长，所以失其为轻；仄声字专就高说，应该是很重，但是因为它短，所以失其为重。一言以蔽之，中文诗的节奏不像西文诗，在声的轻重上见得不甚显然。(110页)
>
> 其次，西文诗的单位是行。每章分若干行，每行不必为一句，一句诗可以占不上一行，也可以连占数行。行只是音的阶级而不是义的阶段。所以诵读西文诗时，到最末一音，常无停顿的必要；每行末一音既无停顿的必要，所以我们不必特别着重它；不必特别着重它，所以它对节奏的影响较小，不必一定要有韵来帮助谐和。中文诗则不然，它常以四言、五言、七言成句，每句相当于西文诗的一行而却有一个完足的意义。句是音的阶段，也是义的阶段；每句最末一字

> 是义的停止点，也是音的停止点。所以诵读中文诗时，到每句最末一字须略加停顿，甚至于略加延长。每句最末一字都须停顿延长，所以它是全诗音乐最着重的地方。如果在这一字上面不用韵，则到着重的一个音上，时而用平声，时而用仄声，时而用开口音，时而用合口音，全诗节奏就不免因而杂乱无章了。（同上）

朱先生这篇文章的议论很精到，但如右边所引的，却还有可以商量的地方。朱先生以没有人仿“偈”体作不用韵的诗来证明诗不用韵非语言的自然倾向，实在没有注意到这件事实也有它的原因：第一，“偈”既是当时新创作的一种哲学文体，本来不是抒情叙事的，没有人用来作诗，也是当然。因为，诚如朱先生自己所说的：“诗的情思是特殊的，所以诗的语言也是特殊的。每一种情思都只有一种语言可以表现，……换一种格调则境界全非。在各国文学中，某种格调宜于表现某种情思，某种体裁宜于产生某种效果，往往有一定原则。”（107页）第二，唐承齐梁的余波创律诗，其后宋有词，元明有曲，清有弹词，韵文方面，变化如此的大，文人表现的方式既多，哪里还有人去注意这种没有多大影响的小模样的佛教哲学新文体呢？朱先生其次又说白话诗后来又有复韵的倾向，是指新月派吧？然而近两年来最盛行的象征派诗是没有韵的。而新月派中受徐、闻影响很深的陈梦家、臧克家、卞之琳辈也正在解放之中。还有，关于《古采莲曲》一点。

> 江南可采莲，莲叶何田田！鱼戏莲叶间，——鱼

戏莲叶东，——鱼戏莲叶西，——鱼戏莲叶南，——鱼戏莲叶北。

这篇诗只有头两句有韵，所以有些人说它是中国唯一不用韵的诗，这原是可以的。但朱先生却说："其实与其说它是无韵诗，不如说它后半每句一换韵。"（111页）这句话仔细一想，是不能成立的。《文心雕龙·声律》篇说："同声相应谓之韵。"可见得韵是一种相对的意思，至少要有两个字"相应"，才可以看得出。假若每句不同韵可以如朱先生所说称为"换韵"；那末，无韵体这个名词就根本不通了。我以为它实在是中国唯一无韵而采用句尾和谐的诗。起头六句句尾都用平声，形容鱼的自在，末句用入声收，可以表现出"悠然而逝"的意味。

至于朱先生解释中国语言的自然倾向是朝韵走的两个理由，第一个确是中文文字本身上一个困难。然而朱先生所说："中文诗的节奏……在声的轻重上见得不甚显然。"（110页）是指与韵比较而言；所以在下文又说："我们并没有说声绝对不能表出节奏。平仄相间是一种秩序的变化，有变化就有节奏。"（111页）我想：我们的新诗若是不用韵而代以注意于行间和语尾的平仄变化，也未必不可以保存诗的音乐美。因为没有韵来相比较，所以不甚显然的声也可以较以前显然了。第二个理由，朱先生说的完全是旧诗；至于新诗，则也是以行为单位，音的阶级也可以不联系义的阶段，在这些地方，新诗是都已西洋化了。最后朱先生说：假若诗不用韵的时候，"则到着重的一个音（句尾一字）上，时而用平声，时而用仄声，时而用开口音，时而用合口音，全诗就不免杂乱无章了。”（110页）这也不然：因为在新诗中，句尾一字既非同时是音和义的阶段，也就非全诗音乐最着重的地方了。同时，我们以句尾和谐——每行末一字平仄有规律的变换，横的轻重律的应用——来代替用韵，节奏也不会杂乱无章了。而且，我们可以用同一方法注意开口、合口的问题。

总之，我的结论是：“韵”这样东西，在以后新诗里一定不是一件必要的东西了；代替它的，将是句尾的和谐。

附记

拣出这篇旧稿，末尾有“廿二、四、七”字样。真快，三年整了！写起时，不曾发表它，只是希望往后出的新诗集能帮助修改或补充以上的论点。结果都无从得着什么东西，在年来沙漠似的诗坛里，我想起《望舒草》真像一颗彗星了。二十五年五月记。

（原载《文艺月刊》第9卷第1期，1936年7月）

评《世纪的脸》[1]

一

轮着指头一个一个数“五四”以来的诗歌制作者，我们每每容易忘掉一些人。“沉默”，在某一些人看起来，是“消沉”的意思；很少人把它解释成为一种转变之前的必要准备。于赓虞先生今年出版了《世纪的脸》，并附有《序语》一篇，带回了我们对于这位作者的记忆。

这位作者的风格与情调，在国内，我们很难找出一个同他比拟的人，在国外，我们自然会想起波特莱尔的《恶之花》与其他恶魔派中人的诗集。虽然，作者似乎不很愿意担承恶魔派这个名词。他说：“前，景深谓我的诗‘潮湿’，从文说我的诗‘阴暗’，还有人在某书上说我是中国恶魔派云云，这，我无从辩解。”

[1]《世纪的脸》，于赓虞作，北新书局1934年6月初版。

我们只要看一看作者创作集的题名，也可以想象到他作品的内容了：《魔鬼的舞蹈》《骷髅上的蔷薇》《落花梦》《孤灵》，在这些集子中，强烈的理想追求，是一贯的，强烈的幻灭悲哀，是一贯的，强烈的伤感情调，是一贯的。

作者是一个极端“尊重情思”的人，要使“个人的心血，从笔下一滴一滴的渗入白纸”，所以写诗时纵使“人生上所见到的‘魔欲’超过了‘神思’，生活里只有阴云而没有白日”，却仍是“写时任它自由的流动”。对于那些讥笑他过于感伤，说他没有“健康”情调的人，他是没有悔艾的，他说：“平凡的人只有一个不聪明的孤独。”

二

人生是表现的；诗是真实的生活。世纪末诗人所特具的强烈的刺激的光怪陆离，是历史上划时代的标尺。自然，不仅诗人刻画时代，时代亦复陶铸诗人。有多少人踏着洪流前进，有多少人恋着古代风光，有多少人由追求而幻灭，诗歌是最清晰的镜头，它照映着形形色色。我们试看看作者在怎么告诉我们关于他自己。

首先，我们不要忘记作者是一个个性特强的人。在看重文学之社会成分的今日，特别提出一点个人成分来教大家注意，或者要为人所误会。但洪深先生有一句话是很好的解答：“一个作家的生理状态……岂不是物质环境中最重要最亲切的一部分么？”

从作者的作品中，我窥见了作者的艺术，从《世纪的脸·序语》中，我窥见了作者一小角的生活。严肃、沉重、倔强、忠实，作者是保有这些美德的。随波逐流当然不一定是没有意义的事，但作者却不是一个随波逐流的人物。“任生活经验、思想认识来开拓诗之领域。”他在生活的赛跑中是宁愿学那只龟而不愿学那只兔子的。

“五四”的狂潮所给予当时一般年青人的觉醒、希望，转瞬因为这个运动自己本身的流产而消灭。为着当时参加这个运动的人们分子非常复杂，所以后来不久的分道扬镳也就是必然的事情。作者最初“写点所谓诗，是在‘五四’运动的时候”，不知道十五年以前出版的《晨曦之前》里收了这时期的诗没有？但我们知道，“从十六年起，……到十八年底，……这时的诗，……《晨曦之前》集子里偶而显现的希望都消灭了”。

这个时期，民十六到民十八，是作者写得最多的时期：“共出了《骷髅上的蔷薇》《落花梦》《魔鬼的舞蹈》《孤灵》等四集，还有四十首已发表而未整理的《剑与泪》一集。”

这个时期，他觉得：

诗与酒与剑已为我的生命想象的装饰。

过去，无可留恋：

往日，往日已如足下之枯草霜透心核。

将来，没有光明：

荒途中我冒雾进行，不论有无毒蛇或陷阱，发飘泪流，我踏着人类的墓茔摸索向死城。

以诗、酒、剑为生命的装饰，正是“五四”时期文化的征象，是带着一点浪漫的姿势的。然而那是已经成为霜透心核的枯草了，人唯有出之以想象。

不怕毒蛇陷阱、种种磨难，原不为摸索向死城，而是向光明的，可是他是陷入一个矛盾中间，那便是：

我无力破灭生命之地狱，亦无力与白雪隔绝。

在这种矛盾中间，“有的是悲惨的生活，苦闷的思想”。他悔他自己——

空追寻，空祈祷，空筑了理想的天堂。

三

作者的“希望”，在《晨曦之前》里偶尔一现，随即消灭。民十六到民十八这个多产期间所作的诗，他自己又发现了“几乎是在一种情调之下，变换着字眼”。于是认为“再写也是徒然的工作”，“结果，……沉默了，整二年之久，没有写过一行诗”。

如我在前面所说的：“沉默”是一种转变之前的必要准备，作者个性的严肃、沉重、倔强、忠实处，使自己的转变总比别人要慢些，也就确实些、牢靠些。《世纪的脸》出版，无疑地是给予了我们以与作者前两期作品不同的声音颜色。

作者自己说：“对于这集诗，我比较的满意之点，即各诗似乎有了独自的意境。”诚然，这是本集中一个重要的特点，但还不止于此。在这集诗中，我们还可以发现词藻方面是“绚丽之极，归于平淡”了。这以上两个特点，又是基于一个最大的特点而来，即在作者的创作态度，是比较地客观、冷静了。这是两年来沉默的收获。

所谓“各诗似乎有了独自的意境”，即不复“是在一种情调之下，变换着字眼”了。换言之，较之以前，情调有着分歧了，所以意境就随之扩大。这种分歧，这种扩大，乃形成一种矛盾。而这种矛盾，无疑地是发展到较高阶段的一种必经过程。集中如《初秋》《秋思》《感谢词》有一种新的享乐主义的倾向，而大部分的诗，却仍然保持了那种旧有的感伤，一种带反抗性的感伤，显著的如《病中的幻想》《祈祷》《希望的诰诫》诸篇。

最可看得出作者的内心冲突还是作者对于“天堂”“地狱”的爱与弃的不同的呼声。天堂与地狱，代表着光明和黑暗两个方面。但所谓光明和黑暗，各人的看法不同，故在作者矛盾的心中，天堂有时又是地狱，地狱有时也是天堂，对于二者的爱与弃是无从定其取舍的。

在《病中的幻想》一诗中，我们可以看出作者的“天堂”观念之矛盾：起初他想象天堂之美，但“天路历程”呢？却是从“死港”航进去的。他说：

现在我的船将航进死港，
只觉有无限光明，无限欢狂。

于是他赞美：

啊，在那里我只愿活他一天，
一天就胜过人世的万年！
即如那人间最幸福的诗人，

他也没有这幸运的时辰。

但是他立刻又怀疑：

但恐这又是人类的愿望，
所谓天堂并不是那样辉煌；
因那里也有无知的圣徒，
上帝亦不是无偏心的明主。

结果是：

于是我将梦仍移置人间，
微笑的看人世舞台的变换。
宁愿将苦水当作了甘觞，
也不再希望走进什么天堂！

他对于“地狱”观念的矛盾，我们可以从《祈祷》和《生之相》两诗中看出。《祈祷》是一首代死者祷于神灵的诗，但这无疑地是“夫子自道也”。他说：

倘若你把他当作罪恶之流，
他情愿负起反叛的罪名；
倘真置他于地狱的苦境，
他就把你当作知心的好友。

但在《生之相》中，他却说：

或者他另外有一种眼光
将地狱就当作人世天堂
唉！可惜我只有笨拙的眼
不能将丑恶往好处幻变。

如我前面提到的“生命之地狱”与“白雪”的矛盾，

作者其他集中也未尝没有，不过在《世纪的脸》里，却更具体而尖锐了。

词藻方面,《世纪的脸》平淡朴实得多了。不但“吁”“悲哉”这一类的字眼绝对没有，即“痛哭”“蔷薇”“尸骸”“酒”“剑”等字也少得多了。诗中多用眩目的有色彩的字，用得好，便是鲍明远的“雕藻淫艳，动人心魄”，用得不好，便是吴文英的“七宝楼台，拆下不成片段”。作者以前诸作，正中此弊，此集却是完全克服了。至如音节之流畅，本是“诗刊派”诗人着意的地方，在《序语》中作者又一再声明其态度，也是我们读这本书时所应当注意的一点。

（四）

时代的狂潮虽然不吝惜给予任何人以同样的撞击，而被撞击的人的感受性却是各不相同，因之我们便在现代的作品中间，看出形形色色。读完《世纪的脸》，对于这位几乎给一度的狂潮压死的作者，不胜感慨。潮，现在，不定是“有信”的了。随时随地它与人以袭击。听呀——

听夜深寂寞打孤城

春潮急

二十三年八月二十二日，于金陵

① 洪深先生的话见《申报月刊》三卷五号《文学中的个人成分》文中。

② 凡本文所引于赓虞先生的文句，均出自《世纪的脸》的《序语》。

③ 第二节中所引诗句均出自绝了版的《骷髅上的蔷薇》集。

（原载《青年界》第7卷第2期，1935年2月）

读《蠲戏斋诗》杂记

马镜泉教授近以其伯父湛翁先生《蠲戏斋诗》七册自杭州见寄，余受而读之。因忆五十年前，倭寇入侵，武汉大学内迁乐山，余适流寓其地，时乡先辈刘弘度丈长该校文学院，余以其绍介得厕讲席，而湛翁所主复性书院亦在焉。刘、马两先生尝共事宜山浙江大学。书院所假地乌尤山，江中小屿也，相传为汉犍为舍人注《尔雅》处，梵宇精洁，林木蔚然。湛翁既得安居，刘丈每乐就之，相与谈咏。余既陪丈造谒，因得屡承诲迪，至其高才博学、不慕荣利，则于曼殊和尚文集中知之早矣。

先生之学，博通内外，贯综古今，遍究宋明诸儒之所得，而归其本于孔子仁恕之道，以知性始，以尽性终。虽论及极尽精微之处，或与并世诸名宿如熊子真辈不无异同，然期于淑世拯乱、弘扬吾华古代文化之优良传统则一。

自宋以来，治心性之学者多不工文词，或者至诋为玩物丧志，故朱晦庵外，诗或存矣，然不足传也。先生自幼能文，长而学道，独以为温柔敦厚之教、流连哀思之作，固与心性之学相通而不相悖，不悉天容水色、世态物情，则理亦难穷、性亦难尽，不得取彼而舍此也，故终其身不废吟咏。而其为诗，冥辟群界，牢笼万有，玄致胜语，胥出胸中神智澄澈之造。早岁诸什，高华典雅，大类谢公；晚遭播越，亲觏乱离，吐言沉郁顿挫，又与老杜自无意为同而自同者。文质彬彬，理味交融，较之晦庵殆有过之而无不及：其我国为数极少之哲人而兼诗人欤？

先生《避寇集》刊成，尝以见赐，因呈诗曰："无还犹有地，一老抱遗经。周礼知存鲁，新篇胜发硎。灯传山月白，圣解佛头青。举世非知识，何由判醉醒。"以乌尤隔江与凌云大佛相对，"从人判醉醒"则集中句也。先生答之云："澄江流客恨，白头度危时。雪地相逢晚，空山得简迟。吹箫天上侣，漱玉袖中词。为问晴窗外，寒梅发几枝？"雪地在乐山嘉乐门外，旧名学地头，为刘丈及余所居。先生颇赏先室沈祖棻所为词，故有五、六句。时余年未及壮，少年末学，而先生奖饰之如此，盖其谦冲之德，一言一行，皆足使人惭愧感奋、随时受益也。

先生曾书答和之作见赐，十年浩劫中为狂童所毁，闲居独处，每如赵侍御失画之后，时往来于怀。近乃荷镜泉以其珍藏手稿复印见寄，览之欣戚交并，殆如梦寐，真可感也。因扶衰拉杂记之。辛未重九日。

读《倾盖集》所见

近年出版了好几部值得注意的现代诗歌总集，其中《九叶集》和《倾盖集》是我所特别重视的。这不但因为诗人们各自以其独特的艺术手段所表达的特定时代感打动了我的心灵，而且是因为他们的成就同时引起了我对于诗歌发展史上一些问题的思考。《九叶集》的诗人们早在40年代就在新诗的表现方式上作了非常可贵的尝试，他们的确显示了一些为前此新诗苑中所无的特色；可惜由于种种原因，这种特色似乎没有得到它应该得到的发展，以至于几十年后，人们还拿朦胧诗当成一个争论的新话题。至于《倾盖集》则是另外一种情形。它是一部现代人以严格的古典诗词格律写成的作品，却具有强烈的现实性。《九叶集》把新诗的表现方式推向了一个新的更加成熟的阶段，而《倾盖集》则赋予了古典诗歌以新的活力，使它能够成为诗人们表现今天生活的自如的手段。在这里，我想专门来谈一谈《倾盖集》。

时代在变，价值观念和审美观念也在变。值得我们注意的是：这种价值观念和审美观念的变化往往是复杂的，多面的。我们当然会从现实生活出发去肯定那些新涌现出来的美好事物，从而也产生了新的价值观念和审美观念；但不可忽视的是，由于文学本身的实践，它们也往往会使人们认为已经产生的观念，有重加审定、估量和改变的必要。五四以来，以古典诗歌的形式反映现代生活是曾经被完全否定过的。其理由，简单地说，是因为它是用与现代口语有或大或小的距离的文言来写的，而文言则被认为一定是不适宜于表现现代生活的。但是半个世纪以来的创作实践却无法掩盖这种说法的简单化和片面性。我们当然不能把毛泽东、陈毅等老一辈革命家所写的诗词作为文学史上一种独特的因而是例外的情形去处理；即使如此，也无法否认，在近几十年中，的确还是出现了不少的以古典诗歌形式写成的佳作。这样，对古典诗歌形式的价值观念和审美观念似乎就有了可能而且必须加以重新审定的必要。《倾盖集》的出版也有助于这一问题的探讨。

本书的出版说明写道："古谚云：'白头如新，倾盖如故。'本集九位作者之间，有的是时相过从的朋友，有的是朋友的朋友；他们的年龄、经历、工作虽各不相同，但是在过去动荡的年代中，有过共同的忧虑和喜悦，这正是他们把他们近年的若干诗作编成合集，并取名《倾盖集》的原因。"诗人们共同的忧虑和喜悦是什么呢？那就是由于对社会主义祖国和人民的深切关怀而产生的强烈的爱憎和忧乐。当伟大的祖国和人民遭受着深重的灾难、侮辱和损害的时候，他们是忧虑的、痛苦的和悲愤的；而当祖国和人民摆脱了不应当承受的恶劣命运时，他们就无比地欢乐了。当然，诗人们也会写到自己的私生活，诸如友谊、爱情和爱好，但是这些又莫不与祖国和人民的命运联结在一起。这是大书在我国历史上的屈原的哀乐、杜甫的哀乐、陆游的哀乐的继承和发展。

九位诗人收在这个集子里的作品多少不等，写作的起迄年代也不相同，但其中的多数都写于史无前例的十年动乱时期以及其后拨乱反正的几年当中。诗人们自身的遭遇和祖国人民遭遇的一致性，决定了他们必须而且乐于用自己的笔去反映那个使人永远无法淡忘的荒唐岁月。那一场所谓“触及灵魂的大革命”，实质上是一场真与假、善与恶、美与丑的殊死斗争。每一个人，无论他自己愿意或不愿意，自觉或不自觉，都得在历史舞台上充当自己所规定的角色。当那些野心家、阴谋家、叛徒们的邪恶势力压在祖国母亲和她痛爱的儿女们的头上，要把他们推进无底深渊的时候，广大人民拿起自己所能拿到的武器起来战斗了。愤怒出诗人，忠义出诗胆。出于忠义和愤怒，诗人们写下了许多非常动人的作品。这正是恩格斯所说的“真正艺术家的勇气”的表现。

诗集中对于周恩来、陈毅等老一辈革命家的悼念，对于张志新、遇罗克等烈士的哀挽，对于参与丙辰清明悼念活动的广大人民的赞扬，显示了诗人们强烈的爱；对于林彪、“四人帮”反革命集团的讥刺与鞭挞，以及粉碎“四人帮”后欢欣鼓舞的情绪，还有对于那些趋炎附势、“高举”“紧跟”者流的鄙视，又都表达了诗人们深切的恨。这都是显而易见的。

我所要特别指出的是，这九位作者原来都在一九五七年那场扩大化了的运动以及其他政治运动中蒙冤受屈，在“文化大革命”中，又理所当然地承受了比普通人民更多更重的苦难，千磨万劫，九死一生。这是当时活生生的现实。然而，他们的灵魂却从来不因长时间的重压和扭曲而变形。在极其艰苦的体力劳动中，在备受鄙薄歧视的情况下，仍然在不屈不挠地努力寻求过一种正常人的生活。他们就是这样生活下来了，并且是不丧失人类尊严地生活下来了，一直到恢复名誉。这是奇迹。而这个奇迹之所以能够出现，则在于他们对于祖国和人民具有无比的爱和无比的信任。他们深信：自己是中华民族的好儿女，总有一天会被证明是无辜的。这是极可珍贵的和不可战胜的爱国主义和乐观主义感情。

正由于他们是如此地热爱生活，所以即使在艰难的岁月里，也在从事于诗歌创作。在这些诗作中，几乎具备了传统诗歌中一切的题材，重大政治社会生活之外，还广泛涉及了山水登临、花鸟题咏、论史论诗、评书评画、爱情和婚姻、会合与离别。这，似乎都是习见的，然而却无不浸染了诗人们在特定生活环境当中的特定心情。这就使得《倾盖集》中的作品具有了鲜明的现代情趣和色彩，与前人此类诗篇有所区别。

以上泛论了这部诗集的主要特色，这是九位诗人所共同具有的。但这些共同具有的特色却又是通过每一个人自己所独有的审美观念和艺术手段表现出来的。风格是个性的外化。如果作者是富有个性的，而其所拥有的艺术手段又能够表达这种个性，那么，他就必然能够具有独特的风格面貌。这丝毫也不排斥对于一切传统中美好风格的吸收和融铸。然而，表现在作品里的终究是属于每个作者自己的新的东西，正如叶老在本集题词中所说的："各自擅风神。"

现在试着极其简略地谈一点自己对于每一位诗人和他的作品的体会，无非是管中窥豹，希望不变成佛头着粪。

王以铸《城西诗草》：作者精研西方文史，但诗中却一点也看不见这方面的影响和痕迹，真是不愧老子说的"良贾深藏若虚"。五言古诗这种形式似乎是他所最喜爱的。从《咸宁杂诗》和《饮酒》中，看出他对于陶诗致力很深。陈散原诗云："陶集冲夷中亢烈，道家儒家出游侠。放翁晚节颇似之，皆奇男子无分别。"龚定庵诗云："陶潜诗喜说荆轲，想见《停云》发浩歌。吟到恩仇心事涌，江湖侠骨恐无多。"王以铸心目中的陶渊明乃是这样的陶渊明，而不只是"采菊东篱下，悠然见南山"的陶渊明。请看官们千万记住。

吕剑《青萍结绿轩诗存》：作者新诗写得很好，写旧体诗又同样出色。这使人不禁想起现代文学史上一个使人玩味的史实。当初，鲁迅、沈尹默、刘半农、闻一多等是写旧体诗的，后来都改写新诗；而朱自清、何其芳、金克木以及作者等则原来是以写新诗见长，后来都改写旧体诗。这说明这两种诗歌形式不但无妨并存，而且可以一人兼擅。诗歌中的新旧两体，如果不被认为是互相促进的，至少也不应当被认为是互相排斥和妨碍的。把一部文学发展史看成是一部文体变迁史，显然不符合事实，也不能说明问题。吕剑是一位有强烈历史感的诗人，他的登临、咏史诸作特别能体现其胸襟的广阔，使读者神观飞越。

宋谋玚《柳条春半楼诗稿》：五十年代初期，我和作者结交于武汉市。那个时候，他是一位戎装骏马、雄姿英发的少年军官，加之文采风流，所以很受人注目。其后会少离多，随着岁月的流逝，当日少年现已年近花甲了。其少作才情富艳，但缺少深沉之思，而当他负担了祖国的知识分子在特定历史时代应当负担的那一份苦难以后，就变得成熟起来。《欲慑》《重有感》等篇循着李商隐经过的道路走向杜甫。取“君恩未许虚前席，臣远无由叫帝阍”和“披猖女祸危萧相，澒洞忧端泣贾生”与李商隐的“死忆华亭闻唳鹤，老忧王室泣铜驼”“窦融表已来关右，陶侃军宜次石头”相比较，可见玉溪诗派的源远流长。

荒芜《纸壁斋诗选》：作者是我中学时代的同学，但是并不认识，待相识时，都已经老了。一卷《纸壁斋诗》使人恨相见之晚。其中多着意时局，有元微之所谓“直道当时事”之意，而出之以微文讥刺，则颇似刘梦得、苏东坡；以七言律诗见长，用笔简练而又动荡，也是刘、苏遗韵。《伐木》六篇写大苦难中的穷快活，精神面貌颇为壮丽。赠友诸篇，各如其分，见功力，也见交情。

孙玄常《瓠落斋诗词钞》：陈次园赠作者诗云：“玄翁学道指根源，吟诗绘画妙无前。”这两句诗足以概括他的成就。其所作诗词深深地打上了工于书画的印记。题画和登临诸作色泽鲜丽，寄托遥深，如“浮萍身世任西东，惯看关山雪霁夕阳红”，不愧是情景交融的胜境。虽然遭遇也同样坎坷，但性情冲澹，少有愤激之词。题香山红叶云：“霜红晚节人间重，莫比三春二月花。”可以移作玄常的自我鉴定。

陈次园《朝彻楼诗词稿》：作者博学，兼通中外文哲诸科，诗风流美，能备众体。题画、论书的篇章与孙玄常可称难兄难弟。译诗别开生面。辜鸿铭以后，能以古体译西诗的人，应该推苏曼殊，但苏译经过章太炎的修饰，古雅有余，风神不足，赶不上陈译之动人。其所译的克雷洛夫寓言诗，亦庄亦谐，不愧为辜译《痴汉骑马歌》的后劲。《少年游·商调》等阕，出色当行，乃是词中隽品。

陈迩冬《十步廊韵语》：作者故乡山水甲天下，山川灵秀清峭之气对他的创作不能没有影响，所以他的诗词，明丽奥峭，兼而有之。其诗设想遣词都摆落凡近。“夜气酖人如中酒，坐看星斗落墙隈”“微觉歌尘摇大气，慎将断句染斜阳”，极近散原老人句法。其词如“秋正低徊三尺水，我来平视六朝山”“一塔刺天摇碧落，千山缩脚让延河”则名隽豪放兼而有之，无愧其乡先辈王半塘、况蕙风。迩冬这卷诗中，直接涉及时事的较少，但读了“一局走残皆破眼，九州铸错未全消”这两句，知道他不但未能忘怀时事，并且很有远见。

舒芜《天问楼诗》：作者长期住在一间不见天日的准地下室里，如果借用前人的旧名，自署为活埋庵，倒也合适，他却偏要自署为天问楼，这也就是他的人生态度。三十多年当中，舒芜一直在艰难和酸辛当中打发他的日子，但却顽强地写下了一些有价值的著作和美好的诗篇。这恐怕就是庄子所说的“畸于人而侔于天”吧！其诗风出入唐宋，情深采壮，五古、七律更是所长。但是我特别爱好丙辰清明悼周恩来的五律四首，典重深挚，使人读后很容易想到陈后山所作的司马温公挽诗，倍增对这位“鞠躬尽瘁，死而后已”的好总理的怀念。其《天问楼图》是方鸿寿所作，我曾题诗一首，附录于下：“楼自名天问，庵仍比活埋。青灯恋红学，热泪恼寒灰。擢发罪难数，行吟老益才。先王遗庙在，呵壁未须哀。”今年初他才搬出了天问楼，他在那里住了九年。

聂绀弩《咄堂诗》：用传统观念看来，作者是诗国中的教外别传。正由于他能屈刀为镜，点铁成金，大胆从事离经叛道的创造，焕发出新异的光彩，才使得一些陈陈相因的作品黯然失色。明朝的倪鸿宝也曾做过类似的尝试。二人虽然同样具有忠愤之气，同样在用一种打破传统的手法来表现它，可是倪究竟是明朝末年的封建士大夫，他看不到今天这样广阔的世界，也放不下和人民保持距离的架子，不敢将人参肉桂、牛溲马勃一锅煮，所以也不能充分地将当时的现实生活，和从这些生活中产生的奇思妙想毫无顾忌地表达出来；而聂却较成功地做到了。他的诗初读只使人感到滑稽，再读才使人感到辛酸，三读则使人感到振奋。这是一位驾着生命之舟同死亡和冤屈在大风大浪中搏斗了几十年的八十老人的心灵记录。他的创作态度是真诚的，严肃的，而决非开玩笑即以文为戏的。“欲织繁花为锦绣，已伤冻雨过清明。”他虽然是在说萧红，实际上也是说自己。他又说：“老欲题诗天下遍，微嫌得句解人稀。”我希望绀弩这一顾虑是多余的。前几年我曾以诗相赠，现也附录于后：“绀弩霜下杰，几为刀下鬼。头皮或断送，作诗终不悔。艰心出涩语，滑稽亦自伟。因忆倪文贞，翁殆继其轨。”

“言之不足，故咏歌之。”评赏既毕，有诗为证。诗曰：

大泽穷边落日黄，疲氓倚耒偶相望。
妙哉逃死九迁客，各自携归一锦囊。
袖手孤吟吐光怪，轩眉大笑话荒唐。
峥嵘岁月征诗史，天女修罗共作场。

又曰：

神交岂但同倾盖，倾盖论文若有神。
自昔妙才多铸错，断无畸士不相亲。

能歌汉道昌皆李，即解儒冠溺亦秦。
元祐党家欣健在，一编留赠咏诗人。

（1985年7月　南京—连云港）